破戒

D1392818

この書の世に出づるにいたりたるは、函館《はこだて》にある秦《はた》(一)慶治氏、及び信濃《しなの》にある神津猛《かうづたけし》(二)氏のたまものなり。労作終るの日にあたりて、このものがたりを二人の恩人のまへにささぐ。

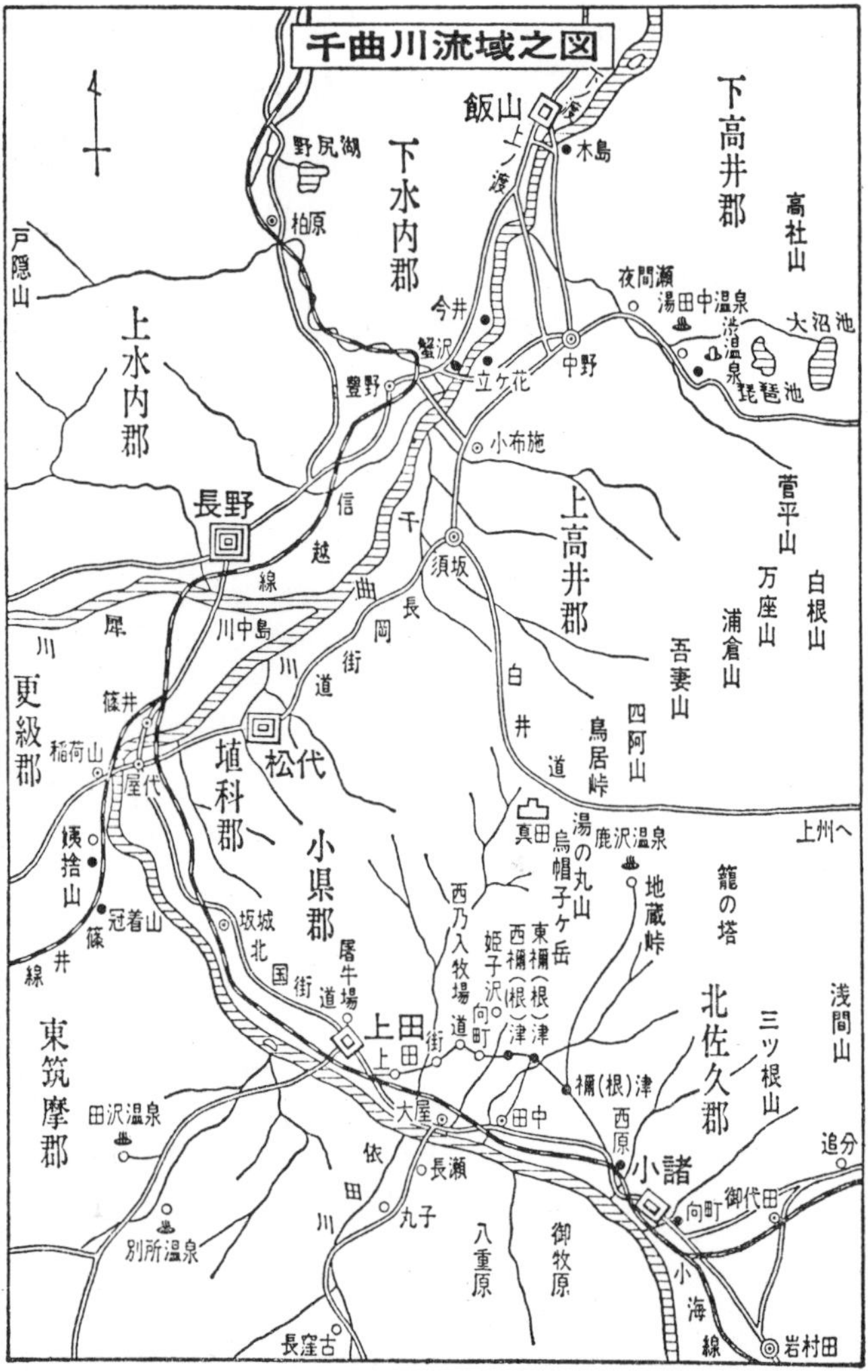
千曲川流域之図
飯山
下高井郡
下水内郡
野尻湖
木島
上ノ渡
柏原
高社山
戸隠山
夜間瀬
湯田中温泉
渋温泉
大沼池
琵琶池
今井
蟹沢
中野
立ヶ花
豊野
上水内郡
小布施
長野
信越線
千曲川
須坂
上高井郡
菅平山
万座山
白根山
浦倉山
吾妻山
四阿山
鳥居峠
長岡街道
犀川
川中島
更級郡
篠井
稲荷山
屋代
松代
埴科郡
白井道
真田
上州へ
姨捨山
冠着山
篠井線
小県郡
湯の丸山
烏帽子ヶ岳
鹿沢温泉
地蔵峠
籠の塔
西乃入牧場道
東禰(根)津
西禰(根)津
姫子沢
向町
坂城
北国街道
屠牛場
上田
上田
禰(根)津
北佐久郡
三ッ根山
浅間山
東筑摩郡
田沢温泉
大屋
田中
西原
小諸
追分
依田川
長瀬
丸子
向町
御代田
別所温泉
八重原
御牧原
小海線
長窪古
岩村田

新潮文庫

破戒

島崎藤村著

新潮社版

800

第壱章

(一)

蓮華寺《れんげじ》(三)では下宿を兼ねた。瀬川丑松《せがわうしまつ》が急に転宿《やどがえ》を思い立って、借りることにした部屋というのは、その蔵裏《くり》(四)つづきにある二階の角のところ。寺は信州下水内郡飯山町《しもみのちごおりいいやままち》二十何カ寺の一つ、真宗(五)に附属する古刹《こさつ》(六)で、丁度その二階の窓に倚凭《よりかか》って眺《なが》めると、銀杏《いちょう》の大木を経《へ》て飯山の町の一部分も見える。さすが信州第一の仏教の地、古代を眼前《めのまえ》に見るような小都会、奇異な北国風の屋造《やづくり》、板葺《いたぶき》の屋根、または冬期の雪除《ゆきよけ》として使用する特別の軒庇《のきびさし》(七)から、ところどころに高く顕《あらわ》れた寺院と樹木の梢《こずえ》まで——すべて旧《ふる》めかしい町の光景《ありさま》が香の烟《けぶり》の中に包まれて見える。ただ一際《ひときわ》目立ってこの窓から望まれるものと言えば、現に丑松が奉職しているその小学校の白く塗った建築物《たてもの》であった。

丑松が転宿《やどがえ》を思い立ったのは、実は甚《はなは》だ不快に感ずることが今の下宿に起ったからで。尤《もっと》も賄《まかない》でも安くなければ、誰《だれ》もこんな部屋に満足するものは無かろう。壁は壁紙で張りつめて、それが煤《すす》けて茶色になっていた。粗造《そまつ》な床の間、紙表具(八)の軸、外《ほか》には古びた火鉢《ひばち》が置いてあるばかりで、何となく世離れた、静寂《しずか》な僧坊であった。それがまた小学教師という丑松の今の境遇に映って、妙に侘《わび》しい感想《かんじ》を起させもする。

今の下宿にはこういう事が起った。半月程前、一人の男を供に連れて、下高井の地方から出て来た大日向《おおひなた》という大尽《だいじん》(九)、飯山病院へ入院の為《ため》とあって、暫時《しばらく》腰掛に泊っていたことがある。入院は間もなくであった。もとより内証(一〇)はよし、病室は第一等、看護婦の肩に懸って長い廊下を往《い》ったり来たりするうちには、自然《おのず》と豪奢《ごうしゃ》が人の目にもついて、誰が嫉妬《しっと》で噂《うわさ》するともなく、「彼《あれ》は穢多《えた》(一一)だ」ということになった。忽《たちま》ち多くの病室へ伝《つたわ》って、患者は総立《そうだち》。「放逐して了《しま》え、今直《す》ぐ、それが出来ないとあらば吾儕《われわれこぞ》挙って御免を蒙《こうむ》る」と腕捲《うでまく》りして院長を脅《おびやか》すという騒動。いかに金尽《かねずく》でも、この人種の偏執《へんしゅう》には勝たれない。ある日の暮、籠《かご》に乗せられて、夕闇《ゆうやみ》の空に紛れて病院を出た。籠はそのままもとの下宿へ舁《かつ》ぎ込まれて、院長は毎日のように来て診察する。さあ今度は下宿のものが承知しない。丁度丑松が一日の勤務《つとめ》を終って、疲れて宿へ帰った時は、一同「主婦《かみさん》を出せ」と喚《わめ》き立てるところ。「不浄だ、不浄だ」の罵詈《ばり》は無遠慮な客の口唇《くちびる》を衝《つ》いて出た。「不浄だとは何だ」と丑松は心に憤って、蔭《かげ》ながらあの大日向の不幸《ふしあわせ》を憐《あわれ》んだり、道理《いわれ》のないこの非人扱いを慨《なげ》いたりして、穢多の種族の悲惨な運命を思いつづけた――丑松もまた穢多なのである。

見たところ丑松は純粋な北部の信州人――佐久《さく》小県《ちいさがた》あたりの岩石の間に成長した壮年《わかもの》の一人とは誰の目にも受取れる。正教員(一二)という格につけられて、学力優等の卒業生として、長野の師範校(一三)を出たのは丁度二十二の年齢《とし》の春。社会《よのなか》へ突出される、直《すぐ》に丑松はこの飯山へ来た。それから足掛三年目の今日、丑松はただ熱心な青年教師として、飯山の町の人に知られているのみで、実際穢多である、新平民であるということは、誰一人として知るものが無かったのである。

「では、いつ引越していらっしゃいますか」

と声をかけて、入って来たのは蓮華寺の住職の匹偶《つれあい》。年の頃《ころ》五十前後。茶色小紋の羽織を着て、瘠《や》せた白い手に珠数《ずず》を持ちながら、丑松の前に立った。土地の習慣《ならわし》から「奥様」と尊《あ》敬《が》められているこの有髪《うはつ》の尼は、昔者《むかしもの》として多少教育もあり、都会《みやこ》の生活も万更《まんざら》知らないでも無いらしい口の利《き》き振《ぶり》であった。世話好きな性質を額にあらわして、微《かす》かな声で口癖のように念仏して、対手《あいて》の返事を待っている様子。

その時、丑松も考えた。明日《あす》にも、今夜にも、と言いたい場合ではあるが、さて差当って引越しするだけの金が無かった。実際持合せは四十銭しかなかった。四十銭で引越しの出来よう筈《はず》も無い。今の下宿の払いもしなければならぬ。月給は明後日《あさって》でなければ渡らないとすると、否《いや》でも応でもそれまで待つより外はなかった。

「こうしましょう、明後日《あさって》の午後《ひるすぎ》ということにしましょう」

「明後日？」と奥様は不思議そうに対手の顔を眺めた。

「明後日引越すのはそんなに可笑《おかし》いでしょうか」丑松の眼は急に輝いたのである。

「あれ――でも明後日は二十八日じゃありませんか。別に可笑いということは御座《ござ》いませんがね、私はまた月が変ってから来《いら》っしゃるかと思いましてサ」

「むむ、これはおおきにそうでしたなあ。実は私も急に引越しを思い立ったものですから」

と何気なく言消して、丑松は故意《わざ》と話頭《はなし》を変えて了った。下宿の出来事は烈《はげ》しく胸の中を騒がせる。それを聞かれたり、話したりすることは、何となく心に恐しい。何か穢多に関したことになると、毎時《いつ》もそれを避けるようにするのがこの男の癖である。

「なむあみだぶ」

と口の中で唱えて、奥様は別に深く掘って聞こうともしなかった。

（二）

蓮華寺《れんげじ》を出たのは五時であった。学校の日課を終ると、直《す》ぐその足で出掛けたので、丑松《うしまつ》はまだ勤務《つとめ》のままの服装《みなり》でいる。白墨と塵埃《ほこり》とで汚《よご》れた着古しの洋服、書物やら手帳やらの風呂敷包《ふろしきづつみ》を小脇《こわき》に抱えて、それに下駄穿《げたばき》、腰弁当。（一四）多くの労働者が人中《ひとなか》で感ずるような羞恥《はじ》——そんな思《おもい》を胸に浮べながら、鷹匠町《たかじょうまち》の下宿の方へ帰って行った。町々の軒は秋雨《あきさめ》あがりの後の夕日に輝いて、人々が濡《ぬ》れた道路に群《むらが》っていた。中には立ちとどまって丑松の通るところを眺《なが》めるもあり、何かひそひそ立話をしているのもある。「彼処《あそこ》へ行くのは、ありゃあ何だ——むむ、教員か」と言ったような顔付《かおつき》をして、酷《はなはだ》しい軽蔑《けいべつ》の色を顕《あらわ》しているのもあった。これが自分等《ら》の預《あずか》っている生徒の父兄であるかと考えると、浅ましくもあり、腹立たしくもあり、遽《にわか》に不愉快になってすたすた歩き初めた。

本町《ほんまち》の雑誌屋は近頃《ちかごろ》出来た店。その前には新着の書物を筆太に書いて、人目を引くように張出してあった。かねて新聞の広告で見て、出版の日を楽《たのし》みにしていた『懺悔録《ざんげろく》』——肩に猪子蓮太郎《いのこれんたろう》氏著、定価までも書添えた広告が目につく。立ちどまって、その人の名を思出してさえ、丑松はもう胸の踴《おど》るような心地《ここち》がしたのである。見れば二三の青年が店頭《みせさき》に立って、何か新しい雑誌でも猟《あさ》っているらしい。丑松は色の褪《あ》せたズボンの袖嚢《かくし》の内へ手を突込んで、人知れず銀貨を鳴らしてみながら、幾度かその雑誌屋の前を往《い》ったり来たりした。とにかく、四十銭あれば本が手に入る。しかしそれを今ここで買って了《しま》えば、明日は一文無しで暮さなければならぬ。転宿《やどがえ》の用意もしなければならぬ。こういう思想《かんがえ》に制せられて、一旦《いったん》は往きかけて見たようなものの、やがて復《ま》た引返した。ぬっと暖簾《のれん》を潜《くぐ》って入って、手に取って見ると——それはすこし臭気《におい》のするような、粗悪な洋紙に印刷した、黄色い表紙に『懺悔録』としてある本。貧しい人の手にも触れさせたいという趣意から、わざと質素な体裁を択《えら》んだのは、この書《ほん》の性質をよく表している。ああ、多くの青年が読んで知るという今の世の中に、飽くことを知らない丑松のような年頃で、どうして読まず知らずにいることが出来よう。智識《ちしき》は一種の饑渇《ひもじさ》である。到頭四十銭を取出して、欲《ほし》いと思うその本を買求めた。なけなしの金とはいいながら、精神《こころ》の慾《よく》には替えられなかったのである。

『懺悔録』を抱いて——買って反《かえ》って丑松は気の衰頽《おとろえ》を感じながら、下宿をさして帰って行くと、不図《ふと》、途中で学校の仲間に出逢《であ》った。一人は土屋銀之助と言って、師範校時代からの同窓の友。一人は未《ま》だ極く年若な、この頃準教員(二五)に成ったばかりの男。散歩とは二人のぶらぶらやって来る様子でも知れた。

「瀬川君、大層遅いじゃないか」

と銀之助は洋杖《ステツキ》を鳴《な》らしながら近《ちかづ》いた。

正直で、しかも友達思いの銀之助は、直《す》ぐに丑松の顔色を見て取った。深く澄んだ目付《めつき》は以前の快活な色を失って、言うに言われぬ不安の光を帯びていたのである。「ああ、必定身体《きっとからだ》の具合でも悪いのだろう」と銀之助は心に考えて、丑松から下宿を探しに行った話を聞いた。

「下宿を？　君はよく下宿を取替える人だねえ――此頃《こないだ》あそこの家《うち》へ引越したばかりじゃないか」

と毒の無い調子で、さも心《しん》から出たように笑った。その時丑松の持っている本が目についたので、銀之助は洋杖を小脇に挟《はさ》んで、見せろという言葉と一緒に右の手を差出した。

「これかね」と丑松は微笑《ほほえ》みながら出して見せる。

「むむ、『懺悔録』か」と準教員も銀之助の傍《そば》に倚添《よりそ》いながら眺めた。

「相変らず君は猪子先生のものが好きだ」こう銀之助は言って、黄色い本の表紙を眺めたり、一寸内部《ちょっとなか》を開けて見たりして、「そうそう新聞の広告にもあったッけ――へえ、こんな本かい――こんな質素な本かい。まあ君のは愛読を通り越して崇拝の方だ。ははははは、よく君の話には猪子先生が出るからねえ。さぞかしまた聞かせられることだろうなあ」

「馬鹿《ばか》言いたまえ」

と丑松も笑ってその本を受取った。

夕靄《ゆうもや》の群《むれ》は低く集《あつま》って来て、あそこでも、ここでも、最早《もう》ちらちら灯《あかり》が点《つ》く。丑松は明後《あさっ》日《て》あたり蓮華寺へ引越すという話をして、この友達と別れたが、やがて少許《すこし》行って振返って見ると、銀之助は往来の片隅《かたすみ》に佇《たたず》んだまま、熟《じっ》と是方《こちら》を見送っていた。半町ばかり行って復《ま》た振返って見ると、未だ友達は同じところに佇立んでいるらしい。夕餐《ゆうげ》の煙は町の空を籠《こ》めて、悄然《しょんぼり》とした友達の姿も黄昏《たそが》れて見えたのである。

（三）

鷹匠町《たかじょうまち》の下宿近く来た頃《ころ》には、鉦《かね》の声が遠近《おちこち》の空に響き渡った。寺々の宵《よい》の勤行《おつとめ》は始ったのであろう。丁度下宿の前まで来ると、あたりを警《いまし》める人足《にんそく》の声も聞えて、提灯《ちょうちん》の光に宵闇《よいやみ》の道を照《てら》しながら、一挺《いっちょう》の籠《かご》が舁《かつ》がれて出るところであった。ああ、大尽が忍んで出るのであろう、と丑松《うしまつ》は憐《あわれ》んで、黙然《もくねん》として其処《そこ》に突立って見ているうちに、いよいよそれとは附添《つきそい》の男で知れた。同じ宿に居たとは言いながら、ついぞ丑松は大日向《おおひなた》を見かけたことが無い。唯《ただ》附添の男ばかりは、よく薬の罎《びん》なぞを提げて、出たり入ったりするところを見かけたのである。その雲を突くような大男が、今、尻端《しりはし》折りで、主人を保護したり、人足を指図したりする甲斐々々《かいがい》しさ。穢多《えた》の中でも卑賤《いや》しい身分のものと見え、其処に立っている丑松を同じ種族《やから》とは夢にも知らないで、妙に人を憚《はばか》るような様子して、一寸会釈《ちょっとえしゃく》しながら側《そば》を通りぬけた。門口に主婦《かみさん》、「御機嫌《ごきげん》よう」の声も聞える。見れば下宿の内は何となく騒々しい。人々は激昂《げっこう》したり、憤慨したりして、いずれも聞えよがしに罵《ののし》っている。

「難有《ありがと》うぞんじます――そんなら御気をつけなすって」

とまた主婦は籠の側へ駈寄《かけよ》って言った。籠の内の人は何とも答えなかった。丑松は黙って立った。見る見る舁がれて出たのである。

「ざまあ見やがれ」

これが下宿の人々の最後に揚げた凱歌《がいか》であった。

丑松がすこし蒼《あお》ざめた顔をして、下宿の軒を潜って入った時は、未《ま》だ人々が長い廊下に群《むらが》っていた。いずれも感情を制《おさ》えきれないという風で、肩を怒らして歩くもあり、板の間を踏み鳴らすもあり、中には塩を掴《つか》んで庭に蒔散《まきち》らす弥次馬《やじうま》もある。主婦は燧石《ひうちいし》(二六)を取出して、清浄《きよめ》の火と言って、かちかち音をさせて騒いだ。

哀憐《あわれみ》、恐怖《おそれ》、千々の思《おもい》は烈《はげ》しく丑松の胸中を往来した。病院から追われ、下宿から追われ、その残酷な待遇《とりあつかい》と恥辱《はずかしめ》とをうけて、黙って舁がれて行く彼《あ》の大尽の運命を考えると、さぞ籠の中の人は悲慨《なげき》の血涙《なんだ》に噎《むせ》んだであろう。大日向の運命はやがてすべての穢多の運命である。思えば他事《ひとごと》では無い。長野の師範校時代から、この飯山《いいやま》に奉職の身となったまで、よくまあ自分は平気の平左で、普通の人と同じような量見で、危いとも恐しいとも思わずに通り越して来たものだ。こうなると胸に浮ぶは父のことである。父というのは今、牧夫をして、烏帽子《えぼし》ヶ嶽《たけ》の麓《ふもと》に牛を飼って、隠者のような寂しい生涯《しょうがい》を送っている。丑松はその西乃入《にしのいり》牧場を思出した。その牧場の番小屋を思出した。

「阿爺《おとっ》さん、阿爺さん」

と口の中で呼んで、自分の部屋をあちこちあちこちと歩いて見た。不図父の言葉を思出した。

はじめて丑松が親の膝下《ひざもと》を離れる時、父は一人息子の前途を深く案じるという風で、さまざまな物語をして聞かせたのであった。その時だ――一族の祖先のことも言い聞かせたのは。東海道の沿岸に住む多くの穢多の種族のように、朝鮮人、支那人、露西亜人《ロシアじん》、または名も知らない島々から漂着したり帰化したりした異邦人の末とは違い、その血統は古《むかし》の武士の落人《おちうど》から伝《つたわ》ったもの、貧苦こそすれ、罪悪の為《ため》に穢《けが》れたような家族ではないと言い聞かせた。父はまた添付《つけた》して、世に出て身を立てる穢多の子の秘訣《ひけつ》――唯一《ただひと》つの希望《のぞみ》、唯一つの方法《てだて》、それは身の素性《すじよう》を隠すより外に無い、「たといいかなる目を見ようと、いかなる人に邂逅《めぐりあ》おうと決してそれとは自白《うちあ》けるな、一旦《いったん》の憤怒悲哀《いかりかなしみ》にこの戒《いましめ》を忘れたら、その時こそ社会《よのなか》から捨てられたものと思え」こう父は教えたのである。

一生の秘訣とはこの通り簡単なものであった。「隠せ」――戒はこの一語《ひとこと》で尽きた。しかしその頃はまだ無我夢中、「阿爺《おやじ》が何を言うか」位に聞流《ききなが》して、唯もう勉強が出来るという嬉《うれ》しさに家を飛出したのであった。楽しい空想の時代は父の戒も忘れ勝ちに過ぎた。急に丑松は少年《こども》から大人に近《ちかづ》いたのである。急に自分のことが解《わか》って来たのである。まあ、面白い隣の家から面白くない自分の家へ移ったように感ずるのである。今は自分から隠そうと思うようになった。

（四）

あおのけさまに畳の上へ倒れて、暫時丑松《しばらくうしまつ》は身動きもせずに考えていたが、やがて疲労《つかれ》が出て眠《ね》て了《しま》った。不図目が覚めて、部屋の内《なか》を見廻した時は、点《つ》けて置かなかった筈《はず》の洋燈《ランプ》が寂しそうに照《てら》して、夕飯の膳《ぜん》も片隅《かたすみ》に置いてある。自分は未《ま》だ洋服のまま。丑松の心地《こころもち》は一時間余も眠ったらしい。戸の外には時雨《しぐれ》の降りそそぐ音もする。起き直って、買って来た本の黄色い表紙を眺《なが》めながら、膳を手前へ引寄せて食った。飯櫃《おはち》の蓋《ふた》を取って、あつめ飯《こせ》の臭気《におい》を嗅《か》いで見ると、丑松は最早《もう》嘆息して了って、そこそこにして膳を押遣《おしや》ったのである。『懺悔録《ざんげろく》』を披《ひろ》げて置いて、先《ま》ず残りの巻煙草《まきたばこ》に火を点けた。

この本の著者——猪子蓮太郎《いのこれんたろう》の思想は、今の世の下層社会の「新しい苦痛」を表白《あらわ》すと言われている。人によると、あの男ほど自分を吹聴《ふいちょう》するものは無いと言って、妙に毛嫌《けぎらい》するような手合《てあい》もある。成程《なるほど》、その筆にはいつも一種の神経質があった。到底蓮太郎は自分を離れて説話《はなし》をすることの出来ない人であった。しかし思想が剛健で、しかも観察の精緻《せいち》を兼ねて、人を吸引《ひきつ》ける力の壮《さか》んに溢《あふ》れているということは、一度その著述を読んだものの誰《だれ》しも感ずる特色なのである。蓮太郎は貧民、労働者、または新平民等《など》の生活状態を研究して、社会の下層を流れる清水に掘りあてるまでは倦《う》まず撓《たわ》まず努力《つと》めるばかりでなく、またそれを読者の前に突着けて、右からも左からも説明《ときあか》して、呑込《のみこ》めないと思うことは何度繰返しても、読者の腹《おなか》の中に置かなければ承知しないという遣方《やりかた》であった。尤《もっと》も蓮太郎のは哲学とか経済とかの方面からそういう問題《ことがら》を取扱わないで、寧《むし》ろ心理の研究に基礎《どだい》を置いた。文章はただ岩石を並べたように思想を並べたもので、露骨《むきだし》なところに反《かえ》って人を動かす力があったのである。

しかし丑松が蓮太郎の書いたものを愛読するのは唯《ただ》それだけの理由からでは無い。新しい思想家でもあり戦士でもある猪子蓮太郎という人物が穢多《えた》の中から産れたという事実は、丑松の心に深い感動を与えたので――まあ、丑松の積りでは、隠《ひそか》に先輩として慕っているのである。同じ人間でありながら、自分等《ら》ばかりそんなに軽蔑《けいべつ》される道理が無い、という烈《はげ》しい意気込を持つようになったのも、実はこの先輩の感化であった。こういう訳から、蓮太郎の著述といえば必ず買って読む。雑誌に名が出る、必ず目を通す。読めば読む程《ほど》丑松はこの先輩に手を引かれて、新しい世界の方へ連れて行かれるような気がした。穢多としての悲しい自覚はいつの間にかその頭を擡《もちあ》げたのである。

今度の新著述は、「我は穢多なり」という文句で始めてあった。その中には同族の無智《むち》と零落（二八）とが活《い》きた画《え》のように描いてあった。その中には多くの正直な男女《おとこおんな》が、ただ穢多の生れというばかりで、社会から捨てられて行く光景《ありさま》も写してあった。その中には又、著者の煩悶《はんもん》の歴史、歓《うれ》し哀《かな》しい過去の追想《おもいで》、精神の自由を求めて、しかもそれが得られないで、不調和な社会の為《ため》に苦《くるし》みぬいた懐疑《うたがい》の昔語《むかしがたり》から、朝空を望むような新しい生涯《しょうがい》に入るまで――熱心な男性《おとこ》の嗚咽《すすりなき》が声を聞くように書きあらわしてあった。

新しい生涯――それが蓮太郎には偶然なつまずきから開けたのである。生れは信州高《たか》遠《とお》の人。古い穢多の宗族《いえがら》ということは、丁度長野の師範校に心理学の講師として来ていた頃《ころ》――丑松がまだ入学しない以前《まえ》――同じ南信《なんしん》の地方から出て来た二三の生徒の口から泄《も》れた。講師の中に賤民《せんみん》の子がある。この噂《うわさ》が全校へ播《ひろが》った時は、一同驚愕《おどろき》と疑心《うたがい》とで動揺した。ある人は蓮太郎の人物を、ある人はその容貌《ようぼう》を、ある人はその学識を、いずれも穢多の生れとは思われないと言って、どうしても虚言《うそ》だと言張《いいは》るのであった。放逐、放逐、声は一部の教師仲間の嫉妬《しっと》から起った。嗚呼《ああ》、人種の偏執ということが無いものなら、「キシネフ」[一九]で殺される猶太人《ユダヤじん》もなかろうし、西洋で言囃《いいはや》す黄禍《こうか》の説[二〇]もなかろう。無理が通れば道理が引込むというこの世の中に、誰が穢多の子の放逐を不当だと言うものがあろう。いよいよ蓮太郎が身の素性《すじょう》を自白して、多くの校友に別離《わかれ》を告げて行く時、この講師の為に同情《おもいやり》の涙《なんだ》を流すものは一人もなかった。蓮太郎は師範校の門を出て、「学問の為の学問」を捨てたのである。

この当時の光景《ありさま》は『懺悔録』の中に精《くわ》しく記載してあった。丑松は身につまされるかして、幾度《いくたび》か読みかけた本を閉じて、目を瞑《つぶ》って、やがてそれを読むのは苦しくなって来た。同情《おもいやり》は妙なもので、反って底意を汲《く》ませないようなことがある。それに蓮太郎の筆は、面白く読ませるというよりも、考えさせる方だ。終《しまい》には丑松も書いてあることを離れて了って、自分の一生ばかり思いつづけながら読んだ。

今日まで丑松が平和な月日を送って来たのは——主に少年時代からの境遇にある。そもそもは小諸《こもろ》の向町《むかいまち》（穢多町）の生れ。北佐久《きたさく》の高原に散布する新平民の種族の中でも、殊《こと》に四十戸ばかりの一族《いちまき》の「お頭《かしら》」と言われる家柄であった。獄卒《ろうもり》と捕吏《とりて》とは、維新前まで、先祖代々の職務《つとめ》であって、父はその監督の報酬《むくい》として、租税を免ぜられた上、別に俸米《ふち》をあてがわれた。それ程の男であるから、貧苦と零落との為め小県郡《ちいさがたごおり》の方へ家を移した時にも、八歳の丑松を小学校へやることは忘れなかった。丑松が根津村《ねつむら》の学校へ通うようになってからは、もう普通《なみ》の児童《こども》で、誰もこの可憐《かれん》な新入生を穢多の子と思うものはなかったのである。最後に父は姫子沢《ひめこざわ》の谷間《たにあい》に落着いて、叔父夫婦も一緒に移り住んだ。異《かわ》った土地で知るものは無し、強いて是方《こちら》から言う必要もなし、といったような訳で、終《しまい》には慣れて、少年の丑松は一番早く昔を忘れた。官費の教育を受ける為に長野へ出掛ける頃は、ただ先祖の昔話としか考えていなかった位で。

こういう過去の記憶は今丑松の胸の中に復活《いきかえ》った。七つ八つの頃まで、よく他《ほか》の小供に調戯《からか》われたり、石を投げられたりした、その恐怖《おそれ》の情はふたたび起って来た。朦朧《おぼろげ》ながらあの小諸の向町に居た頃のことを思出した。移住する前に死んだ母親のことなぞを思出した。「我は穢多なり」——ああ、どんなにこの一句が丑松の若い心を掻乱《かきみだ》したろう。『懺悔録』を読んで、反って丑松はせつない苦痛《くるしみ》を感ずるようになった。

第弐章

(一)

毎月二十八日は月給の渡る日とあって、学校では人々の顔付も殊に引立って見えた。課業の終《おわり》を告げる大鈴《おおすず》が鳴り渡ると、男女《おとこおんな》の教員はいずれも早々に書物を片付けて、受持々々の教室を出た。悪戯盛《いたずらざか》りの少年の群《むれ》は、一時に溢《あふ》れて、その騒《さわが》しさ。弁当草履を振廻し、「ズック」(二一)の鞄《かばん》を肩に掛けたり、風呂敷包《ふろしきづつみ》を背負《しょ》ったりして、声を揚げながら帰って行った。丑松《うしまつ》もまた高等四年(二二)の一組を済まして、左右《みぎひだり》に馳《は》せちがう生徒の中を職員室へと急いだのである。

校長は応接室に居た。この人は郡視学(二三)が変ると一緒にこの飯山《いいやま》へ転任して来たので、丑松や銀之助よりも後から入った。学校の方から言うと、二人は校長の小舅《こじゅうと》(二四)にあたる。その日は郡視学と二三の町会議員とが参校して、校長の案内で、各教場の授業を少許《すこし》ずつ観《み》た。郡視学が校長に与えた注意というは、職員の監督、日々《にちにち》の教案の整理、黒板机腰掛などの器具の修繕、又は学生の間に流行する「トラホオム」(二五)の衛生法等《とう》、主に児童教育の形式に関した件《こと》であった。応接室へ帰ってから、一同雑談で持切って、室内に籠《こも》る煙草《たばこ》の烟《けむり》は丁度白い渦《うず》のよう。茶でも出すと見えて、小使は出たり入ったりしていた。

この校長に言わせると、教育は則《すなわ》ち規則であるのだ。郡視学の命令は上官の命令であるのだ。もともと軍隊風に児童を薫陶《くんとう》(二六)したいと言うのがこの人の主義で、日々《にちにち》の挙動も生活も凡《すべ》てそれから割出してあった。時計のように正確に——これが座右の銘でもあり、生徒に説いて聞かせる教訓でもあり、また職員一同を指揮《さしず》する時の精神でもある。世間を知らない青年教育者の口癖に言うようなことは、無用な人生の装飾《かざり》としか思わなかった。この主義で押通して来たのが遂《つい》に成功して——まあすくなくとも校長の心地《こころもち》だけには成功して、功績表彰の文字を彫刻した名誉の金牌《きんぱい》を授与されたのである。

丁度その一生の紀念が今応接室の机の上に置いてあった。人々の視線は燦然《さんぜん》とした黄金の光輝《ひかり》に集《あつま》ったのである。一人の町会議員はその金質を、一人はその重量《めかた》と直径《さしわたし》とを、一人はその見積りの代価を、いずれも心に商量したり感嘆したりして眺《なが》めた。十八金、直径《さしわたし》九分（二七）、重量《めかた》五匁（二八）、代価凡《およ》そ三十円（二九）――これが人々の終《しまい》に一致した評価で、別に添えてある表彰文の中には、よく教育の施設をなしたと書いてあった。県下教育の上に貢献するところ尠《すくな》からずと書いてあった。「基金令第八条（三〇）の趣旨に基《もとづ》き、金牌を授与し、之《これ》を表彰す」とも書いてあった。

「実に今回のことは校長先生の御名誉ばかりじゃ有《あり》ません、吾《わが》信州教育界の名誉です」と髯《ひげ》の白い町会議員は改《あらたま》って言った。金縁眼鏡の議員はその尾に附《つ》いて、

「就きましては、有志の者が寄りまして御祝《おいわい》の印《しるし》ばかりに粗酒を差上げたいと存じますが――いかがでしょう、今晩三浦屋まで御出《おいで》を願えましょうか。郡視学さんも、何卒《どうか》まあ是非御同道を」

「いや、そういう御心配に預《あずか》りましては実に恐縮します」と校長は倚子《いす》を離れて挨拶《あいさつ》した。

「今回のことは、教育者に取りましてこの上もない名誉な次第で、非常に私も嬉《うれ》しく思ってはいるのですが――考えて見ますと、これぞと言って功績のあった私ではなし、実はこういう金牌なぞを頂戴《ちょうだい》して、反《かえ》って身の不肖を恥ずるような次第で」

「校長先生、そう仰《おっしゃ》って下すっては、使《つかい》に来た私共が困ります」と瘠《や》せぎすな議員が右から手を擦《も》みながら言った。

「御辞退下さる程の御馳走《ごちそう》は有ませんのですから」

と白髯《しらひげ》の議員は左から歎願《たんがん》した。

校長の眼は得意と喜悦《よろこび》とで火のように輝いた。いかにも心中の感情を包みきれないという風で、胸を突出して見たり、肩を動《ゆす》って見たりして、やがて郡視学の方へ向いてこう尋ねた。

「どうですな、貴方《あなた》の御都合は」

と言われて、郡視学は鷹揚《おうよう》な微笑《ほほえみ》を口元に湛《たた》えながら、

「折角皆さんがああ言って下さる。御厚意を無にするのは反って失礼でしょう」

「御尤《ごもっとも》です――いや、それではいずれ後刻御目に懸って、御礼を申上げるということにしましょう。何卒《どうか》皆さんへも宜敷《よろしく》仰って下さい」

と校長は丁寧に挨拶した。

実際、地方の事情に遠いものはこの校長の現在の位置を十分会得《えとく》することが出来ないであろう。地方に入って教育に従事するものの第一の要件は――外でもない、この校長のような凡俗な心づかいだ。曾《かつ》て学校の窓で想像した種々《さまざま》の高尚《こうしょう》な事をそういつまでも考えて、俗悪な趣味を嫌《いと》い避けるようでは、一日たりとも地方の学校の校長は勤まらない。有力者の家《うち》なぞに、悦《よろこ》びもあり哀《かな》しみもあれば、人と同じように言い入れて、振舞の座には神主坊主《ぼうず》と同席に座《す》えられ、すこしは地酒の飲みようも覚え、土地の言葉も可笑《おか》しくなく使用《つか》える頃《ころ》には、いずれ自然と学問を忘れて、無教育な人にも馴染《なじ》むものである。賢いと言われる教育者は、いずれも町会議員なぞに結托《けったく》して、位置の堅固を計るのが普通だ。

帽子を執って帰って行く人々の後に随《つ》いて、校長はそこまで見送って出た。やがて玄関で挨拶して別れる時、互《たがい》にこういう言葉を取替《とりかわ》した。

「では、郡視学さんも御誘い下すって、学校から直《すぐ》に御出を」

「恐れ入りましたなあ」

（二）

「小使」

と呼ぶ校長の声は長い廊下に響き渡った。

生徒はもう帰って了《しま》った。教場の窓は皆《みん》な閉《しま》って、運動場《うんどうば》に庭球《テニス》する人の影も見えない。急に周囲《そこいら》は森閑として、時々職員室に起る笑声《わらいごえ》の外には、寂《さみ》しい静かな風琴《ふうきん》（三二）の調《しらべ》がとぎれとぎれに二階から聞えて来る位のものであった。

「へい、何ぞ御用で御座《ござ》いますか」と小使は上草履を鳴らして駈寄《かけよ》る。

「あ、ちょと、気の毒だがねえ、もう一度役場へ行って催促して来てくれないか。金銭《おかね》を受取ったら直《すぐ》に持って来てくれ――皆さんも御待兼《おまちかね》だ」

こう命じて置いて、校長は応接室の戸を開けて入った。見れば郡視学は巻煙草《まきたばこ》を燻《ふか》しながら、独りで新聞を読み耽《ふけ》っている。「失礼しました」と声を掛けて、その側《わき》へ自分の椅子《いす》を擦寄《すりよ》せた。

「見たまえ、まあこの信濃毎日《しなのまいにち》（三三）を」と郡視学は馴々《なれなれ》しく、「君が金牌《きんぱい》を授与されたということから、教育者の亀鑑《きかん》（三三）だということまで、委《くわ》しく書いて有《あり》ますよ。表彰文は全部。それに、履歴までも」

「いや、今度の受賞は大変な評判になって了いました」と校長も喜ばしそうに、「何処《どこ》へ行っても直にその話が出る。実に意外な人まで知っていて、祝ってくれるような訳で」

「結構です」

「これというのも貴方《あなた》の御骨折から――」

「まあそれは言わずに置いて貰《もら》いましょう」と郡視学は対手《あいて》の言葉を遮《さえぎ》った。「御互様《おたがいさま》のことですからな。はははははは。しかし吾党《わがとう》の中から受賞者を出したのは名誉さ。君の御喜悦《およろこび》も御察し申す」

「勝野君《かつのくん》も非常に喜んでくれましてね」

「甥《おい》がですか、ああそうでしたろう。私の許《ところ》へも長い手紙をよこしましたよ。それを読んだ時は、彼男《あの》の喜ぶ顔付《かおつき》が目に見えるようでした。実際、甥は貴方の為《ため》を思っているのですからな」

郡視学が甥と言ったのは、検定試験を受けて、合格して、此頃《このごろ》新しく赴任して来た正教員。勝野文平《ぶんぺい》というのがその男の名である。割合に新参の校長は文平を引立てて、自分の味方に附《つ》けようとしたので。尤《もっと》も席順から言えば、丑松《うしまつ》は首座。生徒の人望は反《かえ》って校長の上にある程。銀之助とても師範出の若手。いかに校長が文平を贔顧《ひいき》だからと言って、二人の位置を動かす訳にはいかない。文平は第三席に着けられて出たのであった。

「それに引換えて瀬川君の冷淡なことは」と校長は一段声を低くした。

「瀬川君？」と郡視学も眉《まゆ》をひそめる。

「まあ聞いて下さい。万更の他人が受賞したではなし、定めし瀬川君だっても私の為に喜んでいてくれるだろう、とこう貴方なぞは御考えでしょう。ところが大違いです。こりゃあ、まあ、私が直接《じか》に聞いたことでは無いのですけれど——又、私に面と向って、まさかにそんなことが言えもしますまいが——というのは、教育者が金牌なぞを貰って鬼の首でも取ったように思うのは大間違《おおまちがい》だと。そりゃあなるほど人爵《じんしゃく》の一つでしょう。(三四)瀬川君なぞに言わせたら価値《ねうち》の無いものでしょう。然《しか》し金牌は表章《しるし》です。表章が何も難有《ありがた》くは無い。唯《ただ》その意味に価値《ねうち》がある。ははははは、まあそうじゃ有ますまいか」

「どうしてまた瀬川君はそんな思想《かんがえ》を持つのだろう」と郡視学は嘆息した。

「時代から言えば、あるいは吾儕《われわれ》の方が多少後《おく》れているかも知れません。しかし新しいものが必ずしも好《い》いとは限りませんからねえ」と言って校長は嘲《あざけ》ったように笑って、「なにしろ、瀬川君や土屋君がああしていたんじゃ、万事私も遣《や》りにくくて困る。同志の者ばかり集《あつま》って、一致して教育事業をやるんでもなけりゃあ、到底面白くはいきませんさ。勝野君が首座ででもあってくれると、私も大きに安心なんですけれど」

「そんなに君が面白くないものなら、何とか其処《そこ》には方法も有そうなものですがなあ」と郡視学は意味ありげに相手の顔を眺《なが》めた。

「方法とは？」と校長も熱心に。

「他《ほか》の学校へ移すとか、後釜《あとがま》へは――それ、君の気に入った人を入れるとかサ」

「そこです――同じ移すにしても、何か口実が無いと――余程そこは巧《うま》くやらないと――あれで瀬川君はなかなか生徒間に人望が有ますから」

「そうさ、過失の無いものに向って、出て行けとも言われん。はははは、余りまた細工をしたように思われるのも厭《いや》だ」と言って郡視学は気を変えて、「まあ私の口から甥《ほ》を褒めるでも有ませんが、貴方の為には必定《きっと》御役に立つだろうと思いますよ。瀬川君に比べると、勝るとも劣ることは有るまいという積りだ。一体瀬川君は何処《どこ》が好いんでしょう。どうしてあんな教師に生徒が大騒ぎをするんだか――私なんかにはさっぱり解《わか》らん。他《ひと》の名誉に思うことを冷笑するなんて、どういうことがそんならば瀬川君なぞには難有いんです」

「先《ま》ず猪子蓮太郎《いのこれんたろう》あたりの思想でしょうよ」

「むむ――あの穢多《えた》か」と郡視学は顔を渋《しか》める。

「ああ」と校長も深く歎息《たんそく》した。「猪子のような男の書いたものが若いものに読まれるかと思えば恐しい。不健全、不健全――今日の新しい出版物は皆な青年の身をあやまる原因《もと》なんです。その為に畸形《かたわ》の人間が出来て見たり、狂《きちがい》見たような男が飛出したりする。ああ、ああ、今の青年の思想ばかりはどうしても吾儕《われわれ》に解りません」

（三）

不図応接室の戸を叩《たた》く音がした。急に二人は口を噤《つぐ》んだ。復《ま》た叩く。「お入り」と声をかけて、校長は倚子《いす》を離れた。郡視学も振返って、戸を開けに行く校長の後姿《うしろすがた》を眺《なが》めながら、誰《だれ》、町会議員からの使《つかい》でもあるか、こう考えて、入って来る人の様子を見ると——思いの外な一人の教師、つづいてあらわれたのが丑松《うしまつ》であった。校長は思わず郡視学と顔を見合せたのである。

「校長先生、何か御用談中じゃ有《あり》ませんか」

と丑松は尋ねた。校長は一寸微笑《ちょつとほほえ》んで、

「いえ、なに、別に用談でも有ませんー—今二人で御噂《おうわさ》をしていたところです」

「実はこの風間《かざま》さんですが、是非郡視学さんに御目に懸って、直接に御願いしたいことがあるそうですから」

こう言って、丑松は一緒に来た同僚を薦《すす》めるようにした。

風間敬之進《けいのしん》は、時世の為《ため》に置去《おきざり》にされた、老朽な小学教員の一人。丑松や銀之助などの若手に比べると、阿爺《おやじ》にしてもよい程の年頃《としごろ》である。黒木綿の紋付羽織、垢染《あかじ》みた着物、粗末な小倉《こくら》(三五)の袴《はかま》を着けて、兢々《おずおず》郡視学の前に進んだ。下り坂の人は気の弱いもので、すこし郡視学に冷酷な態度《ようす》が顕《あらわ》れると、もう妙に固くなって思うことを言いかねる。

「何ですか、私に用事があると仰《おつしや》るのは」こう催促して、郡視学は威丈高《いたけだか》になった。あまり敬之進が躊躇《ぐずぐず》しているので、終《しまい》には郡視学も気を苛《いら》って、時計を出して見たり、靴《くつ》を鳴らして見たりして、

「どういう御話ですか。仰って見て下さらなければ解《わか》りませんなあ」

もどかしく思いながら椅子を離れて立上るのであった。敬之進は猶々《なおなお》言いかねるという様子で、

「実は――すこし御願いしたい件《こと》が有まして」

「ふむ」

復《ま》た室《しつ》の内《なか》は寂《しん》として暫時《しばらく》声がなくなった。首を垂れながら少許《すこし》慄《ふる》えている敬之進を見ると、丑松は哀憐《あわれみ》の心を起さずにいられなかった。郡視学は最早《もう》堪《こら》えかねるという風で、

「私はこれで多忙《いそが》しい身体《からだ》です。何か仰ることがあるなら、ずんずん仰って下さい」

丑松は見るに見かねた。

「風間さん、そんなに遠慮しない方が可《いい》じゃ有ませんか。貴方《あなた》は退職後のことを御相談して頂きたいというんでしたろう」こう言って、やがて郡視学の方へ向いて、「私から伺います。まあ、風間さんのように退職となった場合には、恩給を受けさして頂く訳に参りませんものでしょうか」

「無論です、そんなことは」と郡視学は冷《ひやや》かに言放った。「小学校令の施行規則を出して御覧なさい」

「そりゃあ規則は規則ですけれども」

「規則に無いことが出来るものですか。身体が衰弱して、職務を執るに堪《た》えないから退職する――それを是方《こちら》で止める権利は有ません。然《しか》し、恩給を受けられるという人は、満十五カ年以上在職したものに限った話です。風間さんのは十四カ年と六カ月にしかならない」

「でも有ましょうが、僅《わず》か半歳《はんとし》のことで教育者を一人御救い下さるとしたら」

「そんなことを言って見た日にゃあ際涯《さいげん》が無い。何ぞと言うと風間さんは直《すぐ》に家の事情、家の事情だ。誰だって家の事情のないものはありゃしません。まあ、恩給のことなぞは絶念《あきら》めて、折角御静養なさるが可《い》いでしょう」

こう撥付《はねつ》けられては最早取付く島が無いのであった。丑松は気の毒そうに敬之進の横顔を熟視《みまも》って、

「どうです風間さん、貴方からも御願いして見ては」

「いえ、只今《ただいま》の御話を伺えば――別に――私から御願《おねがい》するまでも有ません。御言葉に従って、絶念《あきら》めるより外は無いと思います」

その時小使が重たそうな風呂敷包《ふろしきづつみ》を提げて役場から帰って来た。このしらせを機《しお》に、郡視学は帽子を執って、校長に送られて出た。

（四）

男女の教員は広い職員室に集《あつま》っていた。その日は土曜日で、月給取の身にとっては反《かえ》って翌《あす》の日曜よりも楽しく思われたのである。ここに集る人々の多くは、日々《にちにち》の長い勤務《つとめ》と、多数の生徒の取扱とに疲《くたぶ》れて、さして教育の事業に興味を感ずるでもなかった。中には児童を忌《い》み嫌《きら》うようなものもあった。三種講習（二六）を済まして、及第して、漸《ようや》く煙草《たばこ》のむことを覚えた程の年若な準教員なぞは、まだ前途《さき》が長いところからして楽しそうにも見えるけれど、既に

老朽と言われて髭《ひげ》ばかり厳《いかめ》しく生えた手合なぞは、述懐したり、物羨《ものうらや》みしたりして、外目《よそめ》にも可傷《いたわ》しく思いやられる。一月《ひとつき》の骨折の報酬《むくい》を酒に代える為《ため》、今ここに待っているような連中もあるのであった。

丑松《うしまつ》は敬之進と一緒に職員室へ行こうとして、廊下のところで小使に出逢《であ》った。

「風間《かざま》先生、笹屋《ささや》の亭主が御目に懸りたいと言って、先刻《さっき》から来て待っておりやす」

不意を打たれて、敬之進はさも苦々しそうに笑った。

「何？　笹屋の亭主？」

笹屋とは飯山《いいやま》の町はずれにある飲食店、農夫の為に地酒を暖めるような家《うち》で、老朽な敬之進が浮世を忘れる隠れ家ということは、疾《とく》に丑松も承知していた。きょう月給の渡る日と聞いて、酒の貸《かし》の催促に来たか、とは敬之進の寂しい苦笑《にがわらい》で知れる。「ちょッ、学校まで取りに来なくてもよさそうなものだ」と敬之進は独語《ひとりごと》のように言った。「いいから待たして置け」と小使に言含《いいふく》めて、やがて二人して職員室へと急いだのである。

十月下旬の日の光は玻璃窓《ガラスまど》から射入《さしい》って、煙草の烟《けむり》に交る室内の空気を明《あかる》く見せた。彼処《あそこ》の掲示板の下に一群《ひとむれ》、是処《ここ》の時間表の側《わき》に一団《ひとかたまり》、いずれも口から泡《あわ》を飛ばして言いののしっている。丑松は室の入口に立って眺《なが》めた。見れば郡視学の甥《おい》という勝野文平、灰色の壁に倚《よ》り凭《かか》って、銀之助と二人並んで話している様子。新しい艶《つや》のある洋服を着て、襟飾《えりかざり》(三七)の好みも煩《うるさ》くなく、すべて適《ふさ》わしい風俗の中《うち》に、人を吸引《ひきつ》ける敏捷《すばしこ》いところがあった。美しく撫付《なでつ》けた髪の色の黒さ。頬《ほお》の若々しさ。それにこの男の鋭い眼付《めつき》は絶えず物を穿鑿《せんさく》するようで、一時《いっとき》も静息《やす》んではいられないかのよう。これを銀之助の五分刈頭、顔の色赤々として、血肥《ちぶと》りして、形《なり》も振《ふり》も関《かま》わず腕捲《うでまく》りしながら、談《はな》したり笑ったりする肌合《はだあい》に比べたら、その二人の相違はどんなであろう。物見高い女教師連の視線はいずれも文平の身に集った。

丑松は文平の瀟洒《こざっぱり》とした風采《なりふり》を見て、別にそれを羨《うらや》む気にもならなかった。ただ気懸りなのは、あの新教員が自分と同じ地方から来たということである。小諸辺《こもろへん》の地理にも委《くわ》しい様子から押して考えると、何時何処《いつどこ》で瀬川の家の話を聞かまいものでもなし、広いようで狭い世間の悲しさ、あの「お頭《かしら》」は今これこれだと言う人でもあった日には――無論今となってそんなことを言うものも有るまいが――まあ万々一――それこそあの教員も聞捨《ききず》てには為《し》まい。こう丑松は猜疑深《うたがいぶか》く推量して、何となく油断がならないように思うのであった。不安な丑松の眼《まなこ》には種々《さまざま》な心配の種が映って来たのである。

やがて校長は役場から来た金の調べを終った。それぞれ分配するばかりになったので、丑松は校長を助けて、人々の机の上に十月分の俸給を載せてやった。

「土屋君、さあ御土産」

と銀之助の前にも、五十銭ずつ封じた銅貨を幾本か並べて、外に銀貨の包《つつみ》と紙幣《さつ》とを添えて出した。

「おやおや、銅貨を沢山くれるねえ」と銀之助は笑って、「こんなにあっては持上がりそうも無いぞ。はははは。時に、瀬川君、きょうは御引越が出来ますね」

丑松は笑って答えなかった。傍《そば》に居た文平は引取って、

「どちらへか御引越ですか」

「瀬川君は今夜から精進料理《しょうじん》さ」

「ははははは」

と笑い葬《ほうむ》って、丑松は素早く自分の机の方へ行って了《しま》った。

毎月のこととは言いながら、俸給を受取った時の人々の顔付は又格別であった。実に男女の教員の身にとっては、労働《はたら》いて得た収穫を眺めた時ほど愉快に感ずることは無いのである。ある人は紙の袋に封じたままの銀貨を鳴らしてみる、ある人は風呂敷《ふろしき》に包んで重たそうに提げて見る、ある女教師は又、海老茶袴《えびちゃばかま》(三八)の紐《ひも》の上から撫《な》でて、人知れず微笑《ほほえ》んで見るのであった。急に校長は椅子《いす》を離れて、用事ありげに立上った。何事かと人々は聞耳を立てる。校長は一つ咳払《せきばら》いして、さて器械的な改った調子で、敬之進が退職の件《こと》を報告した。就いては来《きた》る十一月の三日、天長節(三九)の式の済んだ後《あと》、この老功な教育者の為に茶話会《ちゃわかい》を開きたいと言出した。賛成の声は起る。敬之進はすっくと立って、一礼して、やがて拍子の抜けたように元の席へ復《かえ》った。

一同帰り仕度を始めたのは間も無くであった。男女の教員が敬之進を取囲《とりま》いて、いろいろ言い慰めている間に、ついと丑松は風呂敷包を提《ひっさ》げて出た。銀之助が友達を尋《さが》して歩いた時は、職員室から廊下、廊下から応接室、小使部屋、昇降口まで来て見ても、もう何処にも丑松の姿は見えなかったのである。

（五）

丑松《うしまつ》は大急ぎで下宿へ帰った。月給を受取って来て妙に気強いような心地《こころもち》にもなった。昨日は湯にも入らず、煙草《たばこ》も買わず、早く蓮華寺《れんげじ》へ、と思いあせるばかりで、暗い一日《ひとひ》を過したのである。実際、懐中《ふところ》に一文の小使もなくて、笑うという気には誰《だれ》がなろう。すっかり下宿の払いを済まし、車さえ来れば直《すぐ》に出掛けられるばかりに用意して、さて巻煙草に火を点《つ》けた時は、言うに言われぬ愉快を感ずるのであった。

引越は成るべく目立たないように、という考えであった。気掛りなは下宿の主婦《かみさん》の思惑《おもわく》で――まあ、この突然《だしぬけ》な転宿《やどがえ》を何と思って見ているだろう。何かあの放逐された大尽と自分との間には一種の関係があって、それで面白くなくて引越すとでも思われたらどうしよう。あの愚痴な性質から、根彫葉刻《ねほりはほり》(四〇)聞咎《ききとが》めて、何故《なぜ》引越す、こう聞かれたら何と返事をしたものであろう。そこがそれ、引越さなくても可《い》いものを無理に引越すのであるから、何となく妙に気が咎《とが》める。下手なことを言出せば反《かえ》って藪蛇《やぶへび》だ。「都合があるから引越す」理由はそれで沢山だ。こう種々《いろいろ》に考えて、疑ったり恐れたりして見たが、多くの客を相手にする主婦《かみさん》の様子はそう心配した程でも無い。そうこうする中《うち》に、頼んで置いた車も来る。荷物と言えば、本箱、机、柳行李《やなぎごうり》(四一)、それに蒲団《ふとん》の包《つつみ》があるだけで、道具は一切一台の車で間に合った。丑松は洋燈《ランプ》を手に持って、主婦《かみさん》の声に送られて出た。

こうして車の後に随《つ》いて、とぼとぼと二三町も歩いて来たかと思われる頃《ころ》、今までの下宿の方を一寸《ちよつと》振返って見た時は、思わずホッと深い溜息《ためいき》を吐《つ》いた。道路《みち》は悪し、車は遅し、丑松は静かに一生の変遷《うつりかわり》を考えて、自分で自分の運命を憐《あわれ》みながら歩いた。寂しいとも、悲しいとも、可笑《おか》しいとも、何ともかとも名の附《つ》けようのない心地《こころもち》は烈《はげ》しく胸の中を往来し始める。追憶《おもいで》の情は身に迫って、無限の感慨を起させるのであった。それは十一月の近《ちか》づいたことを思わせるような蕭条《しようじよう》（四二）とした日で、湿った秋の空気が薄い烟《けぶり》のように町々を引包んでいる。路傍《みちばた》に黄ばんだ柳の葉はぱらぱらと地に落ちた。

途中で紙の旗を押立てた少年の一群《ひとむれ》に出遇《であ》った。音楽隊の物真似《ものまね》、唱歌の勇しさ、笛太鼓も入乱れ、足拍子揃《そろ》えて面白可笑しく歌って来るのは何処《どこ》の家《うち》の子か——ああ尋常科の生徒だ。見ればその後に随いて、少年と一緒に歌いながら、人目も関《かま》わずやって来る上機嫌《じようきげん》の酔漢《よい》がある。蹣跚《よろよろ》とした足元で直に退職の敬之進と知れた。

「瀬川君、一寸まあ見てくれ給《たま》え——これが我輩《わがはい》の音楽隊さ」

と指《ゆびさ》しながら熟柿臭《じゆくしくさ》い呼吸《いき》を吹いた。敬之進は何処かで飲んで来たものと見える。指された少年の群は一度にどっと声を揚げて、自分達《たち》の可傷《あわれ》な先生を笑った。

「始めえ——」敬之進は戯《たわむ》れに指揮するような調子で言った。「諸君。まあ聞き給え。今日《こんにち》まで我輩は諸君の先生だった。明日《あす》からは最早《もう》諸君の先生じゃ無い。そのかわり、諸君の音楽隊の指揮をしてやる。よしか。解《わか》ったかね。あははは」と笑ったかと思うと、熱い涙《なんだ》はその顔を伝って流れ落ちた。

無邪気な音楽隊は、一斉《いつせい》に歓呼を揚げて、足拍子揃えて通過《とおりす》ぎた。敬之進は何か思出《おもいだ》したように、熟《じっ》とその少年の群を見送っていたが、やがて心付いて歩き初めた。

「まあ、君と一緒に其処《そこ》まで行こう」と敬之進は身を慄《ふる》わせながら、「時に瀬川君、まだこの通り日も暮れないのに、洋燈《ランプ》を持って歩くとはどういう訳だい」

「私ですか」と丑松は笑って、「私は今引越をするところです」

「ああ引越か。それで君は何処へ引越すのかね」

「蓮華寺へ」

蓮華寺と聞いて、急に敬之進は無言になって了《しま》った。暫時《しばらく》の間、二人は互《たがい》に別々のことを考えながら歩いた。

「ああ」と敬之進はまた始めた。「実に瀬川君なぞは羨《うらや》ましいよ。だって君、そうじゃないか。君なぞは未《ま》だ若いんだもの。前途多望とは君等《ら》のことだ。何卒《どうか》して我輩も、もう一度君等のように若くなって見たいなあ。ああ、人間も我輩のように老込《おいこ》んで了っては駄目《だめ》だねえ」

(六)

車は遅かった。丑松《うしまつ》敬之進の二人は互に並んで話し話し随《つ》いて行った。とある町へ差掛かった頃《ころ》、急に車夫は車を停《と》めて、冷々《ひやびや》とした空気を呼吸しながら、額に流れる汗を押拭《おしぬぐ》った。見れば町の空は灰色の水蒸気に包まれて了って、僅《わずか》に西の一方に黄な光が深く輝いている。いつもより早く日は暮れるらしい。遽《にわか》に道路《みち》も薄暗くなった。まだ灯《あかり》を点《つ》ける時刻でもあるまいに、もう一軒点けた家《うち》さえある。その軒先には三浦屋の文字が明白《ありあり》と読まれるのであった。

盛《さかん》な歓楽の声は二階に湧上《わきあが》って、屋外《そと》に居る二人の心に一層の不愉快と寂寥《さびしさ》とを添えた。丁度人々は酒宴《さかもり》の最中。灯影《ほかげ》花やかに映って歌舞の巷《ちまた》とは知れた。三味《しゃみ》は幾挺《いくちょう》かおもしろい音《ね》を合せて、障子に響いて媚《こ》びるように聞える。急に勇しい太鼓も入った。時々唄《うた》に交って叫ぶように聞えるは、囃方《はやしかた》の娘の声であろう。これもまた、招《よ》ばれて行く妓《こ》と見え、箱屋(四三)一人連れ、褄《つま》高く取って、いそいそと二人の前を通過《とおりす》ぎた。

客の笑声は手に取るように聞えた。その中には校長や郡視学の声も聞えた。人々は飲んだり食ったりして時の移るのも知らないような様子。

「瀬川君、大層陽気じゃないか」と敬之進は声を潜めて、「や、大一座《おおいちざ》だ。一体今宵《こんや》は何があるんだろう」

「まだ風間《かざま》さんには解《わか》らないんですか」と丑松も聞耳を立てながら言った。

「解らないさ。だって我輩《わがはい》は何《なん》にも知らないんだもの」

「ホラ、校長先生の御祝《おいわい》でさあね」

「むむ——むむ——むむ、そうですかい」

一曲の唄が済んで、盛な拍手が起った。また盃《さかずき》の交換《とりやり》が始ったらしい。若い女の声で、「姉さん、お銚子《ちょうし》」などと呼び騒ぐのを聞捨てて、丑松敬之進の二人は三浦屋の側《わき》を横ぎった。

車は知らない中《うち》に前《さき》へ行って了った。次第に歌舞の巷を離れると、太鼓の音も遠く聞えなくなる。敬之進は嘆息したり、沈吟したりして、時々絶望した人のように唐突《だしぬけ》に大きな声を出して笑った。「浮世《ふせい》夢のごとし」(四四)――それに勝手な節を付けて、低声に長く吟じた時は、聞いている丑松も沈んで了って、妙に悲しいような、可痛《いたま》しいような心地《こころもち》になった。

「吟声調《ちょう》を成さず――ああ、ああ、折角の酒も醒《さ》めて了った」

と敬之進は嘆息して、獣《けもの》の呻吟《うな》るような声を出しながら歩く。丑松も憐《あわれ》んで、やがてこう尋ねて見た。

「風間さん、貴方《あなた》は何処まで行くんですか」

「我輩かね。我輩は君を送って、蓮華寺の門前まで行くのさ」

「門前まで？」

「何故《なぜ》我輩が門前まで送って行くのか、それは君には解るまい。しかしそれを今君に説明しようとも思わないのさ。御互いに長く顔は見合せていても、こうして親《ちか》しくするのは昨今だ。まあ、いつか一度、君とゆっくり話して見たいもんだねえ」

やがて蓮華寺の山門の前まで来ると、ぷいと敬之進は別れて行って了った。奥様は蔵裏《くり》の外まで出迎えて喜ぶ。車はもうとっくに。荷物は寺男の庄太《しょうた》が二階の部屋へ持運んでくれた。台所で焼く魚のにおいは、蔵裏までも通って来て、香の煙に交って、住慣れない丑松の心に一種異様の感想《かんじ》を与える。仏に物を供える為《ため》か、本堂の方へ通う子坊主《こぼうず》もあった。二階の部屋も窓の障子も新しく張替えて、前に見たよりはずっと心地《こころもち》が好《い》い。薬湯と言って、大根の乾葉《ひば》を入れた風呂《ふろ》なども立ててくれる。新しい膳《ぜん》に向って、うまそうな味噌汁《みそしる》の香《におい》を嗅《か》いで見た時は、第一この寂しげな精舎《しょうじゃ》(四五)の古壁の内に意外な家庭の温暖《あたたかみ》を看付けたのであった。

第参章

(一)

もとより銀之助は丑松《うしまつ》の素性《すじょう》を知る筈《はず》がない。二人は長野の師範校に居る頃《ころ》から、極く好《よ》く気性の合った友達で、丑松が佐久小県《さくちいさがた》あたりの灰色の景色を説き出すと、銀之助は諏訪湖《すわこ》の畔《ほとり》の生れ故郷の物語を始める、丑松が好きな歴史の話をすれば、銀之助は植物採集の興味を、と言ったような風に、互いに語り合った寄宿舎の窓は二人の心を結びつけた。同窓の記憶はいつまでも若く青々としている。銀之助は丑松のことを思う度に昔を思出して、何となく時の変遷《うつりかわり》を忍ばずにはいられなかった。同じ寄宿舎の食堂に同じ引割飯《ひきわりめし》(四六)の香《におい》を嗅《か》いだその友達に思い比べると、実に丑松の様子の変って来たことは。あの憂鬱《ゆううつ》――丑松が以前の快活な性質を失った証拠は、眼付で解《わか》る、歩き方で解る、談話《はなし》をする声でも解る。一体、何が原因《もと》で、あんなに深く沈んで行くのだろう。とんと銀之助には合点《がてん》が行かない。「何かある――必ず何か訳がある」こう考えて、どうかして友達に忠告したいと思うのであった。

丑松が蓮華寺《れんげじ》へ引越した翌日《あくるひ》、丁度日曜、午後から銀之助は尋ねて行った。途中で文平と一緒になって、二人して苔蒸《こけむ》した石の階段を上ると、咲残《さきのこ》る秋草の径《みち》の突当ったところに本堂、左は鐘楼、右が蔵裏《くり》であった。六角形に出来た経堂《きょうどう》(四七)の建築物《たてもの》もあって、勾配《こうばい》のついた瓦屋根《かわらやね》や、大陸風の柱や、白壁や、すべて過去の壮大と衰頽《すいたい》とを語るかのように見える。黄ばんだ銀杏《いちょう》の樹《き》の下に腰を曲めながら、余念もなく落葉を掃いていたのは、寺男の庄太《しょうた》。「瀬川君は居《お》りますか」と言われて、馬鹿丁寧《ばかていねい》な挨拶《あいさつ》。やがて庄太は箒《ほうき》をそこに打捨てて置いて、跣足《すあし》のままで蔵裏の方へ見に行った。

急に丑松の声がした。あおむいて見ると、銀杏に近い二階の窓の障子を開けて、顔を差出して呼ぶのであった。

「まあ、上りたまえ」

と復《ま》た呼んだ。

（二）

銀之助文平の二人は丑松《うしまつ》に導かれて暗い楼梯《はしごだん》を上《あが》って行った。秋の日は銀杏《いちょう》の葉を通して、部屋の内へ射《さ》しこんでいたので、変色した壁紙、掛けてある軸、床の間に置並べた書物《ほん》と雑誌の類《たぐい》まで、すべて黄に反射して見える。冷々《ひやひや》とした空気は窓から入って来て、この古い僧坊の内にも何となく涼爽《さわやか》な思《おもい》を送るのであった。机の上には例の『懺悔録《ざんげろく》』、読伏《ざぶ》せて置いたその本に気がついたと見え、急に丑松は片隅《かたすみ》へ押隠すようにして、白い毛布を座蒲団《ざぶとん》がわりに出して薦《すす》めた。

「よく君は引越して歩く人さ」と銀之助は身辺《あたり》を眺《なが》め廻《まわ》しながら言った。「一度瀬川君のように引越す癖が着くと、何度でも引越したくなるものと見える。まあ、部屋の具合なぞは、先《せん》の下宿の方が好《よ》さそうじゃないか」

「何故《なぜ》御引越になったんですか」と文平も尋ねて見る。

「どうも彼処《あそこ》の家《うち》は喧《やかま》しくって――」こう答えて丑松は平気を装おうとした。争われないもので、困ったという気色《けしき》はもう顔に表れたのである。

「そりゃあ寺の方が静《しずか》は静だ」と銀之助は一向頓着《とんちゃく》なく、「何だそうだねえ、先の下宿では穢多《えた》が逐出《おいだ》されたそうだねえ」

「そうそう、そういう話ですなあ」と文平も相槌《あいづち》を打った。

「だから僕《ぼく》はこう思ったのさ」と銀之助は引取って、「何かそんな一寸《ちょっと》したつまらん事にでも感じて、それであの下宿が嫌《いや》に成ったんじゃないかと」

「どうして？」と丑松は問い反《かえ》した。

「そこがそれ、君と僕と違うところさ」と銀之助は笑いながら、「実は此頃或《このいだある》雑誌を読んだところが、その中に精神病患者のことが書いてあった。こうさ。或人がその男の住居《すまい》の側《わき》に猫《ねこ》を捨てた。さあ、その猫の捨ててあったのが気になって、妻君にも相談しないで、その日の中《うち》にぷいと他《ほか》へ引越して了《しま》った。こういう病的な頭脳《あたま》の人になると、捨てられた猫を見たのが移転《ひっこし》の動機になるなぞは珍しくも無い、という話があったのさ。はははは――僕は瀬川君を精神病患者だと言う訳では無いよ。しかし君の様子を見るのに、何処《どこ》か身体《からだ》の具合でも悪いようだ。まあ、君はそうは思わないかね。だから穢多の逐出された話を聞くと、直に僕はあの猫のことを思出したのさ。それで君が引越したくなったのかと思ったのさ」

「馬鹿《ばか》なことを言いたまえ」と丑松は反返《そりかえ》って笑った。笑うには笑ったが、然《しか》しそれは可笑《おかし》くて笑ったようにも聞えなかったのである。

「いや、戯言《じょうだん》じゃない」と銀之助は丑松の顔を熟視《みまも》った。「実際、君の顔色は好《よ》くない――診て貰《もら》ってはどうかね」

「僕は君、そんな病人じゃ無いよ」と丑松は微笑《ほほえ》みながら答えた。

「しかし」と銀之助は真面目《まじめ》になって、「自分で知らないでいる病人はいくらも有る。君の身体は変調を来《きた》しているに相違ない。夜寝られないなんて言うところを見ても、どうしても生理的に異常がある――まあ僕はそう見た」

「そうかねえ、そう見えるかねえ」

「見えるともサ。妄想《もうそう》、妄想――今の患者の眼《め》に映った猫も、君の眼に映った新平民も、皆《みん》な衰弱した神経の見せる幻像《まぼろし》さ。猫が捨てられたって何だ――下らない。穢多が逐出されたって何だ――当然《あたりまえ》じゃ無いか」

「だから土屋君は困るよ」と丑松は対手《あいて》の言葉を遮《さえぎ》った。「何時《いつ》でも君は早呑込《はやのみこみ》だ。自分でこうだと決めて了うと、もう他の事は耳に入らないんだから」

「すこしそういう気味も有《あり》ますなあ」と文平は如才なく。

「だって引越し方があんまり唐突《だしぬけ》だからさ」と言って、銀之助は気を変えて、「しかし、寺の方が反って勉強は出来るだろう」

「以前《まえ》から僕は寺の生活というものに興味を持っていた」と丑松は言出した。丁度下女の袈裟《け》治《さじ》（北信《ほくしん》に多くある女の名）が湯沸《ゆわかし》を持って入って来た。

（三）

信州人ほど茶を嗜《たしな》む手合も鮮少《すくな》かろう。こういう飲料《のみもの》を好むのは寒い山国に住む人々の性来の特色で、日に四五回ずつ集《あつま》って飲むことを楽《たのし》みにする家族が多いのである。丑松《うしまつ》も矢張《やはり》茶好《ちゃずき》の仲間には泄《も》れなかった。茶器を引寄せ、無造作に入れて、濃く熱いやつを二人の客にも勧め、自分もまた茶椀《ちゃわん》を口唇《くちびる》に押宛《おしあ》てながら、香ばしく焙《あぶ》られた茶の葉のにおいを嗅《か》いで見ると、急に気分が清々する。まあ蘇生《いきかえ》ったような心地《こころもち》になる。やがて丑松は茶椀を下に置いて、寺住《てらずみ》の新しい経験を語り始めた。

「聞いてくれ給《たま》え。昨日の夕方、僕《ぼく》はこの寺の風呂《ふろ》に入って見た。一日働いて疲労《くたぶ》れているところだったから、入った心地《こころもち》は格別さ。明窓《あかりまど》の障子を開けて見ると紫苑《しおん》（四八）の花なぞが咲いているじゃないか。その時僕はそう思ったねえ。風呂に入りながら蟋蟀《きりぎりす》を聴くなんて、成程《なるほど》寺らしい趣味だと思ったねえ。今までの下宿とは全然《まるで》様子が違う――まあ僕は自分の家《うち》へでも帰ったような心地《こころもち》がしたよ」

「そうさなあ、普通の下宿ほど無趣味なものは無いからなあ」と銀之助は新しい巻煙草《まきたばこ》に火を点《つ》けた。

「それから君、種々《いろいろ》なことがある」と丑松は言葉を継いで、「第一、鼠《ねずみ》の多いには僕も驚いた」

「鼠？」と文平も膝《ひざ》を進める。

「昨夜《ゆうべ》は僕の枕頭《まくらもと》へも来た。慣れなければ、鼠だって気味が悪いじゃないか。あまり不思議だから、今朝その話をしたら、奥様の言草が面白い。猫《ねこ》を飼って鼠を捕らせるよりか、自然に任せて養ってやるのが慈悲だ。なあに、食物《くいもの》さえ宛行《あてが》って遣《や》れば、そんなに悪戯《いたずら》する動物じゃ無い。吾寺《うち》の鼠は温順《おとな》しいから御覧なさいッて。成程そう言われてみると、少許《すこし》も人を懼《おそ》れない。白昼《ひるま》ですら出て遊《あす》んでいる。はははははは、寺の内《なか》の光景《けしき》は違ったものだと思ったよ」

「そいつは妙だ」と銀之助は笑って、「余程奥様という人は変った婦人《おんな》と見えるね」

「なに、それほど変ってもいないが、普通の人よりは宗教的なところがあるさ。そうかと思うと、吾儕《わたしども》だって高砂《たかさご》(四九)で一緒になったんです、なんて、そんなことを言出す。だから、尼僧《あま》ともつかず、大黒《だいこく》(五〇)ともつかず、と言って普通の家《うち》の細君でもなし――まあ、門徒寺《もんとでら》(五一)に日を送る女というものは僕も初めて見た」

「外にはどんな人が居るのかい」こう銀之助は尋ねた。

「子坊主《こぼうず》が一人。下女。それに庄太《しょうた》という寺男。ホラ、君等《ら》の入って来た時、庭を掃いていた男があったろう。彼《あれ》がそうだあね。誰《だれ》もあの男を庄太と言うものは無い――皆《みん》な『庄馬鹿《しょうばか》』と言ってる。日に五度《ごたび》ずつ、払暁《あけがた》、朝八時、十二時、入相《いりあい》、夜の十時、これだけの鐘を撞《つ》くのがあの男の勤務《つとめ》なんだそうだ」

「それから、あの何は。住職は」とまた銀之助が聞いた。

「住職は今留守さ」

こう丑松は見たり聞いたりしたことを取交せて話したのであった。終《しまい》に、敬之進の娘で、この寺へ貰《もら》われて来ているという、そのお志保《しほ》の話も出た。

「へえ、風間《かざま》さんの娘なんですか」と文平は巻煙草の灰を落しながら言った。「此頃《こないだ》一度校友会に出て来た――ホラ、あの人でしょう？」

「そうそう」と丑松も思出したように、「たしか僕等の来る前の年に卒業して出た人です。土屋君、そうだったねえ」

「たしかそうだ」

(四)

その日蓮華寺《れんげじ》の台所では、先住《せんじゅう》の命日と言って、精進物《しょうじんもの》を作るので多忙《いそが》しかった。月々の持斎《じさい》(五二)には経を上げ膳《ぜん》を出す習慣《ならわし》であるが、殊にその日は三十三回忌とやらで、好物の栗飯《くりめし》を炊いて、仏にも供え、下宿人にも振舞いたいと言う。寺内《じない》の若僧の妻までも来て手伝った。用意の調《ととの》った頃《ころ》、奥様は台所を他《ひと》に任せて置いて、丑松《うしまつ》の部屋へ上って来た。丑松も、銀之助も、文平も、この話好きな奥様の目には、三人の子のように映ったのである。昔者とは言いながら、書生の談話《はなし》も解《わか》って、よく種々《いろいろ》なことを知っていた。時々宗教《おしえ》の話なぞも持出した。奥様はまた十二月二十七日の御週忌(五三)の光景《ありさま》を語り聞かせた。その冬の日は男女《おとこおんな》の檀徒《だんと》(五四)が仏の前に集《あつま》って、記念の一夜を送るという昔からの習慣を語り聞かせた。説教もあり、読経《どきよう》もあり、御伝抄《おでんしよう》(五五)の朗読もあり、十二時には男女一同御夜食の膳に就くなぞ、その御通夜《おつや》の儀式のさまざまを語り聞かせた。

「なむあみだぶ」

と奥様は独語《ひとりごと》のように繰返して、やがて敬之進の退職のことを尋ねる。

奥様に言わせると、今の住職が敬之進の為《ため》に尽したことは一通りで無い。あの酒を断ったらば、とは克《よ》く住職の言うことで、禁酒の証文を入れるまでに敬之進が後悔する時はあっても、またまた縒《より》が元《もと》へ戻って了《しま》う(五六)。飲めば窮《こま》るということは知りつつ、どうしても持った病《やまい》には勝てないらしい。その為に敷居が高くなって、今では寺へも来《こ》られないような仕末。あの不幸《ふしあわせ》な父親の為には、どんなにかお志保《しほ》も泣いているとのことであった。

「そうですか――いよいよ退職になりましたか」

こう言って奥様は嘆息した。

「道理で」と丑松は思出したように、「昨日私が是方《こちら》へ引越して来る時に、風間《かざま》さんは門の前まで随《つ》いて来ましたよ。何故《なぜ》こうして門の前まで一緒に来たか、それは今説明しようとも思わない、なんて、そう言って、それからぷいと別れて行って了いました。随分酔っていましたッけ」

「へえ、吾寺《うち》の前まで? 酔っていても娘のことは忘れないんでしょうねえ――まあ、それが親子の情ですから」

と奥様は復《ま》た深い溜息《ためいき》を吐《つ》いた。

こういう談話《はなし》に妨げられて、銀之助は思うことを尽さなかった。折角言う積りで来て、それを尽さずに帰るのも残念だし、栗飯が出来たからと引留められもするし、夜にでもなったならば、とこう考えて、心の中では友達のことばかり案じつづけていた。

夕飯は例になく蔵裏《くり》の下座敷《したざしき》であった。宵《よい》の勤行《おつとめ》も済んだと見えて、給仕は白い着物を着た子坊主《こぼうず》がしてくれた。五分心《ごぶしん》(五七)の灯《ひ》は香の煙に交る夜の空気を照らして、高い天井《てんじょう》の下をおもしろく見せる。古壁に懸けてある黄な法衣《ころも》は多分住職の着るものであろう。変った室内の光景《ありさま》は三人の注意を引いた。就中《わけても》、銀之助は克く笑って、その高い声が台所までも響くので、奥様は若い人達《たち》の話を聞かずにいられなかった。終《しまい》にはお志保までも来て、奥様の傍《そば》に倚添《よりそ》いながら聞いた。

急に文平は快活らしくなった。妙に婦人の居る席では熱心になるのがこの男の性分で、二階に三人で話した時から見ると、この下座敷へ来てからは声の調子が違った。天性愛嬌《あいきょう》のある上に、清《すず》しい艶《つや》のある眸《ひとみ》を輝かしながら、興に乗ってよもやまの話を初めた時は、確《たしか》に面白い人だと思わせた。文平はまた、時々お志保の方を注意して見た。お志保は着物の前を掻《か》き合《あわ》せたり、垂れ下る髪の毛を撫付《なでつ》けたりして、人々の物語に耳を傾けていたのである。

銀之助はそんなことに頓着《とんじゃく》なしで、やがて思出《おもいだ》したように、

「たしか吾儕《わたしども》の来る前の年でしたなあ、貴方等《あなたがた》の卒業は」

　こう言ってお志保の顔を眺《なが》めた。奥様も娘の方へ振向いた。「はあ」と答えた時は若々しい血潮が遽《にわか》にお志保の頰《ほお》に上った。そのすこし羞恥《はじ》を含んだ色は一層容貌《ひとしおおもばせ》を娘らしくして見せた。

「卒業生の写真が学校に有《あり》ますがね」と銀之助は笑って、「あの頃から見ると、皆《みん》な立派な姉さんに成りましたなあ――どうして吾儕《わたしども》が来た時分には、まだ鼻洟《はな》を垂らしてるような連中もあったッけが」

　楽しい笑声は座敷の内に溢《あふ》れた。お志保は紅《あか》くなった。こういう間にも、独り丑松は洋燈《ランプ》の火影《ほかげ》に横になって、何か深く物を考えていたのである。

（五）

「ねえ、奥様」と銀之助が言った。「瀬川君は非常に沈んでいますねえ」

「さようさ――」と奥様は小首を傾《かし》げる。

「一昨々日《さきおととい》」と銀之助は丑松《うしまつ》の方を見て、「君がこのお寺へ部屋を捜しに来た日だ――ホラ、僕《ぼく》が散歩してると、丁度本町で君に遭遇《でつくわ》したろう。あの時の君の考え込んでいる様子と言ったら――僕は暫時《しばらく》そこに突立って、君の後姿《うしろすがた》を見送って、何とも言い様の無い心地《こころもち》がしたねえ。君は猪子《いのこ》先生の『懺悔録《ざんげろく》』を持っていた。その時僕はそう思った。ああ、またあの先生の書いたものなぞを読んで、神経を痛めなければ可《いい》がなあと。ああいう本を読むのは、君、可《よ》くないよ」

「何故《なぜ》?」と丑松は身を起した。

「だって、君、あまり感化を受けるのは可くないからサ」

「感化を受けたっても可《い》いじゃないか」

「そりゃあ好《い》い感化なら可いけれども、悪い感化だから困る。見たまえ、君の性質が変って来たのは、あの先生のものを読み出してからだ。猪子先生は穢多《えた》だから、ああいう風に考えるのも無理は無い。普通の人間に生れたものが、なにもあの真似《まね》を為《し》なくてもよかろう——あれ程極端に悲《かな》しまなくてもよかろう」

「では、貧民とか労働者とか言うようなものに同情を寄せるのは不可《いかん》と言うのかね」

「不可と言う訳では無いよ。僕だっても、美しい思想だとは思うさ。しかし、君のように、そう考え込んで了《しま》っても困る。何故君はああいうものばかり読むのかね、何故君は沈んでばかりいるのかね——一体、君は今何を考えているのかね」

「僕かい? 別にそう深く考えてもいないさ。君等《ら》の考えるような事しか考えていないさ」

「でも何かあるだろう」

「何かとは?」

「何か原因がなければ、そんなに性質の変る筈《はず》が無い」

「僕はこれで変ったかねえ」

「変ったとも。全然《まるで》師範校時代の瀬川君とは違う。あの時分は君、ずっと快活な人だったあね。だから僕はこう思うんだ——元来君は鬱《ふさ》いでばかりいる人じゃ無い。唯《ただ》あまり考え過ぎる。もうすこし他《ほか》の方面へ心を向けるとか、何とかして、自分の性質を伸ばすように為たらどうかね。此頃《こないだ》から僕は言おう言おうと思っていた。実際、君の為《ため》に心配しているんだ。まあ身体《からだ》の具合でも悪いようなら、早く医者に診せて、自分で自分を救うように為《す》るが可じゃないか」

暫時《しばらく》座敷の中は寂《しん》として話声が絶えた。丑松は何か思出《おもいだ》したことがあると見え、急に喪心した人のように成って、茫然《ぼんやり》としていたが。やがて気が付いて我に帰った頃《ころ》は、顔色がすこし蒼《あお》ざめて見えた。

「どうしたい、君は」と銀之助は不思議そうに丑松の顔を眺《なが》めて、「ははははは、妙に黙って了ったねえ」

「はははははは。ははははは」

と丑松は笑い紛《まぎらわ》して了った。銀之助も一緒になって笑った。奥様とお志保《しほ》は二人の顔を見比べて、熱心に聞き惚《ほ》れていたのである。

「土屋君は『懺悔録』を御読みでしたか」と文平は談話《はなし》を引取った。

「否《いいえ》、未《ま》だ読んで見ません」こう銀之助は答えた。

「何かあの猪子という先生の書いたものを御覧でしたか――私は未だ何にも読んで見ないんですが」

「そうですなあ、僕の読んだのは『労働』というものと、それから『現代の思潮と下層社会』――あれを瀬川君から借りて見ました。なかなか好《い》いところが有《あり》ますよ、力のある深刻な筆で」

「一体あの先生は何処《どこ》を出た人なんですか」

「たしか高等師範(五八)でしたろう」

「こういう話を聞いたことが有ましたッけ。あの先生が長野に居た時分、郷里の方でもとにかくああいう人を穢多の中から出したのは名誉だと言って、講習に頼んだそうです。そこであの先生が出掛けて行った。すると宿屋で断られて、泊る所が無かったとか。そんなことが面白くなくて長野を去るようになった、なんて――まあ、師範校を辞めてから、あの先生も勉強したんでしょう。妙な人物が新平民なぞの中から飛出したものですなあ」

「僕もそれは不思議に思ってる」

「あんな下等人種の中から、とにかく思想界へ頭を出したなんて、どうしても私にはその理由が解《わか》らない」

「しかし、あの先生は肺病だと言うから、あるいはその病気の為に、彼処《あそこ》まで到《い》ったものかも知れません」

「へえ、肺病ですか」

「実際病人は真面目《まじめ》ですからなあ。『死』という奴《やつ》を眼前《めのまえ》に置いて、平素《しょっちゅう》考えているんですからなあ。あの先生の書いたものを見ても、何となくこう人に迫るようなところがある。あれが肺病患者の特色です。まああの病気の御蔭《おかげ》で豪《えら》く成った人はいくらもある」

「はははは、土屋君の観察は何処までも生理的だ」

「いや、そう笑ったものでも無い。見たまえ、病気は一種の哲学者だから」
「して見ると、穢多があるいうものを書くんじゃ無い、病気が書かせるんだ——こう成りますね」
「だって、君、そう釈《と》るより外に考え様は無いじゃないか——唯新平民が美しい思想を持つとは思われないじゃないか——はははは」

こういう話を銀之助と文平とが為ている間、丑松は黙って、洋燈《ランプ》の火を熟視《みつ》めていた。自然《おのずと》と外部《そと》に表れる苦悶《くもん》の情は、頬《ほお》の色の若々しさに交って、一層その男らしい容貌《おもばせ》を沈鬱《ちんうつ》にして見せたのである。

茶が出てから、三人は別の話頭《はなし》に移った。奥様は旅先の住職の噂《うわさ》なぞを始めて、客の心を慰める。子坊主《こぼうず》は隣の部屋の柱に凭《もた》れて、独りで舟を漕《こ》いでいた。台所の庭の方から、遠く寂しく地響《じひびき》のように聞えるは、庄馬鹿《しょうばか》が米を舂《つ》く(五九)音であろう。夜も更《ふ》けた。

(六)

友達が帰った後、丑松《うしまつ》は心の激昂《げっこう》を制《おさ》えきれないという風で、自分の部屋の内《なか》を歩いて見た。その日の物語、あの二人の言った言葉、あの二人の顔に表れた微細な感情まで思出《おもいだ》して見ると、何となく胸肉《むなじし》の戦慄《ふる》えるような心地がする。先輩の侮辱されたということは、第一口惜《くや》しかった。賤民《せんみん》だから取るに足らん。こういう無法な言草は、唯《ただ》考えて見たばかりでも、腹立たしい。ああ、種族の相違という屛擋《わだかまり》の前には、いかなる熱い涙《なんだ》も、いかなる至情の言葉も、いかなる鉄槌《てっつい》のような猛烈な思想も、それを動かす力は無いのであろう。多くの善良な新平民はこうして世に知られずに葬《ほうむ》り去らるるのである。

この思想《かんがえ》に刺激されて、寝床に入ってからも丑松は眠らなかった。目を開いて、頭を枕《まくら》につけて、種々《さまざま》に自分の一生を考えた。鼠《ねずみ》が復《ま》た顕《あらわ》れた。畳の上を通るその足音に妨げられては、猶々《なおなお》夢を結ばない。一旦《いったん》吹消した洋燈《ランプ》を細目に点《つ》けて、枕頭《まくらもと》を明《あか》るくして見た。暗い部屋の隅《すみ》の方に影のように動く小《ちい》さな動物の敏捷《はしこ》さ、人を人とも思わず、長い尻尾《しっぽ》を振りながら、出たり入ったりするその有様は、憎らしくもあり、おかしくもあり、「き、き」と鳴く声はこの古い壁の内に秋の夜の寂寥《さびしさ》を添えるのであった。

それからそれへと丑松は考えた。一つとして不安に思われないものはなかった。深く注意した積りの自分の行為《おこない》が、反《かえ》って他《ひと》に疑われるようなことに成ろうとは――まあ、考えれば考えるほど用意が無さ過ぎた。何故《なぜ》、あの大日向《おおひなた》が鷹匠町《たかじょうまち》の宿から放逐された時に、自分は静止《じっ》としていなかったろう。何故、あんなに泡《あわ》を食って、この蓮華寺《れんげじ》へ引越して来たろう。何故、あの猪子蓮太郎《いのこれんたろう》の著述が出る度に、自分はそれを誇り顔に吹聴《ふいちょう》したろう。何故、あんなに先輩の弁護をして、何かこうあの先輩と自分との間には一種の関係でもあるように他《ひと》に思わせたろう。何故、あの先輩の名前をああ他《ひと》の前で口に出したろう。何故、内証で先輩の書いたものを買わなかったろう。何故、独りで部屋の内に隠れて、読みたい時に密《そっ》と出して読むという智慧《ちえ》が出なかったろう。

思い疲れるばかりで、結局《まとまり》は着かなかった。

一夜はこういう風に、褥《しとね》の上で慄《ふる》えたり、煩悶《はんもん》したりして、暗いところを彷徨《さまよ》ったのである。翌日《あくるひ》になって、いよいよ丑松は深く意《こころ》を配るように成った。過去《すぎさ》った事は最早《もう》仕方が無いとして、これから将来《さき》を用心しよう。蓮太郎の名――人物――著述――一切、あの先輩に関したことは決して他《ひと》の前で口に出すまい。こう用心するように成った。

さあ、父の与えた戒《いましめ》は身に染々《しみじみ》と徹《こた》えて来る。「隠せ」――実にそれは生死《いきしに》の問題だ。あの仏弟子が墨染の衣に守り窶《やつ》れる多くの戒も、この一戒に比べては、寧《いっ》そ何でもない。祖師（六〇）を捨てた仏弟子は、堕落と言われて済む。親を捨てた穢多《えた》の子は、堕落でなくて、零落である。「決してそれとは告白《うちあ》けるな」とは堅く父も言い聞かせた。これから世に出て身を立てようとするものが、誰《だれ》が好んで告白《うちあ》けるような真似《まね》を為《し》よう。

丑松も漸《ようや》く二十四だ。思えば好《い》い年齢《とし》だ。

噫《ああ》。いつまでもこうして生きたい。と願えば願うほど、余計に穢多としての切ない自覚が湧《わ》き上るのである。現世の歓楽は美しく丑松の眼に映じて来た。たとえいかなる場合があろうと、大切な戒ばかりは破るまいと考えた。

第四章

（一）

郊外は収穫《とりいれ》の為《ため》に忙《せわ》しい時節であった。農夫の群《むれ》はいずれも小屋を出て、午後の労働に従事していた。田の面《も》の稲は最早《もう》悉皆《すっかり》刈り乾《ほ》して、すでに麦さえ蒔付《まきつ》けたところもあった。一年《ひととせ》の骨折の報酬《むくい》を収めるのは今である。雪の来《こ》ない内に早く。こうして千曲川《ちくまがわ》の下流に添う一面の平野は、あだかも、戦場の光景《ありさま》であった。

その日、丑松《うしまつ》は学校から帰ると直《す》ぐに蓮華寺《れんげじ》を出て、平素《ふだん》の勇気を回復《とりかえ》す積りで、何処《どこ》へ行くという目的《めあて》も無しに歩いた。新町の町はずれから、枯々《かれがれ》な桑畠《くわばたけ》の間を通って、思わずこの郊外の一角へ出たのである。積上げた「藁《わら》によ」（六一）の片蔭《かたかげ》に倚凭《よりかか》って、霜枯れた雑草の上に足を投出《なげだ》しながら、肺の底までも深く野の空気を吸入《すいい》れた時は、僅《わず》かに蘇生《いきかえ》ったような心地《ここもち》になった。見れば男女の農夫。そこに親子、ここに夫婦、黄に揚《あが》る塵埃《ほこり》を満身に浴びながら、我劣らじと奮闘をつづけていた。籾《もみ》を打つ槌《つち》の音は地に響いて、稲扱《いねこ》く音に交って勇しく聞える。立ちのぼる白い煙もところどころ。雀《すずめ》の群は時々空に舞揚って、騒《さわ》がしく鳴いて、やがてまたぱッと田の面に散乱《ちりみだ》れるのであった。

秋の日は烈《はげ》しく照りつけて、人々には言うに言われぬ労苦を与えた。男は皆《みん》な頬冠《ほっかぶ》り、女は皆な編笠《あみがさ》であった。それはめずらしく乾燥《はしゃ》いだ、風の無い日で、汗は人々の身体《からだ》を流れたのである。野に満ちた光を通して、丑松はこの労働の光景《ありさま》を眺《なが》めていると、不図《ふと》、倚凭《よりかか》った「藁によ」の側《わき》を十五ばかりの一人の少年が通る。日に焼けた額と、柔嫩《やわらか》な目付とで、直に敬之進の忰《せがれ》と知れた。省吾《しょうご》というのがその少年の名で、丁度丑松が受持の高等四年の生徒なのである。丑松はその容貌《かおつき》を見る度に、あの老朽な教育者を思出《おもいだ》さずにはいられなかった。

「風間《かざま》さん、何処《どちら》へ？」

こう声を掛けて見る。

「あの」と省吾は言淀《いいよど》んで、「母さんが沖《おき》（野外）に居やすから」

「母さん？」

「あれ彼処《あそこ》に――先生、あれが吾家《うち》の母さんでごわす」

と省吾は指差して見せて、すこし顔を紅《あか》くした。同僚の細君の噂《うわさ》、それを丑松も聞かないでは無かったが、然《しか》し眼前《めのまえ》に働いている女がその人とはすこしも知らなかった。古びた上被《うわっぱり》、茶色の帯、盲目縞《めくらじま》の手甲《てっこう》、編笠に日を避《よ》けて、身体を前後に動かしながら、踏々《せっせ》と稲の穂を扱落《こきおと》している。信州北部の女はいずれも強健《つよ》い気象のものばかり。克《よ》く働くことに掛けては男子にも勝る程であるが、教員の細君で野面《のら》にまで出て、烈しい気候を相手に精出すものも鮮少《すくな》い。これも境遇からであろう、と憐《あわれ》んで見ているうちに、省吾はまた指差して、あの槌を振上げて籾を打つ男、彼《あれ》は手伝いに来た旧《むかし》からの出入《でいり》のもので、音作という百姓であると話した。母とあの男との間に、箕《み》(六二)を高く頭の上に載せ、少許《すこし》ずつ籾を振い落している女、彼《あれ》は音作の「おかた」(女房)であると話した。丁度その女房が箕を振る度に、空殻《しいな》(六三)の塵《ほこり》が舞揚って、人々は黄色い烟《けむり》を浴びるように見えた。省吾はまた、母の傍《わき》に居る小娘を指差して、彼が異母《はらちがい》の妹のお作《さく》であると話した。

「君の兄弟は幾人《いくたり》あるのかね」と丑松は省吾の顔を熟視《まも》りながら尋ねた。

「七人」という省吾の返事。

「随分多勢だねえ、七人とは。君に、姉さんに、尋常科の進さんに、あの妹に――それから？」

「まだ下に妹が一人と弟が一人。一番年長《うえ》の兄さんは兵隊に行って死にやした」

「むむそうですか」

「その中で、死んだ兄さんと、蓮華寺へ貰われて行きやした姉さんと、私《わし》と――これだけ母さんが違いやす」

「そんなら、君やお志保《しほ》さんの真実《ほんとう》の母さんは？」

「最早《もう》居やせん」

こういう話をしていると、不図継母《ままはは》の呼声《よびごえ》を聞きつけて、ぷいと省吾は駈出《かけだ》して行って了《しま》った。

（二）

「省吾《しょうご》や。お前《めえ》はまあ幾歳《いくつ》に成ったら御手伝いする積りだよ」と言う細君の声は手に取るように聞えた。省吾は継母《ままはは》を懼《おそ》れるという様子して、おずおずとその前に立ったのである。

「考えて見な、もう十五じゃねえか」と怒《いかり》を含んだ細君の声は復《ま》た聞えた。「今日は音さんまで御頼申《おたのもう》して、こうして塵埃《ほこり》だらけに成って働《かま》けているのに、それがお前の目には見えねえかよ。母さんが言わねえだって、さっさと学校から帰って来て、直《すぐ》に御手伝いするのが当然《りまえ》だ。高等四年にも成って、未《ま》だ皇螽捕《いなごと》りに夢中に成ってるなんて、そんなものが何処《どこ》にある——与太坊主《よたぼうず》め」

見れば細君は稲扱《こ》く手を休めた。音作の女房も振返って、気の毒そうに省吾の顔を眺《なが》めながら、前掛を〆直《しめなお》したり、身体《からだ》の塵埃《ほこり》を掃《はら》ったりして、やがて顔に流れる膏汗《あぶらあせ》を拭《ふ》いた。莚《むしろ》の上の籾《もみ》は黄な山を成している。音作もまた槌《つち》の長柄《ながえ》に身を支えて、うんと働いた腰を延ばして、濃く青い空気を呼吸した。

「これ、お作や」と細君の児《こ》を叱《しか》る声が起った。「どうしてそんな悪戯《いたずら》するんだい。女の児は女の児らしくするもんだぞ。真個《ほんと》に、どいつもこいつも碌《ろく》なものはありゃあしねえ。自分の子ながら愛想《あいそ》が尽きた。見ろ、まあ、進を。お前達《たち》二人より余程《よっぽど》御手伝いする」

「あれ、進だって遊《あす》んでいやすよ」というのは省吾の声。

「なに、遊んでる？」と細君はすこし声を震わせて、「遊んでるものか。先刻《さっき》から御子守をしていやす。そんなお前のような役に立たずじゃねえよ。ちょッ、何ぞと言うと、直に口答えだ。父さんが過多《めた》甘やかすもんだから、母さんの言うことなぞ少許《ちっと》も聞きやしねえ。真個《ほんと》に図太《ずな》い口の利きようを為《す》る。だから省吾は嫌《きら》いさ。すこし是方《こちら》が遠慮していれば、何処までいい気に成るか知れやしねえ。ああ必定《きっと》また蓮華寺《れんげじ》へ寄って、姉さんに何か言付《いいつ》けて来たんだろう。それでこんなに遅くなったんだろう。内証で隠れて行って見ろ——酷《ひど》いぞ」

「奥様」と音作は見兼ねたらしい。「何卒《どうか》まあ、今日《こんち》のところは、私《わし》に免じて許して下さるように。ない（なあと同じ農夫の言葉）、省吾さん、貴方《あんた》もそれじゃいけやせん。母さんの言うことを聞かねえようなものなら、私だって提棒《さげぼう》（仲裁）に出るのはもう御免だから」

音作の女房も省吾の側《そば》へ寄って、軽く背を叩《たた》いて私語《ささや》いた。やがて女房はその手に槌の長柄を握らせて、「さあ、御手伝いしやすよ」と亭主の方へ連れて行った。「どれ、始めずか（始めようか）」——と音作は省吾を相手にし、槌を振って籾を打ち始めた。「ふむ、よう」の掛声も起る。細君も、音作の女房も、復た仕事に取懸《とりかか》った。

図《はか》らず丑松《うしまつ》は敬之進の家族を見たのである。あの可憐《かれん》な少年も、お志保《しほ》も、細君の真実《ほんとう》の子では無いということが解《わか》った。夫の貧を養うという心から、こうして細君が労苦しているということも解った。五人の子の重荷と、不幸な夫の境遇とは、細君の心を怒り易《やす》く感じ易くさせたということも解った。こう解って見ると、猶々《なおなお》丑松は敬之進を憐《あわれ》むという心を起したのである。

今はすこし勇気を回復した。明《あきらか》に見、明に考えることが出来るように成った。眼前《めのまえ》に展《ひろが》る郊外の景色を眺めると、種々《さまざま》の追憶《おもいで》は丑松の胸の中を往《い》ったり来たりする。丁度こうして、田圃《たんぼ》の側《わき》に寝そべりながら、収穫《とりいれ》の光景《さま》を眺めたあの無邪気な少年の時代を憶出《おもいだ》した。

烏帽子《えぼし》一帯の山脈の傾斜を憶出した。その傾斜に連なる田畠《たはた》と石垣《いしがき》とを憶出した。茅萱《ちがや》、野菊、その他種々な雑草が霜葉(六四)を垂れる畦道《あぜみち》を憶出した。秋風が田の面《も》を渡って黄な波を揚げる頃《ころ》は、蝗《いなご》を捕ったり、野鼠《のねずみ》を追出したりして、夜はまた炉辺《ろばた》で狐《きつね》と狢《むじな》が人を化かした話、山家《やまが》で言いはやす幽霊の伝説、放縦《ほしいまま》な農夫の男女《おとこおんな》の物語なぞを聞いて、余念もなく笑い興じたことを憶出した。ああ、穢多《えた》の子という辛い自覚の味を知らなかった頃——思えば一昔——その頃と今とは全く世を隔てたかの心地がする。丑松はまた、あの長野の師範校で勉強した時代のことを憶出した。未だ世の中を知らなかったところからして、疑いもせず、疑われもせず、他《ひと》と自分とを同じように考えて、笑ったり騒いだりしたことを憶出した。あの寄宿舎の楽しい窓を憶出した。舎監の赤い髭《ひげ》を憶出した。食堂の麦飯の香《におい》を憶出した。よく阿弥陀《あみだ》の鬮《くじ》(六五)に当って、買いに行った門前の菓子屋の婆《ばあ》さんの顔を憶出した。夜の休息《やすみ》を知らせる鐘が鳴り渡って、やがて見廻《みまわ》りに来る舎監の靴《くつ》の音が遠く廊下に響くという頃は、沈まりかえっていた朋輩《ほうばい》が復た起出《おきだ》して、暗い寝室の内で雑談に耽《ふけ》ったことを憶出した。終《しまい》には往生寺《おうじょうじ》の山の上に登って、苅萱《かるかや》(六六)の墓の畔《ほとり》に立ちながら、大《おおき》な声を出して呼び叫んだ時代のことを憶出して見ると——実に一生の光景《ありさま》は変りはてた。楽しい過去の追憶《おもいで》は今の悲傷《かなしみ》を二重にして感じさせる。「ああ、ああ、どうして俺《おれ》はこんなに猜疑深《うたがいぶか》くなったろう」こう天を仰いで歎息《たんそく》した。急に、意外なところに起る綿のような雲を見つけて、しばらく丑松はそれを眺めながら考えていたが、思わず知らず疲労《つかれ》が出て、「藁《わら》によ」に倚凭《よりかか》ったまま寝て了《しま》った。

（三）

ふと眼《め》を覚まして四辺《そこいら》を見廻《みまわ》した時は、暮色が最早《もう》迫って来た。向うの田の中の畦道《あぜみち》を帰って行く人々も見える。荒くれた男女の農夫は幾群《いくむれ》か丑松《うしまつ》の側《わき》を通り抜けた。鍬《くわ》を担《かつ》いで行くものもあり、俵を背負って行くものもあり、中には乳呑児《ちのみご》を抱擁《だきかか》えながら足早に家路をさして急ぐのもあった。秋の一日《ひとひ》の烈《はげ》しい労働は漸《ようや》く終《おわり》を告げたのである。

まだ働いているものもあった。敬之進の家族も急いで働いていた。音作は腰を曲《こご》め、足に力を入れ、重い俵を家の方へ運んで行く。後には女二人と省吾《しょうご》ばかり残って、籾《もみ》を振《ふる》ったり、それを俵へ詰めたりしていた。急に「かあさん、かあさん」と呼ぶ声が起る。見れば省吾の弟、泣いて反返《そりかえ》る児《こ》を背負《おぶ》いながら、一人の妹を連れて母親の方へ駈寄《かけよ》った。「おお、おお」と細君は抱取《だきと》って、乳房を出して銜《くわ》えさせて、

「進や。父さんは何してるか、お前《めえ》知らねえかや」

「俺《おら》知んねえよ」

「ああ」と細君は襦袢《じゅばん》の袖口《そでぐち》で眶《まぶち》を押拭《おしぬぐ》うように見えた。

「父さんのことを考えると、働く気もなにも失《な》くなって了《しま》う――」

「母さん、作ちゃんが」と進は妹の方を指差しながら叫んだ。

「あれ」と細君は振返って、「誰《だれ》だいその袋を開けたものは――誰だい母さんに黙ってその袋を開けたものは」

「作ちゃんは取って食いやした」と進の声で。

「真実《ほんと》に仕方が無いぞい——あの娘《こ》は」と細君は怒気を含んで、「その袋をここへ持って来な——これ、早く持って来ねえかよ」

お作は八歳《やっつ》ばかりの女の児。麻の袋を手に提げたまま、母の権幕を畏《おそ》れて進みかねる。

「母さん、おくんな」と進も他《ほか》の子供も強請《せが》み付く。省吾もそれと見て、母の傍《そば》へ駈寄った。

細君はお作の手から袋を奪取《うばいと》るようにして、

「どれ、見せな——そいったッても、まあ、情《なさけ》ない。道理で先刻《さっき》から穏順《おとな》しいと思った。すこし母さんが見ていないと、直にこんな真似《まね》を為《す》る。黙って取って食うようなものは、泥棒《どろぼう》だぞい——盗人《ぬすっと》だぞい——ちょッ、何処《どこ》へでも勝手に行って了え、そんな根性の奴《やつ》は最早《もう》母さんの子じゃねえから」

こう言って、袋の中に残る冷《つめた》い焼餅《おやき》(六七)らしいものを取出して、細君は三人の児に分けてくれた。

「母さん、俺《おん》にも」とお作は手を出した。

「何だ、お前は。自分で取って食って置きながら」

「母さん、もう一つおくんな」と省吾は訴えるように、「進には二つくれて、私《わし》には一っしかくれねえだもの」

「お前は兄さんじゃねえか」

「進にはあんな大《おおき》いのをくれて」

「嫌《いや》なら、廃《よ》しな、さあ返しな――機嫌《きげん》克くして母さんのくれるものを貰《もら》った例《ためし》はねえ」

進は一つ頬張《ほおば》りながら、やがて一つの焼餅《やき》を見せびらかすようにして、「省吾の馬鹿《ばか》――やい、やい」と呼んだ。省吾は忌々《いまいま》しいという様子。いきなり駈寄って、弟の頭を握拳《にぎりこぶし》で打つ。弟も利かない気。兄の耳の辺《あたり》を打ち返した。二人の兄弟は怒《いかり》の為《ため》に身を忘れて、互《たがい》に肩を聳《そびやか》して、丁度野獣《けもの》のように格闘《あらそい》を始める。音作の女房が周章《あわ》てて二人を引分けた時は、兄弟ともに大な声を揚げて泣叫ぶのであった。

「どうしてまあ兄弟喧嘩《げんか》を為るんだねえ」と細君は怒って、「そうお前達《たち》に側《はた》で騒がれると、母さんは最早《もう》気が狂《ちが》いそうに成る」

この光景《ありさま》を丑松は「藁《わら》によ」の蔭《かげ》に隠れながら見ていた。様子を聞けば聞くほど不幸な家族を憐《あわれ》まずにはいられなくなる。急に暮鐘の音に驚かされて、丑松は其処《そこ》を離れた。

寂しい秋晩《しゅうばん》の空に響いて、また蓮華《れんげ》寺の鐘の音が起った。それは多くの農夫の為に、一日の疲労《つかれ》を犒《ねぎら》うようにも、楽しい休息《やすみ》を促すようにも聞える。まだ野に残って働いている人々は、いずれも仕事を急ぎ初めた。今は夕靄《ゆうもや》の群《むれ》が千曲川《ちくまがわ》の対岸を籠《こ》めて、高社山《こうしゃざん》一帯の山脈も暗く沈んだ。西の空は急に深い焦茶色に変ったかと思うと、やがて落ちて行く秋の日が最後の反射を田の面《も》に投げた。向うに見える杜《もり》も、村落も、遠く暮色に包まれて了ったのである。ああ、何の煩《わずら》いも思い傷《いた》むことも無くて、こういう田園の景色を賞することが出来たなら、どんなにか青春の時代も楽しいものであろう。丑松が胸の中に戦う懊悩《おうのう》を感ずれば感ずる程、余計に他界《そと》の自然は活々《いきいき》として、身に染《し》みるように思わるる。南の空には星一つ顕《あらわ》れた。その青々とした美しい姿は、一層夕暮の眺望《ちょうぼう》を森厳《おごそか》にして見せる。丑松は眺《なが》め入りながら、自分の一生を考えて歩いた。

「しかし、それがどうした」と丑松は豆畠《まめばたけ》の間の細道へさしかかった時、自分で自分を激厲《はげ》ますように言った。「自分だって社会の一員《ひとり》だ。自分だって他《ひと》と同じように生きている権利があるのだ」

この思想《かんがえ》に力を得て、やがて帰りかけて振返って見た時は、まだ敬之進の家族が働いていた。二人の女が冠《かぶ》った手拭《てぬぐい》は夕闇《ゆうやみ》に仄白《ほのじろ》く、槌《つち》の音は冷々《ひやびや》とした空気に響いて、「藁を集めろ」などという声も幽《かすか》に聞える。立って是方《こちら》を向いたのは省吾か。今は唯《ただ》動いている暗い影かとばかり、人々の顔も姿も判《わか》らない程に暮れた。

（四）

「おつかれ」（今晩は）と逢《あ》う人毎《ひとごと》に声を掛けるのは山家《やまが》の黄昏《たそがれ》の習慣《ならわし》である。丁度新町の町はずれへ出て、帰って行く農夫に出逢う度に、丑松《うしまつ》はこの挨拶《あいさつ》を交換《とりかわ》した。一ぜんめし、御《おん》休所《やすみどころ》、笹屋《ささや》、としてある家《うち》の前で、また「おつかれ」を繰返したが、それは他《ほか》の人でもない、例の敬之進であった。

「おお、瀬川君か」と敬之進は丑松を押留《おしとど》めるようにして、「好《い》い処《ところ》で逢った。何時《いつ》か一度君とゆっくり話したいと思っていた。まあ、そう急がんでもよかろう。今夜は我輩《わがはい》に交際《つきあ》ってくれてもよかろう。こういう処で話すのもまた一興だ。是非、君に聞いて貰《もら》いたいこともあるんだから――」

　こう慫慂《そそのか》されて、丑松は敬之進と一緒に笹屋の入口の敷居を跨《また》いで入った。昼は行商、夜は農夫などが疲労《つかれ》を忘れるのはここで、大《おおき》な炉には「ぼや」(六八)（雑木の枝）の火が赤々と燃上《もえあが》った。壁に寄せて古甕《ふるがめ》のいくつか並べてあるは、地酒が溢《あふ》れているのであろう。今は農家の忙しい時季《とき》で、長く御輿《みこし》を座《す》えるものも無い。一人の農夫が草鞋穿《わらじばき》のまま、ぐいと「てッぱ」（こっぷ酒）を引掛けていたが、やがてその男の姿も見えなくなって、炉辺《ろばた》は唯《ただ》二人の専有《もの》となった。

「今晩は何にいたしやしょう」と主婦《かみさん》は炉の鍵《かぎ》に大鍋《おおなべ》を懸けながら尋ねた。「油汁《けんちん》(六九)なら出来やすが、それじゃいけやせんか。河で捕れた鰍《かじか》もごわす。鰍でも上げやしょうかなあ」

「鰍？」と敬之進は舌なめずりして、「鰍、結構――それに、油汁《けんちん》と来ては堪《こた》えられない。こういう晩は暖《あたたか》い物に限りますからね」

　敬之進は酒慾《しゅよく》の為《ため》に慄《ふる》えていた。素面《しらふ》で居る時は、からもう元気の無い人で、言葉もすくなく、病人のように見える。五十の上を一つか二つも越したろうか、年の割合には老《ふけ》たというでも無く、まだ髪は黒かった。丑松は「藁《わら》によ」の蔭《かげ》で見たり聞いたりした家族のことを思い浮べて、一層この人に親しくなったような心地がした。「ぼや」の火も盛んに燃えた。大鍋の中の油汁《けんちん》は沸々と煮立って来て、甘《うま》そうな香《におい》が炉辺に満溢《みちあふ》れる。主婦《かみさん》はそれを小丼《こどんぶり》に盛って出し、酒は熱燗《あつかん》にして、一本ずつ古風な徳利を二人の膳《ぜん》の上に置いた。

「瀬川君」と敬之進は手酌《てじゃく》でちびりちびり始めながら、「君が飯山《いいやま》へ来たのは何時《いつ》でしたっけねえ」

「私《わたし》ですか。私が来てから最早《もう》足掛三年に成ります」と丑松は答えた。

「へえ、そんなに成るかねえ。つい此頃《こないだ》のようにしか思われないがなあ。実に月日の経《た》つのは早いものさ。いや、我輩なぞが老込む筈《はず》だよ、君等《ら》がずんずん進歩するんだもの。我輩だって、君、一度は君等のような時代もあったよ。明日《あす》は、明日は、明日はと思っている内に、もう五十という声を聞くように成った。我輩の家《うち》と言うのはね、もと飯山の藩士で、少年の時分から君侯の御側《おそば》に勤めて、それから江戸表へ――丁度御維新《ごいっしん》に成るまで。考えて見れば時勢は遷《うつ》り変ったものさねえ。変遷、変遷――見たまえ、千曲川《ちくまがわ》の岸にある城跡《しろあと》を。あの名残《なごり》の石垣が君等の目にはどう見えるね。こう蔦《つた》や苺《いちご》などの纏絡《まといつ》いたところを見ると、我輩はもう言うに言われないような心地《こころもち》になる。何処《どこ》の城跡へ行っても、大抵は桑畠《くわばたけ》。士族という士族は皆《みん》な零落して了《しま》った。今日まで踏堪《ふみこた》えて、どうにかこうにか遣《や》って来たものは、と言えば、役場へ出るとか、学校へ勤めるとか、それ位のものさ。まあ、士族ほど役に立たないものは無い――実は我輩もその一人だがね。ははははは」

と敬之進は寂しそうに笑った。やがて盃《さかずき》の酒を飲乾《のみほ》して、一寸《ちょっと》舌打ちして、それを丑松へ差しながら、

「一つ交換ということに願いましょうか」

「まあ、御酌しましょう」と丑松は徳利を持添《もちそ》えて勧めた。

「それは不可《いかん》。上げるものは上げる、頂くものは頂くサ。え――君はこの方は遣らないのか

と思ったが、なかなかいけますねえ。君の御手並を拝見するのは今夜始めてだ」

「なに、私のは三盃上戸《さんばいじょうご》（七〇）という奴《やつ》なんです」

「とにかく、この盃は差上げます。それから君のを頂きましょう。まあ君だからこんなことを御話するんだが、我輩なぞは二十年も——さようさ、小学教員の資格が出来てから足掛十五年に成るがね、その間唯同じようなことを繰返して来た。と言ったら、また君等に笑われるかも知れないが、終《しまい》には教場へ出て、何を生徒に教えているのか、自分ながら感覚が無くなって了った。ははははは。いや、全くの話が、長く教員を勤めたものは、皆《みん》なこういう経験があるだろうと思うよ。実際、我輩なぞは教育をしているとは思わなかったね。羽織袴《はかま》で、唯月給を貰う為に、働いているとしか思わなかった。だって君、そうじゃないか、尋常科の教員なぞと言うものは、学問のある労働者も同じことじゃないか。毎日、毎日——騒《さわ》がしい教場の整理、大勢の生徒の監督、僅少《わずか》の月給で、長い時間を働いて、克《よ》くまあ今日まで自分でも身体《からだ》が続いたと思う位だ。あるいは君等の目から見たら、今ここで我輩が退職するのは智《ち》慧《え》の無い話だと思うだろう。そりゃあ我輩だって、もう六カ月踏堪《ふみこた》えさえすれば、仮令《たとえ》僅少《わずか》でも恩給の下《さが》る位は承知しているさ。承知していながら、それが我輩には出来ないから情《なさけ》ない。これから以後《さき》我輩に働けと言うのは、死ねというも同じだ。家内はまた家内で心配して、教員を休《や》めて了ったら、どうして活計《くらし》が立つ、銀行へ出て帳面でもつけてくれろと言うんだけれど、どうして君、そんな真似《まね》が我輩に出来るものか。二十年来慣れたことすら出来ないものを、これから新規に何が出来よう。根気も、精分も、我輩の身体の内にあるものはすっかりもう尽きて了った。ああ、生きて、働いて、仆《たお》れるまで鞭韃《むちう》たれるのは、馬車馬の末路だ――丁度我輩はその馬車馬さ。はははははは」

（五）

急に入って来た少年に妨げられて、敬之進は口を噤《つぐ》んだ。流許《ながしもと》に主婦《かみさん》、暗い洋燈《ランプ》の下で、かちゃかちゃと皿小鉢《さらこばち》を鳴らしていたが、それと見て少年の側《そば》へ駈寄《かけよ》った。

「あれ、省吾《しょうご》さんでやすかい」

と言われて、省吾は用事ありげな顔付。

「吾家《うち》の父さんは居《お》りやすか」

「ああ居なさりやすよ」と主婦は答えた。

敬之進は顔を渋《しか》めた。入口の庭の薄暗いところに佇立《たたず》んでいる省吾を炉辺《ろばた》まで連れて来て、つくづくその可憐《かれん》な様子を眺《なが》めながら、

「どうした――何か用か」

「あの」と省吾は言淀《いいよど》んで、「母さんがねえ、今夜は早く父さんに御帰りなさいッて」

「むむ、また呼びによこしたのか――ちょッ、極《きま》りを遣《や》ってら」と敬之進は独語《ひとりごと》のように言った。

「そんなら父さんは帰りなさらないんですか」と省吾はおずおず尋ねて見る。

「帰るサ――御話が済めば帰るサ。母さんにこう言え、父さんは学校の先生と御話していま

すから、それが済めば帰りますッて」と言って、敬之進は一段声を低くして、「省吾、母さんは今何してる？」

「籾《もみ》を片付けておりやす」

「そうか、まだ働いてるか。それからあの……何か……母さんはまた例《いつも》のように怒ってやしなかったか」

省吾は答えなかった。子供心にも、父を憐《あわれ》むという目付して、黙って敬之進の顔を熟視《みまも》ったのである。

「まあ、冷《つめた》そうな手をしてるじゃないか」と敬之進は省吾の手を握って、「それ金銭《おあし》をくれる。柿《かき》でも買え。母さんや進には内証だぞ。さあ最早《もう》それで可《いい》から、早く帰って――父さんが今言った通りに――よしか。解《わか》ったか」

省吾は首を垂れて、萎《しお》れながら出て行った。

「まあ聞いてくれたまえ」と敬之進は復《ま》た述懐を始めた。「ホラ、君があの蓮華寺《れんげじ》へ引越す時、我輩《わがはい》も門前まで行きましたろう――実は、君だからこんなことまでも御話するんだが、あの寺には不義理なことがしてあって、住職は非常に怒っている。我輩が飲む間は、交際《つきあ》わぬという。情《なさけ》ないとは思うけれど、そんな関係で、今では娘の顔を見に行くことも出来ないような仕末。まあ、あの寺へくれて了《しま》ったお志保《しほ》と、省吾と、それから亡《な》くなった総領と、こう三人は今の家内の子では無いのさ。前《せん》の家内というのは、やはり飯山《いいやま》の藩士の娘でね、我輩の家《うち》の楽な時代に嫁《かたづ》いて来て、未《ま》だ今のように零落しない内に亡くなった。だから我輩は彼女《あいつ》のことを考える度に、一生のうちで一番楽しかった時代を思出《おもいだ》さずにはいられない。一盃《いっぱい》やると、きっとその時代のことを思出すのが我輩の癖《かえ》で——だって君、年を取れば、思出すより外に歓楽《たのしみ》が無いのだもの。ああ、前《せん》の家内は反って好《い》い時に死んだ。人間というものは妙なもので、若い時に貰《もら》った奴《やつ》がどうしても一番好いような気がするね。それに、性質が、今の家内のように利かん気では無かったが、そのかわり昔風に亭主に便《たよ》るという風で、何処《どこ》までも我輩を信じていた。蓮華寺へ行ったお志保——あの娘がまた母親に克《よ》く似ていて、眼付《めつき》なぞはもう彷彿《そっくり》さ。あの娘の顔を見ると、直に前《せん》の家内が我輩の眼に映る。我輩ばかりじゃない、他《ひと》が克くそれを言って、昔話なぞを始めるものだから、さあ今の家内は面白くないと見えるんだねえ。正直御話すると、我輩も蓮華寺なぞへあの娘をくれたくは無かった。然《しか》し吾家《うち》に置けば、あの娘の為《ため》にならない。第一、それでは可愛《かわい》そうだ。まあ、蓮華寺では非常に欲《ほし》がるし、奥様も子は無し、それに他《ほか》の土地とは違って寺院《てら》を第一とする飯山ではあり、するところからして、お志保を手放して遣《や》ったような訳さ」

聞けば聞くほど、丑松《うしまつ》は気の毒に成って来た。成程《なるほど》、そう言われて見れば、落魄《らくはく》の画像《えすがた》そのままの様子のうちにも、どうやら武士らしい威厳を具《そな》えているように思わるる。

「丁度、それはあの娘の十三の時」と敬之進は附和《つけた》して言った。

（六）

「噫《ああ》。我輩《わがはい》の生涯《しょうがい》なぞは実に碌々《ろくろく》たるものだ」と敬之進は更に嘆息した。「しかし瀬川君、考えて見てくれたまえ。君は碌々という言葉の内に、どれほどの酸苦が入っていると考える。こうして我輩は飲むから貧乏する、と言う人もあるけれど、我輩に言わせると、貧乏するから飲むんだ。一日たりとも飲まずにはいられない。まあ、我輩も、始《はじめ》の内は苦痛《くるしみ》を忘れる為《ため》に飲んだのさ。今ではそうじゃ無い、反《かえ》って苦痛を感ずる為に飲む。はははは。と言うと可笑《おか》しく聞えるかも知れないが、一晩でも酒の気《き》が無かろうものなら、寂しくて、寂しくて、身体《からだ》は最早《もう》がたがた震えて来る。寝ても寝られない。そうなると殆《ほと》んど精神は無感覚だ。察してくれたまえ――飲んで苦しく思う時が、一番我輩に取っては活《い》きてるような心地《ここち》がするからねえ。恥を御話すればいろいろだが、我輩も飯山《いいやま》学校へ奉職する前には、下高井の在で長く勤めたよ。今の家内を貰《もら》ったのは、丁度その下高井に居た時のことさ。そこはそれ、在に生れた女だけあって、働くことは家内も克《よ》く働く。霜を摑《つか》んで稲を刈るようなことは到底我輩には出来ないが――我輩がまたそんな真似《まね》をして見給《みたま》え、直に病気だ――ところが彼女《あいつ》には堪《た》えられる。貧苦を忍ぶという力は家内の方が反って我輩より強いね。だから君、最早《もう》こう成った日にゃあ、恥も外聞もあったものじゃ無い、私は私でお百姓する、なんて言出して、馬鹿《ばか》な、女の手で作《さく》(七一)なぞを始めた。我輩の家《うち》に旧《もと》から出入りする百姓の音作、あの夫婦が先代の恩返しだと言って、手伝ってはくれるがね、どうせそううまく行きッこはないさ。それを我輩が言うんだけれど、どうしても家内は聞入《ききい》れない。尤《もっと》も、我輩は士族だから、一反歩(七二)は何坪あるのか、一束《ひとつか》(七三)に何斗の年貢《ねんぐ》を納めるのか、一升蒔《いっしょうまき》で何俵の籾《もみ》が取れるのか、一体年《ねん》に肥料がどの位要るものか、そんなことはさっぱり解《わか》らん。現に我輩は家内が何坪借りて作っているかということも知らない。まあ、家内の量見では、子供に耕作《さく》でも見習わせて、行く行くは百姓に成って了《しま》う積りらしいんだ。そこで毎時《いつ》でも我輩と衝突が起る。どうせあんな無学な女は子供の教育なんか出来よう筈《はず》も無い。実際、我輩の家庭で衝突の起因《おこり》と言えば必ず子供のことさ。子供がある為に夫婦喧嘩《げんか》もするようなものだが、又、その夫婦喧嘩をした為に子供が出来たりする。ああ、もう沢山だ、この上出来たらどうしよう、一人子供が増《ふ》えればそれだけ貧苦を増すのだと思っても、出来るものは君どうも仕方が無いじゃないか。今の家内が三番目の女の児《こ》を産んだ時、ええお末《すえ》と命《つ》けてやれ、お末とでも命けたら終《おしまい》に成るか、こう思ったら――どうでしょう、君、直にまた四番目サ。仕方が無いから、今度は留《とめ》吉《きち》とした。まあ、五人の子供に側《そば》で泣き立てられて見たまえ。なかなか遣《や》りきれた訳のものでは無いよ。惨苦、惨苦――我輩は子供の多い貧乏な家庭を見る度に、つくづくその惨苦を思いやるねえ。五人の子供ですら食わせるのは容易じゃない、もしまたこの上に出来でもしたら、我輩の家なぞでは最早《もう》どうしていいか解らん」

こう言って、敬之進は笑った。熱い涙《なんだ》は思わず知らず流れ落ちて、零落《おちぶ》れた袖《そで》を湿《ぬら》したのである。

「我輩は君、これでも真面目《まじめ》なんだよ」と敬之進は、額と言わず、頬《ほお》と言わず、腮《あご》と言わず、両手で自分の顔を撫《な》で廻《まわ》した。「どうでしょう、省吾《しょうご》の奴《やつ》も君の御厄介《ごやっかい》に成ってるが、あんな風で物に成りましょうか。もう少許活潑《すこしかっぱつ》だと好《い》いがねえ。どうも女のような気分の奴で、泣易《なきやす》くて困る。平素《しょっちゅう》弟に苦《いじ》められ通しだ。同じ自分の子で、どれが可愛《かわい》くて、どれが憎いということは有《あり》そうも無さそうなものだが、それがそれ、妙なもので、我輩はあの省吾が可愛そうでならない。あの通り弱いものだから、それだけ哀憐《あわれみ》も増すのだろうと思うね。家内はまた弟の進贔顧《びいき》。何ぞというと、省吾の方を邪魔にして、無暗《むやみ》に叱《しか》るようなことを為《す》る。そこへ我輩が口を出すと、前妻《せんさい》の子ばかり可愛がって進の方は少許《ちっと》も関《かま》ってくれんなんて――直に邪推だ。だからもう我輩は何にも言わん。家内《うち》の為る通りに為《さ》せて、黙って見ているのさ。なるべく家内には遠ざかるようにして、密《そっ》と家を抜け出して来ては、独りで飲むのが何よりの慰藉《たのしみ》だ。稀《たま》に我輩が何か言おうものなら、私はこんなに裸体《はだか》で嫁に来やしなかったなんて、それを言われると一言《いちごん》も無い。実際、彼奴《あいつ》が持って来た衣類《もの》は、皆《みん》な我輩が飲んで了ったのだから――はははははは。まあ、君等《ら》の目から見たら、さぞ我輩の生涯なぞは馬鹿らしく見えるだろうねえ」

述懐《くどき》は反って敬之進の胸の中を軽くさせた。その晩は割合に早く酔って、次第に物の言い様も煩く、終《しまい》には呂律《ろれつ》も廻らないように成って了ったのである。

やがて二人はこの炉辺《ろばた》を離れた。勘定は丑松《うしまつ》が払った。笹屋《ささや》を出たのは八時過《すぎ》とも思われる頃《ころ》。夜の空気は暗く町々を包んで、往来の人通りもすくない。気が狂《ちが》って独言《ひとりごと》を言いながら歩く女、酔って家《うち》を忘れたような男、そんな手合《てあい》が時々二人に突当《つきあた》った。敬之進は覚束《おぼつか》ない足許《あしもと》で、ややともすれば往来の真中《まんなか》へ倒れそうに成る。酔眼朦朧《もうろう》、星の光すらその瞳《ひとみ》には映りそうにも見えなかった。拠《よんどころ》なく丑松は送り届けることにして、ある時は右の腕で敬之進の身体を支えるようにしたり、ある時は肩へ取縋《とりすが》らせて背負《おぶ》うようにしたり、ある時は抱《だき》擁《かか》えて一緒に釣合《つりあい》を取りながら歩いた。人々は漸《やっと》の思《おもい》で、敬之進を家まで連れて行った時は、まだ細君も音作夫婦も働いていた。夜露を浴びながら、屋外《そと》で仕事を為ているのであった。丑松が近《ちかづ》くと、それと見た細君は直にこう声を掛けた。

「あちゃ、まあ、御困りなすったでごわしょう」

第五章

（一）

十一月三日はめずらしい大霜。長い長い山国の冬が次第に近《ちかづ》いたことを思わせるのはこれ。その朝、丑松《うしまつ》の部屋の窓の外は白い烟に掩《おお》われたようであった。丑松は二十四年目の天長節を飯山《いいやま》の学校で祝うという為《ため》に、柳行李《やなぎごうり》の中から羽織袴《はかま》を出して着て、去年の外套《がいとう》に今年もまた身を包んだ。

暗い楼梯《はしごだん》を下りて、北向《きたむき》の廊下のところへ出ると、朝の光がうつくしく射《さ》して来た。溶けかかる霜と一緒に、日にあたる裏庭の木葉《このは》は多く枝を離れた。就中《わけても》、脆《もろ》いのは銀杏《いちょう》で、梢《こずえ》には最早《もう》一葉《ひとは》の黄もとどめない。丁度その霜葉の舞い落ちる光景《ありさま》を眺《なが》めながら、廊下の古壁に倚凭《よりかか》って立っているのは、お志保《しほ》であった。丑松は敬之進のことを思出《おもいだ》して、つくづくあの落魄《らくはく》の生涯《しょうがい》を憐《あわれ》むと同時に、またこの人を注意して見るという気にも成ったのである。

「お志保さん」と丑松は声を掛けた。「奥様にそう言ってくれませんか――今日は宿直の当番ですから何卒《どうか》晩の弁当をこしらえて下さるように――後で学校の小使を取りによこしますからッて――ネ」

と言われて、お志保は壁を離れた。娘の時代には克《よ》くある一種の恐怖心から、何となく丑松を憚《はばか》っているようにも見える。何処《どこ》か敬之進に似たところでもあるか、こう丑松は考えて、それとなく俤《おもかげ》を捜して見ると、若々しい髪のかたち、額つき――まあ、どちらかと言えば、あの省吾《しょうご》は父親似、この人はまた亡《な》くなったという母親の方にでも似たのであろう。

「眼付《めつき》なぞはもう彷彿《そっくり》さ」と敬之進も言った。

「あの」とお志保はすこし顔を紅《あか》くしながら、「此頃《こないだ》の晩は、大層父が御厄介《ごやっかい》に成りましたそうで」

「いや、私の方で反《かえ》って失礼しましたよ」と丑松は淡泊《さっぱり》した調子で答えた。

「昨日、弟が参りまして、その話をいたしました」

「むむ、そうでしたか」

「さぞ御困りで御座《ござ》ましたろう――父がああいう風ですから、皆さんの御厄介にばかり成りまして」

敬之進のことは一時《いっとき》もお志保の小《ちいさ》な胸を離れないらしい。柔嫩《やわらか》な黒眸《くろひとみ》の底には深い憂愁《うれい》の

は外套の襟《えり》で耳を包んで、帽子を冠《かぶ》って蓮華寺《れんげじ》を出た。

とある町の曲り角で、外套の袖袋《かくし》に手を入れて見ると、古い皺《しわ》だらけに成った手袋がその内《なか》から出て来た。黒の莫大小《メリヤス》の裏毛の付いたやつで、皺を延ばして塡《は》めた具合は少許《すこし》細く緊《しま》り過ぎたが、握った心地《こころもち》は暖かであった。その手袋を鼻の先へ押当《おしあ》て、紛《ぷん》とした湿気《しけ》くさい臭気《におい》を嗅《か》いで見ると、急に過去《すぎさ》った天長節のことが丑松の胸の中に浮んで来る。去年——一昨年——一昨々年——噫《ああ》、未《ま》だ世の中をそれ程深く思い知らなかった頃《ころ》は、噴飯《ふきだ》したくなるような、気楽なことばかり考えて、この大祭日を祝っていた。手袋は旧《もと》のまま、色は褪《さ》めたが変らずにある。それから見ると人の精神《こころ》の内部《なか》の光景《ありさま》の移り変ることは。これから将来《さき》の自分の生涯は畢竟《つまり》どうなる——誰《だれ》が知ろう。来年の天長節は——いや、来年のことは措《お》いて、明日のことですらも。こう考えて、丑松の心は幾度《いくたび》か明《あか》るくなったり暗くなったりした。

ひかりを帯びて、頰《ほお》も紅く泣腫《なきは》れたように見える。やがてこういう言葉を取交《とりかわ》した後、丑松

（二）

さすがに大祭日だ。町々の軒は高く国旗を掲げ渡して、いずれの家も静粛にこの記念の一日《ひとひ》を送ると見える。少年の群《むれ》は喜ばしそうな声を揚げながら、霜に濡《ぬ》れた道路を学校の方へと急ぐのであった。悪戯《いたずら》盛りの男の生徒、今日は何時《いつ》にない大人びた様子をして、羽織袴でかしこまった顔付《かおつき》のおかしさ。女生徒は新しい海老茶袴《えびちゃばかま》、紫袴であった。

国のみかどの誕生の日を祝うために、男女の生徒は足拍子揃《そろ》えて、二階の式場へ通う階段

を上った。銀之助は高等二年を、文平は高等一年を、丑松《うしまつ》は高等四年を、いずれも受持々々の組の生徒を引連れていた。退職の敬之進は最早《もう》客分ながら、何となく名残が惜《おし》まるるという風で、旧《もと》の生徒の後に随《つ》いて同じように階段を上るのであった。

この大祭の歓喜《よろこび》の中にも、丑松の心を驚かして、突然新しい悲痛《かなしみ》を感ぜさせたことがあった。というは、猪子《いのこ》蓮太郎《れんたろう》の病気が重くなったと、ある東京の新聞に出ていたからで。尤《もっと》も丑松の目に触れたは、式の始まるという前、審《くわ》しく読む暇も無かったから、そのまま懐中《ふところ》へ押込んで来たのであった。世には短い月日の間に長い生涯《しょうがい》を送って、あわただしく通り過ぎるように生れて来た人がある。恐らく蓮太郎もその一人であろう。新聞には最早《もう》むつかしいように書いてあった。ああ、先輩《さき》の胸中に燃える火は、世を焼くよりも前に、自分の身体《からだ》を焚《や》き尽して了《しま》うのであろう。こういう同情《おもいやり》は一時《いっとき》も丑松の胸を離れない。猶《なお》繰返し読んで見たさは山々、しかしそうは今の場合が許さなかった。

その日は赤十字社(七四)の社員の祝賀をも兼ねた。式場に集る人々の胸の上には、赤い織色の綬《きれ》、銀の章《しるし》の輝いたのも面白く見渡される。東の壁のところに、二十余人の寺々の住職、今年にかぎって蓮華寺《れんげじ》一人欠けたのも物足りないとは、さすがに土地柄も思われておかしかった。殊に風采《ふうさい》の人目を引いたのは、高柳利三郎という新進政事家、すでに檜舞台《ひのきぶたい》(七五)をも踏んで来た男で、今年もまた代議士の候補者に立つという。銀之助、文平を始め、男女の教員は一同風琴の側《そば》に集《あつま》った。

「気をつけ」

と呼ぶ丑松の凜《りん》とした声が起った。式は始《はじま》ったのである。

主座教員としての丑松は反《かえ》って校長よりも男女の少年に慕われていた。丑松が「最敬礼」の一声は言うに言われぬ震動を幼いものの胸に伝えるのであった。やがて、「君が代」の歌の中に、校長は御影《みえい》(七六)を奉開して、それから勅語(七七)を朗読した。万歳、万歳と人々の唱える声は雷《らい》のように響き渡る。その日校長の演説は忠孝を題に取ったもので、例の金牌《きんぱい》は胸の上に懸《かか》って、一層《ひとしお》その風采を教育者らしくして見せた。「天長節」の歌が済む、来賓を代表した高柳の挨拶《あいさつ》もあったが、これはまた場慣れているだけに手に入ったもの。雄弁を喜ぶのは信州人の特色で、こういう一場の挨拶ですらも、人々の心を酔わせたのである。

平和と喜悦《よろこび》とは式場に満ち溢《あふ》れた。

閉会の後、高等四年の生徒はかわるがわる丑松に取縋《とりすが》って、種々《いろいろ》物を尋ねるやら、跳《はね》るやら。あるものは手を引いたり、あるものは袖《そで》の下を潜《くぐ》り抜けたりして、戯《たわむ》れて、避《よ》けて行こうとする丑松を放すまいとした。仙太《せんた》と言って、三年の生徒で、新平民の少年がある。平素《ふだん》から退《の》け者《もの》にされるのはその生徒。きょうも寂しそうに壁に倚凭《よりかか》って、皆《みんな》の歓《よろこ》び戯れる光景《ありさま》を眺《なが》めながら立っていた。可愛《かわい》そうに、仙太はこの天長節ですらも、他《ほか》の少年と同じようには祝い得ないのである。丑松は人知れず口唇《くちびる》を噛《か》み〆《しめ》て、「勇気を出せ、懼《おそ》れるな」と励ますように言って遣《や》りたかった。丁度他の教師が見ていたので、丑松は遁《に》げるようにして、少年の群《むれ》を離れた。

今朝の大霜で、学校の裏庭にある樹木は大概落葉して了ったが、桜ばかりは未《ま》だ秋の名残をとどめていた。丑松はその葉蔭《はかげ》を選んで、時々私語《ささや》くように枝を渡る微風の音にも胸を踴《おど》らせながら、懐中《ふところ》から例の新聞を取出して展《ひろ》げて見ると――蓮太郎の容体は余程危《あやう》いように書いてあった。記者は蓮太郎の思想に一々同意するものでは無いが、ともかくも新平民の中から身を起して飽くまで奮闘しているその意気を愛せずにはいられないと書いてあった。惜《お》しまれて逝《ゆ》く多くの有望な人々と同じように、今またこの人が同じ病苦に呻吟《しんぎん》すると聞いては、うたた同情の念に堪《た》えないと書いてあった。思いあたることが無いでもない、人に迫るような渠《かれ》の筆の真面目《しんめんもく》はこうした悲哀《あわれ》が伴うからであろう、こういう記者もまたその為《ため》に薬籠《やくろう》に親しむ（七八）一人であると書いてあった。

動揺する地上の影は幾度か丑松を驚かした。日の光は秋風に送られて、かれがれな桜の霜葉をうつくしくして見せる。蕭条《しょうじょう》とした草木の凋落《ちょうらく》は一層先輩の薄命を冥想《めいそう》させる種となった。

（三）

敬之進の為《ため》に開いた茶話会《ちゃわかい》は十一時頃《ごろ》からあった。その日の朝、蓮華寺《れんげじ》を出る時、丑松《うしまつ》は廊下のところでお志保《しほ》に逢《あ》って、この不幸な父親を思出《おもいだ》したが、こうして会場の正面に座《す》えられた敬之進を見ると、今度は反対《あべこべ》にあの古壁に倚凭《よりかか》った娘のことを思出したのである。敬之進の挨拶《あいさつ》は長い身の上の述懐であった。憐《あわれ》むという心があればこそ、丑松ばかりは首を垂れて聞いていたようなものの、さもなくて、誰《だれ》が老《おい》の繰言《くりごと》なぞに耳を傾けよう。

茶話会の済んだ後のことであった。丁度庭球《テニス》の遊戯《あそび》を為《す》るために出て行こうとする文平を呼留《よびと》めて、一緒に校長はある室の戸を開けて入った。差向いに椅子《いす》に腰掛けたは運動場近くにある窓のところで、庭球狂《テニスきちがい》の銀之助なぞが呼び騒ぐ声も、玻璃《ガラス》に響いて面白そうに聞えたのである。

「まあ、勝野君、そう運動にばかり夢中にならないで、すこし話したまえ」と校長は狃々《なれなれ》しく、「時に、どうでした、今日の演説は？」

「先生の御演説ですか」と文平が打球板《ラケット》を膝《ひざ》の上に載せて、「いや、非常に面白く拝聴《うかが》いました」

「そうですかねえ――少許《すこし》は聞きごたえが有《あり》ましたかねえ」

「御世辞でも何でも無いんですが、今まで私が拝聴《うかが》った中《うち》では、先《ま》ず第一等の出来でしたろう」

「そう言ってくれる人があると難有《ありがた》い」と校長は微笑《ほほえ》みながら、「実はあの演説をするために、昨夜《ゆうべ》一晩かかって準備《したく》しましたよ。忠孝という字義の解釈はどう聞えました。我輩《わがはい》の積りでは、あれでも余程頭脳《あたま》を痛めたのさ。種々《いろいろ》な字典を参考するやら、何やら――そりゃあもう、君」

「どうしても調べたものは調べただけのことが有ます」

「しかし、真実《ほんとう》に聞いてくれた人は君くらいのものだ。町の人なぞは空々寂々――いや、実際、耳を持たないんだからねえ。中には、高柳の話に酷《ひど》く感服してる人がある。あんな演説屋の話と、吾儕《われわれ》の言うこととを、一緒にして聞かれて堪《たま》るものかね」

「どうせ解《わか》らない人には解らないんですから」

と文平に言われて、不平らしい校長の顔付《かおつき》は幾分《いくら》か和《やわら》いで来た。

その時まで、校長は何か言いたいことがあって、それを言わないで、反《かえ》ってこういう談話《はなし》をしているという風であったが、やがて思うことを切出した。わざわざ文平を呼留めてこの室へ連れて来たのは、どうかして丑松を退ける工夫は無いか、それを相談したい下心であったのである。

「と云うのはねえ」と校長は一段声を低くした。「瀬川君だの、土屋君だの、ああいう異分子が居ると、どうも学校の統一がつかなくて困る。尤《もっと》も土屋君の方は、農科大学（七九）の助手ということになって、遠からず出掛けたいような話ですから――まあこの人は黙っていても出て行く。難物は瀬川君です。瀬川君さえ居なくなって了《しま》えば、後は君、もう吾儕《われわれ》の天下さ。どうかして瀬川君を廃《よ》して、是非その後へは君に座って頂きたい。実は君の叔父さんからも種《いろ》種《いろ》御話が有ましたがね、叔父さんもやっぱりそういう意見なんです。何とか君、巧《うま》い工夫はあるまいかねえ」

「そうですなあ」と文平は返事に困った。

「生徒を御覧なさい――瀬川先生、瀬川先生と言って、瀬川君ばかり大騒ぎしてる。あんなに大騒ぎするのは、瀬川君の方で生徒の機嫌《きげん》を取るからでしょう？　生徒の機嫌を取るというのは、何か其処《そこ》に訳があるからでしょう？　勝野君、まあ君はどう思います」

「今の御話は私に克《よ》く解《わか》りません」

「では、君、こう言ったら――これはまあこれぎりの御話なんですがね、必定《きっと》瀬川君はこの学校を取ろうという野心があるに相違《ちがい》ないんです」

「はははは、まさかそれ程にも思っていないでしょう」と笑って、文平は校長の顔を熟視《みまも》った。

「でしょうか？」と校長は疑深《うたぐりぶか》く、「思っていないでしょうか？」

「だって、未《ま》だそんなことを考えるような年齢《とし》じゃ有ません――瀬川君にしろ、土屋君にしろ、未だ若いんですもの」

この「若いんですもの」が校長を嘆息させた。庭で遊ぶ庭球《テニス》の球の音はおもしろく窓の玻璃《ガラス》に響いた。また一勝負始まったらしい。思わず文平は聞耳《ききみみ》を立てた。その文平の若々しい顔付を眺《なが》めると、校長は更に嘆息して、

「一体、瀬川君なぞはどういうことを考えているんでしょう」

「どういうこととは？」と文平は不思議そうに。

「まあ、近頃の瀬川君の様子を見るのに、非常に沈んでいる――何かこう深く考えている――新しい時代というものはああ物を考えさせるんでしょうか。どうも我輩には不思議でならない」

「しかし、瀬川君の考えているのは、何か別の事でしょう――今、先生の仰《おっしゃ》ったような、そんな事じゃ無いでしょう」

「そうなると、猶々《なおなお》我輩には解釈が付かなくなる。どうも我輩の時代に比べると、瀬川君なぞの考えていることは全く違うようだ。我輩の面白いと思うことを、反って瀬川君なぞは一向つまらないような顔してる。我輩のつまらないと思うことを、瀬川君なぞは非常に面白がってる。畢竟《つまり》一緒に事業《しごと》が出来ないというは、時代が違うからでしょうか——新しい時代の人と、吾儕《われわれ》とは、そんなに思想《かんがえ》が合わないものなんでしょうか」

「ですけれど、私なぞはそう思いません」

「そこが君のたのもしいところさ。何卒《どうか》、君、ああいう悪い風潮に染まないようにしてくれたまえ。及ばずながら君のことに就いては、我輩も出来るだけの力を尽すつもりだ。世の中のことは御互いに助けたり助けられたりさ——まあ、勝野君、そうじゃ有ませんか。今ここで直に異分子をどうするという訳にもいかない。ですから、何か好《い》い工夫でも有ったら、考えて置いてくれたまえ——瀬川君のことに就いて何か聞込むような場合でも有ったら、是非それを我輩に知らせてくれたまえ」

（四）

盛んな遊戯《あそび》の声がまた窓の外に起った。文平は打球板《ラッケット》を提げて出て行った。校長は椅子《いす》を離れて玻璃《ガラス》の戸を上げた。丁度運動場《うんどうば》では庭球《テニス》の最中。大人びた風の校長は、まだ筋骨の衰《おとろ》えを感ずる程の年頃《としごろ》でも無いが、妙に遊戯の嫌《きら》いな人で、殊に若いものの好《すき》な庭球などと来ては、昔の東洋風の軽蔑《けいべつ》を起すのが癖。だから、「何を、児戯《こども》らしいことを」と言ったような目付《めつき》して、夢中になって遊ぶ人々の光景《ありさま》を眺《なが》めた。

地は日の光の為《ため》に乾き、人は運動の熱の為に燃えた。いつの間にか文平は庭へ出て、遊戯の仲間に加《くわわ》った。銀之助は今、文平の組を相手にして、一戦を試みるところ。さすがの庭球《テニス》狂《きちがい》もさんざんに敗北して、やがて仲間の生徒と一緒に、打球板《ラッケット》を捨てて退いた。敵方の揚げる「勝負有《ゲエム》」の声は、拍手の音に交って、屋外《そと》の空気に響いておもしろそうに聞える。東よりの教室の窓から顔を出した二三の女教師も、一緒になって手を叩《たた》いていた。その時、幾組かに別れて見物した生徒の群《むれ》は互いに先を争ったが、中に一人、素早く打球板《ラッケット》を拾った少年があった。新平民の仙太《せんた》と見て、他《ほか》の生徒がその側《そば》へ馳寄《かけよ》って、無理無体に手に持つ打球板《ラッケット》を奪い取ろうとする。仙太は堅く握ったまま、そんな無法なことがあるものかという顔付。それはよかったが、何時《いつ》まで待っていても組のものが出て来《こ》ない。

「さあ、誰《だれ》か出ないか」と敵方は怒って催促する。少年の群は互いに顔を見合せて、困って立っている仙太を冷笑して喜んだ。誰もこの穢多《えた》の子と一緒に庭球の遊戯を為《し》ようというものは無かったのである。

急に、羽織を脱ぎ捨てて、そこにある打球板《ラッケット》を拾ったは丑松《うしまつ》だ。それと見た人々は意味もなく笑った。見物している女教師も微笑《ほほえ》んだ。文平贔顧《びいき》の校長は、丑松の組に勝たせたくないと思うかして、熱心になって窓から眺めていた。丁度午後の日を背後《うしろ》にしたので、位置の利は始めから文平の組の方にあった。

「壱《ワン》、零《ゼロ》」

と呼ぶのは、網の傍《そば》に立つ審判官の銀之助である。丑松仙太は先《ま》ず第一の敗を取った。見物している生徒は、いずれも冷笑を口唇《くちびる》にあらわして、仙太の敗を喜ぶように見えた。

「弐《ツウ》、零《ゼロ》」

と銀之助は高く呼んだ。丑松の組は第二の敗を取ったのである。「弐《ツウ》、零《ゼロ》」と見物の生徒は聞えよがしに繰返した。

敵方というのは、年若な準教員――それ、丑松が蓮華寺《れんげじ》へ明間《あきま》を捜しに行った時、帰路《かえり》に遭遇《であ》ったあの男と、それから文平と、こう二人の組で、丑松に取っては侮《あなど》り難《がた》い相手であった。それに、敵方の力は揃《そろ》っているに引替え、味方の仙太はまだ一向に練習が足りない。

「参《スリイ》、零《ゼロ》」

と呼ぶ声を聞いた時は、丑松もすこし気を苛《いら》った。人種と人種の競争――それに敗《ひけ》を取るまいという丑松の意気が、何となくこんな遊戯の中にも顕《あら》われるようで、「敗《まけ》るな、敗けるな」と弱い仙太を激厲《はげ》ますのであった。丑松は撃手《サアブ》。最後の球を打つ為に、外廓《そとぐるわ》の線の一角に立った。「さあ、来い」と言わぬばかりの身構えして、窺《うかが》い澄ましている文平を目がけて、打込んだ球はかすかに網に触れた。「触《タッチ》」と銀之助の一声。丑松は二度目の球を試みた。力あまって線を越えた。ああ、「落《フオウル》」だ。丑松も今は怒気を含んで、満身の力を右の腕に籠《こ》めながら、勝つも負けるも運はこの球一つにあると、打込む勢《いきおい》は獅子《しし》奮進《ふんじん》。青年の時代に克《よ》くある一種の迷想から、丁度一生の運命を一時の戯《たわむれ》に占うようにも見える。「内《イン》」と受けた文平もさるもの。故意《わざ》と丑松の方角を避けて、うろうろする仙太の虚《すき》を衝《つ》いた。烈《はげ》しい日の光は真正面《まとも》に射《さ》して、飛んで来る球のかたちすら仙太の目には見えなかったのである。

「勝負有《ゲエム》」

と人々は一音《いちおん》に叫んだ。仙太の手から打球板《ラッケット》を奪い取ろうとした少年なぞは、手を拍《う》って、雀躍《こおどり》して、喜んだ。思わず校長も声を揚げて、文平の勝利を祝うという風であった。

「瀬川君、零敗《ゼロまけ》とはあんまりじゃないか」

という銀之助の言葉を聞捨てて、丑松はそこに置いた羽織を取上げながら、すごすごと退いた。やがてこの運動場から裏庭の方へ廻《まわ》って、誰《だれ》も見ていないところへ来ると、不図何か思出《おもいだ》したように立留《たちどま》った。さあ、丑松は自分で自分を責めずにいられなかったのである。蓮《れん》太郎《たろう》――大日向《おおひなた》――それから仙太、こう聯想《れんそう》した時は、猜疑《うたがい》と恐怖《おそれ》とで戦慄《ふる》えるようになった。噫《ああ》、意地の悪い智慧《ちえ》はいつでも後から出て来る。

第六章

（一）

天長節の夜は宿直の当番であったので、丑松《うしまつ》銀之助の二人は学校に残った。敬之進は急に心細く、名残惜しくなって、いつまでも此処《ここ》を去り兼ねる様子。夕飯の後、まだ宿直室に話しこんで、例の愚痴の多い性質から、生先《おいさき》長い二人に笑われているうちに、壁の上の時計は八時打ち、九時打った。それは翌朝《よくあさ》の霜の烈《はげ》しさを思わせるような晩で、日中とは違って、めっきり寒かった。丑松が見廻《みまわ》りの為《ため》に出て行った後《あと》、まだ敬之進は火鉢《ひばち》の傍《そば》に齧《かじ》り付いて、銀之助を相手に掻口説《かきくど》いていた。

やがて二十分ばかり経《た》って丑松は帰って来た。手提洋燈《てさげランプ》を吹消して、急いで火鉢の側《わき》に倚《より》添《そ》いながら、「いや、もう屋外《そと》は寒いの寒くないのッて、手も何も凍《かじか》んで了《しま》う――今夜のように酷烈《きび》しいことは今歳《ことし》になって始めてだ。どうだ、君、この通りだ」と丑松は氷のように成った手を出して、銀之助に触った。「まあ、何という冷《つめた》い手だろう」こう言って、自分の手を引込まして、銀之助は不思議そうに丑松の顔を眺《なが》めたのである。

「顔色が悪いねえ、君は――どうかしやしないか」

と思わずそれを口に出した。敬之進も同じように不審を打って、

「我輩《わがはい》も今、それを言おうかと思っていたところさ」

丑松は何か思出《おもいだ》したように慄《ふる》えて、話そうか、話すまいか、と暫時躊躇《しばらくちゆうちよ》する様子にも見えたが、あまり二人が熱心に自分の顔を熟視《みまも》るので、ついつい打明けずにはいられなく成って来た。

「実はねえ――まあ、不思議なことがあるんだ」

「不思議なとは？」と銀之助も眉《まゆ》をひそめる。

「こういう訳さ――僕が手提洋燈を持って、校舎の外を一廻りして、あの運動場《うんどうば》の木馬のと

ころまで行くと、誰《だれ》かこう僕《ぼく》を呼ぶような声がした。見れば君、誰も居ないじゃないか。はてな、聞いたような声だと思って、考えて見ると、その筈《はず》さ――僕の阿爺《おやじ》の声なんだもの」

「へえ、妙なことが有れば有るものだ」と敬之進も不審《いぶか》しそうに、「それで、何ですか、どんな風に君を呼びましたか、その声は」

「『丑松、丑松』とつづけざまに」

「フウ、君の名前を？」と敬之進はもう目を円くして了った。

「はははは」と銀之助は笑出《わらいだ》して、「馬鹿《ばか》なことを言いたまえ。瀬川君も余程《よっぽど》どうかしているんだ」

「いや、確かに呼んだ」と丑松は熱心に。

「そんな事があって堪《たま》るものか。何かまた聞違《ききちが》えでも為《し》たんだろう」

「土屋君、君はそう笑うけれど、確かに僕の名を呼んだに相違ないよ。風が呻吟《うな》ったでも無ければ、鳥が啼《な》いたでも無い。そんな声を、まさかに僕だって聞違える筈も無かろうじゃないか。どうしても阿爺だ」

「君、真実《ほんとう》かい――戯語《じょうだん》じゃ無いのかい――また欺《かつ》ぐんだろう」

「土屋君はそれだから困る。僕は君これでも真面目《まじめ》なんだよ。確かに僕はこの耳で聞いて来た」

「その耳が宛《あて》に成らないサ。君の父上《おとっ》さんは西乃入《にしのいり》の牧場に居るんだろう。あの烏帽子《えぼし》ヶ嶽《たけ》の谷間《たにあい》に居るんだろう。それ、見給《みたま》え。その父上《おとっ》さんがこんな隔絶《かけはな》れた処《ところ》に居る君の名前を呼ぶなんて――馬鹿らしい」

「だから不思議じゃないか」

「不思議？　ちょッ、不思議というのは昔の人のお伽話《とぎばなし》だ。はははは、智識《ちしき》の進んで来た今日、そんな馬鹿らしいことの有るべき筈が無い」

「しかし、土屋君」と敬之進は引取って、「そう君のように一概に言ったものでもないよ」

「はははは、旧弊な人はこれだから困る」と銀之助は嘲《あざけ》るように笑った。

急に丑松は聞耳《ききみみ》を立てた。復《ま》た何か聞きつけたという風で、すこし顔色を変えて、言うに言われぬ恐怖《おそれ》を表したのである。戯《たわむ》れているので無いということは、その真面目な眼付《めつき》を見ても知れた。

「や――復た呼ぶ声がする。何だかこう窓の外の方で」と丑松は耳を澄まして、「しかし、あまり不思議だ。一寸《ちょっと》、僕は失敬するよ――もう一度行って見て来るから」

ぷいと丑松は駈出《かけだ》して行った。

さあ、銀之助は友達のことが案じられる。敬之進はもう心に驚いて了って、何かの前兆《しらせ》では有るまいか――第一、父親の呼ぶというのが不思議だ、とこう考えつづけたのである。

「それはそうと」と敬之進は思付《おもいつ》いたように、「こうして吾儕《われわれ》ばかり火鉢にあたっているのも気懸りだ。どうでしょう、二人で行って見てやっては」

「むむ、そうしましょうか」と銀之助も火鉢を離れて立上った。「瀬川君はすこしどうかしてるんでしょうよ。まあ、僕に言わせると、何か神経の作用なんですねえ――とにかく、それでは一寸待って下さい。僕が今、手提洋燈を点《つ》けますから」

（二）

深い思《おもい》に沈みながら、丑松《うしまつ》は声のする方へ辿《たど》って行った。見れば宿直室の窓を泄《も》れる灯《ひ》が、僅《わずか》に庭の一部分を照《てら》しているばかり。校舎も、樹木も、形を潜めた。何もかも今は夜の空気に包まれて、沈まり返って、闇《やみ》に隠れているように見える。それは少許《すこし》も風の無い、聞《しん》とした晩で、寒威《さむさ》は骨に透徹《しみとお》るかのよう。恐らく山国の気候の烈《はげ》しさを知らないものは、こうした信濃《しなの》の夜を想像することが出来ないであろう。

父の呼ぶ声が復《ま》た聞えた。急に丑松は立留《たちどま》って、星明りに周囲《そこいら》を透《すか》して視《み》たが、別に人の影らしいものが目に入るでも無かった。すべては皆《みん》な無言である。犬一つ啼《な》いて通らないこの寒い夜に、何が音を出して丑松の耳を欺こう。

「丑松、丑松」

とまた呼んだ。さあ、丑松は畏《おそ》れず慄《ふる》えずにいられなかった。心はもう底の底までも掻乱《かきみだ》されて了《しま》ったのである。たしかにそれは父の声で――皺枯《しゃが》れた中にも威厳のある父の声で、あの深い烏帽子《えぼし》ヶ嶽《たけ》の谷間《たにあい》から、遠くこの飯山《いいやま》に居る丑松を呼ぶように聞えた。目をあげて見れば、空とてもやはり地の上と同じように、音も無ければ声も無い。風は死に、鳥は隠れ、清《すず》しい星の姿ところどころ。銀河の光は薄い煙のように遠く荘厳《おごそか》な天を流れて、深大な感動を人の心に与える。さすがに幽《かすか》な反射はあって、仰げば仰ぐほど暗い藍色《あいいろ》の海のようなは、そこに他界を望むような心地もせらるるのであった。声——あの父の呼ぶ声は、この星夜の寒空を伝って、丑松の耳の底に響いて来るかのよう。子の霊魂《たましい》を捜すような親の声は確かに聞えた。しかしその意味は。こう思い迷って、丑松はあちこちあちこちと庭の内を歩いて見た。

ああ、何をそんなに呼ぶのであろう。丑松は一生の戒《いましめ》を思出《おもいだ》した。あの父の言葉を思出した。自分の精神《こころ》の内部《なか》の苦痛《くるしみ》が、子を思う親の情からして、自然と父にも通じたのであろうか。飽くまでも素性を隠せ、今日までの親の苦心を忘れるな、という意味であろうか。それであの牧場の番小屋を出て、自分のことを思いながら呼ぶその声が谿谷《たに》から谿谷へ響いているのであろうか。それとも、また、自分の心の迷いであろうか。といろいろに想像して見て、終《しまい》には恐怖《おそれ》と疑心《うたがい》とで夢中になって、「阿爺《おとっ》さん、阿爺さん」と自分の方から目的《あてど》もなく呼び返した。

「やあ、君は其処《そこ》に居たのか」

と声を掛けて近《ちか》づいたのは銀之助。つづいて敬之進も。二人はしきりに手提洋燈《てさげランプ》をさしつけて、先《ま》ず丑松の顔を調べ、身の周囲《まわり》を調べ、それから闇を窺《うかが》うようにして見て、さて丑松からまた父の呼声《よびごえ》のしたことを聞取《ききと》った。

「土屋君、それ見たまえ」

と敬之進は寒さと恐怖《おそれ》とで慄えながら言った。銀之助は笑って、

「どうしてもそんなことは理窟《りくつ》に合わん。必定《きっと》神経の故《せい》だ。一体、瀬川君は妙に猜疑深《うたがいぶか》く成った。だからそんな下らないものが耳に聞えるんだ」

「そうかなあ、神経の故かなあ」こう丑松は反省するような調子で言った。

「だって君、考えて見たまえ。形の無いところに形が見えたり、声の無いところに声が聞えたりするなんて、それそこが君の猜疑《うたがい》深《ぶか》く成った証拠さ。声も、形も、それは皆《みん》な君が自分の疑心から産出《うみだ》した幻だ」

「幻？」

「所謂《いわゆる》疑心暗鬼(八〇)という奴《やつ》だ。耳に聞える幻――というのも少許《すこし》変な言葉だがね、まあそういうことも言えるとしたら、それが今夜君の聞いたような声なんだ」

「あるいはそうかも知れない」

暫時《しばらく》、三人は無言になった。天も地も閴《しん》として、声が無かった。急にこの星夜の寂寞《せきばく》を破って、父の呼ぶ声が丑松の耳の底に響いたのである。

「丑松、丑松」

と次第に幽《かすか》になって、啼いて空を渡る夜の鳥のように、終《しまい》には遠く細く消えて聞えなくなって了った。

「瀬川君」と銀之助は手提洋燈をさしつけて、顔色を変えた丑松の様子を不思議そうに眺《なが》めながら、「どうしたい――君は」

「今、また阿爺《おやじ》の声がした」

「今？　何にも聞えやしなかったじゃないか」

「ホウ、そうかねえ」

「そうかねえもないもんだ。何《なんに》も声なぞは聞えやしないよ」と言って、銀之助は敬之進の方へ向いて、「風間《かざま》さん、どうでした――何か貴方《あなた》には聞えましたか」

「いいえ」と敬之進も力を入れた。

「ホウラ。風間さんにも聞えなければ、僕《ぼく》にも聞えない。聞いたのは、唯君《ただ》ばかりだ。神経、神経――どうしてもそれに相違ない」

こう言って、やがて銀之助はあちこちと闇を照らして見た。天は今僅かに星の映る鏡、地は今大《おおき》な暗い影のよう。一つとして声のありそうなものが、手提洋燈の光に入るでもなかった。「ははははは」と銀之助は笑い出して、「まあ、僕は耳に聞いたって信じられない。目に見たって信じられない。手に取って、触ってみて、それからでなければそんなことは信じられない。いよいよこりゃあ、僕の観察の通りだ。生理的にそんな声が聞えたんだ。はははは。それはそうと、馬鹿《ばか》に寒く成って来たじゃないか。僕は最早《もう》こうして立っていられなくなった――行こう」

（三）

その晩、寝床へ入ってからも、丑松《うしまつ》は父と先輩とのことを考えて、寝られなかった。銀之助は直《すぐ》にもう高鼾《たかいびき》。どんなに丑松は傍《そば》に枕《まくら》を並べている友達の寝顔を熟視《みまも》って、その平穏《おだやか》な、安静《しずか》な睡眠《ねむり》を羨《うらや》んだろう。夜も更《ふ》けた頃《ころ》、むっくと寝床から跳起《はねお》きて、一旦《いったん》細くした洋燈《ランプ》を復《ま》た明《あか》くしながら、蓮太郎《れんたろう》に宛《あ》てた手紙を書いて見た。今はこの病気見舞すら人目を憚《はばか》って窺《うかが》って見ると、銀之助は死んだ魚のように大《おおき》な口を開いて、前後も知らず熟睡していた。

全く丑松は蓮太郎を知らないでも無かった。人の紹介で逢《あ》って見たことも有るし、今歳《ことし》になって二三度手紙の往復《とりやり》もしたので、幾分《いくら》か互いの心情《こころもち》は通じた。然《しか》し、蓮太郎は篤志な知己として丑松のことを考えているばかり、同じ素性《すじよう》の青年とは夢にも思わなかった。丑松もまた、その秘密ばかりは言うことを躊躇《ちゆうちよ》している。だから何となく奥歯に物が挟《はさ》まっているようで、その晩書いた丑松の手紙にも十分に思ったことが表れない。何故《なぜ》これ程に慕っているか、それさえ書けば、他《ほか》の事はもう書かなくても済む。ああ——書けるものなら丑松も書く。それを書けないというのは、丑松の弱点で、とうとう普通の病気見舞と同じものに成って了《しま》った。「東京にて、猪子《いのこ》蓮太郎先生、瀬川丑松より」と認め終った時は、深く深く良心《こころ》を偽るような気がした。筆を投《なげう》って、嘆息して、復た冷《つめた》い寝床に潜り込んだが、少許《すこし》とろとろとしたかと思うと、直に恐しい夢ばかり見つづけたのである。

翌朝《あくるあさ》のことであった。蓮華寺《れんげじ》の庄馬鹿《しようばか》が学校へやって来て、是非丑松に逢いたいと言う。「何の用か」を小使に言わせると、「御目に懸《かか》って御渡ししたいものが御座《ござ》ます」とか。出て行って玄関のところで逢えば、庄馬鹿は一通の電報を手渡しした。不取敢《とりあえず》開封して読下《よみくだ》して見ると、片仮名の文字《もんじ》も簡短《かんたん》に、父の死去したという報知《しらせ》が書いてあった。突然のことに驚いて了って、半信半疑で繰返した。確かに死去の報知《しらせ》には相違なかった。発信人は根津《ねつ》の叔父。「直《す》ぐ帰れ」としてある。

「それはどうも飛んだことで、さぞ御力落しで御座ましょう――はい、早速帰りまして、奥様にも申し上げまするで御座ます」

こう庄馬鹿が言った。小児《こども》のように死を畏《おそ》れるという様子は、その愚《おろか》しい目付に顕《あら》われるのであった。

丑松の父というは、日頃極めて壮健な方で、激烈《はげ》しい気候に遭遇《であ》っても風邪《かぜ》一つ引かず、巌畳《がんじょう》な体躯《からだ》は反《かえ》って壮夫《わかもの》を凌《しの》ぐ程の隠居であった。牧夫の生涯《しょうがい》といえばいかにも面白そうに聞えるが、その実普通の人に堪《た》えられる職業では無いのであって、就中《わけても》西乃入《にしのいり》の牧場の牛飼などと来ては、「あの隠居だから勤まる」と人にも言われる程。牛の性質を克《よ》く暗記しているというだけでは、所詮《しょせん》あの烏帽子《えぼし》ヶ嶽《たけ》の深い谿谷《たにあい》に長く住むことは出来ない。気候には堪えられても、寂寥《さびしさ》には堪えられない。温暖《あたたか》い日の下に産れて忍耐の力に乏しい南国の人なぞは、到底こういう山の上の牧夫に適しないのである。そこはそれ、北部の信州人、殊に丑松の父は素朴《そぼく》な、勤勉な、剛健な気象で、労苦を労苦とも思わない上に、別に人の知らない隠遁《いん》《とん》の理由をも持っていた。思慮の深い父は丑松に一生の戒《いましめ》を教えたばかりで無く、自分もまたなるべく人目につかないように、とこう用心して、子の出世を祈るより外にもう希望《のぞみ》もなければ慰藉《なぐさめ》もないのであった。丑松のため――それを思う親の情からして、人里遠い山の奥に浮世を離れ、朝夕炭焼の煙りを眺《なが》め、牛の群《むれ》を相手に寂しい月日を送って来たので。月々丑松から送る金の中から好《すき》な地酒を買うということが、何よりのこの牧夫のたのしみ。労苦も寂寥《さびしさ》もその為《ため》に忘れると言っていた。こういう阿爺《おやじ》が――まあ、鋼鉄のように強いとも言いたい阿爺が、病気の前触《まえぶれ》も無くて、突然死去したと言ってよこしたとは。

電報は簡短で亡《な》くなった事情も解《わか》らなかった。それに、父が牧場の番小屋に上るのは、春《はる》雪《ゆき》の溶け初《そ》める頃で、また谷々が白く降り埋《うず》められる頃になると、根津村の家へ下りて来る毎年《まいとし》の習慣である。もうそろそろ冬籠《ふゆごも》りの時節。考えて見れば、亡くなった場処は、西乃入か、根津か、それすらこの電報では解らない。

しかし、その時になって、丑松は昨夜《ゆうべ》の出来事を思出《おもいだ》した。あの父の呼声《よびごえ》を思出した。あの呼声が次第に遠く細くなって、別離《わかれ》を告げるように聞えたことを思出した。

この電報を銀之助に見せた時は、さすがの友達も意外なという感想《かんじ》に打たれて、暫時茫然《しばらくぼんやり》として突立ったまま、丑松の顔を眺めたり、死去の報告《しらせ》を繰返して見たりした。やがて銀之助は思いついたように、

「むむ、根津には君の叔父さんがあると言ったッけねえ。そういう叔父さんが有れば、万事見てはくれたろう。しかし気の毒なことをした。なにしろ、まあ早速帰る仕度をしたまえ。学校の方は、君、どうにでも都合するから」

こう言ってくれる友達の顔には真実が輝き溢《あふ》れていた。ただ銀之助は一語《ひとこと》も昨夜のことを言出《いいだ》さなかったのである。

「死は事実だ――不思議でも何でも無い」とこの若い植物学者は眼《め》で言った。

校長は時刻を違《たが》えず出勤したので、早速この報知《しらせ》を話した。丑松は直にこれから出掛けて行きたいと話した。留守中何分宜《なにぶんよろ》しく、受持の授業のことは万事銀之助に頼んで置いたと話した。

「どんなにか君も吃驚《びっくり》なすったでしょう」と校長は狃々《なれなれ》しい調子で言った。「学校の方は君、土屋君も居るし、勝野君も居るし、そんなことはもう少許《すこし》も御心配なく。実に我輩《わがはい》も意外だった、君の父上《おとっ》さんが亡くなろうとは。何卒《どうか》、まあ、彼方《あちら》の御用も済み、忌服《きぶく》(八二)でも明けることになったら、また学校の為に十分御尽力を願いましょう。吾儕《われわれ》の事業《しごと》がこれだけに揚《あが》って来たのも、一つは君の御骨折からだ。こうして君が居て下さるんで、どんなにか我輩も心強いか知れない。此頃《こないだ》も或処《あるところ》で君の評判を聞いて来たが、何だかこう我輩は自分を褒《ほ》められたような心地《こころもち》がした。実際、我輩は君を頼りにしているのだから」と言って気を変えて、「それにしても、出掛けるとなると、思ったよりは要《かか》るものだ。少許位《すこしぐらい》は持合せも有《あり》ますから、立替えて上げても可《いい》のですが、どうです少許《すこし》御持ちなさらんか。もし御入用《おいりよう》なら遠慮なく言って下さい。足りないと、また困りますよ」

と言う校長の言葉はいかにも巧みであった。しかし丑松の耳には唯《ただ》わざとらしく聞えたのである。

「瀬川君、それでは届《とどけ》を忘れずに出して行って下さい――何も規則ですから」

こう校長は添加《つけた》して言った。

（四）

丑松《うしまつ》が急いで蓮華寺《れんげじ》へ帰った時は、奥様も、お志保《しほ》も飛んで出て来て、電報の様子を問い尋ねた。どんなに二人は丑松の顔を眺《なが》めて、この可傷《いたま》しい報知《しらせ》の事実を想像したろう。どんなに二人は昨夜の不思議な出来事を聞取《ききと》って、女心に恐しくあさましく考えたろう。どんなに二人は世にある多くの例《ためし》を思出《おもいだ》して、死を告げる前兆《しらせ》、逢《あ》いに来る面影、または闇《やみ》を飛ぶという人魂《ひとだま》の迷信なぞに事寄せて、この暗合した事実に胸を騒がせたろう。

「それはそうと」と奥様は急に思付《おもいつ》いたように、「まだ貴方《あなた》は朝飯前でしょう」

「あれ、そうでしたねえ」とお志保も言葉を添えた。

「瀬川さん。そんなら準備《したく》して御出《おいで》なすって下さい。今直に御飯にいたしますから。これから御出掛なさるというのに、生憎何《あいにくなん》にも無くて御気の毒ですねえ――塩鮭《しおびき》でも焼いて上げましょうか」

奥様はもう涙ぐんで、蔵裏《くり》の内《なか》をぐるぐる廻《まわ》って歩いた。長い年月の精舎《しょうじゃ》の生活は、この女の性質を感じ易《やす》く気短くさせたのである。

「なむあみだぶ」

とこの有髪《うはつ》の尼は独語《ひとりごと》のように唱えていた。

丑松は二階へ上って大急ぎで旅の仕度をした。場合が場合、土産も買わず、荷物も持たず、なるべく身軽な装《なり》をして、叔母の手織の綿入《わたいれ》を行李《こうり》の底から出して着た。丁度そこへ足を投《な》出《だ》して、脚絆《きゃはん》を着けているところへ、下女の袈裟治《けさじ》に膳《ぜん》を運ばせて、つづいて入って来たのはお志保である。いつも飯櫃《めしびつ》は出し放し、三度が三度手盛りでやるに引きかえ、こうして人に給仕して貰《もら》うというは、嬉《うれ》しくもあり、窮屈でもあり、無造作に膳を引寄せて、丑松はお志保につけて貰って食った。その日はお志保もすこし打解けていた。いつものように丑松を恐れる様子も見えなかった。敬之進の境涯《きようがい》を深く憐《あわれ》むという丑松の真実が知れてから、自然と思惑《おもわく》を憚《はばか》る心も薄らいで、こうして給仕している間にも種々《いろいろ》なことを尋ねた。お志保はまた丑松の母のことを尋ねた。

「母ですか」と丑松は淡泊《さつぱり》とした男らしい調子で、「亡《な》くなったのは丁度私が八歳《やつつ》の時でしたよ。八歳といえば未《ま》だほんの小供ですからねえ。まあ、私は母のことを克《よ》く覚えてもいない位なんです――実際母親というものの味を真実《ほんとう》に知らないようなものなんです。父親《おやじ》だっても、やはりそうで、この六七年の間は一緒に長く居て見たことは有《あり》ません。いつでも親子はなればなれ。実は父親《おやじ》も最早《もう》好い年でしたからね――そうですなあ貴方の父上《おとつ》さんよりは少許《すこし》年長《うえ》でしたろう――ああいう風に平素壮健《ふだんたつしや》な人は、反《かえ》って病気なぞに罹《かか》ると弱いのかも知れませんよ。私なぞは、ですから、親に縁の薄い方の人間なんでしょう。と言えば、まあお志保さん、貴方だってもその御仲間じゃ有ませんか」

この言葉はお志保の涙を誘う種となった。あの父親とは――十三の春にこの寺へ貰われて来て、それぎり最早一緒に住んだことがない。それから、あの生《うみ》の母親とは――これはまた子供の時分に死別《しにわか》れて了《しま》った。親に縁の薄いとは、丁度お志保の身の上でもある。お志保は自分の家の零落を思出したという風で、すこし顔を紅《あか》くして、黙って首を垂れて了った。

そのお志保の姿を注意して見ると、亡くなった母親という人も大凡《おおよそ》想像がつく。「あの娘《こ》の容貌《かおつき》を見ると直に前《せん》の家内が我輩《わがはい》の眼《め》に映る」と言った敬之進の言葉を思出して見ると、「昔風に亭主に便《たよる》という風で、どこまでも我輩を信じていた」という女の若い時は――いずれこのお志保と同じように、情の深い、涙脆《なみだもろ》い、見る度に別の人のような心地《こころもち》のする、姿ありさまの種々《いろいろ》に変るような人であったに相違ない。いずれこのお志保と同じように、醜くも見え、美しくも見え、ある時は蒼《あお》く黄ばんで死んだような顔付をしているかと思うと、またある時は花のように白い中《うち》にも自然と紅味を含んで、若く、清く、活々《いきいき》とした顔付をしているような人であったに相違ない。まあ、お志保を通して想像した母親の若い時の俤《おもかげ》はこうであった。快活な、自然な信州北部の女の美質と特色とは、やはり丑松のような信州北部の男子《おとこ》の眼に一番よく映るのである。

旅の仕度が出来た後、丑松はこの二階を下りて、蔵裏の広間のところで皆《みんな》と一緒に茶を飲んだ。新しい木製の珠数《ずず》、それが奥様からの餞別《せんべつ》であった。やがて丑松は庄馬鹿《しょうばか》の手作りにしたという草鞋《わらじ》を穿《は》いて、人々のなさけに見送られて蓮華寺の山門を出た。

第七章

（一）

それは忘れることの出来ないほど寂しい旅であった。一昨年《おととし》の夏帰省した時に比べると、こうして千曲川《ちくまがわ》の岸に添うて、可懐《なつか》しい故郷の方へ帰って行く丑松《うしまつ》は、まあ自分で自分ながら、殆《ほと》んど別の人のような心地がする。足掛三年、と言えばそれ程長い月日とも聞えないが、丑松の身に取っては一生の変遷《うつりかわり》の始《はじま》った時代で――尤《もっと》も、人の境遇によっては何時《いつ》変ったということも無しに、自然に世を隔てたような感想《かんじ》のするものもあろうけれど――その精神《こころ》の内部《なか》の革命が丑松には猛烈に起って来て、しかもそれを殊に深く感ずるのである。今は誰《だれ》を憚《はばか》るでも無い身。乾燥《はしや》いだ空気を自由に呼吸して、自分のあやしい運命を悲しんだり、生涯《しょうがい》の変転に驚いたりして、無限の感慨に沈みながら歩いて行った。千曲川の水は黄緑《きみどり》の色に濁って、声も無く流れて遠い海の方へ――その岸に蹲《うずくま》るような低い楊柳《やなぎ》の枯々《かれがれ》となった光景《さま》――ああ、依然として旧《もと》の通りな山河の眺望《ちょうぼう》は、一層丑松の目を傷《いた》ましめた。時々丑松は立《たち》留《どま》って、人目の無い路傍《みちばた》の枯草の上に倒れて、声を揚げて慟哭《どうこく》したいとも思った。あるいは、それを為《し》たら、堪《た》えがたい胸の苦痛《いたみ》が少許《すこし》は減って軽く成るかとも考えた。奈何《いかん》せん、哭《な》きたくも哭くことの出来ない程、心は重く暗く閉塞《とじふさが》って了《しま》ったのである。

漂泊する旅人は幾群《いくむれ》か丑松の傍《わき》を通りぬけた。落魄《らくはく》の涙に顔を濡《ぬら》して、餓《う》えた犬のように歩いて行くものもあった。何か職業を尋ね顔に、垢染《あかじ》みた着物を身に絡《まと》いながら、素足のままで土を踏んで行くものもあった。あわれげな歌を歌い、鈴振鳴《ふりな》らし、長途の艱難《かんなん》を修行の生命《いのち》にして、日に焼けて罪滅《つみほろぼ》し顔な巡礼の親子もあった。または自堕落な編笠姿《あみがさすがた》、さすがに世を忍ぶ風情《ふぜい》もしおらしく、放肆《ほしいまま》に恋慕の一曲を弾じて、銭を乞《こ》うような卑《いや》しい芸人の一組もあった。丑松は眺《なが》め入った。眺め入りながら、自分の身の上と思い比べた。どんなに丑松は今の境涯《きょうがい》の遺瀬《やるせ》なさを考えて、自在に漂泊する旅人の群《むれ》を羨《うらや》んだろう。

飯山《いいやま》を離れて行けば行く程、次第に丑松は自由な天地へ出て来たような心地《こころもち》がした。北国《ほっこく》街道《かいどう》（八二）の灰色な土を踏んで、花やかな日の光を浴びながら、時には岡《おか》に上り時には桑畠《くわばたけ》の間を歩み、時にはまた街道の両側に並ぶ町々を通過《とおりす》ぎて、汗も流れ口も乾き、足袋《たび》も脚絆《きゃはん》も塵埃《ほこり》に汚《まみ》れて白く成った頃《ころ》は、反《かえ》って少許《すこし》蘇生《そせい》の思《おもい》に帰ったのである。路傍の柿《かき》の樹《き》は枝も撓《たわ》むばかりに黄な珠を見せ、粟《あわ》は穂を垂れ、豆は莢《さや》に満ち、既に刈取った田畠《たはた》には浅々と麦の萌《も》え初《そ》めたところもあった。遠近《おちこち》に聞える農夫の歌、鳥の声――ああ、山家《やまが》でいう「小六月《ころくがつ》（八三）」だ。その日は高社山《こうしゃざん》一帯の山脈も面白く容《かたち》を顕《あらわ》して、山と山との間の深い谷蔭《たにかげ》には、青々と炭焼の煙の立登るのも見えた。

蟹沢《かにざわ》の出はずれで、当世風の紳士を乗せた一台の人力車《くるま》が丑松に追付いた。見れば天長節の朝、式場で演説した高柳利三郎。代議士の候補者に立つものは、そろそろ政見を発表する為《ため》に忙しくなる時節。いずれこの人も、選挙の準備《したく》として、地方廻《まわ》りに出掛けるのであろう。と見る丑松の側《わき》を、高柳は意気揚々として、すこし人を尻目《しりめ》にかけて、挨拶《あいさつ》も為《せ》ずに通過ぎた。二三町離れて、車の上の人は急に何か思付《おもいつ》いたように、是方《こちら》を振返って見たが、別に丑松の方では気にも留めなかった。

日は次第に高くなった。水内《みのち》の平野は丑松の眼前《めのまえ》に展《ひら》けた。それは広潤《ひろびろ》とした千曲川の流域で、川上から押流す泥砂《でいしゃ》の一面に盛上ったところを見ても、氾濫《はんらん》の凄《すさま》じさが思いやられる。見渡す限り田畠は遠く連ねて、欅《けやき》の杜《もり》もところどころ。今は野も山も濃く青い十一月の空気を呼吸するようで、うら枯れた中にも活々《いきいき》とした自然の風趣《おもむき》を克《よ》く表している。早くこの川の上流へ――小県《ちいさがた》の谷へ――根津《ねつ》の村へ、こう考えて、光の海を望むような可懐《なつか》しい故郷の空をさして急いだ。

豊野《とよの》と言って汽車（八四）に乗るべきところへ着いたは、午後の二時頃。車で駈付《かけつ》けた高柳も、同じ列車を待合《まちあわ》せていたと見え、発車時間の近《ちかづ》いた頃に休茶屋《やすみぢゃや》からやって来た。「何処《どこ》へ行くのだろう、あの男は」こう思いながら、丑松はそれとなく高柳の様子を窺《うかが》うようにして見ると、先方《さき》も同じように丑松を注意して見るらしい。それに、不思議なことには、何となく丑松を避けるという風で、なるべく顔を合すまいと勉《つと》めていた。唯《ただ》互《かわ》いに顔を知っているというだけ、ついぞ名乗《なのり》合ったことが有るではなし、二人は言葉を交そうともしなかった。

やがて発車を報《しら》せる鈴の音が鳴った。乗客はいずれも埒（八五）《らち》の中へと急いだ。盛《さかん》な黒烟《くろけむり》を揚げて直江津《なおえつ》の方角から上って来た列車は豊野停車場《ステーション》の前で停《とま》った。高柳は逸早《いちはや》く群集《ひとごみ》の中を擦《すり》抜《ぬ》けて、一室の扉《と》を開けて入る。丑松はまた機関車近邇《より》の一室を択《えら》んで乗った。思わず其処《そこ》に腰掛けていた一人の紳士と顔を見合せた時は、あまりの奇遇に胸を打たれたのである。

「やあ――猪子《いのこ》先生」

と丑松は帽子を脱いで挨拶した。紳士も、意外な処《ところ》で、という驚喜した顔付。

「おお、瀬川君でしたか」

（二）

夢寐《むび》にも忘れなかったその人の前に、丑松《うしまつ》は今偶然にも腰掛けたのである。壮年の発達に驚いたような目付をして、可懐《なつか》しそうに是方《こちら》を眺《なが》めたは、蓮太郎《れんたろう》。敬慕の表情を満面に輝かしながら、帰省の由緒《いわれ》を物語るのは、丑松。実にこの邂逅《めぐりあい》の唐突で、意外で、しかも偽りも飾りも無い心の底《そと》の外面に流露《あらわ》れた光景《ありさま》は、男性《おとこ》と男性との間に稀《たま》に見られる美しさであった。

蓮太郎の右側に腰掛けていた、背の高い、すこし顔色の蒼《あお》い女は、丁度読みさしの新聞を休《や》めて、丑松の方を眺めた。玻璃《ガラス》越しに山々の風景を望んでいた一人の肥大な老紳士、これも窓のところに倚凭《よりかか》って、振返って二人の様子を見比べた。

新聞で蓮太郎のことを読んで見舞状まで書いた丑松は、この先輩の案外元気のよいのを眼《めの》前《まえ》に見て、喜びもすれば不思議にも思った。かねて心配したり想像したりした程に身体《からだ》の衰《おと》弱《ろえ》が目につくでも無い。強い意志を刻んだようなその大《おおき》な額――いよいよ高く隆起《とびだ》したその頬《ほお》の骨――殊にその眼《め》は一種の神経質な光を帯びて、悲壮な精神《こころ》の内部《なか》を明白《ありあり》と映して見せた。時として顔の色沢《いろつや》なぞを好《よ》く見せるのはあの病気の習い、あるいはその故《せい》かとも思われるが、まあ想像したと見たとは大違いで、血を吐く程の苦痛《くるしみ》をする重い病人のようには受取れなかった。早速丑松はその事を言出《いいだ》して、「実は新聞で見ました」から、「東京の御宅へ宛《あ》てて手紙を上げました」まで、真実を顔に表して話した。

「へえ、新聞にそんなことが出ていましたか」と蓮太郎は微笑《ほほえ》んで、「聞違《ききちが》えでしょう――不良《わる》かったというのを、今不良《わる》いという風に、聞違えて書いたんでしょう。よく新聞にはそういう間違いが出て来ますよ。まあ御覧の通り、こうして旅行が出来る位ですから安心して下さい。誰《だれ》がまたそんな大袈裟《おおげさ》なことを書いたか——はははは」

聞いて見ると、蓮太郎は赤倉の温泉へ身体を養いに行って、今その帰途《かえりみち》であるとのこと。その時同伴《つれ》の人々をも丑松に紹介した。右側に居る、何となく人格の奥床しい女は、先輩の細君であった。肥大な老紳士は、かねて噂《うわさ》に聞いた信州の政客《せいかく》、この冬打って出ようとしている代議士の候補者の一人、雄弁と侠気《おとこぎ》とで人に知られた弁護士であった。

「ああ、瀬川君と仰《おっしゃ》るんですか」と弁護士は愛嬌《あいきょう》のある微笑《ほほえみ》を満面に湛《たた》えながら、快活な、磊落《らいらく》な調子で言った。「私は市村《いちむら》です——只今《ただいま》長野に居《お》ります——何卒《どうか》まあ以後御心易《おこころやす》く」

「市村君と僕《ぼく》とは」蓮太郎は丑松の顔を眺めて、「偶然なことからこんなに御懇意にするようになって、今では非常な御世話に成っております。僕の著述のことでは、殊にこの市村君が心配していて下さるんです」

「いや」と弁護士は肥大な身体を動《ゆす》った。「我輩《わがはい》こそ反《かえ》って種々《いろいろ》御世話に成っているので——まあ、年だけは猪子君《いのこくん》の方がずっと若い、はははは、しかしその他のことにかけては、我輩の先輩です」こう言って、何か思出《おもいだ》したように嘆息して、「近頃《ちかごろ》の人物を数えると、いずれも年少気鋭の士ですね。我輩なぞはこの年齢《とし》に成っても、未《ま》だ碌々《ろくろく》としているような訳で、考えて見れば実に御恥《おはずか》しい」

こういう言葉の中には、真に自身の老大《ろうだい》(八六)を悲《かな》しむという情《こころ》が表れて、創意のあるものを忌《い》むような悪い癖は少許《すこし》も見えなかった。そもそもは佐渡《さど》の生れ、この山国に落着いたは今から十年程前にあたる。善にも強ければ悪にも強いと言ったような猛烈な気象から、種々《さまざま》な人の世の艱難《かんなん》、長い政治上の経験、権勢の争奪、党派の栄枯の夢、または国事犯（八七）としての牢獄《ろうごく》の痛苦、その他多くの訴訟人と罪人との弁護、およそありとあらゆる社会の酸《す》いと甘いとを嘗《な》め尽して、今は弱いもの貧しいものの味方になるような、涙脆《もろ》い人と成ったのである。天の配剤ほど不思議なものは無い――この政客が晩年に成って、学もあり才もある穢多《えた》を友人に持とうとは。

猶《なお》深く聞いて見ると、これから市村弁護士は上田を始めとして、小諸《こもろ》、岩村田《いわむらだ》、臼田《うすだ》などの地方を遊説《ゆうぜい》する為《ため》、政見発表の途《みち》に上るのであるとのこと。親しく佐久小県《さくちいさがた》地方の有権者を訪問して草鞋穿《わらじばき》主義（八八）で選挙を争う意気込であるとのこと。蓮太郎はまた、この友人の応援の為、一つには自分の研究の為、しばらく可懐《なつか》しい信州に踏止《ふみとど》まりたいという考えで、今宵《こよい》は上田に一泊、いずれ二三日の内には弁護士と同道して、丑松の故郷という根津村《ねつむら》へも出掛けて行って見たいとのことであった。この「根津村へも」が丑松の心を悦《よろこ》ばせたのである。

「そんなら、瀬川さんは今飯山《いいやま》に御奉職《おいで》ですな」と弁護士は丑松に尋ねて見た。

「飯山――彼処《あそこ》からは候補者が出ましょう？　御存じですか、あの高柳利三郎という男を」

蛇《じゃ》の道は蛇《へび》だ。弁護士は直にそれを言った。丑松は豊野《とよの》の停車場《ステーション》で落合ったことから、今この同じ列車に乗込んでいるということを話した。何か思当《おもいあた》ることが有るかして、弁護士は不思議そうに首を傾《かし》げながら、「何処《どこ》へ行くのだろう」を幾度となく繰返した。

「しかし、これだから汽車の旅は面白い。同じ列車の内に乗合せていても、それで互いに知らずにいるのですからなあ」

こう言って弁護士は笑った。

病のある身ほど、人の情《なさけ》の真《まこと》と偽《いつわり》とを烈《はげ》しく感ずるものは無い。心にも無いことを言って慰めてくれる健康《たっしゃ》な幸福者《しあわせもの》の多い中に、こういう人々ばかりで取囲《とりま》かれる蓮太郎の嬉《うれ》しさ。殊に丑松の同情《おもいやり》は言葉の節々にも表れて、それがまた蓮太郎の身に取っては、どんなにか胸に徹《こた》えるという様子であった。その時細君は籠《かご》の中に入れてある柿《かき》を取出した。それは汽車の窓から買取ったもので、その色の赤々としてさも甘そうに熟したやつを、択《よ》って丑松にも薦《すす》め、弁護士にも薦めた。蓮太郎も一つ受取って、秋の果実《このみ》のにおいを嗅《か》いで見ながら、さて種々《さまざま》な赤倉温泉の物語をした。越後《えちご》の海岸まで旅したことを話した。蓮太郎は又、東京の市場で売られる果実《くだもの》なぞに比較して、この信濃路《しなのじ》の柿の新しいこと、甘いことを賞《ほ》めちぎって話した。

駅々で車の停《とま》る毎《ごと》に、農夫の乗客が幾群《いくむれ》か入込《いりこ》んだ。今は室《しつ》の内《なか》も放肆《ほしいまま》な笑声《わらいごえ》と無遠慮な雑談《ぞうだん》とで満さるるように成った。それに、東海道沿岸などの鉄道とは違い、この荒寥《こうりょう》とした信濃路のは、汽車までも旧式で、粗造で、山家風《やまがふう》だ。その列車が山へ上るにつれて、窓の玻璃《ガラス》に響いて烈しく動揺する。終《しまい》には談話《はなし》も能《よ》く聞取れないことがある。油のように飯山あたりの岸を浸す千曲川《ちくまがわ》の水も、見れば大《おおき》な谿流《けいりゅう》の勢《いきおい》に変って、白波を揚げて谷底を下るのであった。濃く青く清々とした山気《さんき》は窓から流込《ながれこ》んで、次第に高原へ近《ちかづ》いたことを感ぜさせる。

やがて、汽車は上田へ着いた。旅人は多くこの停車場《ステーション》で下りた。蓮太郎も、妻君も、弁護士も。「瀬川君、いずれそれでは根津で御目に懸《かか》ります――失敬」こう言って、再会を約して行く先輩の後姿《うしろすがた》を、丑松は可懐《なつか》しそうに見送った。

急に室の内は寂しくなったので、丑松は冷《つめた》い鉄の柱に靠《もた》れながら、眼を瞑《つぶ》ってこの意外な邂逅《めぐりあい》を思い浮べて見た。慾《よく》を言えば、何となく丑松は物足りなかった。あれ程打解けてくれて、あれ程隔ての無い言葉を掛けられても、まだ丑松は何処《どこ》かに冷淡《よそよそ》しい他人行儀なところがあると考えて、どうしてこれ程の敬慕の情があの先輩の心に通じないのであろう、ところ悲しくも情《なさけ》なくも思ったのである。嫉《ねた》むでは無いが、あの老紳士の親しくするのが羨《うらや》ましくも思われた。

その時になって丑松も明《あきらか》に自分の位置を認めることが出来た。敬慕も、同情も、すべてあの先輩に対して起る心の中のやるせなさは――自分もまた同じように、「穢多である」という切ない事実から湧上《わきあが》るので。その秘密を蔵《かく》している以上は、仮令《たとい》口の酸くなるほど他《ほか》の事を話したところで、自分の真情が先輩の胸に徹《こた》える時は無いのである。無理もない。ああ、ああ、それを告白《うちあ》けて了《しま》ったなら、どんなにこの胸の重荷が軽くなるであろう。どんなに先輩は驚いて、自分の手を執って、「君もそうか」と喜んでくれるであろう。どんなに二人の心と心とがハタと顔を合せて、互いに同じ運命を憐《あわれ》むというその深い交際《まじわり》に入るであろう。

そうだ――せめてあの先輩だけには話そう。こう考えて、丑松は楽しい再会の日を想像して見た。

（三）

田中の停車場《ステーション》へ着いた頃《ころ》は日暮に近かった。根津村《ねつむら》へ行こうとするものは、ここで下りて、一里あまり小県《ちいさがた》の傾斜を上らなければならない。

丑松《うしまつ》が汽車から下りた時、高柳も矢張り同じように下りた。さすが代議士の候補者と名乗るだけあって、風采《おしだし》は堂々とした立派なもの。権勢と奢侈《しゃし》とで饑《う》えたようなその姿の中には、何処《どこ》となくこう沈んだところもあって、時々盗むように是方《こちら》を振返って見た。なるべく丑松を避けるという風で、顔を合すまいと勉《つと》めていることは、いよいよその素振《そぶり》で読めた。「何処へ行《いく》のだろう、あの男は」と見ると、高柳は素早く埒《らち》を通り抜けて、引隠れる場処を欲しいと言ったような具合に、旅人の群《むれ》に交ったのである。深く外套《がいとう》に身を包んで、人目を忍んでいるさえあるに、出迎えの人々に取囲《とりま》かれて、自分と同じ方角を指して出掛けるとは。

北国《ほっこく》街道を左へ折れて、桑畠《くわばたけ》の中の細道へ出ると、最早《もう》高柳の一行は見えなかった。石垣《いしがき》で積上げた田圃《たんぼ》と田圃との間の坂路《さかみち》を上るにつれて、烏帽子《えぼし》山脈の大傾斜が眼前《めのまえ》に展《ひら》けて来る。広野、湯の丸、籠《かご》の塔《とう》、または三峯《さんぼう》、浅間の山々、その他ところどころに散布する村落、松林——一つとして回想《おもいで》の種と成らないものはない。千曲川《ちくまがわ》は遠く谷底を流れて、日をうけておもしろく光るのであった。

その日は灰紫色の雲が西の空に群《むらが》って、飛騨《ひだ》の山脈を望むことは出来なかった。あの千古人跡の到《いた》らないところ、もし夕雲の隔てさえ無くば、定めし最早《もう》皚々《がいがい》とした白雪が夕日を帯びて、天地の壮観は心を驚かすばかりであろうと想像せられる。山を愛するのは丑松の性分で、こうしてこの大傾斜大谿谷《だいけいこく》の光景《ありさま》を眺《なが》めたり、又はこの山間《やまあい》に住む信州人の素朴《そぼく》な風俗と生活とを考えたりして、岩石の多い凸凹《でこぼこ》した道を踏んで行った時は、若々しい総身の血潮が胸を衝《つ》いて湧上《わきあが》るように感じた。今は飯山《いいやま》の空も遠く隔《へだた》った。どんなに丑松は山の吐く空気を呼吸して、暫時《しばらく》自分を忘れるというその楽しい心地に帰ったであろう。

山上の日没も美しく丑松の眼《め》に映った。次第に薄れて行く夕暮の反射を受けて、山々の色も幾度《いくたび》か変ったのである。赤は紫に。紫は灰色に。終《しまい》には野も岡《おか》も暮れ、影は暗く谷から谷へ拡《ひろが》って、最後の日の光は山の巓《いただき》にばかり輝くようになった。丁度天空の一角にあたって、黄ばんで燃える灰色の雲のようなは、浅間の煙の靡《なび》いたのであろう。

こういう楽しい心地《こころもち》は、とは言え、長く続かなかった。荒谷《あらや》のはずれまで行けば、向うの山腹に連なる一村の眺望《ちょうぼう》、暮色に包まれた白壁土壁のさま、その山家風《やまがふう》の屋根と屋根との間に黒ずんで見えるのは柿《かき》の梢《こずえ》か――ああ根津だ。帰って行く農夫の歌を聞いてすら、丑松はもう胸を騒がせるのであった。小諸《こもろ》の向町から是処《ここ》へ来て隠れた父の生涯《しょうがい》、それを考えると、黄昏《たそがれ》の景気《けしき》を眺める気も何も無くなって了《しま》う。切なさは可懐《なつか》しさに交って、足もおのずから慄《ふる》えて来た。ああ、自然の胸懐《ふところ》も一時《ひととき》の慰藉《なぐさめ》に過ぎなかった。根津に近《ちかづ》けば近くほど、自分が穢多《えた》である、調里《ちょうり》（新平民の異名）である、とその心地《こころもち》が次第に深く襲い迫って来たので。

暗くなって第二の故郷へ入った。もともと父が家族を引連れて、この片田舎に移ったのは、牧場へ通う便利を考えたばかりで無く、僅少《わずか》ばかりの土地を極く安く借受《かりう》けるような都合もあったからで。現に叔父が耕しているのはその畠《はたけ》である。さすがに用心深い父は人目につかない村はずれを択《えら》んだので、根津の西町から八町程離れて、とある小高い丘の裾《すそ》のところに住んだ。

長野県小県郡根津村大字《おおあざ》姫子沢——丑松が第二の故郷とは、その五十戸ばかりの小部落を言うのである。

（四）

父の死去した場処は、この根津《ね》村《つむら》の家ではなくて、西乃入《にしのいり》牧場の番小屋の方であった。叔父は丑松《うしまつ》の帰村を待受《まちう》けて、一緒に牧場へ出掛ける心算《つもり》であったので、ともかくも丑松を炉《ろ》辺《ばた》に座《す》え、旅の疲労《つかれ》を休めさせ、例の無慾《むよく》な、心の好《よ》さそうな声で、亡《な》くなった人の物語を始めた。炉の火は盛《さかん》に燃えた。叔母も啜《すす》り上げながら耳を傾けた。聞いて見ると、父の死去は、老《おい》の為《ため》でもなく、病の為でも無かった。まあ、言わば、職業の為に突然な最後を遂げたのであった。一体、父が家畜を愛する心は天性に近かったので、随《したが》って牧夫としての経験も深く、人にも頼まれ、牧場の持主にも信ぜられた位。牛の性質なぞはなかなか克《よ》く暗記していたもの。よもやあの老練な人がその道に手ぬかりなどの有ろうとは思われない。そこがそれ人の一生の測りがたさで、不図《ふと》ある種牛を預《あずか》った為に、意外な出来事を引起したのであった。種牛というのは性質《たち》が悪かった。尤《もっと》も、多くの牝牛《めうし》の群《むれ》の中へ、一頭の牡牛《おうし》を放つのであるから、普通の温順《おとな》しい種牛ですら荒くなる。時としては性質が激変する。まして始めから気象の荒い雑種と来たから堪《たま》らない。広潤《ひろびろ》とした牧場の自由と、誘うような牝牛の鳴声とは、その種牛を狂うばかりにさせた。終《しまい》には家養《かよう》の習慣も忘れ、荒々しい野獣の本性《ほんしょう》に帰って、行衛《ゆくえ》が知れなくなって了《しま》ったのである。三日経《た》っても来《こ》ない。四日経っても帰らない。さあ、父はそれを心配して、毎日水草の中を捜して歩いて、ある時は深い沢を分けて日の暮れるまでも尋ねて見たり、ある時は山から山を猟《あさ》って高い声で呼んで見たりしたが、何処《どこ》にも影は見えなかった。昨日の朝、父はまた捜しに出た。いつも遠く行く時には、必ず昼飯《ひる》を用意して、例の「山猫《やまねこ》」（鎌《かま》、鉈《なた》、鋸《のこぎり》などの入物）に入れて背負《しょ》って出掛ける。ところが昨日に限っては持たなかった。時刻に成っても帰らない。手伝いの男も不思議に思いながら、塩を与える為に牛小屋のあるところへ上って行くと、牝牛の群が喜ばしそうに集まって来る。丁度その中には、例の種牛も恍《とぼ》け顔《がお》に交っていた。見れば角は紅《あか》く血に染《そま》った。驚きもし、呆《あき》れもして、来合せた人々と一緒になって取押えたが、その時はもう疲れていた故《せい》か、別に抵《てい》抗《かい》も為《し》なかった。さて男は其処此処《そこここ》と父を探して歩いた。漸《ようや》く岡《おか》の蔭《かげ》の熊笹《くまざさ》の中に呻吟《うめ》き倒れているところを尋ね当てて、肩に掛けて番小屋まで連れ帰って見ると、手当も何も届かない程の深傷《ふかで》。叔父が聞いて駈付《かけつ》けた時は、まだ父は確乎《しっかり》していた。最後に気息《いき》を引取ったのが昨夜の十時頃《ごろ》。今日は人々も牧場に集って、番小屋で通夜と極《き》めて、いずれも丑松の帰るのを待受けているとのことであった。

「という訳で」と叔父は丑松の顔を眺《なが》めた。「私が阿兄《あにき》に、何か言って置くことはねえか、と尋ねたら、苦しい中にも気象はしゃんとしたもので、『俺《おれ》も牧夫だから、牛の為に倒れるのは本望だ。今となっては他《ほか》に何《なん》にも言うことはねえ。唯《ただ》気にかかるのは丑松のこと。俺が今日までの苦労は、皆《みん》な彼奴《あいつ》の為を思うから。日頃俺は彼奴に堅く言聞《いいき》かせて置いたことがある。何卒《どうか》丑松が帰って来たら、忘れるな、と一言《ひとこと》そう言っておくれ』」

丑松は首を垂れて、黙って父の遺言を聞いていた。叔父は猶《なお》言葉を継いで、

「『それから、俺はこの牧場の土と成りたいから、葬式は根津の御寺でしねえように、成ならこの山でやっておくれ。俺が亡くなったとは、小諸《こもろ》の向町へ知らせずに置いておくれ――頼む』とこう言うから、その時私《わし》が『むむ、解《わか》った、解った』と言ってやったよ。すると阿兄《あにき》はそれが嬉《うれ》しかったと見え、にっこり笑って、やがて私の顔を眺めながらボロボロと涙を零《こぼ》した。それぎりもう阿兄は口を利かなかった」

こういう父の臨終の物語は、言うに言われぬ感激を丑松の心に与えたのである。牧場の土と成りたいと言うのも、山で葬式をしてくれと言うのも、小諸の向町へ知らせずに置いてくれと言うのも、畢竟《つま》るところは丑松の為を思うからで。丑松はその精神を酌取《くみと》って、父の用意の深いことを感ずると同時に、又、一旦《いったん》こうと思い立ったことは飽くまで貫かずには置かないという父の気魄《たましい》の烈《はげ》しさを感じた。実際、父が丑松に対する時は、厳格を通り越して、残酷な位であった。亡くなった後までも、猶丑松は父を畏《おそ》れたのである。

やがて丑松は叔父と一緒に、西乃入牧場を指して出掛けることになった。万事は叔父の計らいで、検屍《けんし》も済み、棺《かん》も間に合い、通夜の僧は根津の定津院《じょうしんいん》の長老を頼んで、既に番小屋の方へ登って行ったとのこと。明日の葬式の用意は一切叔父が呑込《のみこ》んでいた。丑松は唯出掛

けさえすればよかった。此処《ここ》から烏帽子《えぼし》ヶ嶽《たけ》の麓《ふもと》まで二十町あまり。その間、田沢の峠なぞを越して、寂しい山道を辿《たど》らなければならない。その晩は鼻を摑《つ》ままれる程の闇《やみ》で、足許《あしもと》さえも覚束《おぼつか》なかった。丑松は先に立って、提灯《ちょうちん》の光に夜路《よみち》を照らしながら、山深く叔父を導いて行った。人里を離れて行けば行くほど、次第に路は細く、落ち朽ちた木葉《このは》を踏分けて僅《わず》かに一条《ひとすじ》の足跡があるばかり。ここは丑松が少年の時代に、克《よ》く父に連れられて、往《い》ったり来たりしたところである。牛小屋のある高原の上へ出る前に、二人はいくつか小山を越えた。

（五）

谷を下ると其処《そこ》がもう番小屋で、人々は狭い部屋の内に集《あつま》っていた。灯《ひ》は明々《あかあか》と壁を泄《も》れ、木魚の音も山の空気に響き渡って、流れ下る細谷川《ほそたにがわ》の私語《ささやき》に交って、一層の寂しさあわれさを添える。家の構造《つくり》は、唯雨露《ただあめつゆ》を凌《しの》ぐというばかりに、葺《ふ》きも囲いもしてある一軒屋。たまさか殿城山《とのしろやま》の間道を越えて鹿沢《かざわ》温泉へ通う旅人が立寄るより外には、訪う人も絶えて無いような世離れたところ。炭焼、山番、それからこの牛飼の生活――いずれも荒くれた山住《やまずみ》の光景《ありさま》である。丑松《うしまつ》は提灯《ちょうちん》を吹消して、叔父と一緒に小屋の戸を開けて入った。

定津院《じょうしんいん》の長老、世話人と言って姫子沢の組合、その他父が生前懇意にした農家の男女《おとこおんな》――それらの人々から丑松は親切な弔辞《くやみ》を受けた。仏前の燈明は線香の烟《けむり》に交る夜の空気を照らして、何となく部屋の内も混雑しているように見える。父の遺骸《なきがら》を納めたというは、極く粗末な棺。その周囲《まわり》を白い布で巻いて、前には新しい位牌《いはい》を置き、水、団子、外には菊、樒《しきみ》の緑葉《みどりば》なぞを供えてあった。読経《どきょう》も一きりになった頃《ころ》、僧の注意で、年老いた牧夫の見納めの為《ため》に、かわるがわる棺の前に立った。死別の泪《なみだ》は人々の顔を流れたのである。丑松も叔父に導かれ、すこし腰を曲《こご》め、薄暗い蠟燭《ろうそく》の灯影《ほかげ》にこの世の最後の別離《わかれ》を告げた。見れば父は孤独な牧夫の生涯《しょうがい》を終って、牧場の土深く横《よこた》わる時を待つかのよう。死顔《しにがお》は冷《ひや》やかに蒼《あお》めて、血の色も無く変りはてた。叔父は例の昔気質《むかしかたぎ》から、他界《あのよ》の旅の便りにもと、編笠《あみがさ》、草鞋《わらじ》、竹の輪なぞを取添え、別に魔除《まよけ》と言って、刃物を棺の蓋《ふた》の上に載せた。やがて復《ま》た読経が始まる、木魚の音が起る、追懐の雑談は無邪気な笑声《わらいごえ》に交って、物食う音と一緒になって、哀《かな》しくもあり、騒がしくもあり、人々に妨げられて丑松は旅の疲労《つかれ》を休めることも出来なかった。一夜はこういう風に語り明《あか》した。小諸《こもろ》の向町へは通知してくれるなという遺言もあるし、それに移住《ひっこし》以来《このかた》十七年あまりも打絶《うちた》えて了《しま》ったし、是方《こちら》からも知らせてやらなければ、向うからも来《こ》なかった。昔の「お頭《かしら》」が亡《な》くなったと聞伝《きつた》えて、下手なものにやって来られては反《かえ》って迷惑すると、叔父は唯《ただ》それればかり心配していた。この叔父に言わせると、墓を牧場に択《えら》んだのは、かねて父が考えていたことで。というは、もし根津《ねつ》の寺なぞへ持込んで、普通の農家の葬式で通ればよし、さも無かった日には、断然謝絶《ことわ》られるような浅ましい目に逢《あ》うから。習慣の哀しさには、穢多《えた》は普通の墓地に葬《ほうむ》る権利が無いとしてある。父は克《よ》くそれを承知していた。父は生前も子の為にこういう山奥に辛抱していた。死後もまた子の為にこの牧場に眠るのを本望としたのである。

「どうかしてこの『おじゃんぼん』(八九)（葬式）は無事に済ましたい——なあ、丑松、俺《おれ》はこれでも気が気じゃねえぞよ」

こういう心配は叔父ばかりでは無かった。

翌日《あくるひ》の午後は、会葬の男女《おとこおんな》が番小屋の内外《うちそと》に集った。牧場の持主を始め、日頃《ひごろ》牝牛《めうし》を預けて置く牛乳屋なぞも、それと聞伝えたかぎりは弔いにやって来た。父の墓地は岡《おか》の上の小松の側《わき》と定まって、やがていよいよ野辺送りを為《す》ることになった時は、住み慣れた小屋の軒を舁《かつ》がれて出た。棺の後には定津院の長老、つづいて腕白顔な二人の子坊主《こぼうず》、丑松は叔父と一緒に藁草履穿《わらぞうりばき》、女はいずれも白の綿帽子を冠《かぶ》った。人々は思い思いの風俗、紋付もあれば手《て》織縞《おりじま》の羽織もあり、山家《やまが》の習いとして多くは袴《はかま》も着けなかった。この飾りの無い一行の光景《ありさま》は、素朴《そぼく》な牛飼の生涯に克く似合っていたので、順序も無く、礼儀も無く、唯真心《まごころ》こもる情《なさけ》一つに送られて、静かに山を越えた。

式もまた簡短《かんたん》であった。単調子な鉦《かね》、太鼓、鐃鈸《にようはち》(九〇)の音、回想《おもいで》の多い耳にはそれも悲哀な音楽と聞え、器械的な回向《えこう》と読経との声、悲嘆《なげき》のある胸にはそれもあわれの深い挽歌《ばんか》のように響いた。礼拝《らいはい》し、合掌し、焼香して、やがて帰って行く人々も多かった。棺は間もなく墓と定めた場処へ移されたので、そこには掘起された「のっぺい」(九一)（土の名）が堆高《うずたか》く盛上《もりあ》げられ、咲残《さきのこ》る野菊の花も土足に踏散《ふみち》らされてあった。人々は土を摑《つか》んで、穴をめがけて投入《なげい》れる。叔父も丑松も一塊《ひとかたまり》ずつ投入れた。最後に鍬《くわ》で掻落《かきおと》した時は、崖崩《がけくず》れのような音して烈《はげ》しく棺の蓋を打つ。それさえあるに、土気《どき》の襄上《のぼ》る臭気《におい》は紛《ぷん》と鼻を衝《つ》いて、堪《た》え難《がた》い思《おもい》をさせるのであった。次第に葬られて、小山の形の土饅頭《どまんじゆう》が其処に出来上るまで、丑松は考深《かんがえぶか》く眺《なが》め入った。叔父も無言であった。ああ、父は丑松の為に「忘れるな」の一語《ひとこと》を残して置いて、最後の呼吸にまでその精神を言い伝えて、こうして牧場の土深く埋もれて了った――もうこの世の人では無かったのである。

（六）

ともかくも葬式は無事に済んだ。後の事は牧場の持主に頼み、番小屋は手伝いの男に預けて、一同姫子沢へ引取ることになった。この小屋に飼養《かいやしな》われている一匹の黒猫《くろねこ》、それも父の形見であるからと、しきりに丑松《うしまつ》は連帰《つれかえ》ろうとして見たが、住慣《すみな》れた場処に就く家畜の習いとして、離れて行くことを好まない。物をくれても食わず、呼んでも姿を見せず、唯縁《ただ》の下をあちこちと鳴き悲《かなし》む声のあわれさ。畜生ながらに、亡《な》くなった主人を慕うかと、人々も憐《あわれ》んで、これから雪の降る時節にでも成ろうものなら何を食って山籠《やまごも》りする、と各自《てんで》に言い合った。「可愛《かわい》そうに、山猫にでも成るだらず」こう叔父は言ったのである。

やがて人々は思い思いに出掛けた。番小屋を預かる男は塩を持って、岡《おか》の上まで見送りながら随《つ》いて来た。十一月上旬の日の光は淋《さび》しく照《てら》して、この西乃入牧場に一層荒寥《こうりょう》とした風趣《むき》を添える。見れば小松はところどころ。山躑躅《やまつつじ》は、多くの草木の中に、牛の食わないものとして、反《かえ》って一面に繁茂しているのであるが、それも今は霜枯れて見る影が無い。何もかも父の死を冥想《めいそう》させる種と成る。愁《うれ》いつつ丑松は小山の間の細道を歩いた。父をこの牧場に訪れたは、丁度足掛三年前の五月の下旬であったことを思出《おもいだ》した。それは牛の角の癢《かゆ》くなるという頃《ころ》で、この枯々《かれがれ》な山躑躅が黄や赤に咲乱れていたことを思出した。そこここに蕨《わらび》を采《と》る子供の群《むれ》を思出した。山鳩《やまばと》の啼《な》く声を思出した。その時は心地《こころもち》の好《い》い微風《そよかぜ》が鈴蘭《すずらん》（君影草とも、谷間の姫百合《ひめゆり》とも）の花を渡って、初夏の空気を匂《にお》わせたことを思出した。父は又、岡の上の新緑を指して見せて、この西乃入には柴草《しばくさ》が多いから牛の為に好いと言ったことを思出した。その青葉を食い、塩を嘗《な》め、谷川の水を飲めば、牛の病は多く癒《なお》ると言ったことを思出した。父はまた附和《つけた》して、さまざまな牧畜の経験、類を以《もっ》て集る牛の性質、初めて仲間入する時の角押《つのお》しの試験（九二）、畜生とは言いながら仲間同志を制裁する力、その他女王のように牧場を支配する一頭の牝牛《めうし》なぞの物語をして、それがいかにも面白く思われたことを思出した。

父はこの烏帽子《えぼし》ヶ嶽《たけ》の麓《ふもと》に隠れたが、功名を夢見る心は一生火のように燃えた人であった。そこは無欲な叔父と大《おおい》に違うところで、その制《おさ》えきれないような烈《はげ》しい性質の為《ため》に、世に立って働くことが出来ないような身分なら、寧《いっ》そ山奥へ高踏《ひっこ》め、という憤慨の絶える時が無かった。自分で思うように成らない、だから、せめて子孫は思うようにしてやりたい。自分が夢見ることは、何卒《どうか》子孫に行わせたい。よしや日は西から出て東へ入る時があろうとも、この志ばかりは堅く執って変るな。行け、戦え、身を立てよ――父の精神はそこに在《あ》った。今は丑松も父の孤独な生涯《しょうがい》を追懐して、あの遺言に籠る希望と熱情とを一層力強く感ずるように成った。忘れるなという一生の教訓《おしえ》のその生命《いのち》――喘《あえ》ぐような男性《おとこ》の霊魂《たましい》のその呼吸――子の胸に流れ伝わる親のその血潮――それは父の亡くなったと一緒にいよいよ深い震動を丑松の心に与えた。ああ、死は無言である。しかし丑松の今の身に取っては、千百の言葉を聞くよりも、一層《もっと》深く自分の一生のことを考えさせるのであった。

牛小屋のあるところまで行くと、父の残した事業が丑松の眼《め》に映じた。一週《ひとまわり》すれば二里半にあまるという天然の大牧場、そこここの小松の傍《わき》には臥《ね》たり起きたりしている牝牛の群も見える。牛小屋は高原の東の隅《すみ》に在って、粗造《そまつ》な柵《さく》の内には未《ま》だ角の無い犢《こうし》も幾頭か飼ってあった。例の番小屋を預かる男は人々を款待顔《もてなしがお》に、枯草を焚《た》いて、猶《なお》さまざまの燃料《たきつけ》を掻集《かきあつ》めてくれる。丁度そこには叔父も丑松を待合せていた。男も、女も、この焚火の周囲《まわり》に集《あつま》ったかぎりは、昨夜一晩寝なかった人々、かてて加えて今日の骨折――中にはもう烈しい疲労《つかれ》が出て、半分眠りながら落葉の焼ける香《におい》を嗅《か》いでいるものもあった。叔父は、牛の群に振舞うと言って、あちこちの石の上に二合ばかりの塩を分けてやる。父の飼い慣れたものかと思えば、丑松も可懐《なつか》しいような気になって眺《なが》めた。それと見た一頭の黒い牝牛は尻毛《しりお》を動かして、塩の方へ近《ちかづ》いて来る。眉間《みけん》と下腹と白くて、他はすべて茶褐色《ちゃかっしょく》な一頭も耳を振って近《ちかづ》いた。吽《もう》と鳴いて犢《こうし》の斑《ぶち》も。さすがに見慣れない人々を憚《はばか》るかして、いずれも鼻をうごめかして、塩の周囲《まわり》を遠廻《とおまわ》りするものばかり。嘗《な》めたさは嘗めたし、烏散《うさん》な奴《やつ》(九三)は見ているし、という顔付をして、じりじり寄りに寄って来るのもあった。

この光景《ありさま》を見た時は、叔父も笑えば、丑松も笑った。こういう可愛らしい相手があればこそ、寂しい山奥に住まわれもするのだと、人々も一緒になって笑った。やがて一同暇乞《いとまご》いして、この父の永眠の地に別離《わかれ》を告げて出掛けた。烏帽子、角間《かくま》、四阿《あずまや》、白根の山々も、今は後《うしろ》に隠れる。富士神社を通過《とおりす》ぎた頃、丑松は振返って、父の墓のある方を眺めたが、その時はもう牛小屋も見えなかった――唯、蕭条《しょうじょう》とした高原のかなたに当って、細々と立登る一条《ひとすじ》の煙の末が望まれるばかりであった。

第八章

(一)

西乃入《にしのいり》に葬《ほうむ》られた老牧夫の噂《うわさ》は、直《すぐ》に根津《ねつ》の村中《むらじゅう》に伝播《ひろが》った。尾鰭《おひれ》を付けて人は物を言うのが常、まして種牛の為《ため》に傷《きずつ》けられたという事実は、些少《すくな》からず好奇《ものずき》な手合《てあい》の心を驚かして、到《いた》る処《ところ》に茶話《ちゃばなし》の種となる。定めし前《さき》の世には恐しい罪を作ったことも有ったろう、と迷信の深い者は直にそれを言った。牧夫の来歴に就いても、南佐久《みなみさく》の牧場から引移って来た者だの、甲州生れだの、いや会津の武士の果《はて》で有るのと、種々《さまざま》な臆測《おくそく》を言い触らす。唯《ただ》、小諸《こもろ》の穢多《えた》町《まち》の「お頭《かしら》」であったということは、誰一人《だれひとり》として知るものが無かったのである。

「御苦労招《よ》び」(手伝いに来てくれた近所の人々を招く習慣)のあった翌日《あくるひ》、丑松《うしまつ》は会葬者への礼廻《れいまわ》りに出掛けた。叔父も。姫子沢の家には叔母一人留守居。御茶漬後《おちゃづけすぎ》(昼食後)は殊更温暖《あたたか》く、日の光が裏庭の葱畠《ねぎばたけ》から南瓜《かぼちゃ》を乾《ほ》し並べた縁側へ射《さ》し込んで、いかにも長閑《のどか》な思《おもい》をさせる。追うものが無ければ鶏も遠慮なく、垣根《かきね》の傍《そば》に花を啄《つ》むもあり、鳴くもあり、座敷の畳に上って遊ぶのもあった。丁度叔母が表に出て、流《ながれ》のところに腰を曲めながら、鍋《なべ》を洗っていると、そこへ立って丁寧に物を尋ねる一人の紳士がある。「瀬川さんの御宅《おうち》は」と聞かれて、叔母は不思議そうな顔付。ついぞ見掛けぬ人と思いながら、冠《かぶ》っている手拭《てぬぐい》を脱《と》って挨拶《あいさつ》して見た。

「はい、瀬川は手前でごわすよ――失礼ながら貴方《あんた》は何方様《どちらさま》で？」

「私ですか。私は猪子《いのこ》というものです」

蓮太郎《れんたろう》は丑松の留守に尋ねて来たのであった。「もう追付《おっつ》け帰って参じやしょう」を言われて、折角来たものを、ともかくもそれでは御邪魔して、暫時《しばらく》休ませて頂こう、ということに極《き》め、やがて叔母に導かれながら、草葺《くさぶき》の軒を潜《くぐ》って入った。日頃《ひごろ》農夫の生活に興を寄せる蓮太郎、こうして炉辺《ろばた》で話すのが何より嬉《うれ》しいという風で、煤《すす》けた屋根の下を可懐《なつか》しそうに眺《なが》めた。農家の習いとして、表から裏口へ通り抜けの庭。そこには炭俵、漬物桶《つけものおけ》、又は耕作の道具なぞが雑然《ごちゃごちゃ》置き並べてある。片隅《かたすみ》には泥《どろ》のままの「かびた芋」(馬鈴薯《ばれいしょ》)山のように。炉は直《す》ぐ上《あが》り端《はな》にあって、焚火《たきび》の煙のにおいも楽しい感想《かんじ》を与えるのであった。年々の暦と一緒に、壁に貼付《はりつ》けた錦絵《にしきえ》(九四)の古く変色したのも目につく。

「生憎《あいにく》と今日《こんち》は留守にいたしやして――まあ吾家《うち》に不幸がごわしたもんだで、その礼廻りに出掛けやしてなあ」

こう言って、叔母は丑松の父の最後を蓮太郎に語り聞かせた。炉の火はよく燃えた。木製の自在鍵《じざいかぎ》(九五)に掛けた鉄瓶《てつびん》の湯も沸々と煮立《にえた》って来たので、叔母は茶を入れて款待《もてな》そうとして、急に——まあ、記憶というものは妙なもので、長く長く忘れていた昔の習慣を思出《おもいだ》した。一体普通の客に茶を出さないのは、穢多の家の作法としてある。煙草《たばこ》の火ですら遠慮する。瀬川の家も昔はこういう風であったのでそれを破って普通の交際を始めたのは、この姫子沢へ移住《ひっこ》してから以来《このかた》。尤《もっと》も長い月日の間には、この新しい交際に慣れ、自然《おのず》と出入りする人々に馴染《なじ》み、茶はおろか、物の遣《や》り取《と》りもして、春は草餅《くさもち》を贈り、秋は蕎麦粉《そばこ》を貰《もら》い、是方《こちら》で何とも思わなければ、他《ひと》も怪《あや》しみはしなかったのである。叔母がこんな昔の心地《こころもち》に帰ったは近頃無いことで——それもその筈《はず》、姫子沢の百姓とは違って気恥《きはずか》しい珍客——しかも突然《だしぬけ》に——昔者の叔母は、だから、自分で茶を汲《く》む手の慄《ふる》えに心付いた程。蓮太郎はそんなことも知らないで、さもさも甘《うま》そうに乾いた咽喉《のど》を濡《うるお》して、さて種々《さまざま》な談話《はなし》に笑い興じた。就中《わけても》、丑松がまだ紙鳶《たこ》を揚げたり独楽《こま》を廻したりして遊んだ頃の物語に。

「時に」と蓮太郎は何か深く考えることが有るらしく、「つかんことを伺うようですが、この根津の向町に六左衛門という御大尽《おだいじん》があるそうですね」

「はあ、ごわすよ」と叔母は客の顔を眺めた。

「どうでしょう、御聞きでしたか、そこの家《うち》についこの頃婚礼のあったとかいう話を」

こう蓮太郎は何気《なにげ》なく尋ねて見た。向町はこの根津村にもある穢多の一部落。姫子沢とは八町程離れて、西町の町はずれにあたる。其処《そこ》に住む六左衛門というは音に聞えた穢多の富豪《ものもち》なので。

「あれ、少許《ちっと》もそんな話は聞きやせんでしたよ。そんなら聟《むこ》さんが出来やしたかいなあ——

長いこと彼処《あそこ》の家の娘も独身《ひとり》で居《お》りやしたっけ」

「御存じですか、貴方《あなた》は、その娘というのを」

「評判な美しい女でごわすもの。色の白い、背のすらりとした――まあ、あんな身分のものには惜しいような娘《こ》だって、克《よ》く他《ひと》がそれを言いやすよ。へえもう二十四五にも成るだらず。若く装《つく》って、十九か二十位にしか見せやせんがなあ」

こういう話をしている間にも、蓮太郎は何か思い当ることがあるという風であった。待っても待っても丑松が帰って来《こ》ないので、やがて蓮太郎はすこし其辺《そこいら》を散歩して来るからと、田圃《たんぼ》の方へ山の景色を見に行った――是非丑松に逢《あ》いたい、という言伝《ことづて》をくれぐれも叔母に残して置いて。

（二）

「これ、丑松《うしまつ》や、猪子《いのこ》という御客様《おきやくさん》がお前《めえ》を尋ねて来たぞい」こう言って叔母は駈寄《かけよ》った。

「猪子先生？」丑松の目は喜悦《よろこび》の色で輝いたのである。

「多時《はあるか》待っていなすったが、お前が帰らねえもんだで」と叔母は丑松の様子を眺《なが》めながら、

「今々其処《そこ》へ出て行きなすった――ちょッくら、田圃《たんぼ》の方へ行って見て来るッて」こう言って、気を変えて、「一体あの御客様《さん》はどういう方だえ」

「私の先生でさ」と丑松は答えた。

「あれ、そうかっちゃ」と叔母は呆《あき》れて、「そんならそのように、御礼を言うだったに。俺《おら》

はへえ、唯《ただ》お前の知ってる人かと思った――だって、御友達のようにばかり言いなさるから」

丑松は蓮太郎《れんたろう》の跡を追って、直に田圃の方へ出掛けようとしたが、丁度そこへ叔父も帰って来たので、暫時《しばらく》上《あが》り端《はな》のところへ腰掛けて休んだ。叔父は酷《ひど》く疲れたという風、家の内へ入るが早いか、「先《ま》ず、よかった」を幾度と無く繰返した。何もかも今は無事に済んだ。葬式も。礼廻《れいまわ》りも。こういう思想《かんがえ》はどんなに叔父の心を悦《よろこ》ばせたろう。

「ああ――これまでに漕付《こぎつ》ける俺の心配というものは」こう言って、また思出《おもいだ》したように安心の溜息《ためいき》を吐《つ》くのであった。「全く、天の助けだぞよ」と叔父は附加《つけた》して言った。

平和な姫子沢の家の光景《ありさま》と、世の変遷《うつりかわり》も知らずにいる叔父夫婦の昔気質《むかしかたぎ》とは、丑松の心に懐旧の情を催さした。裏庭で鳴き交す鶏の声は、午後の乾燥《はしゃ》いだ空気に響き渡って、一層長閑《のどか》な思《おもい》を与える。働好《はたらきずき》な、壮健《たっしゃ》な、人の好《い》い、しかも子の無い叔母は、いつまでも児童《こども》のように丑松を考えているので、その児童扱《こどもあつか》いが又、些少《すくな》からず丑松を笑わせた。「御覧やれ、まあ、あの手付《てつき》なぞの阿爺《おやじ》さんに克《よ》く似てることは」と言って笑った時は、思わず叔母も涙が出た。叔父も一緒に成って笑った。その時叔母が汲《く》んでくれた渋茶の味の甘《うま》かったことは。款待振《もてなしぶり》の田舎饅頭《まんじゅう》、その黒砂糖の餡《あん》の食い慣れたのも、可懐《なつか》しい少年時代を思出させる。故郷に帰ったという心地《こころもち》は、何よりも深くこういう場合に、丑松の胸を衝《つ》いて湧上《わきあが》るのであった。

「どれ、それでは行って見て来ます」

と言って家を出る。叔父も直《す》ぐに随《つ》いて出た。何か用事ありげに呼留《よびと》めたので、丑松は行こうとして振返って見ると、霜葉の落ちた柿《かき》の樹《き》の下《もと》のところで、叔父は声を低くして、

「他事《ほか》じゃねえが、猪子で俺は思出した。以前師範校の先生で猪子という人が有った。今日の御客様はあの人とは違うか」

「それですよ、その猪子先生ですよ」と丑松は叔父の顔を眺めながら答える。

「むむ、そうかい、あの人かい」と叔父は周囲《あたり》を眺め廻して、やがて一寸《ちよつと》親指を出して見せて、「あの人はこれだって言うじゃねえか――気を注《つ》けろよ」

「はははははは」と丑松は快活らしく笑って、「叔父さん、そんなことは大丈夫です」

こう言って急いだ。

（三）

「大丈夫です」とは言ったものの、その実丑松《うしまつ》は蓮太郎《れんたろう》だけに話す気で居る。先輩と自分と、唯《ただ》二人――二度とは無い、こういう好《い》い機会は。とそれを考えると、丑松の胸はもう烈《はげ》しく踊《おど》るのであった。

枯々《かれがれ》とした草土手のところで、丑松は蓮太郎と一緒に成った。聞いて見ると、先輩は細君を上田に残して置いて、その日の朝根津村《ねつむら》へ入ったとのこと。連《つれ》は市村弁護士一人。尤《もつと》も弁護士は有権者を訪問する為《ため》に忙《せわ》しいので、旅舎《やどや》で別れて、蓮太郎ばかりこの姫子沢へ丑松を尋ねにやって来た。都合あって演説会は催さない。随《したが》ってこの村で弁護士の政論を聞くこと

は出来ないが、そのかわり蓮太郎は丑松とゆっくり話せる。まあ、こういう信濃《しなの》の山の上で、温暖《あたたか》な小春の半日を語り暮したいとのことである。

その日のような楽しい経験――恐らくこの心地《こころもち》は、丑松の身にとって、そう幾度もあろうとは思われなかった程。日頃《ひごろ》敬慕する先輩の傍《そば》に居て、その人の声を聞き、その人の笑顔《えがお》を見、その人と一緒に自分もまた同じ故郷の空気を呼吸するとは。丑松は唯話すばかりが愉快では無かった。沈黙《だま》っている間にもまた言うに言われぬ愉快を感ずるのであった。まして、蓮太郎は――書いたものの上に表れたより、話してみると又別のおもしろみの有る人で、容貌《かおつき》は厳《やかま》しいようでも存外情の篤《あつ》い、優しい、言わば極く平民的な気象を持っている。そういう風だから、後進の丑松に対しても城郭《へだて》を構えない。放肆《ほしいまま》に笑ったり、嘆息《し》したりして、日あたりの好い草土手のところへ足を投出しながら、自分の病気の話なぞを為《し》た。一度車に乗せられて、病院へ運ばれた時は、堪《た》えがたい虚咳《からぜき》の後で、刻むようにして喀血《かっけつ》したことを話した。今は胸も痛まず、それ程の病苦も感ぜず、身体《からだ》の上のことは忘れる位に元気づいている――しかしああいう喀血が幾回もあれば、その時こそ最早《もう》駄目《だめ》だということを話した。

こういう風に親しく言葉を交えている間にも、とは言え、全く丑松は自分を忘れることが出来なかった。「何時《いつ》例のことを切出そう」その煩悶《はんもん》が胸の中を往《い》ったり来たりして、一時《いっとき》も心を静息《やす》ませない。「ああ、伝染《うつ》りはすまいか」どうかするとそんなことを考えて、先輩の病気を恐しく思うことも有る。幾度か丑松は自分で自分を嘲《あざけ》った。

千曲川《ちくまがわ》沿岸の民情、風俗、武士道と仏教とがところどころに遺《のこ》した中世の古蹟《こせき》、信越線《しんえつせん》の鉄道に伴う(九六)山上の都会の盛衰、昔の北国《ほっこく》街道の栄花《えいが》、今の死駅(九七)の零落――およそ信濃路《じ》のさまざま、それらのことは今二人の談話《はなし》に上った。眼前《めのまえ》には蓼科《たてしな》、八《や》つが嶽《たけ》、保福寺《ほふくじ》、又は御《み》射《さ》山《やま》、和田、大門《だいもん》などの山々が連《つらな》って、その山腹に横《よこた》わる大傾斜の眺望《ちょうぼう》は西東《にしひがし》に展《ひら》けていた。青白く光る谷底に、遠く流れて行くは千曲川の水。丑松は少年の時代から感化を享《う》けた自然のこと、土地の案内にも委《くわ》しいところからして、一々指差して語り聞かせる。蓮太郎はその話に耳を傾けて、熱心に眺《なが》め入った。対岸に見える八重原《やえはら》の高原、そこに人家の煙の立ち登る光景《さま》は、殊に蓮太郎の注意を引いたようであった。丑松は又、谷底の平地に日のあたったところを指差して見せて、水に添うて散布するは、依田窪《よだくぼ》、長瀬、丸子《まりこ》などの村落であるということを話した。濃く青い空気に包まれている谷の蔭《かげ》は、霊泉寺、田沢、別所などの温泉の湧《わ》くところ、農夫が群れ集《あつま》る山の上の歓楽の地、よく蕎麦《そば》の花の咲く頃《ころ》にはこの辺からも労苦を忘れる為に出掛けるものがあるということを話した。

蓮太郎に言わせると、彼も一度はこういう山の風景に無感覚な時代があった。信州の景色は「パノラマ」として見るべきで、大自然が描いた多くの絵画の中では恐らく平凡という側に貶《おと》される程のものであろう――成程《なるほど》、大きくはある。然《しか》し深い風趣《おもむき》に乏しい――起きたり伏《ふ》したりしている波濤《なみ》のような山々は、不安と混雑とより外に何の感想《かんじ》をも与えない――それに対《むか》えば唯心が掻乱《かきみだ》されるばかりである。こう蓮太郎は考えた時代もあった。不思議にもこの思想《かんがえ》は今度の旅行で破壊《ぶちこわ》されて了《しま》って、始めて山というものを見る目が開いた。新しい自然は別に彼の眼前《めのまえ》に展けて来た。蒸し煙《けぶ》る傾斜の気息《いき》、遠く深く潜む谷の声、活《い》きもし枯れもする杜《もり》の呼吸、その間にはまた暗影と光と熱とを帯びた雲の群《むれ》の出没するのも目に注《つ》いて、「平野は自然の静息、山嶽《さんがく》は自然の活動」という言葉の意味も今更のように思いあたる。一概に平凡と擯斥《しりぞ》けた信州の風景は、「山気《さんき》」(九八)を通して反《かえ》って深く面白く眺《なが》められるようになった。

こういう蓮太郎の観察は、山を愛する丑松の心を悦ばせた。その日は西の空が開けて、飛《ひ》驒《だ》の山脈を望むことも出来たのである。見ればこの大谿谷《だいけいこく》のかなたに当って、畳み重なる山と山との上に、更に遠く連なる一列の白壁。今年の雪も早や幾度か降り添うたのであろう。その山々は午後の日をうけて、青空に映り輝いて、殆《ほと》んど人の気魄《たましい》を奪うばかりの勢《いきお》いであった。活々《いきいき》とした力のある山塊の輪郭と、深い鉛紫《えんし》の色を帯びた谷々の影とは、一層その眺望に崇高な趣《おもむき》を添える。針木嶺《はりきとうげ》、白馬嶽《はくまがたけ》、焼嶽《やけだけ》、鎗《やり》が嶽《たけ》、または乗鞍嶽《のりくらがたけ》、蝶《ちょう》が嶽《たけ》、その他多くの山嶽の峻《けわ》しく競い立つのは其処《そこ》だ。梓川《あずさがわ》、大白川《おおしろがわ》なぞの源《みなもと》を発するのは其処だ。雷鳥の寂しく飛びかうというのは其処だ。氷河の跡の見られるというのは其処だ。千古人跡の到《いた》らないというのは其処だ。ああ、無言にして聳《そび》え立つ飛驒の山脈の姿、長久《とこしえ》に荘厳《おごそか》な自然の殿堂――見れば見る程、蓮太郎も、丑松も、高い気象を感ぜずにはいられなかったのである。殊にその日の空気はすこし黄に濁って、十一月上旬の光に交って、この広濶《ひろ》い谿谷《たにあい》を盛んに煙《けぶ》るように見せた。長い間、二人は眺め入った。眺め入りながら、互《たがい》に山のことを語り合った。

（四）

噫《ああ》。幾度丑松《うしまつ》は蓮太郎《れんたろう》に自分の素性《すじよう》を話そうと思ったろう。昨夜なぞは遅くまで洋燈《ランプ》の下でその事を考えて、もし先輩と二人ぎりに成るような場合があったなら、ああ言おうか、こう言おうかと、さまざまの想像に耽《ふけ》ったのであった。蓮太郎は今、丑松の傍《そば》に居る。さて逢《あ》って見ると、言出《いいだ》しかねるもので、風景なぞのことばかり話して、肝心の思うことは未《ま》だ話さなかった。丑松は既に種々《いろいろ》なことを話していながら、未だ何《なんに》も蓮太郎に話さないような気がした。

夕飯の用意を命じて置いて来たからと、蓮太郎に誘われて、丑松は一緒に根津《ねつ》の旅舎《やどや》の方へ出掛けて行った。道々丑松は話しかけて、正直なところを言おう言おうとして見た。それを言ったら、自分の真情が深く先輩の心に通ずるであろう、自分は一層《もっと》先輩に親《したし》むことが出来るであろう、こう考えて、それを言おうとして、言い得ないで、時々立止っては溜息《ためいき》を吐《つ》くのであった。秘密――生死《いきしに》にも関《かか》わる真実《ほんとう》の秘密――仮令先方《たといさき》が同じ素性であるとは言いながら、どうしてそう容易《たやす》く告白《うちあ》けることが出来よう。言おうとしては躊躇《ちゆうちよ》した。躊躇しては自分で自分を責めた。丑松は心の内部《なか》で、懼《おそ》れたり、迷ったり、悶《もだ》えたりしたのである。

やがて二人は根津の西町の町はずれへ出た。石地蔵の佇《たたず》むあたりは、向町――所謂穢多《いわゆるえた》町《まち》で、草葺《くさぶき》の屋造《やね》が日あたりの好《い》い傾斜に添うて不規則に並んでいる。中にも人目を引く城のような一郭《ひとかまえ》、白壁高く日に輝くは、例の六左衛門の住家《すみか》と知れた。農業と麻裏《あさうら》(九九)製造《づくり》とは、この部落に住む人々の職業で、あの小諸《こもろ》の穢多町のように、靴《くつ》、三味線、太鼓、その他獣皮に関したものの製造、または斃馬《へいば》(一〇〇)の売買なぞに従事しているような手合は一人も無い。麻裏はどの穢多の家でも作るので、「中抜《なかぬ》き」と言って、草履の表に用《つか》う美しい藁《わら》がところどころの垣根《かきね》の傍《わき》に乾《ほ》してあった。丑松はそれを見ると、瀬川の家の昔を思出《おもいだ》した。小諸時代を思出した。亡《な》くなった母も、今の叔母も、克《よ》くその「中抜き」を編んでいたことを思出した。自分もまた少年の頃《ころ》には、戸隠《とがくし》から来る「かわそ」(草履裏の麻)なぞを玩具《おもちゃ》にして、父の傍《そば》で麻裏造る真似《まね》をして遊んだことを思出した。

六左衛門のことは、その時、二人の噂《うわさ》に上った。蓮太郎はしきりにあの穢多の性質や行為《おこない》やらを問い尋ねる。聞かれた丑松とても委《くわ》しくは無いが、知っているだけを話したのはこうであった。六左衛門の富は彼が一代に作ったもの。今日《こんにち》のような俄分限者《にわかぶげんしゃ》と成ったに就いては、甚《はなは》だ悪《あ》しざまに罵《ののし》るものがある。慾深《よくぶか》い上に、虚栄心の強い男で、金の力で成ることならどんな事でもして、何卒《どうか》して「紳士」の尊称を得たいと思っている程。恐らく上流社会の華やかな交際は、彼が見ている毎日の夢であろう。孔雀《くじゃく》の真似を為《す》る鴉《からす》の六左衛門が東京に別荘を置くのもその為《ため》である。赤十字社の特別社員に成ったのもその為である。慈善事業に賛成するのもその為である。書画骨董《こっとう》で身の辺《まわり》を飾るのもまたその為である。あれ程学問が無くて、あれ程蔵書の多いものも鮮少《すくな》かろう、とはこの界隈《かいわい》での一つ話に成っている。

こういうことを語りながら歩いて行くうちに、二人は六左衛門の家の前へ出て来た。丁度午後の日を真面《まとも》にうけて、宏壮《おおき》な白壁は燃える火のように見える。建物幾棟《いくむね》かあって、長い塀《へい》はその周囲《まわり》を厳《いかめ》しく取繞《とりかこ》んだ。新平民の子らしいのが、七つ八つを頭《かしら》にして、何か「めんこ」の遊びでもして、その塀の外に群《むらが》り集《あつま》っていた。中には頰《ほお》の紅《あか》い、眼付《めつき》の愛らしい子もあって、普通の家の小供と些少《すこし》も相違の無いのがある。中には又、卑しい、愚鈍《おろか》しい、どう見ても日蔭者《ひかげもの》の子らしいのがある。これを眺《なが》めても、穢多の部落が幾通りかの階級に別れていることは知れた。親らしい男は馬を牽《ひ》いて、その小供の群に声を掛けて通り、姉らしい若い女は細帯を巻付けたままで、いそいそと二人の側《そば》を影のように擦抜《すりぬ》けた。こうして無智《むち》と零落とを知らずにいる穢多町の空気を呼吸するということは、可傷《いたま》しいとも、恥《はず》かしいとも、腹立たしいとも、名のつけようの無い思《おもい》をさせる。「吾儕《われわれ》を誰《だれ》だと思う」と丑松は心に憐《あわれ》んで、一時《いっとき》も早く是処《ここ》を通過《とおりす》ぎて了《しま》いたいと考えた。

「先生――行こうじゃ有《あり》ませんか」

と丑松はそこに佇立《たたず》み眺めている蓮太郎を誘うようにした。

「見たまえ、まあ、この六左衛門の家《うち》を」と蓮太郎は振返って、「何処《どこ》から何処まで主人公の性質を好《よ》く表してるじゃ無いか。つい二三日前、この家に婚礼が有ったという話だが、君はそんな噂を聞かなかったかね」

「婚礼？」と丑松は聞咎《ききとが》める。

「その婚礼が一通りの婚礼じゃ無い――多分ああいうのが政治的結婚とでも言うんだろう。はははは。政事家の為ることは違ったものさね」

「先生の仰《おっしゃ》ることは私に能《よ》く解《わか》りません」

「花嫁は君、この家の娘さ。御聟《おむこ》さんは又、代議士の候補者だから面白いじゃないか——」

「ホウ、代議士の候補者？　まさかあの一緒に汽車に乗って来た男じゃ有ますまい」

「それさ、その紳士さ」

「へえ——」と丑松は眼を円くして、「そうですかねえ——意外なことが有れば有るものですねえ——」

「全く、僕も意外さ」という蓮太郎の顔は輝いていたのである。

「しかし何処で先生はそんなことを御聞きでしたか」

「まあ、君、宿屋へ行って話そう」

第九章

（一）

一軒、根津《ねつ》の塚窪《つかくぼ》というところに、未《ま》だ会葬の礼に泄《も》れた家が有って、丁度序《ついで》だからと、丑松《うしまつ》は途中で蓮太郎《れんたろう》と別れた。蓮太郎は旅舎《やどや》へ。直《すぐ》に後から行く約束して、丑松は畠中《はたなか》の裏道を辿《たど》った。塚窪の坂の下まで行くと、とある農家の前に一人の飴屋《あめや》、面白可笑《おか》しく唐人笛《とうじんぶえ》（一〇一）を吹立《ふきた》てて、幼稚《おさな》い客を呼集《よびあつ》めている。御得意と見えて、声を揚げて飛んで来る男女《おとこおんな》の少年もあった――彼処《あそこ》からも、是処《ここ》からも。ああ、少年の空想を誘うような飴屋の笛の調子は、どんなに頑是《がんぜ》ないものの耳を楽《たの》しませるであろう。いや、買いに集《あつま》る子供ばかりでは無い、丑松ですら思わず立止って聞いた。妙な癖で、その笛を聞く度に、丑松は自分の少年時代を思出《おもいだ》さずにいられないのである。

何を隠そう――丑松が今指して行く塚窪の家には、幼馴染《おさななじみ》が嫁《かたづ》いている。お妻《つま》というのがその女の名である。お妻の生家《さと》は姫子沢に在《あ》って、林檎畠《りんごばたけ》一つ隔てて、丑松の家の隣に住んだ。丑松がお妻と遊んだのは、九歳《ここのつ》に成る頃《ころ》で、まだ瀬川の一家族が移住して来て間も無い当時のことであった。もともとお妻の父というは、上田の在から養子に来た男、根が苦労人ではあり、他所者《よそもの》でもあり、するところからして、自然《おのず》と瀬川の家にも後見《うしろみ》と成ってくれた。それに、丑松を贔屓《ひいき》にして、伊勢詣《いせまいり》(一〇二)に出掛けた帰途《かえりみち》なぞには、必ず何か買って来てくれるという風であった。こういう隣同志の家の子供が、互いに遊友達《あそび》と成ったは不思議でも何でも無い。のみならず、二人は丁度同い年であったのである。

楽しい追憶《おもいで》の情は、唐人笛の音を聞くと同時に、丑松の胸の中に湧上《わきあが》って来た。朦朧《おぼろげ》ながら丑松は幼いお妻の俤《おもかげ》を忘れずにいる。はじめて自分の眼《め》に映った少女《おとめ》の愛らしさを忘れずにいる。あの林檎畠が花ざかりの頃は、その枝の低く垂下《たれさが》ったところを彷徨《さまよ》って、互いに無邪気な初恋の私語《ささやき》を取交《とりかわ》したことを忘れずにいる。僅《わず》かに九歳《ここのつ》の昔、まだ夢のようなお伽話《とぎばなし》の時代――他《ほか》のことは多く記憶にも残らない程であるが、あの無垢《むく》な情緒《こころもち》ばかりは忘れずにいる。尤《もっと》も、幼い二人の交際《まじわり》は長く続かなかった。不図丑松はお妻の兄と親しくするように成って、それぎり最早《もう》お妻とは遊ばなかった。

お妻がこの塚窪へ嫁《かたづ》いて来たは、十六の春のこと。夫というのも丑松が小学校時代の友達で、年齢《とし》は三人同じであった。田舎の習慣《ならわし》とは言いながら、殊にあの夫婦は早く結婚した。まだ丑松が師範校の窓の下で歴史や語学の研究に余念も無い頃に、もうあの若い夫婦は幼いものに絡《まと》い付かれ、朝に晩に「父さん、母さん」と呼ばれていたのであった。

こういう過去の歴史を繰返したり、胸を踴《おど》らせたりして、丑松は坂を上って行った。山の方から溢《あふ》れて来る根津川の支流は、清く、浅く、家々の前を奔《はし》り流れている。路傍《みちばた》の栗の梢《こずえ》なぞ、早や、枯《か》れ枯《が》れ。柿《かき》も一葉を留《とど》めない程。水草ばかりは未だ青々として、根を浸すありさまも心地よく見られる。冬籠《ふゆごもり》の用意に多忙《いそが》しい頃で、人々はいずれも流《ながれ》のところに集っていた。余念も無く蕪菜《かぶな》を洗う女の群《むれ》の中に、手拭《てぬぐい》に日を避《よ》け、白い手をあらわし、甲斐々々《かいがい》しく働く襷掛《たすきが》けの一人――声を掛けて見ると、それがお妻で、丑松はこの幼馴染の変ったのに驚いて了《しま》った。お妻もまた驚いたようであった。

その日はお妻の夫も舅《しゅうと》も留守で、家に居るのは唯《ただ》姑《しゅうとめ》ばかり。五人も子供が有ると聞いたが、年嵩《としかさ》なのが見えないは、大方《おおかた》遊びにでも行ったものであろう。五歳《いつつ》ばかりを頭《かしら》に、三人の女の児《こ》は母親に倚添《よりそ》って、恥《はず》かしがって碌《ろく》に御辞儀も為《し》なかった。珍しそうに客の顔を眺《なが》めるもあり、母親の蔭《かげ》に隠れるもあり、漸《よう》く歩むばかりの末の児は、見慣れぬ丑松を怖《おそ》れたものか、やがてしくしくやり出すのであった。この光景《ありさま》に、姑も笑えば、お妻も笑って、「まあ、可笑《おか》しな児だよ、この児は」と乳房を出して見せる。それを咬《くわ》えて、泣吃逆《なきじゃっくり》をしながら、密《そっ》と丑松の方を振向いて見ている児童《こども》の様子も愛らしかった。話好きな姑は一人で喋舌《しゃべ》った。お妻は茶を入れて丑松を款待《もてな》していたが、さすがに思出したことも有ると見えて、

「そいっても、まあ、丑松さんの大きく御成《おな》なすったこと」

と言って、客の顔を眺めた時は、思わず紅《あか》くなった。

会葬の礼を述べた後、丑松はそこそこにしてこの家を出た。姑と一緒に、お妻もまた門口に出て、客の後姿《うしろすがた》を見送るという様子。今更のように丑松は自他《われひと》の変遷《うつりかわり》を考えて、塚窪の坂を上って行った。あの世帯染みた、心の好《よ》さそうな、何処《どこ》やら床しいところのあるお妻は――まあ、忘れずにいるその俤に比べて見ると、全く別の人のような心地《こころもち》もする。自分と同い年で、しかも五人子持――あれが幼馴染のお妻であったかしらん、と時々立止って嘆息した。

こういう追懐《おもいで》の情は、とは言え、深く丑松の心を傷《きず》つけた。平素《しょっちゅう》もう疑惧《うたがい》の念を抱いて苦痛《くるしみ》の為に刺激《こづ》き廻《まわ》されている自分の今に思い比べると、あの少年の昔の楽しかったことは。噫《ああ》、何にも自分のことを知らないで、愛らしい少女《おとめ》と一緒に林檎畠を彷徨《さまよ》ったような、楽しい時代は往《い》って了った。もう一度丑松はそういう時代の心地《こころもち》に帰りたいと思った。もう一度丑松は自分が穢多《えた》であるということを忘れて見たいと思った。もう一度丑松はあの少年の昔と同じように、自由に、現世《このよ》の歓楽《たのしみ》の香《におい》を嗅《か》いで見たいと思った。こう考えると、切ない慾望《のぞみ》は胸を衝《つ》いて春の潮のように湧《わ》き上る。穢多としての悲しい絶望、愛という楽しい思想《かんがえ》、そん

なこんなが一緒に交って、若い生命《いのち》を一層《ひとしお》美しくして見せた。終《しまい》には、あの蓮華寺《れんげじ》のお志保《しほ》のことまでも思いやった。活々《いきいき》とした情の為に燃えながら、丑松は蓮太郎の旅舎《やどや》を指して急いだのである。

（二）

御泊宿《おんとまりやど》、吉田屋、と軒行燈《のきあんどん》に記《しる》してあるは、さすがに古い街道の名残。諸国商人の往来もすくなく、昔の宿はいずれも農家となって、今はこの根津村《ねつむら》に二三軒しか旅籠屋《はたごや》らしいものが残っていない。吉田屋はその一つ、とかく商売も休み勝ち、客間で秋蚕《しゅうこ》飼う(一〇三)程の時世と変りはてた。とは言いながら、寂《さび》れた中にも風情《ふぜい》のあるは田舎の古い旅舎《やどや》で、門口に豆を乾並《ほしなら》べ、庭では鶏も鳴き、水を舁《かつ》いで風呂場《ふろば》へ通う男の腰付もおかしいもの。炉で焚《た》く「ぼや」の火は盛んに燃え上って、無邪気な笑声《わらいごえ》がその周囲《まわり》に起るのであった。

「そうだ――例のことを話そう」

と丑松《うしまつ》は自分で自分に言った。吉田屋の門口へ入った時は、その思想《かんがえ》が復《ま》た胸の中を往来したのである。

案内されて奥の方の座敷へ通ると、蓮太郎《れんたろう》一人で、弁護士は未《ま》だ帰らなかった。額、唐紙《からかみ》、すべて昔の風を残して、古びた室内の光景《さま》とは言いながら、談話《はなし》を為《す》るには至極静かで好《よ》かった。火鉢《ひばち》に炭を加え、その側《わき》に座蒲団《ざぶとん》を敷いて、相対《さしむかい》に成った時の心地《こころもち》は珍しくもあり、嬉《うれ》しくもあり、蓮太郎が手ずから入れてくれる茶の味は又格別に思われたのである。その時丑松は日頃《ひごろ》愛読する先輩の著述を数えて、始めて手にしたのがあの大作、『現代の思潮と下層社会』であったことを話した。『貧しきもののなぐさめ』、『労働』、『平凡なる人』、とりどりに面白く味《あじわ》ったことを話した。丑松は又、『懺悔録《ざんげろく》』の広告を見つけた時の喜悦《よろこび》から、飯《いい》山《やま》の雑誌屋で一冊を買取って、それを抱いて内容《なかみ》を想像しながら下宿へ帰った時の心地《こころもち》、読み耽《ふけ》って心に深い感動を受けたこと、社会《よのなか》というものの威力《ちから》を知ったこと、さてはその著述に顕《あら》われた思想《かんがえ》の新しく思われたことなぞを話した。

蓮太郎の喜悦《よろこび》は一通りで無かった。やがて風呂が湧《わ》いたという案内をうけて、二人して一緒に入りに行った時も、蓮太郎はそれを胸に浮べて、かねて知己とは思っていたが、こうまで自分の書いたものを読んでくれるとは思わなかったと、丑松の熱心を頼もしく考えていたらしいのである。病が病だから、蓮太郎の方では遠慮する気味で、そんなことで迷惑を掛けたく無い、と健康《たっしゃ》なものの知らない心配は絶えず様子に表われる。こうなると丑松の方では反《かえ》って気の毒になって、病の為《ため》に先輩を恐れるという心は何処《どこ》へか行って了《しま》った。話せば話すほど、哀憐《あわれみ》は恐怖《おそれ》に変ったのである。

風呂場の窓の外には、石を越して流下《ながれくだ》る水の声もおもしろく聞えた。透《とお》き澄るばかりの沸《わか》し湯に身体《からだ》を浸し温めて、しばらく清流の響《ひびき》に耳を嬲《なぶ》らせるその楽しさ。夕暮近い日の光は窓からさし入って、蒸し烟《けぶ》る風呂場の内を朦朧《もうろう》として見せた。一ぱい浴びて流しのところへ出た蓮太郎は、湯気《ゆげ》に包まれて燃えるかのよう。丑松も紅《あか》くなって、顔を伝う汗の熱さに暫《しば》時《らく》世の煩《わずら》いを忘れた。

「先生、一つ流しましょう」と丑松は小桶《こおけ》を擁《かか》えて蓮太郎の背後《うしろ》へ廻《まわ》る。

「え、流して下さる？」と蓮太郎は嬉《うれ》しそうに、「じゃあ、願いましょうか。まあ君、ざっと遣《や》ってくれたまえ」

こうして丑松は、日頃慕っているその人に近《ちかづ》いて、どういう風に考え、どういう風に言い、どういう風に行うかと、すこしでも蓮太郎の平生を見るのが楽しいという様子であった。急に二人は親密《したしみ》を増したような心地《こころもち》もしたのである。

「さあ、今度は僕《ぼく》の番だ」

と蓮太郎は湯を汲出《かいだ》して言った。幾度か丑松は辞退して見た。

「いえ、私は沢山です。昨日入ったばかりですから」と復た辞退した。

「昨日は昨日、今日は今日さ」と蓮太郎は笑って、「まあ、そう遠慮しないで、僕にも一つ流させてくれたまえ」

「恐れ入りましたなあ」

「どうです、瀬川君、僕の三助もなかなか巧《うま》いものでしょう――はははは」と戯《たわむ》れて、やがて蓮太郎はそこに在《あ》る石鹸《シャボン》を溶いて丑松の背中へつけて遣りながら、「僕がまだ長野に居る時分、丁度修学旅行が有って、生徒と一緒に上州の方へ出掛けたことが有りましたッけ。まだ覚えているが、あの時の投票は、僕がそれ大食家さ。しかし大食家と言われる位に、あの頃は壮健《たっしゃ》でしたよ。それからの僕の生涯《しょうがい》は、実に種々《いろいろ》なことが有《あり》ましたねえ。克《よ》くまあ僕のような人間がこうして今日まで生きながらえて来たようなものさ」

「先生、もう沢山です」

「何だねえ、今始めたばかりじゃ無いか。まだ、君、垢《あか》が些少《ちっと》も落ちやしない」と蓮太郎は丁寧に丑松の背中を洗って、終《しまい》に小桶の中の温《あたたか》い湯を掛けてやった。遣い捨ての湯水は石鹼の泡《あわ》に交って、白くゆるく板敷の上を流れて行った。

「君だからこんなことを御話するんだが」と蓮太郎は思出《おもいだ》したように、「僕は仲間のことを考える度に、実に情《なさけ》ないという心地《こころもち》を起さずにはいられない。御恥《おはずか》しい話だが、思想の世界というものは、未だ僕等《ら》の仲間には開けていないのだね。僕があの師範校を出た頃には、それを考えて、随分暗い月日を送ったことも有ましたよ。病気になったのも、実はその結果さ。しかし病気の為に、反って僕は救われた。それから君、考えてばかりいないで、働くという気になった。ホラ、君の読んで下すったという『現代の思潮と下層社会』――あれを書く頃なぞは、健康《たっしゃ》だという日は一日も無い位だった。まあ、後日新平民のなかに面白い人物でも生れて来て、ああ猪子《いのこ》という男はこんなものを書いたかと、見てくれるような時が有ったら、それでもう僕なぞは満足するんだねえ。むむ、その踏台さ――それが僕の生涯でもあり、又希望《のぞみ》でもあるのだから」

（三）

言おう言おうと思いながら、何かこう引止められるような気がして、丑松《うしまつ》は言わずに風呂《ふろ》を出た。まだ弁護士は帰らなかった。夕飯の用意にと、蓮太郎《れんたろう》が宿へ命じて置いたは千曲川《ちくまがわ》の鮠《はや》、それは上田から来る途中で買取《かいと》ったとやらで、魚田楽《ぎょでん》(一〇四)にこしらえさせて、一緒に初冬《はつふゆ》の河魚の味を試みたいとのこと。仕度するところと見え、擂鉢《すりばち》を鳴らす音は台所の方から聞える。炉辺《ろばた》で鮠の焼ける香《におい》は、じりじり落ちて燃える魚膏《あぶら》の煙に交って、この座敷までも甘《うま》そうに通《かよ》って来た。

蓮太郎は鞄《かばん》の中から持薬を取出した。殊に湯上りの顔色は病気のようにも見えなかった。嗅《か》ぐともなしに「ケレオソオト」(一〇五)のにおいを嗅いで見て、やがて高柳のことを言出《いいだ》す。

「して見ると、瀬川君はあの男と一緒に飯山《いいやま》を御出掛でしたね」

「どうも不思議だとは思いましたよ」と丑松は笑って、「妙に是方《こちら》を避《よ》けるというような風でしたから」

「そこがそれ、心に疚《やま》しいところの有る証拠さ」

「今考えても、あの外套《がいとう》で身体《からだ》を包んで、隠れて行くような有様が、目に見えるようです」

「はははは。だから、君、悪いことは出来ないものさ」

と言って、それから蓮太郎は聞いて来た一伍一什《いちぶしじゅう》を丑松に話した。高柳が秘密に六左衛門の娘を貰《もら》ったという事実は、妙なところから出たとのこと。すこし調べることがあって、信州で一番古い秋葉村《あきばむら》の穢多町《えたまち》(上田の在にある)、彼処《あそこ》へ蓮太郎が尋ねて行くと、あの六左衛門の親戚《しんせき》で加《しか》も讐敵《かたき》のように仲の悪いとかいう男からこの話が泄《も》れたとのこと。蓮太郎が弁護士と一緒に、今朝この根津村《ねつむら》へ入った時は、折も折、丁度高柳夫婦が新婚旅行にでも出掛けようとするところ。無論先方《さき》では知るまいが、確《たしか》に是方《こちら》では後姿《うしろすがた》を見届けたとのことであった。

「実に驚くじゃないか」と蓮太郎は嘆息した。「瀬川君、君はまあどう思うね、あの男の心地《もち》を。これから君が飯山へ帰って見たまえ――必定《きっと》あの男は平気な顔して結婚の披露《ひろう》を為《す》るだろうから――何処《どこ》か遠方の豪家からでも細君を迎えたように細工《こしら》えるから――そりゃあもう新平民の娘だとは言うもんじゃないから」

こういう話を始めたところへ、下女が膳《ぜん》を持運《もちはこ》んで来た。皿《さら》の上の鮠は焼きたての香《におい》を放って、空腹《すきばら》で居る二人の鼻を打つ。銀色の背、樺《かば》と白との腹、その鮮《あたら》しい魚が茶色に焼け焦げて、ところまんだら味噌《みそ》の能《よ》く付かないのも有った。いずれも肥え膏《あぶら》づいて、竹の串《くし》に突きさされてある。さすがに嗅ぎつけて来たとみえ、一匹の小猫《こねこ》、下女の背後《うしろ》に様子を窺《うかが》うのも可笑《おか》しかった。御給仕には及ばないを言われて、下女は小猫を連れて出て行く。

「さあ、先生、つけましょう」と丑松は飯櫃《めしびつ》を引取って、気《いき》の出るやつを盛り始めた。

「どうも済みません。各自《めいめい》勝手にやることにしようじゃ有《あり》ませんか。まあ、こうして膳に向って見ると、あの師範校の食堂を思出《おもいだ》さずにはいられないねえ」

と笑って、蓮太郎は話し話し食った。丑松も骨離《ほねばなれ》の好《い》い鮠の肉を取って、香ばしく焼けた味噌の香《におい》を嗅ぎながら話した。

「ああ」と蓮太郎は箸《はし》持つ手を膝《ひざ》の上に載せて、「どうも当世紳士の豪《えら》いには驚いて了《しま》う――金というものの為《ため》なら、どんなことでも忍ぶのだから。瀬川君、まあ、聞いてくれたまえ。あの通り高柳が体裁を飾っていても、実は非常に内輪の苦しいということは、僕も聞いていた。借財に借財を重ね、高利貸には責められる、世間への不義理は嵩《かさ》む、到底今年選挙を争う見込なぞは立つまいということは、聞いていた。しかし君、いくら窮境に陥ったからと言って、金を目的《めあて》に結婚する気に成るなんて――あんまり根性《こんじょう》が見え透いて浅ましいじゃないか。あるいは、あの男に言わせたら、六左衛門だって立派な公民だ、その娘を貰うのに何の不思議が有る、親子の間柄で選挙の時なぞに助けて貰うのは至当《あたりまえ》じゃないか――こう言うかも知れない。それならそれで可《い》いさ。階級を打破してまでも、気に入った女を貰う位の心意気が有るなら、又面白い。何故《なぜ》そんなら、狐鼠々々《こそこそ》と祝言《しゅうげん》なぞを為《す》るんだろう。何故そんなら、隠れてやって来て、また隠れて行くような、男らしくない真似《まね》を為るんだろう。苟《いやし》くも君、堂々たる代議士の候補者だ。天下の政治を料理するなどと長広舌を振《ふる》いながら、その人の生涯《しょうがい》を見ればどうだろう。誰《だれ》やらの言草では無いが、全然《まるで》紳士の面を冠《かぶ》った小人の遣方《やりかた》だ――情《なさけ》ないじゃないか。成程《なるほど》世間には、金に成ることなら何でもやる、買手が有るなら自分の一生でも売る、こういう量見の人はいくらも有るさ。しかし、あの男のは、売って置いて知らん顔をしていよう、というのだから酷《はなは》だしい。まあ、君、僕等《ら》の側に立って考えて見てくれたまえ――これ程新平民というものを侮辱した話は無かろう」

暫時《しばらく》二人は言葉を交さないで食った。やがてまた蓮太郎は感慨に堪《た》えないと言う風で、病気のことなぞはもう忘れているかのように、

「あの男もあの男なら、六左衛門も六左衛門だ。そんなところへ娘をくれたところで何が面白かろう。これから東京へでも出掛けた時に、自分の聟《むこ》は政事家だと言って、吹聴《ふいちょう》する積り

なんだろうが、あまり寝覚《ねざめ》の好い話でも無かろう。虚栄心にも程が有るさ。ちったあ娘のことも考えそうなものだがなあ」

こう言って蓮太郎は考深《かんがえぶか》い目付をして、孤《ひと》り思《おもい》に沈むという様子であった。

聞いて見れば聞いて見るほど、あの政事家の内幕にも驚かれるが、又、この先輩の同族を思う熱情にも驚かれる。丑松は、弱い体軀《からだ》の内に燃える先輩の精神の烈《はげ》しさを考えて、一種の悲壮な感想《かんじ》を起さずにはいられなかった。実際、蓮太郎の談話《はなし》の中には丑松の心を動かす力が籠《こも》っていたのである。尤《もっと》も、病のある人でも無ければ、ああは心を傷《いた》めまい、と思われるような節々が時々その言葉に交って聞えたので。

（四）

到頭丑松《うしまつ》は言おうと思うことを言わなかった。吉田屋を出たのは宵過《よいす》ぎる頃《ころ》であったが、途々《みちみち》それを考えると、泣きたいと思う程に悲しかった。何故《なぜ》、言わなかったろう。丑松は歩きながら、自分で自分に尋ねて見る。亡父《おやじ》の言葉も有るから――叔父もああ忠告したから――一旦《いったん》秘密が自分の口から泄《も》れた以上は、それが何時誰《いつだれ》の耳へ伝わらないとも限らない、先輩が細君へ話す、細君はまた女のことだから到底秘密を守ってはくれまい、こういうことに成ると、それこそ最早回復《もうとりかえし》が付かない――第一、今の場合、自分は穢多《えた》であると考えたく無い、これまでも普通の人間で通って来た、これから将来《さき》とても無論普通の人間で通りたい、それが至当の道理であるから――

種々弁解《いろいろいいわけ》を考えて見た。

しかし、こういう弁解は、いずれも後から造《こしら》えて押付けたことで、それだから言えなかったとはどうしても思われない。残念ながら、丑松は自分で自分を欺いているように感じて来た。蓮太郎《れんたろう》にまで隠しているということは、実は丑松の良心が許さなかったのである。

ああ、何を思い、何を煩う。決して他の人に告白《うちあ》けるのでは無い。唯《ただ》あの先輩だけに告白けるのだ。日頃自分が慕っている、加《しか》も自分と同じ新平民の、その人だけに告白けるのに、危《あぶな》い、恐しいようなことが何処《どこ》にあろう。

「どうしても言わないのは虚偽《うそ》だ」

と丑松は心に羞《は》じたり悲《かなし》んだりした。

そればかりでは無い。勇み立つ青春の意気もまた丑松の心に強い刺激を与えた。譬《たと》えば、丑松は雪霜の下に萌《も》える若草である。春待つ心は有《あり》ながらも、猜疑《うたがい》と恐怖《おそれ》とに閉じられて了《しま》って、内部《なか》の生命《いのち》は発達《のび》ることが出来なかった。ああ、雪霜が日にあたって、溶けるというに、何の不思議があろう。青年が敬慕の情を心ゆく先輩の前に捧《ささ》げて、活《い》きて進むというに、何の不思議があろう。見れば見るほど、聞けば聞くほど、丑松は蓮太郎の感化を享《う》けて、精神の自由を慕わずにはいられなかったのである。言うべし、言うべし、それが自分の進む道《み》路《ち》では有るまいか。こう若々しい生命が丑松を励ますのであった。

「よし、明日は先生に逢《あ》って、何もかも打開《ぶちま》けて了おう」

と決心して、姫子沢の家をさして急いだ。

その晩はお妻《つま》の父親《おやじ》がやって来て、遅くまで炉辺《ろばた》で話した。叔父は蓮太郎のことに就いて別に深く掘って聞こうとも為《し》なかった。唯丑松が寝床の方へ行こうとした時、こういう問《とい》を掛けた。

「丑松――お前《めえ》は今日の御客様《さん》に、何にも自分のことを話しやしねえだろうなあ」

と言われて、丑松は叔父の顔を眺《なが》めて、

「誰がそんなことを言うもんですか」

と答えるには答えたが、それは本心から出た言葉では無いのであった。

寝床に入ってからも、丑松は長いこと眠られなかった。不思議な夢は来て、眼前《めのまえ》を通る。その人は見納めの時の父の死顔《しにがお》であるかと思うと、蓮太郎のようでもあり、病の為《ため》に蒼《あお》ざめた蓮太郎の顔であるかと思うと、お妻のようでもあった。あの艶《つや》を帯《も》った清《すず》しい眸《ひとみ》、物言う毎《ごと》にあらわれる皓歯《しらは》、直《すぐ》に紅《あか》くなる頬《ほお》――その真情の外部《そと》に輝き溢《あふ》れている女らしさを考えると、何時の間にか丑松はお志保《しほ》の俤《おもかげ》を描いていたのである。尤《もっと》もこの幻影《まぼろし》は長く後まで残らなかった。払暁《あけがた》になると最早《もう》忘れて了って、何の夢を見たかも覚えて居ない位であった。

第拾章

（一）

いよいよ苦痛《くるしみ》の重荷を下《おろ》す時が来た。丁度蓮太郎《れんたろう》は弁護士と一緒に、上田を指して帰るというので、丑松《うしまつ》も同行の約束した。それは父を傷《きずつ》けた種牛が上田の屠《と》牛場《ぎゅうば》へ送られる朝のこと。叔父も、丑松もその立会《たちあい》として出掛ける筈《はず》になっていたので。昨夜の丑松の決心――あれを実行するにはこの上も無い好《よ》い機《し》会《お》。復《ま》た逢《あ》われるのは何時《いつ》のことやら覚束《おぼつか》ない。どうかして叔父や弁護士の聞いていないところで――唯《ただ》先輩と二人ぎりに成った時に――こう考えて、丑松は叔父と一緒に出掛ける仕度をしたのであった。

上田街道へ出ようとする角のところで、そこに待合せている二人と一緒になった。丑松は叔父を弁護士に紹介し、それから蓮太郎にも紹介した。

「先生、これが私の叔父です」

と言われて、叔父は百姓らしい大《おおき》な手を擦《も》みながら、

「丑松の奴《やつ》がいろいろ御世話様に成りますそうで――昨日《さくじつ》はまた御《お》出下《いでくだ》すったそうでしたが、

生憎《あいにく》と留守にいたしやして」

こういう挨拶《あいさつ》をすると、蓮太郎は丁寧に亡《な》くなった人の弔辞《くやみ》を述べた。

四人は早く発《た》った。朝じめりのした街道の土を踏んで、深い霧の中を辿《たど》って行った時は、遠近《おちこち》に鶏の鳴き交《かわ》す声も聞える。その日は春先のように温暖《あたたか》で、路傍の枯草も蘇生《いきかえ》るかと思われる程。灰色の水蒸気は低く集《あつま》って来て、僅《わず》かに離れた杜《もり》の梢《こずえ》も遠く深く烟《けぶ》るように見える。四人は後《あと》になり前《さき》になり、互《たがい》に言葉を取交しながら歩いた。就中《わけても》、弁護士の快活な笑声《わらいごえ》は朝の空気に響き渡る。思わず足も軽く道も果取《はかど》ったのである。

東上田へ差懸《さしかか》った頃《ころ》、蓮太郎と丑松の二人は少許《すこし》連《つれ》に後《おく》れた。次第に道路《みち》は明《あかる》くなって、ところどころに青空も望まれるように成った。白い光を帯びながら、頭の上を急いだは、朝雲の群《むれ》。行先《ゆくて》にあたる村落も形を顕《あらわ》して、草葺《くさぶき》の屋根からは煙の立ち登る光景《さま》も見えた。霧の眺《なが》めは、今、おもしろく晴れて行くのである。

蓮太郎は苦しい様子も見せなかった。この石塊《いしころ》の多い歩き難《にく》い道をああして徒歩《ひろ》っても可《いい》のかしらん、と丑松はそれを案じつづけて、時々蓮太郎を待合せては、一緒に遅く歩くように為《し》たが、まあ素人目《しろうとめ》で眺めたところでは格別気息《いき》の切れるでも無いらしい。漸《ようや》く安心して、やがて話し話し行く連の二人の後姿《うしろすがた》は、と見るとその時は凡《およ》そ一町程も離れたろう。急に日があたって、湿った道路も輝き初めた。温和《やわらか》に快暢《こころよ》い朝の光は小県《ちいさがた》の野に満ち溢《あふ》れて来た。

ああ、告白《うちあ》けるなら、今だ。

丑松に言わせると、自分は決して一生の戒《いましめ》を破るのでは無い。これがもし世間の人に話すという場合ででも有ったら、それこそ今までの苦心も水の泡《あわ》であろう。唯この人だけに告白けるのだ。親兄弟に話すも同じことだ。一向差支《さしつかえ》が無い。こう自分で自分に弁解《いいほど》いて見た。丑松も思慮の無い男では無し、あれ程堅い父の言葉を忘れて了《しま》って、好んで死地に陥るような、そんな愚《おろか》な真似《まね》を為《す》る積りは無かったのである。

「隠せ」

という厳粛な声は、その時、心の底の方で聞えた。急に冷《つめた》い戦慄《みぶるい》が全身を伝って流れ下る。さあ、丑松もすこし躊躇《ためら》わずにはいられなかった。「先生、先生」と口の中で呼んで、どうそれを切出したものかと悶《もが》いていると、何か目に見えない力が背後《うしろ》に在《あ》って、妙に自分の無法を押止めるような気がした。

「忘れるな」とまた心の底の方で。

（二）

「瀬川君、君は恐しく考え込んだねえ」と蓮太郎《れんたろう》は丑松《うしまつ》の方を振返って見た。「時に、大分後れましたよ。どうですか、少許《すこし》急《つ》ごうじゃ有《あり》ませんか」

こう言われて、丑松もその後に随いて急いだ。

間も無く二人は連《つれ》に追付《おいつ》いた。鳥のように逃げ易《やす》い機会は捕まらなかった。いずれ未《ま》だ先輩と二人ぎりに成る時は有るであろう、とそれを丑松は頼みに思うのである。

日は次第に高くなった。空は濃く青く透《す》き澄《とお》るようになった。南の方《かた》に当って、ちぎれちぎれな雲の群《むれ》も起る。今は温暖《あたたか》い光の為《ため》に蒸されて、野も煙り、岡《おか》も呼吸し、踏んで行く街道の土の灰色に乾く臭気《におい》も心地《こころもち》が好《よ》い。浅々と萌初《もえそ》めた麦畠《むぎばたけ》は、両側に連《つらな》って、どんなに春待つ心の烈《はげ》しさを思わせたろう。こうして眺《なが》め眺め行く間にも、四人の眼《め》に映る田舎が四色で有ったのはおかしかった。弁護士は小作人と地主との争闘《あらそい》を、蓮太郎は労働者の苦痛《くるしみ》と慰藉《なぐさめ》とを、叔父は「えご」、「山牛蒡《やまごぼう》」、「天王草《てんのうぐさ》」、又は「水沢潟《みずおもだか》」等の雑草に苦しめられる耕作の経験から、収穫《とりいれ》に関係の深い土質の比較、さては上州地方の平野に住む農夫に比べてこの山の上の人々の粗懶《なげやり》な習慣なぞを――さすがに三人の話は、生活ということを離れなかったが、同じ田舎を心に描いても、丑松のは若々しい思想《かんがえ》から割出して、働くばかりが田舎ではないと言ったような風に観察する。こういう思い思いの話に身が入って、四人は疲労《つかれ》を忘れながら上田の町へ入った。

上田には弁護士の出張所も設けて有る。そこには蓮太郎の細君が根津《ねつ》から帰る夫を待受けていたので。蓮太郎と弁護士とは、一寸立寄《ちょっとたちよ》って用事を済ました上、また屠牛場《とぎゅうば》で一緒に成るということにしよう、その種牛の最後をも見よう――こういう約束で別れた。丑松は叔父と連立って一歩《ひとあし》先へ出掛けた。

屠牛場近く行けば行く程、亡《な》くなった牧夫のことが烈《はげ》しく二人の胸に浮んで来た。二人の話はその追懐《おもいで》で持切った。他人が居なければ遠慮も要らず、今は何を話そうと好《すき》自由である。

「なあ、丑松」と叔父は歩きながら嘆息して、「へえ、もう今日で六日目だぞよ。兄貴が亡くなる、お前《めえ》がやって来る。葬式《おじゃんぼん》を出す、御苦労招《よ》びから、礼廻《れいまわ》りと、丁度今日で六日目だ。ああ、明日は最早《もう》初七日だ。日数の早く経《た》つには魂消《たまげ》て了《しま》う。兄貴に別れたのは、つい未だ昨日のようにしか思われねえがなあ」

丑松は黙って考えながら随いて行った。叔父は言葉を継いで、

「真実《ほんとう》に世の中は思うように行かねえものさ。兄貴も、これから楽をしようというところで、あんな災難に罹《かか》るなんて。まあ、金を遺《のこ》すじゃ無し、名を遺すじゃ無し、一生苦労を為《し》つづけて、その苦労が誰《だれ》の為かと言えば――畢竟《つまり》、お前や俺《おれ》の為だ。俺も若え時《わけ》は、克《よ》く兄貴と喧嘩《けんか》して、擲《なぐ》られたり、泣かせられたりしたものだが、今となって考えて見ると、親兄弟程難有《ありがた》いものは無《ね》えぞよ。仮令《たとい》世界中の人が見放しても、親兄弟は捨てねえからなあ。兄貴を忘れちゃならねえと言うのは――其処《そこ》だわサ」

暫時《しばらく》二人は無言で歩いた。

「忘れるなよ」と叔父は復《ま》た初めた。「何程《どのくれえ》まあ兄貴もお前の為に心配していたものだか。ある時、俺に、『丑松も今が一番危《あぶね》え時だ。こうして山の中で考えたと、世間へ出て見たとは違うから、そこを俺が思ってやる。なかなか他人の中へ突出されて、内兜《うちかぶと》を見透かされねえように遂行《やりと》げるのは容易じゃねえ。何卒《どうか》してうまく行《や》ってくれれば可《いい》が――下手に学問なぞをして、つまらねえ思想《かんがえ》を起さなければ可が――まあ、三十に成ってみねえ内は、安心が出来ねえ』とこういうから、『なあに、大丈夫――丑松のことなら俺が保証する』と言ってやったよ。すると、兄貴は首を振って、『どうも不可《いかね》えもので、親の悪いところばかり子に伝

わる。丑松も用心深いのは好《いい》が、然《しか》し又、あんまり用心深過ぎて反《かえ》って疑われるような事が出来やすまいか』としきりにそれを言う。その時俺が、『そう心配した日には際限《きり》が無え』と笑ったこととサ。ははははは」と思出《おもいだ》したように慾《よく》の無い声で笑って、やがて気を変えて、「しかし、能《よ》くまあ、お前《めえ》もこれまでに漕付《こぎつ》けて来た。最早大丈夫だ。全くお前にはそれだけの徳が具《そな》わっているのだ。なにしろ用心するに越したことはねえぞよ。どんな先生だろうが、同じ身分の人だろうが、決して気は許せねえ──そりゃあ、もう、他人と親兄弟とは違うからなあ。ああ、兄貴の生きてる時分には、牧場から下って来る、俺や婆《ばあ》さんの顔を見る、直にお前の噂《うわさ》だった。もう兄貴は居ねえ。これからは俺と婆さんと二人ぎりで、お前の噂をして楽《たのし》むんだ。考えてみてくれよ、俺も子は無しサ──お前より外に便りにするものは無えのだから」

（三）

例の種牛は朝のうちに屠牛場《とぎゅうば》へ送られた。種牛の持主は早くから詰掛けて、叔父と丑松《うしまつ》とを待受けていた。二人は、空車《からぐるま》引いて馳《か》けて行く肉屋の丁稚《でっち》の後に随《つ》いて、やがて屠牛場の前まで行くと、門の外に持主、先《ま》ず見るより、克《よ》く来てくれたを言い継《つ》ける。心から老牧夫の最後を傷《いた》むという情合《じょうあい》は、この持主の顔色に表れるのであった。「いえ」と叔父は対手《あいて》の言葉を遮《さえぎ》って、「全く是方《こちら》の不注意《てぬかり》から起った事なんで、貴方《あんた》を恨みる筋は些少《ちっと》もごわせん」とそれを言えば、先方《さき》は猶々《なおなお》痛み入る様子。「私はへえ、面目なくて、こうして貴方等《あんたがた》に合せる顔も無いのでやす——まあ畜生の為《し》たことだからせえて（せえては、しての訛《なまり》、農夫の間に用いられる）、御災難と思って絶念《あきら》めて下さるように」とかえすがえす言う。是処《ここ》は上田の町はずれ、太郎山の麓《ふもと》に迫って、新しく建てられた五棟《いつむね》ばかりの平屋。鋭い目付の犬は五六四門外に集《あつま》って来て、頻《しきり》に二人の臭気《におい》を嗅《か》いで見たり、低声に嘷《うな》ったりして、ややともすれば吠《ほ》え懸《かか》りそうな気勢《けはい》を示すのであった。

持主に導かれて、二人は黒い門を入った。内に庭を隔てて、北は検査室、東が屠殺の小屋である。年の頃《ころ》五十余のでっぷり肥《ふと》った男が人々の指図をしていたが、その老練な、愛嬌《あいきょう》のある物の言振《いいぶり》で、屠手の頭《かしら》ということは知れた。屠手として是処に使《つか》役われている壮丁《わかもの》は十人ばかり、いずれ紛《まが》いの無い新平民——殊に卑賤《いや》しい手合と見えて、特色のある皮膚の色が明白《ありあり》と目につく。一人々々の赤ら顔には、烙印《やきがね》が押当ててあると言ってもよい。中には下層の新平民に克《よ》くある愚鈍な目付を為ながら是方《こちら》を振返るもあり、中には畏縮《いじけ》た、兢々《おずおず》とした様子して盗むように客を眺《なが》めるもある。目鋭《めざと》い叔父は直にそれと看《み》て取って、一寸《ちょっと》右の肘《ひじ》で丑松を小衝《こづ》いて見た。どうして丑松も平気で居られよう。叔父の肘が触るか触らないに、その暗号は電気《エレキ》のように通じた。幸い案じた程でも無いらしいので、漸《やっ》と安心して、それから二人は他《ほか》の談話《はなし》の仲間に入った。

繋留場《けいりゅうじょう》には、種牛の外に、二頭の牡牛《おうし》も繋《つな》いであって、丁度死刑を宣告された罪人が牢獄《ひとや》の内に押籠《おしこ》められたと同じように、一刻々々と近《ちかづ》いて行く性命《いのち》の終《おわり》を翹望《まちのぞ》んでいた。丑松は今、叔父や持主と一緒に、この繋留場の柵《さく》の前に立ったのである。持主の言草ではないが、

「畜生の為たこと」と思えば、別に腹が立つの何のというそんな心地《こころもち》には成らないかわりに、可傷《いたま》しい父の最後、牧場の草の上に流れた血潮――堪《た》えがたい追憶《おもいで》の情は丑松の胸に浮んで来たのである。見れば他のは佐渡牛《さどうし》という種類で、一頭は黒く、一頭は赤く、人間の食慾《しょくよく》を満《みた》すより外には最早《もう》生きながらえる価値《ねうち》も無い程に瘠《や》せて、その憔悴《みすぼら》しさ。それに比べると、種牛は体格も大きく、骨組も偉《たくま》しく、黒毛艶々《つやつや》として美しい雑種。持主は柵の横木を隔てて、その鼻面《はなづら》を撫《な》でて見たり、咽喉《のど》の下を摩《さす》ってやったりして、

「わりゃ（汝《なんじ》は）飛んでもねえことを為てくれたなあ。何も俺《おれ》だって、好んでこんな処《ところ》へ貴様を引張って来た訳じゃねえ――これというのも自業自得《じごうじとく》だ――そう思って絶念《あきら》めろよ」

吾児《わがこ》に因果でも言含《いいふく》めるように搔口説《かきくど》いて、今更別離《わかれ》を惜《おし》むという様子。

「それ、ここに居なさるのが瀬川さんの子息《むすこ》さんだ。御詫《おわび》をしな。御詫をしな。われ（汝）のような畜生だって、万更霊魂《たましい》の無《ね》えものでも有るめえ。まあ俺の言うことを好《よ》く覚えて置いて、次の生《よ》には一層《もっと》気の利いたものに生れ変って来《こ》い」

こう言い聞かせて、やがて持主は牛の来歴を二人に語った。現に今、多くを飼養しているが、これに勝る血統《ちすじ》のものは一頭も無い。父牛は亜米利加産《アメリカさん》、母は斯々《しかじか》、悪い癖さえ無くば西乃入牧場の名牛とも唄《うた》われたであろうに、と言出《いいだ》して嘆息した。持主は又附加《つけた》して、この種牛の肉の売代《うりしろ》を分けて、亡《な》くなった牧夫の追善に供えたいから、せめてそれで仏の心を慰めてくれということを話した。

その時獣医が入って来て、鳥打帽を冠《かぶ》ったまま、人々に挨拶《あいさつ》する。つづいて、牛肉屋の亭

主も入って来たは、屠《つぶ》された後の肉を買取る為《ため》であろう。間も無く蓮太郎《れんたろう》、弁護士の二人も、叔父や丑松と一緒になって、庭に立って眺めたり話したりした。「むむ、あれが御話のあった種牛ですね」と蓮太郎は小声で言った。人々は用意に取掛かると見え、いずれも白の上被《うわつぱり》、冷飯草履《ひやめしぞうり》は脱いで素足に尻端折《しりはしより》。笑う声、私語《ささや》く声は、犬の鳴声に交って、何となく構内は混雑して来たのである。

いよいよ種牛は引出されることになった。一同の視線は皆《みん》なその方へ集《あつま》った。今まで沈りかえっていた二頭の佐渡牛は、急に騒ぎ初めて、頻と頭を左右に振動かす。一人の屠手は赤い方の鼻面を確乎《しつか》と制《おさ》えて、声を厲《はげま》して制したり叱《しか》ったりした。畜生ながら本能《むし》が知らせると見え、逃げよう逃げようと焦《あせ》り出したのである。黒い佐渡牛は繋がれたまま柱を一廻《ひとまわ》りした。死地に引かれて行く種牛は寧《むし》ろ冷静《おちつ》き澄ましたもので、他の二頭のように悪跪《わるあがき》を為るでも無く、悲しい鳴声を泄《も》らすでも無く、僅《わず》かに白い鼻息を見せて、悠々《ゆうゆう》と獣医の前へ進んだ。紫色の潤みを帯びた大きな目は傍《はた》で観《み》ている人々を睥睨《へいげい》するかのよう。あの西乃入の牧場《あば》を荒れ廻って、丑松の父を突殺《つきころ》した程の悪牛では有るが、こうした潔《いさぎよ》い臨終の光景《ありさま》は、又た人々に哀憐《あわれみ》の情を催《おこ》させた。叔父も、丑松もすくなからず胸を打たれたのである。獣医はあちこちと廻って歩きながら、種牛の皮を撮《つま》んで見たり、咽喉《のど》を押えて見たり、または角を叩《たた》いて見たりして、最後に尻尾《しつぽ》を持上《もちあげ》たかと思うと、検査は最早《もう》それで済んだ。屠手は総懸《そうがか》りで寄って群《たか》って、「しッしッ」と声を揚げながら、無理無体に屠殺の小屋の方へ種牛を引入れた。屠手の頭は油断を見澄まして、素早く細引を投げ搦《から》む。撐《どう》と音して牛の身体《からだ》が板敷の上へ横に成ったは、足と足とが引締められたからである。持主は茫然《ぼうぜん》として立った。丑松も考深《かんがえぶか》い目付をして眺め沈んでいた。やがて、種牛の眉間《みけん》を目懸けて、一人の屠手が斧《おの》（一方に長さ四五寸の管があって、致命傷を与えるのはこの管である）を振翳《ふりかざ》したかと思うと、もうそれがこの畜生の最後。幽《かすか》な呻吟《うめき》を残して置いて、直に息を引取って了《しま》った――一撃で種牛は倒されたのである。

（四）

日の光はこの小屋の内へ射入《さしい》って、死んで其処《そこ》に倒れた種牛と、多忙《いそが》しそうに立働く人々の白い上被《うわっぱり》とを照《てら》した。屠手《としゅ》の頭《かしら》は鋭い出刃庖丁《ぼうちょう》を振《ふる》って、先《ま》ず牛の咽喉《のど》を割く。尾を牽《ひ》くものは直に尾を捨て、細引を持つものは細引を捨てて、いずれも牛の上に登った。多勢の壮丁《わかもの》が力に任せ、所嫌《ところきら》わず踏付《ふみつ》けるので、血潮は割かれた咽喉を通して紅《あか》く板敷の上へ流れた。咽喉から腹、腹から足、と次第に黒い毛皮が剝取《はぎと》られる。膏《あぶら》と血との臭気《におい》はこの屠牛場に満ち溢《あふ》れて来た。

他《ほか》の二頭の佐渡牛《さどうし》が小屋の内へ引入れられて、撃ち殺されたのは間も無くであった。この可傷《いたま》しい光景《ありさま》を見るにつけても、丑松《うしまつ》の胸に浮ぶは亡《な》くなった父のことで。丑松は考深い目付を為《し》ながら、父の死を想《おも》いつづけていると、やがて種牛の毛皮もすっかり剝取られ、角も撃ち落され、脂肪《しぼう》に包まれた肉身《なかみ》からは湯気《ゆげ》のような息の蒸上《むしのぼ》るさまも見えた。屠手の頭は手も庖丁も紅く血潮に交《まみ》れながら、あちこちと小屋の内を廻《まわ》って指揮《さしず》する。そこには竹箒《たけぼうき》で牛の膏を掃いているものがあり、ここには砥石《といし》を出して出刃を磨《と》いでいるものもあった。赤い佐渡牛は引割と言って、腰骨を左右に切開《きりひら》かれ、その骨と骨との間へ横木を入れられて、逆方《さかさま》に高く釣《つ》るし上げられることになった。

「そら、巻くぜ」と一人の屠手は天井《てんじょう》にある滑車《くるま》を見上げながら言った。

見る見る小屋の中央《まんなか》には、巨大《おおき》な牡牛《おうし》の肉身《からだ》が釣るされて懸《かか》った。叔父も、蓮太郎《れんたろう》も、弁護士も、互《たがい》に顔を見合せていた。一人の屠手は鋸《のこぎり》を取出した、脊髄《あばら》を二つに引割り始めたのである。

回向《えこう》するような持主の目は種牛から離れなかった。種牛は最早《もう》足さえも切離《きりはな》された。牧場の草踏散《ふみち》らした双叉《ふたまた》の蹄《つめ》も、今は小屋から土間の方へ投出《ほうりだ》された。灰紫色の膜《まく》に掩《おお》われた臓《ぞう》腑《ふ》は、丁度こう大風呂敷《おおぶろしき》の包《つつみ》のように、べろべろしたままで其処に置いてある。三人の屠手は互に庖丁を入れて、骨に添うて肉を切開くのであった。

烈《はげ》しい追憶《おもいで》は、復《ま》た復《ま》た丑松の胸中を往来し始めた。「忘れるな」――ああ、その熱い臨終の呼吸は、どんなに深い響《ひびき》となって、生残る丑松の骨の髄までも貫徹《しみとお》るだろう。それを考える度に、亡《な》くなった父が丑松の胸中に復活《いきかえ》るのである。急にその時、心の底の方で声がして、丑松を呼び警《いまし》めるように聞えた。「丑松、貴様は親を捨てる気か」とその声は自分を責めるように聞えた。

「貴様は親を捨てる気か」

と丑松は自分で自分に繰返して見た。

成程《なるほど》、自分は変った。成程、一にも二にも父の言葉に服従して、それを器械的に遵奉《じゅんぽう》するような、そんな児童《こども》では無くなって来た。成程、自分の胸の底は父ばかり住む世界では無くなって来た。成程、父の厳しい性格を考える度に、自分は反《かえ》って反対な方へ逸出《ぬけだ》して行って、自由自在に泣いたり笑ったりしたいような、そんな思想《かんがえ》を持つように成った。ああ、世の無情を憤《いきどお》る先輩の心地《こころもち》と、世に随《したが》えと教える父の心地と――その二人の相違はどんなであろう。こう考えて、丑松は自分の行く道路《みち》に迷ったのである。

気がついて我に帰った時は、蓮太郎が自分の傍《わき》に立っていた。いつの間にか巡査も入って来て、獣医と一緒に成って眺《なが》めていた。見れば種牛は股《もも》から胴へかけて四つの肉塊《かたまり》に切断《たちき》られるところ。右の前足の股の肉は、既に天井から垂下《たれさが》る細引に釣るされて、海綿を持った一人の屠手が頻《しきり》とその血を拭《ぬぐ》うのである。屠手の頭が印判を取出して、それぞれの肉の上へ押して了《しま》ったのである。こうして巨大《おおき》な種牛の肉体《からだ》は実に無造作に屠《ほふ》られて了ったのである。屠手の頭が印判を取出して、それぞれの肉の上へ押しているかと見るうちに、一方では引取りに来た牛肉屋の丁稚《でっち》、編席《アンペラ》(一〇六)敷いた箱を車の上に載せて、威勢よく小屋の内へがらがらと引きこんだ。

「十二貫五百」(一〇七)

という声は小屋の隅《すみ》の方に起った。

「十一貫七百」

とまた。

屠られた種牛の肉は、今、大きな秤《はかり》に懸けられるのである、屠手の一人が目方を読み上げる度に、牛肉屋の亭主は鉛筆を舐《な》めて、それを手帳へ書留《かきと》めた。

やがてその日の立会《たちあい》も済み、持主にも別れを告げ、人々と一緒にこの屠牛場から引取ろうとした時、もう一度丑松は小屋の方を振返って見た。屠手のあるものは残物の臓腑を取片付ける、あるものは手桶《ておけ》に足を突込《つっこ》んで牛の血潮を洗い落す、種牛の片股は未《ま》だ釣るされたまま で、黄な膏と白い脂肪とが日の光を帯びていた。その時は最早《もう》あの可傷《いたま》しい回想《おもいで》の断片という感想《かんじ》も起らなかった。唯《ただ》大きな牛肉の塊としか見えなかった。

第拾壱章

(一)

「先《ま》ず好《よ》かった」と叔父は屠牛場《とぎゅうば》の門を出た時、丑松《うしまつ》の肩を叩《たた》いて言った。「先ずまあ、これで御関所は通り越した」

「ああ、叔父さんは声が高い」と制するようにして、丑松は何か思出《おもいだ》したように、先へ行く蓮太郎《れんたろう》と弁護士との後姿《うしろすがた》を眺《なが》めた。

「声が高い？」叔父は笑いながら、「ふふ、俺《おれ》のような皺枯声《しゃがれごえ》が誰《だれ》に聞えるものかよ。それはそうと、丑松、へえ最早《もう》これで安心だ。是処《ここ》まで漕付《こぎつ》ければ、最早大丈夫だ。どのくれえ、まあ、俺も心配したろう。ああ今夜からは三人で安気《あんき》に寝られる」

牛肉を満載した車は二人の傍《そば》を通過《とおりす》ぎた。枯々《かれがれ》な桑畠《くわばたけ》の間には、その車の音がからからと響き渡って、随《つ》いて行く犬の叫び声も何となく喜ばしそうに聞える。心の好《い》い叔父は唯《ただ》訳も無く身を祝って、顔の薄痘痕《うすあばた》も喜悦《よろこび》の為《ため》に埋もれるかのよう。どういう思想《かんがえ》が来て今の世の若いものの胸を騒がせているか、そんなことはとんと叔父には解《わか》らなかった。昔者の叔父は、この天気の好いように、唯一族が無事でさえあれば好かった。やがて、考深《かんがえぶか》い目付を為《し》ている丑松を促して、昼仕度を為《す》るために急いだのである。

昼食《ちゅうじき》の後、丑松は叔父と別れて、単独《ひとり》で弁護士の出張所を訪ねた。そこには蓮太郎が細君と一緒に、丑松の来るのを待受けていたので。尤《もっと》も、一同で楽しい談話《はなし》をするのは三時間しか無かった。聞いて見ると細君は東京の家へ、蓮太郎と弁護士とは小諸《こもろ》の旅舎《やどや》まで、その日四時三分の汽車で上田を発《た》つという。細君は深く夫の身を案じるかして、一緒に東京の方へ帰ってくれと言出《いいだ》したが、蓮太郎は聞入《ききい》れなかった。もともと友人や後進のものを先にして、家のものを後にするのが蓮太郎の主義で、今度信州に踏留《ふみとど》まるというのも、畢竟《つまり》は弁護士の為《ため》に尽したいから。それは細君も万々承知。夫の気象として、そういうのは無理もない。しかしこの山の上で、夫の病気が重りでもしたら。こういう心配は深く細君の顔色に表われる。「奥様《おくさん》、そんなに御心配無く――猪子《いのこ》君《くん》は私が御預《おあずか》りしましたから」と弁護士が引受顔《ひきうけがお》なので、細君も強いてとは言えなかった。

先輩が可懐《なつか》しければその細君までも可懐しい。こう思う丑松の情は一層深くなった。始めて汽車の中で出逢《であ》った時からして、何となく人格《ひとがら》の奥床しい細君とは思ったが、さて打解けて話して見ると、別に御世辞が有るでも無く、そうかと言って可厭《いや》に澄ましているという風でも無い――まあ、極く淡泊《さっぱり》とした、物に拘泥《こうでい》しない気象の女と知れた。風俗《なりふり》なぞには関《かま》わない人で、これから汽車に乗るというのに、それ程身のまわりを取修《とりつくろ》うでも無い。男の見ている前で、僅《わず》かに髪を撫《な》で付けて、旅の手荷物もそこそこに取収《とりまと》めた。あの『懺悔録《ざんげろく》』の中にこの人のことが書いてあったのを、急に丑松は思出して、ともかくも普通の良い家庭に育った人が種族の違う先輩に嫁《かたづ》くまでのその二人の歴史を想像して見た。

汽車を待つ二三時間は速《すぐ》に経《た》った。左右《そうこう》するうちに、停車場《ステーション》さして出掛ける時が来た。さすが弁護士は忙《せわ》しい商売柄、一緒に門を出ようと為るところを客に捕《つかま》って、立って時計を見ながらの訴訟話。蓮太郎は細君を連れて一歩《ひとあし》先へ出掛けた。「ああ、何時《いつ》復《ま》た先生に御目に懸《かか》れるやら」こう独語《ひとりごと》のように言って、丑松も見送りながら随いて行った。せめてもの心尽し、手荷物の鞄《かばん》は提げさせて貰《もら》う。そんなことが丑松の身に取っては、嬉《うれ》しくも、名残惜しくも思われたので。

初冬の光は町の空に満ちて、三人とも羞明《まぶし》い位であった。上田の城跡について、人通りのすくない坂道を下りかけた時、丑松は先輩と細君とがこういう談話《はなし》を為るのを聞いた。

「大丈夫だよ、そうお前のように心配しないでも」と蓮太郎は叱《しか》るように。

「その大丈夫が大丈夫で無いから困る」と細君は歩きながら嘆息した。「だって、貴方《あなた》は少許《ちっと》も身体《からだ》を関《かま》わないんですもの。私が随いていなければ、どんな無理を成さるか知れないんですもの。それに、この山の上の陽気――まあ、私は考えて見たばかりでも怖《おそろ》しい」

「そりゃあ海岸に居るような訳にはいかないさ」と蓮太郎は笑って、「しかし、今年は暖和《あたたか》い。信州でこんなことは珍しい。この位の空気を吸うのは平気なものだ。御覧な、その証拠には、信州へ来てから風邪《かぜ》一つ引かないじゃないか」

「でしょう。大変に快《よ》く御成《おなん》なすったでしょう。ですから猶々《なおなお》大切にして下さいと言うんです。折角快く成りかけて、復た逆返《ぶりかえ》しでもしたら――」

「ふふ、そう大事を取っていた日にゃ、事業《しごと》も何も出来やしない」

「事業？　壮健《たっしゃ》に成ればいくらでも事業は出来ますわ。ああ、一緒に東京へ帰って下されば好いんですのに」

「解らないねえ。未《ま》だそんなことを言ってる。どうしてまあ女というものはそう解らないだろう。どれ程私が市村さんの御世話に成っているか、お前だってその位のことは考えそうなものじゃないか。その人の前で、私に帰れなんて――すこし省慮《かんがえ》の有るものなら、あんなことの言えた義理じゃ無かろう。ああいうことを言出されると、折角是方《こっち》で思ったことも無に成って了《しま》う。それに今度は、すこし自分で研究したいことも有る。今胸に浮んでいる思想《かんがえ》を完成《まと》めて書こうというには、是非とも自分でこの山の上を歩いて、田園生活というものを観察しなくちゃならない。それには実にもって来《こ》いという機会だ」と言って、蓮太郎はすこし気を変えて、「ああ好い天気だ。全く小春日和だ。今度の旅行は余程面白かろう――まあ、お前も家《うち》へ行って待っていてくれ、信州土産はしっかり持って帰るから」

二人は暫時《しばらく》無言で歩いた。丑松は右の手の鞄を左へ持ち変えて、黙って後から随いて行った。やがて高い白壁造りの倉庫のあるところへ出て来た。

「ああ」と細君は萎《しお》れながら、「何故《なぜ》私が帰って下さいなんて言出したか、その訳を未だ貴方に話さないんですから」

「ホウ、何か訳が有るのかい」と蓮太郎は聞咎《ききとが》める。

「外でも無いんですけれど」と細君は思出したように震えて、「どうもねえ、昨夜の夢見が悪くて――こう恐しく胸騒ぎがして――一晩中私は眠られませんでしたよ。何だか私は貴方のことが心配でならない。だって、あんな夢を見る筈《はず》が無いんですもの。だって、その夢が普通《ただ》の夢では無いんですもの」

「つまらないことを言うなあ。それで一緒に東京へ帰れと言うのか。はははは」と蓮太郎は快活らしく笑った。

「そう貴方のように言ったものでも有《あり》ませんよ。未来《さき》の事を夢に見るという話は克《よ》く有ますよ。どうも私は気に成って仕様が無い」

「ちょッ、夢なんぞが宛《あて》に成るものじゃ無し――」

「しかし――奇異《きたい》なことが有れば有るものだ。まあ、貴方の死んだ夢を見るなんて」

「へん、御幣昇《ごへいかつ》(二〇八)ぎめ」

（二）

不思議な問答をするとは思ったが、丑松《うしまつ》はそれを聞いて、格別気にも懸けなかった。あれ程淡泊《さっぱり》として、快濶《さばけ》た気象の細君で有《あり》ながら、そんなことを気に為《す》るとは。まあ、あの夢という奴《やつ》は児童《こども》の世界のようなもので、時と場所の差別も無く、実に途方も無いことを眼前《めのまえ》に浮べて見せる。先輩の死――どうしてそんな馬鹿《ばか》らしいことが細君の夢に入ったものであろう。しかしそれを気にするところが女だ。ところ感じ易《やす》い異性の情緒《こころ》を考えて、いっそ可笑《おか》しくも思われた位。「女というものは、多くああしたものだ」と自分で自分に言って見た時は、思わずあの迷信深い蓮華寺《れんげじ》の奥様を、それからあのお志保《しほ》を思出《おもいだ》すのであった。

橋を渡って、停車場《ステーション》近くへ出た。細君はすこし後に成った。丑松は左の手に持ち変えた鞄《かばん》をまた右の手に移して、蓮太郎《れんたろう》と別離《わかれ》の言葉を交しながら歩いた。

「そんなら先生は――」と丑松は名残惜しそうに聞いて見る。「いつ頃《ごろ》まで信州に居らっしゃる御積りなんですか」

「僕《ぼく》ですか」と蓮太郎は微笑《ほほえ》んで答えた。「そうですなあ――すくなくとも市村君の選挙が済むまで。実はね、家内もああ言いますし、一旦《いったん》は東京へ帰ろうかとも思いましたよ。ナニ、これが普通の選挙の場合なら、黙って帰りますサ。どうせ僕なぞが居たところで、大した応援も出来ませんからねえ。まあ市村君の身になって考えて見ると、先生は先生だけの覚悟があって、候補者として立つのですから、誰《だれ》を政敵にするのもその味は一つです。ははははは。

しかし、市村君が勝つか、あの高柳利三郎が勝つか、ということは、僕等《ら》の側から考えると、一寸《ちょっと》普通の場合とは違うかとも思われる――」

丑松は黙って随《つ》いて行った。蓮太郎は何か思出したように、後から来る細君の方を振返って見て、やがて復《ま》た歩き初める。

「だって、君、考えて見てくれたまえ。あの高柳の行為《やりかた》を考えて見てくれたまえ。ああ、いくら吾儕《われわれ》が無智《むち》な卑賤《いや》しいものだからと言って、蹈《ふみつ》付けられるにも程が有る。どうしてもあんな男に勝たせたくない。何卒《どうか》して市村君のものに為《し》て遣《や》りたい。高柳の話なぞを聞かなければ格別、聞いて、知って、黙って帰るということは、新平民として余り意気地《いくじ》が無さ過ぎるからねえ」

「では、先生はどうなさる御積りなんですか」

「どうするとは？」

「黙って帰ることが出来ないと仰《おつしや》ると――」

「ナニ、君、僅《わず》かに打撃を加えるまでのことさ。はははははは。なにしろ先方《さき》には六左衛門という金主《きんしゅ》が附《つ》いたのだから、いずれ買収も為るだろうし、壮士的な運動も遣るだろう。そこへ行くと、是方《こっち》は草鞋《わらじ》一足、舌一枚――おもしろい、おもしろい、敵はただ金の力より外に頼りに為るものが無いのだからおもしろい。はははははは。はははははは」

「しかし、うまく行ってくれると好《い》いですがなあ――」

「はははははは。はははははは」

こういう談話《はなし》をして行くうちに、二人は上田停車場《ステーション》に着いた。

上野行の上り汽車が是処《ここ》を通るまでには未《ま》だ少許《すこし》間が有った。多くの旅客は既にこの待合室に満ち溢《あふ》れていた。細君も直に一緒になって、三人して弁護士を待受けた。蓮太郎は巻煙草《まきたばこ》を取出して、丑松に勧め、自分もまた火を点《つ》けて、それを燻《ふか》し燻し何を言出すかと思うと、

「いや、信州というところは余程面白いところさ。吾儕《われわれ》のようなものをこんなに待遇するところは他《ほか》の国には無いね」と言いさして、丑松の顔を眺《なが》め、細君の顔を眺め、それから旅客《たびびと》の群《むれ》をも眺め廻《まわ》しながら、「ねえ瀬川君、僕も御承知の通りな人間でしょう。他の場合とは違って選挙ですから、実は僕なぞの出る幕では無いと思ったのです。万一、選挙人の感情を害するようなことが有っては、反《かえ》って藪蛇《やぶへび》だ。そう思うから、まあ演説は見合せにする考えだったのです。ところが信州というところは変った国柄で、僕のようなものに是非談話《はなし》をしてくれなんて――はあ、今夜は小諸《こもろ》で、市村君と一緒に演説会へ出ることに」と言って、思出したように笑って、「この上田で僕等が談話《はなし》をした時には七百人から集りました。その聴衆が実に真面目《まじめ》に好《よ》く聞いてくれましたよ。長野に居た新聞記者の言草では無いが、『信州ほど演説の稽古《けいこ》をするに好い処《ところ》はない』――全くその通りです。智識の慾《よく》に富んでいるのは、この山国の人の特色でしょうね。これが他の国であってみたまえ、まあ僕等のようなものを相手にしてくれる人はありゃしません。それが信州へ来れば『先生』ですからねえ。ははははは」

細君は苦笑いをしながら聞いていた。

やがて、切符を売出した。人々はぞろぞろ動き出した。丁度そこへ弁護士、肥大な体軀《からだ》を動《ゆす》りながら、満面に笑《えみ》を含んで馳《か》け付けて、挨拶《あいさつ》する間も無く蓮太郎夫婦と一緒に埒《らち》の内へと急いだ。丑松も、入場切符を握って、随いて入った。

四番の上りは二十分も後れたので、それを待つ旅客は「プラットホオム」の上に群《むらが》った。細君は大時計の下に腰掛けて茫然《ぼんやり》と眺め沈んでいる、弁護士は人々の間をあちこちと歩いている、丑松は蓮太郎の傍《そば》を離れないで、こうして別れる最後の時までも自分の真情を通じたいが胸中に満ち満ちていた。どうかすると、丑松は自分の日和下駄《ひよりげた》(一〇九)の歯で、乾いた土の上に何か画《か》き初める。蓮太郎は柱に倚凭《よりかか》りながら、何の文字とも象徴《しるし》とも解《わか》らないようなものが土の上に画《えが》かれるのを眺め入っていた。

「大分汽車は後れましたね」

という蓮太郎の言葉に気がついて、丑松は下駄の歯の痕《あと》を掻消《かきけ》して了《しま》った。すこし離れてこの光景《ありさま》を眺めていた中学生もあったが、やがて他《わき》を向いて意味も無く笑うのであった。

「あ、ちょと、瀬川君、飯山《いいやま》の御住処《おところ》を伺って置きましょう」こう蓮太郎は尋ねた。

「飯山は愛宕町《あたごまち》の蓮華寺というところへ引越しました」と丑松は答える。

「蓮華寺？」

「下水内郡《しもみのちごおり》飯山町蓮華寺方――それで分ります」

「むむ、そうですか。それから、これはまあこれぎりの御話ですが――」と蓮太郎は微笑《ほほえ》んで、「ひょっとすると、僕も君の方まで出掛けて行くかも知れません」

「飯山へ？」丑松の目は急に輝いた。

「はあ――尤《もっと》も、佐久《さく》小県《ちいさがた》の地方を廻って、一旦《いったん》長野へ引揚げて、それからのことですから、まだどうなるか解りませんがね、もし飯山へ出掛けるようでしたら是非御訪ねしましょう」

その時、汽笛の音が起った。見れば直江津《なおえつ》の方角から、長い列車が黒烟《くろけぶり》を揚げて進んで来た。顔も衣服《きもの》も垢染《あかじ》み汚れた駅夫の群は忙しそうに駈《か》けて歩く。やがて駅長もあらわれた。汽車はもう人々の前に停《とま》った。多くの乗客はいずれも窓に倚凭《よりかか》って眺める。細君も、弁護士も、丑松に別離《わかれ》を告げて周章《あわただ》しく乗込んだ。

「それじゃ、君、失敬します」

という言葉を残して置いて、蓮太郎も同じ室へ入る、直に駅夫が飛んで来てぴしゃんとその戸を閉めて行った。丑松の側《そば》に居た駅長が高く右の手を差上げて、相図の笛を吹鳴《ふきな》らしたかと思うと、汽車はもう線路を滑り初めた。細君は窓から顔を差出して、もう一度丑松に挨拶したが、ただささえ悪いその色艶《いろつや》が忘れることの出来ないほど蒼《あお》かった。見る見る乗客の姿は動揺して、甲から乙へと影のように通過《とおりす》ぎる。丑松は喪心《そうしん》した人のようになって、長いこと同じところに樹《う》えたように立った。ああ、先輩は行って了った、と思い浮べた頃《ころ》は、もう汽車の形すら見えなかったのである。後に残る白い雲のような煙の群、その一団々々の集合《あつまり》が低く地の上に這《は》うかと見て居ると、急に風に乱れて、散り散りになって、終《しまい》に初冬の空へ掻消すように失《な》くなって了った。

（三）

何故《なぜ》人の真情はこう思うように言い表すことの出来ないものであろう。その日というその日こそは、あの先輩に言いたい言いたいと思って、一度となく二度となく自分で自分を励まして見たが、とうとう言わずに別れて了《しま》った。どんなに丑松《うしまつ》は胸の中に戦う深い恐怖《おそれ》と苦痛《くるしみ》とを感じたろう。どんなに丑松は寂しい思《おもい》を抱きながら、もと来た道を根津村《ねつむら》の方へと帰って行ったろう。

初七日も無事に過ぎた。墓参りもし、法事も済み、わざとの振舞《ふるまい》(一一〇)は叔母が手料理の精進で埒明《らちあ》けて、さて漸《ようや》く疲労《つかれ》が出た頃《ころ》は、叔父も叔母も安心の胸を撫下《なでおろ》した。独り精神《こころ》の苦闘《たたかい》を続けたのは丑松で、蓮太郎《れんたろう》が残して行った新しい刺激は書いたものを読むにも勝る懊悩《おうのう》を与えたのである。時として丑松は、自分の一生のことを考える積りで、小県《ちいさがた》の傾斜を彷徨《さまよ》って見た。根津の丘、姫子沢の谷、鳥が啼《な》く田圃《たんぼ》側なぞに霜枯れた雑草を踏《ふ》みながら、十一月上旬の野辺に満ちた光を眺《なが》めて佇立《たたず》んだ時は、今更のように胸を流れる活《い》きた血潮の若々しさを感ずる。確実《たしか》に、自分には力がある。こう丑松は考えるのであった。しかしその力は内部《なか》へ内部へと閉塞《とじふさが》って了って、衝《つ》いて出て行く道が解《わか》らない。丑松はただ同じことを同じように繰返しながら、山の上を歩き廻《まわ》った。ああ、自然は慰めてくれ、励ましてはくれる。しかし右へ行けとも、左へ行けとも、そこまでは人に教えなかった。丑松が尋ねるような問《とい》には、野も、丘も、谷も答えなかったのである。

ある日の午後、丑松は二通の手紙を受取った。二通ともに飯山《いいやま》から。一通は友人の銀之助。例の筆まめ、相変らず長々しく、丁度談話《はなし》をするような調子で、さまざま慰藉《なぐさめ》を書き籠《こ》め、さて飯山の消息には、校長の噂《うわさ》やら、文平の悪口やら、「僕《ぼく》も不幸にして郡視学を叔父に持たなかった」とかなんとか言いたい放題なことを書き散らし、普通教育者の身を恨み罵《ののし》り、到底今日の教育界は心ある青年の踏み留《とど》まるべきところでは無いと奮慨してよこした。長野の師範校に居る博物科（二二）の講師の周旋で、いよいよ農科大学の助手として行くことに確定したから、いずれ遠からず植物研究に身を委《ゆだ》ねることが出来るであろう――まあ、喜んでくれ、という意味を書いてよこした。

功名を慕う情熱は、この友人の手紙を見ると同時に、烈《はげ》しく丑松の心を刺激した。一体、丑松が師範校へ入学したのは、多くの他の学友と同じように、衣食の途《みち》を得る為《ため》で――それは小学教師を志願するようなものは、誰《だれ》しも似た境遇に居るのであるから――とはいうものの、丑松も無論今の位置に満足してはいなかった。しかし、銀之助のような場合は特別として、高等師範へでも行くより外に、小学教師の進んで出る途《みち》は無い。さも無ければ、長い長い十年の奉公。その義務年限の間、束縛されて働いていなければならない。だから丑松も高等師範へ――ということは卒業の当時考えないでも無い。志願さえすれば最早《もう》とっくに選抜されていたろう。そこがそれ穢多《えた》の悲しさには、妙にそちらの方には気が進まなかったのである。丑松に言わせると、たとえ高等師範を卒業して、中学か師範校かの教員に成ったとしたところで、もしも蓮太郎のような目に逢《あ》ったらどうする。何処《どこ》まで行っても安心が出来ない。それよりは飯山あたりの田舎に隠れて、じっと辛抱して、義務年限の終りを待とう。その間に勉強して他の方面へ出る下地を作ろう。素性《すじよう》が素性なら、友達なんぞに置いて行かれる積りは毛頭無いのだ。こう嘆息して、丑松は深く銀之助の身の上を羨《うらや》んだ。

他の一通は高等四年生総代としてある。それは省吾《しようご》の書いたもので、手紙の文句も覚束《おぼつか》なく、作文の時間に教えた通りをそっくりそのままの見舞状、「根津にて、瀬川先生――風間《かざま》省吾より」としてあった。「猶々《なおなお》」とちいさく隅《すみ》の方に、「蓮華寺の姉よりも宜《よろ》しく」としてあった。

「姉よりも宜しく」

と繰返して、丑松は言うに言われぬ可懐《なつか》しさを感じた。やがてお志保《しほ》のことを考える為に、裏の方へ出掛けた。

（四）

追憶《おもいで》の林檎畠《りんごばたけ》――昔若木であったのも今は太い幹となって、中には僅《わず》かに性命《いのち》を保っているような虫ばみ朽ちたのもある。見れば木立も枯れ枯れ、細く長く垂れ下る枝と枝とは左右に込合って、思い思いに延びて、いかにも初冬の風趣《おもむき》を顕《あらわ》していた。その裸々《らら》とした幹の根元から、芽も籠《こも》る枝のわかれ、まだところどころに青み残った力なげの霜葉まで、日につれて地に映る果樹の姿は丑松《うしまつ》の足許《あしもと》にあった。そこここの樹《き》の下に雄雌《おすめす》の鶏、土を浴びて静息《じつ》として蹲踞《はいつくば》っているのは、大方《おおかた》羽虫を振《ふる》う為《ため》であろう。丁度この林檎畠を隔てて、向うに草《くさ》葺《ぶき》の屋根も見える――ああ、お妻《つま》の生家《さと》だ。克《よ》く遊びに行った家《うち》だ。薄煙青々とその土壁を泄《も》れて立登るのは、何となく人懐《ひとなつか》しい思《おもい》をさせるのであった。

「姉よりも宜《よろ》しく」

とまた繰返して、丑松は樹と樹の間をあちこちと歩いて見た。

楽しい思想《かんがえ》は来て、いつの間にか、丑松の胸の中に宿ったのである。昔、昔、少年の丑松があの幼馴染《おさななじみ》のお妻と一緒に遊んだのは爰《ここ》だ。互《たがい》に人目を羞《は》じらって、輝く若葉の蔭《かげ》に隠れたのは爰だ。互に初恋の私語《ささやき》を取交《とりかわ》したのは爰だ。互に無邪気な情の為に燃えながら、唯《ただ》もう夢中で彷徨《さまよ》ったのは爰だ。

こういう風に、過去《すぎさ》ったことを思い浮べていると、お妻からお志保《しほ》、お志保からお妻と、二人の俤《おもかげ》は往《い》ったり来たりする。別にあの二人は似ているでも無い。年齢《とし》も違う、性質も違う、容貌《かおかたち》も違う。お妻を姉とも言えないし、お志保を妹とも思われない。しかし一方のことを思出《おもいだ》すと、きっと又た一方のことをも考えているのは不思議で――

ああ、穢多《えた》の悲嘆《なげき》ということさえ無くば、これ程深く人懐しい思も起らなかったであろう。これ程深く若い生命《いのち》を惜《おし》むという気にも成らなかったであろう。これ程深く人の世の歓楽《たのしみ》を慕いあこがれて、多くの青年が感ずることを二倍にも三倍にもして感ずるような、そんな切なさは知らなかったであろう。あやしい運命に妨げられれば妨げられる程、余計に丑松の胸は溢《あふ》れるように感ぜられた。そうだ――あのお妻は自分の素性《すじょう》を知らなかったからこそ、昔一緒にこの林檎畠を彷徨《さまよ》って、蜜《みつ》のような言葉を取交しもしたのである。誰《だれ》が卑賤《いや》しい穢多の子と知って、その朱唇《くちびる》で笑って見せるものが有ろう。もしも自分のことが世に知れたら――こういうことは考えて見たばかりでも、実に悲しい、腹立たしい。懐しさは苦しさに交って、丑松の心を掻乱《かきみだ》すようにした。思い耽《ふけ》って樹の下を歩いていると、急に鶏の声が起って、森閑とした畠の空気に響き渡った。

「姉よりも宜しく」

ともう一度繰返して、それから丑松はこの場処を出て行った。

その晩はお志保のことを考えながら寝た。一度有ったことは二度有るもの。翌《あく》る晩もその又次の晩も、寝る前には必ず枕《まくら》の上でお志保を思出すようになった。尤《もっと》も朝になれば、そんなことは忘れ勝ちで、「どうして働こう、どうして生活しよう――自分はこれから将来《さき》どうしたら好《よ》かろう」が日々《にちにち》心を悩ますのである。父の忌服《きぶく》は半ばこういう煩悶《はんもん》のうちに過したので、さていよいよ「どうする」となった時は、別にこれぞと言って新しい途《みち》の開けるでも無かった。四五日の間、丑松はうんと考えた積りであった。しかし、後になって見ると、唯もう茫然《ぼんやり》するようなことばかり。つまり飯山《いいやま》へ帰って、今まで通りの生活を続けるより外に方法も無かったのである。ああ、年は若し、経験は少《すくな》し、身は貧しく、義務年限には縛られている――丑松は暗い前途を思いやって、やたらに激昂《げっこう》したり戦慄《ふる》えたりした。

第拾弐章

(一)

二七日《ふたなぬか》が済む、直《すぐ》に丑松《うしまつ》は姫子沢を発《た》つことにした。やれ、それ、と叔父夫婦は気を揉《も》んで、暦を繰って日を見るやら、草鞋《わらじ》の用意をしてくれるやら、握飯《むすび》は三つも有れば沢山だというものを五つも造《こしら》えて、竹の皮に包んで、別に瓜《うり》の味噌漬《みそづけ》を添えてくれた。お妻《つま》の父親《おやじ》もわざわざやって来て、炉辺《ろばた》での昔語《むかしがたり》。煤《すす》けた古壁に懸かる例の「山猫《やまねこ》」を見るにつけても、亡《な》くなった老牧夫の噂《うわさ》は尽きなかった。叔母が汲《く》んで出す別離《わかれ》の茶――その色も濃く香《か》も好《よ》いのを飲下《のみくだ》した時は、どんなにか丑松も暖《あたたか》い血縁《みうち》のなさけを感じたろう。道祖神(一二)の立つ故郷《ふるさと》の出口まで叔父に見送られて出た。

その日は灰色の雲が低く集《あつま》って、荒寥《こうりよう》とした小県《ちいさがた》の谷間《たにあい》を一層暗鬱《あんうつ》にして見せた。烏帽子《えぼし》一帯の山脈も隠れて見えなかった。父の墓のある西乃入《にしのいり》の沢あたりは、あるいは最早《もう》雪が来ていたろう。昨日一日の凩《こがらし》で、急に枯々《かれがれ》な木立も目につき、梢《こずえ》も坊主《ぼうず》になり、何となく野山の景色が寂しく冬らしくなった。長い、長い、考えても滝悶《うんざり》するような信州の冬が、到頭やって来た。人々は最早あの梔染《くちなしぞめ》の真綿帽子を冠《かぶ》り出した。荷をつけて通る馬の鼻息の白いのを見ても、いかにこの山上の気候の変化が激烈であるかを感ぜさせる。丑松は冷《つめた》い空気を呼吸しながら、岩石の多い坂路《さかみち》を下りて行った。荒谷《あらや》の村はずれまで行けば、指の頭《さき》も赤く腫《は》れ脹《ふく》らんで、寒さの為《ため》に感覚を失った位。

田中から直江津《なおえつ》行《ゆき》の汽車に乗って、豊野《とよの》へ着いたのは丁度正午《ひる》すこし過《すぎ》。叔母がくれた握飯《むすび》は停車場《ステーション》前の休茶屋《やすみぢゃや》で出して食った。空腹《すきばら》とは言いながら五つまでは。さて残ったのを捨てる訳にもいかず、犬にくれるは勿体《もったい》なし、元の竹の皮に包んで外套《がいとう》の袖袋《かくし》へ突込《つっこ》んだ。こうして腹をこしらえた上、川船（一二）の出るという蟹沢《かにざわ》を指して、草鞋の紐《ひも》を〆直《しめなお》して出掛けた。その間凡《およ》そ一里ばかり。尤《もっと》も往《ゆ》きと帰りとでは、同じ一里が近く思われるもので、北国《ほっこく》街道の平坦《たいら》な長い道を独りてくてくやって行くうちに、いつの間にか丑松は広濶《ひろびろ》とした千曲川《ちくまがわ》の畔《ほとり》へ出て来た。急いで蟹沢の船場まで行って、便船《びんせん》は、と尋ねて見ると、今々飯山《いいやま》へ向けて出たばかりという。どうも拠《よんどころ》ない。次の便船の出るまで是処《ここ》で待つより外は無い。それでもまだ歩いて行くよりは増《まし》だ、と考えて、丑松は茶屋の上《あが》り端《はな》に休んだ。

霙《みぞれ》が落ちて来た。空はいよいよ暗澹《あんたん》として、一面の灰紫色に掩《おお》われて了《しま》った。こうして一時間の余も待っているということが、既にもう丑松の身にとっては、堪《た》え難《がた》い程の苦痛《くるしみ》であった。それに、道を急いで来た為《ため》に、いやに身体《からだ》は蒸されるよう。襯衣《シャツ》の背中に着いたところは、びっしょり熱い雫《しずく》になった。額に手を当てて見れば、汗に濡《ぬ》れた髪の心地《こころもち》の悪さ。胸のあたりを掻展《かきひろ》げて、少許《すこし》気息《いき》を抜いて、やがて濃い茶に乾いた咽喉《のど》を霑《うるお》している内に、ポツポツ舟に乗る客が集《あつま》って来る。あるものは奥の炬燵《こたつ》にあたるもあり、あるものは炉辺へ行って濡れた羽織を乾《かわか》すもあり、中には又茫然《ぼんやり》と懐手《ふところで》して人の談話《はなし》を聞いているのもあった。主婦《かみさん》は家《うち》の内《なか》でも手拭《てぬぐい》を冠り、藍染《あいぞめ》(一一四)真綿を亀《かめ》の甲《こう》のように着て、茶を出すやら、座蒲団《ざぶとん》を勧めるやら、金米糖《こんぺいとう》は古い皿《さら》に入れて款待《もてな》した。

丁度そこへ二台の人力車《くるま》が停《とま》った。矢張《やはり》この霙を衝《つ》いて、便船に後《おく》れまいと急いで来た客らしい。人々の視線は皆《みん》なその方に集った。車夫はまるで濡鼠《ぬれねずみ》、酒代《さかて》が好《い》いかして威勢よく、先《ま》ず雨被《あまよけ》を取除《とりはず》して、それから手荷物のかずかずを茶屋の内へと持運ぶ。つづいて客もあらわれた。

（二）

丑松《うしまつ》が驚いたのは無理もなかった。それは高柳の一行であった。往《ゆ》きに一緒に成って、帰りにもまたこの通り一緒に成るとは——しかも、同じ川舟を待合わせるとは。それに往きには高柳一人であったのが、帰りには若い細君らしい女と二人連《づれ》。女は、薄色縮緬《うすいろちりめん》のお高《こ》祖《そ》(一一五)を眉深《まぶか》に冠《かぶ》ったまま、丑松の腰掛けている側《そば》を通り過ぎた。新しい艶《つや》のある吾妻袍衣《あづまコート》(一一六)に身を包んだその婀娜《すらり》とした後姿《うしろすがた》を見ると、この女が誰《だれ》であるかは直に読める。丑松はあの蓮太郎《れんたろう》の話を想起《おもいおこ》して、いよいよそれが事実であったのに驚いて了《しま》った。

主婦《かみさん》に導かれて、二人はずっと奥の座敷へ通った。そこには炬燵《こたつ》が有って、先客一人、五十あまりの坊主《ぼうず》、直に慣々《なれなれ》しく声を掛けたところを見ると、かねて懇意の仲ででも有ろう。やがて盛んな笑声《わらいごえ》が起る。丑松は素知らぬ顔、屋外《そと》の方へ向いて、物寂《ものさみ》しい霙《みぞれ》の空を眺《なが》めていたが、いつの間にか後の方へ気を取られる。聞くとは無しについ聞耳《ききみみ》を立てる。座敷の方ではこんな談話《はなし》をして笑うのであった。

「道理で――君は暫時《しばらく》見えないと思った」と言うは世慣れた坊主の声で、「私《わし》は又、選挙の方が忙しくて、それで地方廻《まわ》りでも為《し》ているのかと思った。へえ、そうですかい、そんな御《お》目出度《めでたい》こととは少許《すこし》も知らなかったねえ」

「いや、どうも忙しい思《おもい》を為て来ましたよ」こう言って笑う声を聞くと、高柳はさも得意で居るらしい。

「それはまあ何よりだった。失礼ながら、奥様《おくさん》は？　矢張《やはり》東京の方からでも？」

「はあ」

この「はあ」が丑松を笑わせた。

談話《はなし》の様子で見ると、高柳夫婦は東京の方へ廻って、江の島、鎌倉《かまくら》あたりを見物して来て、これから飯山《いいやま》へ乗込むという寸法らしい。そこは抜目《ぬけめ》の無い、細工の多い男だから、根津《ねつ》から直に引返すようなことを為ないで、わざわざ遠廻りして帰って来たものと見える。さて、坊主を捕《つかま》えて、片腹痛いことを吹聴《ふいちょう》し始めた。聞いている丑松にはその心情の偽《いつわり》が読め過ぎるほど読めて、終《しまい》には其処《そこ》に腰掛けてもいられないようになった。「恐しい世の中だ」――こう考えながら、あの夫婦の暗い秘密を自分の身に引比《ひきくら》べると、さあ何となく気懸《きがか》りでならない。やがて、故意《わざ》と無頓着《むとんじやく》な様子を装《つくろ》って、ぶらりと休茶屋《やすみぢやや》の外へ出て眺めた。

霙は絶えず降りそそいでいた。あの越後路《えちごじ》から飯山あたりへかけて、毎年《まいとし》降る大雪の前駆《さきぶれ》が最早《もう》やって来たかと思わせるような空模様。灰色の雲は対岸に添い徊徘《さまよ》った、広濶《ひろびろ》として千曲川《ちくまがわ》の流域が一層遠く幽《かすか》に見渡される。上高井の山脈、菅平《すがだいら》の高原、その他畳み重なる多くの山々も雪雲に埋《うず》もれて了《しま》って、僅《わず》かに見えつ隠れつしていた。

こうして茫然《ぼうぜん》として、暫時《しばらく》千曲川の水を眺めていたが、いつの間にか丑松の心は背後《うしろ》の方へ行って了った。幾度か丑松は振返って二人の様子を見た。見まい見まいと思いながら、つい見た。丁度乗船の切符を売出したので、人々は皆な争って買った。間も無く船も出るという。混雑する旅人の群《むれ》に紛れて、先方《さき》の二人もまた時々盗むように是方《こちら》の様子を注意するらしい――まあ、思做《おもいなし》の故《せい》かして、すくなくとも丑松にはそう酌《と》れたのである。女の方で丑松を知っているか、どうか、それは克《よ》く解《わか》らないが、丑松の方では確かに知っている。髪のかたちこそ新婚の人のそれに結い変えてはいるが、紛れの無い六左衛門の娘、白いもの花やかに彩色《いろどり》して恥の面《おもて》を塗り隠し、野心深い夫に倚添《よりそ》い、崖《がけ》にある坂路《さかみち》をつたって、舟に乗るべきところへ下りて行った。「何と思っているだろう――あの二人は」こう考えながら、丑松もまた人々の後に随《つ》いて、一緒にその崖を下りた。

（三）

川舟は風変りな屋形造りで、窓を附《つ》け、舷《ふなべり》から下を白く化粧して赤い二本筋を横に表してある。それに、艫寄《ともより》の半分を板戸で仕切って、荷積みの為《ため》に区別がしてあるので、客の座るところは細長い座敷を見るよう。立てば頭が支《つか》える程。人々はいずれも狭苦しい屋形の下に膝《ひざ》を突合《つきあわ》せて乗った。

やがて水を撃つ棹《さお》の音がした。舟底は砂の上を滑り始めた。今は二挺櫓《にちょうろ》で漕《こ》ぎ離れたのである。丑松《うしまつ》は隅《すみ》の方に両足を投出《なげだ》して、独り寂しそうに巻煙草《まきたばこ》を燻《ふか》しながら、深い深い思《おもい》に沈んでいた。河の面《も》に映る光線の反射は割合に窓の外を明《あかる》くして、降りそそぐ霙《みぞれ》の眺《なが》めをおもしろく見せる。舷《ふなべり》に触れて囁《つぶや》くように動揺する波の音、是方《こちら》で思ったように聞える眠たい櫓のひびき——ああ静かな水の上だ。荒寥《こうりょう》とした岸の楊柳《やなぎ》もところどころ。時としてはその冬木の姿を影のように見て進み、時としてはその枯々《かれがれ》な枝の下を潜るようにして通り抜けた。これから将来《さき》の自分の生涯《しょうがい》は畢竟《つまり》どうなる。こう丑松は自分で自分に尋ねることもあった。誰《だれ》がそれを知ろう。窓から首を出して飯山《いいやま》の空を眺めると、重く深く閉塞《とじふさが》った雪雲の色はうたた孤独な穢多《えた》の子の心を傷《いた》ましめる。残酷なような、可懐《なつか》しいような、名のつけようの無い心地《こころもち》は丑松の胸の中を掻乱《かきみだ》した。今——学校の連中はどうしているだろう。友達の銀之助はどうしているだろう。あの不幸な、老朽な敬之進はどうしているだろう。蓮華寺《れんげじ》の奥様はお志保《しほ》は。と不図、省吾《しょうご》から来た手紙の文句なぞを思出《おもいだ》して見ると、逢《あ》いたいと思うその人に復《ま》た逢われるという楽《たの》しみが無いでもない。丑松はあの寺の古壁を思いやるごとに、空寂なうちにも血の湧《わ》くような心地《こころもち》に帰るのであった。

「蓮華寺——蓮華寺」

と水に響く櫓の音も同じように調子を合せた。

霙は雪に変って来た。徒然《つれづれ》な舟の中は人々の雑談で持切《もちき》った。就中《わけても》、高柳と一緒になった坊主《ぼうず》、茶にしたような口軽な調子で、柄に無い政事上の取沙汰《とりざた》、酢の蒟蒻《こんにゃく》(一一七)のとやり出したので、聞く人は皆な笑い憎んだ。この坊主に言わせると、選挙は一種の遊戯で、政事家は皆な俳優に過ぎない、吾儕《われわれ》は唯《ただ》見物して楽めば好《い》いのだと。この言葉を聞いて、また人々が笑えば、そこへ弥次馬《やじうま》が飛出《とびだ》す、その尾に随《つ》いて贔顧《ひいき》不贔顧の論が始まる。「いよいよ市村も侵入《きりこ》んで来るそうだ」と一人が言えば、「そう言う君こそ御先棒に使役《つか》われるんじゃ無いか」と攪返《まぜかえ》すものがある。弁護士の名は幾度か繰返された。それを聞く度に、高柳は不快らしい顔付。ふふんと鼻の先で笑って、嘲《あざけ》ったように口唇《くちびる》を引歪《ひきゆが》めた。

こういう他《ひと》の談話《はなし》の間にも、女は高柳の側《そば》に倚添《よりそ》って、耳を澄まして、夫の機嫌《きげん》を取りながら聞いていた。見れば、美しい女の数にも入るべき人で、殊に華麗《はなやか》な新婚の風俗は多くの人の目を引いた。髪は丸髷《まるまげ》に結い、てがらは深紅《しんく》を懸け、桜色の肌理《きめ》細やかに肥えあぶらづいて、愛嬌《あいきょう》のある口元を笑う度に掩《おお》いかくす様は、まだ世帯《しょたい》の苦労なぞを知らない人である。さすが心の表情は何処《どこ》かに読まれるもので――大きな、ぱっちりとした眼《め》のうちには、何となく不安の色も顕《あらわ》れて、熟《じっ》と物を凝視《みつ》めるような沈んだところも有った。どうかすると、女は高柳の耳の側へ口を寄せて、何か人に知れないように私語《ささや》くことも有った。どうかすると又、丑松の方を盗むように見て、「おや、あの人は――何処かで見掛けたような気がする」とこうその眼で言うことも有った。

同族の哀憐《あわれみ》は、この美しい穢多の女を見るにつけても、丑松の胸に浮んで来た。人種さえ変りが無くば、あれ程の容姿《きりょう》を持ち、あれ程富有《ゆたか》な家に生れて来たので有るから、無論相当のところへ縁付かれる人だ——あんな野心家の餌《えば》なぞに成らなくても済む人だ——可愛《かわい》そうに。こう考えると同時に、丁度女も自分と同じ秘密を持っているかと思いやると、どうも其処《そこ》が気懸《きがか》りでならない。よしんば先方《さき》で自分を知っているとしたところで、それがどうした、と丑松は自分で自分に尋ねて見た。根津《ねつ》の人、または姫子沢のもの、と思っているなら自分に取って一向恐れるところは無い。恐れるとすれば、それは反《かえ》って先方《さき》のことだ。こう自分で答えてみた。第一、自分は四五年以来《このかた》、数える程しか故郷へ帰らなかった——卒業《よ》した時に一度——それから今度の帰省が足掛三年目——まあ、あの向町なぞはなるべく避けて通らなかったし、通ったところで他《ひと》がそう注意して見る筈《はず》も無し、見たところで何処のものだか解《わか》らない——大丈夫。こう用心深く考えてもみた。畢竟《つまり》自分が二人の暗い秘密を聞知《ききし》ったから、それでこう気が咎《とが》めるのであろう。ああして私語《ささや》くのは何でも無いのであろう。避けるような素振《そぶり》は唯《ただ》人目を羞《は》じるのであろう。あの目付も。

とはいうものの、何となく不安に思うその懸念《けねん》が絶えず心の底にあった。丑松は高柳夫婦を見ないようにと勉《つと》めた。

（四）

千曲川《ちくまがわ》の瀬に乗って下ること五里。尤《もっと》も、その間には、ところどころの舟場へも漕《こ》ぎ寄せ、洪水《こうずい》のある度に流れるという粗造《そまつ》な船橋（二八）の下をも潜り抜けなどして、そんなこんなで手間取れた為《ため》に、凡《およ》そ三時間は舟旅に費《かか》った。飯山《いいやま》へ着いたのは五時近い頃《ころ》。その日は舟の都合で、乗客一同上《かみ》の渡しまで。丑松《うしまつ》は人々と一緒に其処《そこ》から岸へ上った。見れば雪は河原にも、船橋の上にも在《あ》った。丁度小降《こぶり》のなかを暮れて、仄白《ほのじろ》く雪の町々。そこにも、ここにも、最早《もう》ちらちら灯《あかり》が点《つ》く。その時蓮華寺《れんげじ》で撞《つ》く鐘の音が黄昏《たそがれ》の空に響き渡る――ああ、庄馬鹿《しょうばか》が撞くのだ。相変らず例の鐘楼に上って冬の一日《ひとひ》の暮れたことを報《しら》せるのであろう。とそれを聞けば、言うに言われぬ可懐《なつか》しさが湧上《わきあが》って来る。丑松は久し振りで飯山の地を踏むような心地《ここち》がした。

半月ばかり見ないうちに、家々は最早冬籠《ふゆごもり》の用意、軒丈ほどの高さに毎年《まいとし》作りつける粗末な葦簾《よしず》の雪がこいがすっかり出来上っていた。越後路《えちごじ》と同じような雪国の光景《ありさま》は丑松の眼前《めのまえ》に展《ひら》けたのである。

新町の通りへ出ると、一筋暗く踏みつけた町中《まちなか》の雪道を用事ありげな男女《おとこおんな》が往《い》ったり来たりしていた。いずれもこの夕暮を急ぐ人々ばかり。丑松は右へ避《よ》け、左へ避けして、愛宕《あたご》町をさして急いで行こうとすると、不図途中で一人の少年に出逢《であ》った。近《ちか》づいてみると、それは省吾《しょうご》で、何かこう酒の罎《びん》のようなものを提げて、寒そうに慄《ふる》えながらやって来た。

「あれ、瀬川先生」と省吾は嬉《うれ》しそうに馳寄《かけよ》って、「まあ、魂消《たまげ》た――それでも先生の早かったこと。私はまだまだ容易に帰りなさらないかと思いやしたよ」

好《よ》く言ってくれた。この無邪気な少年の驚喜した顔付を眺《なが》めると、丑松は最早あのお志保《しほ》に逢うような心地《こころもち》がしたのである。

「君は――お使《つかい》かね」

「はあ」

と省吾は黒ずんだ色の罎を出して見せる。出して見せながら、笑った。

果して父の為に酒を買って帰って行くところであった。「此頃《こないだ》は御手紙を難有《ありがと》う」こう丑松は礼を述べて、一寸《ちょっと》学校の様子を聞いた。自分が留守の間、毎日誰《だれ》か代って教えたと尋ねた。それから敬之進のことを尋ねて見た。

「父さん？」と省吾は寂《さみ》しそうに笑って、「あの、父さんは家に居《お》りやすよ」

よくよく言い様に窮《こま》ったと見えて、こう答えたが、子供心にも父を憐《あわれ》むという情合《じょうあい》はその顔色に表れるのであった。見れば省吾は足袋も穿《は》いていなかった。こうして酒の罎を提げて悄然《しょんぼり》としている少年の様子を眺《なが》めると、あの無職業な敬之進がどうして日を送っているかも大凡《おおよそ》想像がつく。

「家へ帰ったらねえ、父さんに宜《よろ》しく言って下さい」

と言われて、省吾は御辞儀一つして、やがてぷいと駈出《かけだ》して行って了《しま》った。丑松も雪の中を急いだ。

（五）

宵《よい》の勤行《おつとめ》も終る頃《ころ》で、子坊主《こぼうず》がかんかん鳴らす鉦《かね》の音を聞きながら、丑松《うしまつ》は蓮華寺《れんげじ》の山門を入った。上の渡しから是処《ここ》まで来るうちに、もうすっかり雪だらけ。羽織の裾《すそ》も、袖《そで》も真白。それと見た奥様は飛んで出て、吾子《わがこ》が旅からでも帰って来たかのように喜んだ。人々も出て迎えた。下女の袈裟《けさ》治《じ》は塵払《はたき》を取出《とりだ》して、背中に附《つ》いた雪を払ってくれる。庄馬鹿《しょうばか》は洗足《すすぎ》の湯を汲《く》んで持って来る。疲れて、がっかりして、蔵裏《くり》の上《あが》り框《がまち》に腰掛けながら、雪の草鞋《わらじ》を解《ほど》いた後、温暖《あたたか》い洗《すす》ぎ湯《ゆ》の中へ足を浸した時のその丑松の心地はどんなであったろう。唯《ただ》――お志保《しほ》の姿が見えないのはどうしたか。人々の情を嬉《うれ》しく思うにつけても、丑松は心にこう考えて、何となくその人の居ないのが物足りなかった。

その時、白衣《びゃくえ》に袈裟を着けた一人の僧が奥の方から出て来た。奥様の紹介《ひきあわせ》で、丑松は始めて蓮華寺の住職を知った。聞けば、西京《さいきょう》から、丑松の留守中に帰ったという。丁度町の檀家《だんか》に仏事が有って、これから出掛けるところとやら。住職は一寸《ちょっと》丑松に挨拶《あいさつ》して、寺内の僧を供に連れて出て行った。

夕飯は蔵裏の下座敷であった。人々は丑松を取囲《とりま》いて、旅の疲労《つかれ》を言慰《いいなぐさ》めたり、帰省の様子を尋ねたりした。煤《すす》けた古壁によせて、昔からあるという衣桁《えこう》(一一九)には若い人の着るものなぞが無造作に懸けてある。その晩は学校友達の婚礼とかで、お志保も招《よ》ばれて行ったとのこと。成程《なるほど》そう言われて見ると、その人の平常衣《ふだんぎ》らしい。亀甲絣《きっこうがすり》の書生羽織に、縞《しま》の唐桟《とうざん》(一二一)を重ね、袖だたみにして折り懸け、長襦袢《ながじゅばん》の色の紅梅を見るようなは八口《やつくち》(一二〇)のところに美しくあらわれて、朝に晩に肌身《はだみ》に着けるものかと考えると、その壁の模様のように動かずにある着物が一《ひと》層《しお》お志保を可懐《なつか》しく思出《おもいだ》させる。のみならず、五分心の洋燈《ランプ》のひかりは香の煙に交る室内の空気を照らして、物の色艶《いろつや》なぞを奥床しく見せるのであった。

さまざまの物語が始まった。驚き悲しむ人々を前に置いて、丑松は実地自分が歴《へ》て来た旅の出来事を語り聞かせた。種牛の為《ため》に傷《きずつ》けられた父の最後、番小屋で明《あか》した山の上の一夜、牧場の葬式、谷蔭《たにかげ》の墓、その他《ほか》草を食い塩を嘗《な》め谷川の水を飲んで烏帽子《えぼし》ヶ嶽《たけ》の麓《ふもと》に彷徨《さまよ》う牛の群《むれ》のことを話した。丑松は又、上田の屠牛場《とぎゅうば》のことを話した。その小屋の板敷の上には種牛の血汐《ちしお》が流れた光景《ありさま》を話した。唯、蓮太郎《れんたろう》夫婦に出逢《であ》ったこと、別れたこと、それから飯山《いいやま》へ帰る途中川舟に乗合《のりあわ》した高柳夫婦——就中《わけても》、あの可憐《あわれ》な美しい穢多《えた》の女の身の上に就いては、決して一語《ひとこと》も口外しなかった。

こうして帰省中のいろいろを語り聞かせているうちに、次第に丑松は一種不思議な感想《かんじ》を起すように成った。それは、丑松の積りでは、対手《あいて》が自分の話を克《よ》く聞いていてくれるのだろうと思って、熱心になって話していると、どうかすると奥様の方では妙な返事をして、飛んでも無いところで「え？」なんて聞き直して、何かこう話を聞きながら別の事でも考えているかのように——まあ、半分は夢中で応対《うけこたえ》をしているのだと感づいた。終《しまい》には、対手が何にも自分の話を聞いていないのだということを発見《みいだ》した。しばらく丑松は茫然《ぼんやり》として、穴の開くほど奥様の顔を熟視《みまも》ったのである。

克く見れば、奥様は両方の眶《まぶち》を泣腫《なきは》らしている。唯さえ気の短い人が余計に感じ易《やす》く激し易く成っている。言うに言われぬ心配なことでも起ったかして、時々深い憂愁《うれい》の色がその顔に表われたり隠れたりした。一体、これはどうしたのであろう。聞いて見れば留守中、別にこれぞと変った事も無かった様子。銀之助は親切に尋ねてくれたというし、文平は克く遊びに来て話して行くという。それからこの寺の方から言えば、住職が帰ったということより外に、何も新しい出来事は無かったらしい。それにしてもこの内部《なか》の様子の何処《どこ》となく平素《ふだん》と違うように思われることは。

やがて袈裟治は二階へ上って行って、部屋の洋燈《ランプ》を点《つ》けて来てくれた。お志保はまだ帰らなかった。

「どうしたんだろう、まああの奥様の様子は」

こう胸の中で繰返しながら、丑松は暗い楼梯《はしごだん》を上った。

その晩は遅く寝た。過度の疲労に刺激されて、反《かえ》って能《よ》く寝就かれなかった。例の癖で、頭を枕《まくら》につけると、またお志保のことを思出した。尤《もっと》も何程《いくら》心に描いて見ても、明瞭《あきらか》にその人が浮んだためしは無い。どうかすると、お妻《つま》と混同《ごっちゃ》になって出て来ることも有る。幾度か丑松は無駄骨折《むだぼねおり》をして、お志保の俤《おもかげ》を捜そうとした。瞳《ひとみ》を、頬《ほお》を、髪のかたちを――ああ、何処をどう捜して見ても、何となく其処《そこ》にその人が居るとは思われながら、それでどうしても統一《まとまり》が着かない。時としてはあのつつましそうに物言う声を、時としてはあの口唇《くちびる》にあらわれる若々しい微笑《ほほえみ》を――ああ、ああ、記憶ほど漠然《ぼんやり》したものは無い。今、思い出す。今、消えて了《しま》う。丑松は顕然《はっきり》とその人を思い浮べることが出来なかった。

第拾参章

（一）

「御頼申《おたのもう》します」

蓮華寺《れんげじ》の蔵裏《くり》へ来て、こう言い入れた一人の紳士がある。それは丑松《うしまつ》が帰った翌朝《あくるあさ》のこと。階下《した》では最早疾《もうとつく》に朝飯《あさはん》を済まして了《しま》ったのに、未《ま》だ丑松は二階から顔を洗いに下りて来《こ》なかった。「御頼申します」と復《ま》た呼ぶので、下女の袈裟治《けさじ》はそれを聞きつけて、周章《あわ》てて台処《だいどころ》の方から飛んで出て来た。

「一寸伺《ちょっと》いますが」と紳士は至極丁寧な調子で、「瀬川さんの御宿は是方様《こちらさま》でしょうか――小学校へ御出《おで》なさる瀬川さんの御宿は」

「そうでやすよ」と下女は襷《たすき》を脱《はず》しながら挨拶《あいさつ》した。

「何ですか、御在宿《おいで》で御座《ござい》ますか」

「はあ、居なさりやす」

「では、是非御目に懸《かか》りたいことが有《あり》まして、こういうものが伺いましたと、何卒《どうか》さよう仰《おつしや》って下さい」

と言って、紳士は下女に名刺を渡す。下女はそれを受取って、「一寸、御待ちなすって」を言捨《いいす》てながら、二階の部屋へと急いだ。

丑松は未《ま》だ寝床を離れなかった。下女が枕頭《まくらもと》へ来て喚起《よびおこ》した時は、客の有るということを半分夢中で聞いて、苦しそうに呻吟《うな》ったり、手を延ばしたりした。やがて寝惚眼《ねぼけまなこ》を擦《こす》り擦り名刺を眺《なが》めると、急に驚いたように、むっくり跳ね起きた。

「どうしたの、この人が」

「貴方《あんた》を尋ねて来なさりやしたよ」

暫時《しばらく》の間、丑松は夢のように、手に持った名刺と下女の顔とを見比べていた。

「この人は僕《ぼく》のところへ来たんじゃ無いんだろう」

と不審を打って、幾度か小首を傾《かし》げる。

「高柳利三郎？」

と復た繰返した。袈裟治は襷を手に持って、一寸小肥《こぶと》りな身体《からだ》を動《ゆす》って、早く返事を、と言ったような顔付。

「何か間違いじゃないか」到頭丑松はこう言出した。「どうも、こんな人が僕のところへ尋ねて来る筈《はず》が無い」

「だって、瀬川さんと言って尋ねて来なすったもの——小学校へ御出なさる瀬川さんと言って」

「妙なことが有ればあるもんだなあ。高柳——高柳利三郎——あの男が僕のところへ——何の用が有って来たんだろう。ともかくも逢《あ》って見るか。それじゃあ、御上りなさいッて、そう言って下さい」

「それはそうと、御飯はどうしやしょう」

「御飯？」

「あれ、貴方《あんた》は起きなすったばかりじゃごわせんか。階下《した》で食べなすったら？　御味噌汁《おみおつけ》も温めてありやすにサ」

「廃《よ》そう。今朝は食べたく無い。それよりは客を下の座敷へ通して、一寸待たして置いて下さい――今、直《すぐ》にこの部屋を片付けるから」

袈裟治は下りて行った。急に丑松は部屋の内を眺め廻《まわ》した。着物を着更《きか》えるやら、寝道具を片付けるやら。そこいらに散乱《ちらか》ったものは皆《みん》な押入の内へ。床の間に置並べた書籍《ほん》の中には、蓮太郎《れんたろう》のものも有る。手捷《てばしこ》くそれを机の下へ押込んでみたが、また取出して、押入の内の暗い隅《すみ》の方へ隠蔽《かく》すようにした。今はこの部屋の内にあの先輩の書いたものは一冊も出ていない。こう考えて、すこし安心して、さて顔を洗うつもりで、急いで楼梯《はしごだん》を下りた。それにしても何の用事があって、あんな男が尋ねて来たろう。途中で一緒に成ってすら言葉も掛けず、見ればなるべく是方《こちら》を避《よ》けようとした人。その人がわざわざやって来るとは――丑松は客を自分の部屋へ通さない前から、疑心《うたがい》と恐怖《おそれ》とで慄《ふる》えたのである。

（二）

「始めまして――私は高柳利三郎です。かねて御名前は承っておりましたが、つい未《ま》だ御尋ねするような機会《おり》も無かったものですから」

「好《よ》く御入来《おいで》下さいました。さあ、何卒《どうか》まあ是方《こちら》へ」

こういう挨拶《あいさつ》を蔵裏《くり》の下《しも》座敷で取交《とりかわ》して、やがて丑松《うしまつ》は二階の部屋の方へ客を導いて行った。

突然なこの来客の底意の程も図りかね、相対《さしむかい》に座る前から、もう何となく気不味《きまず》かった。丑松はすこしも油断することが出来なかった。とは言うものの、何気《なにげ》ない様子を装《つくろ》って、自分は座蒲団《ざぶとん》を敷いて座り、客には白い毛布を四つ畳みにして薦《すす》めた。

「まあ、御敷下さい」と丑松は快濶《かいかつ》らしく、「どうも失礼しました。実は昨晩遅かったものですから、寝過して了《しま》いまして」

「いや、私こそ――御疲労《おつかれ》のところへ」と高柳は如才ない調子で言った。「昨日《さくじつ》は舟の中で御一緒に成《なり》ました時に、何とか御挨拶を申上げようか、申上げなければ済まないが、とこう存じましたのですが、あんな処《ところ》で御挨拶しますのも反《かえ》って失礼と存じまして――御見掛け申しながら、つい御無礼を」

丁度取引でも為《す》るような風に、高柳は話し出した。しかし、愛嬌《あいきよう》のある、明白《てきぱき》した物の言《いい》振《ぶり》は、何処《どこ》かに人を惹《ひき》つけるところが無いでもない。隆《りゆう》としたその風采《なりふり》を眺《なが》めたばかりでも、いかにこの新進の政事家が虚栄心の為《ため》に燃えているかを想起《おもいおこ》させる。角帯に纏《まと》いつけた時計の鎖は富豪の身を飾ると同じようなもの。それに指輪は二つまで嵌《はめ》て、いずれも純金の色に光り輝いた。「何の為に尋ねて来たのだろう、この男は」とこう丑松は心に繰返して、対手《あいて》の暗い秘密を自分の身に思比《おもいくら》べた時は、長く目と目を見合せることも出来ない位。

高柳は膝《ひざ》を進めて、

「承りますれば御不幸が御有《おあり》なすったそうですな。さぞ御力落しでいらっしゃいましょう」

「はい」と丑松は自分の手を眺めながら答えた。「飛んだ災難に遭遇《であい》まして、到頭阿爺《おやじ》も亡《な》くなりました」

「それはどうも御気の毒なことを」と言って、急に高柳は思いついたように、「むむ、そうそう、此頃《こないだ》も貴方《あなた》と豊野《とよの》の停車場《ステーション》で御一緒に成って、それから私が田中で下りる、貴方も御下りなさる――そうでしたろう、ホラ貴方も田中で御下りなさる。丁度あの時が御帰省の途中だったんでしょう。して見ると、貴方と私とは、往《ゆ》きも、還《かえ》りも御一緒――ははははは。何かこう克《よ》く克《よ》くの因縁ずくとでも、まあ、申して見たいじゃ有ませんか」

丑松は答えなかった。

「そこです」と高柳は言葉に力を入れて、「御縁が有ると思えばこそ、こうして御話も申上げるのですが――実は、貴方の御心情に就きましても、御察し申しておることも有ますし」

「え?」と丑松は対手の言葉を遮《さえぎ》った。

「そりゃあもう御察し申しておることも有ますし、又、私の方から言いましても、少許《すこし》は察して頂きたいと思いまして、それで御邪魔に出ましたような訳なんで」

「どうも貴方の仰《おっしゃ》ることは私に能《よ》く解《わか》りません」

「まあ、聞いて下さい――」

「ですけれど、どうも貴方の御話の意味が汲取《くみと》れないんですから」

「そこを察して頂きたいと言うのです」と言って、高柳は一段声を低くして、「御聞及《おききおよ》びでも御座《ござ》いましょうが、私も――世話してくれるものが有まして――家内を迎えました。まあ、世の中には妙なことが有るもので、あの家内の奴《やつ》が好く貴方を御知り申しておるのです」

「はははは、奥様《おくさん》が私を御存じなんですか」と言って丑松は少許《すこし》調子を変えて、「しかし、それがどうしました」

「ですから私も御話に出ましたような訳なんで」

「と仰ると？」

「まあ、家内なぞの言うことですから、何が何だか解りませんけれど――実際、女の話というものは取留《とりとめ》の無いようなものですからなあ――しかし、不思議なことには、彼奴《あいつ》の家《うち》の遠い親類に当るものとかが、貴方の阿爺《おとっ》さんと昔御懇意であったとか」こう言って、高柳は熱心に丑松の様子を窺《うかが》うようにして見て、「いや、そんなことは、まあどうでもいいと致しまして、家内が貴方を御知り申しておると言いましたら、貴方だっても御聞流しには出来ますまいし、私もまた私で、どうも不安心に思うことが有るものですから――実は、昨晩は、その事を考えて、一睡も致しませんでした」

暫時《しばらく》部屋の内には声が無かった。二人は互いに捜《さぐ》りを入れるような目付して、無言のままで相対していたのである。

「噫《ああ》」と高柳は投げるように嘆息した。「こんな御話を申上げに参るというのは、克《よ》く克《よ》く吾儕《わたしども》だと思って頂きたいのです。貴方より外に吾儕《わたしども》夫婦のことを知ってるものは無し、又、吾儕夫婦より外に貴方のことを知ってるものは有ません――ですから、そこは御互い様に――まあ、瀬川さんそうじゃ有ませんか」と言って、すこし調子を変えて、「御承知の通り、選挙も近《ちか》づいてまいりました。どうしても此際《ここ》のところでは貴方に助けて頂かなければならない。もし私の言うことを聞いて下さらないとすれば、私は今、ここで貴方と刺しちがえて死にます――はははは、まさか貴方の性命《いのち》を頂くとも申しませんがね、まあ、私はそれ程の決心で参ったのです」

（三）

その時、楼梯《はしごだん》を上って来る足音がしたので、急に高柳は口を噤《つぐ》んで了《しま》った。「瀬川先生、御客様《おきやくさん》でやすよ」と呼ぶ袈裟治《けさじ》の声を聞きつけて、ついと丑松《うしまつ》は座を離れた。唐紙を開けて見ると、もうそこへ友達が微笑《ほほえ》みながら立っていたのである。

「おお、土屋君か」

と思わず丑松は溜息《ためいき》を吐《つ》いた。

銀之助は一寸《ちよつと》高柳に会釈《えしやく》して、別にそう主客の様子を気に留めるでもなく、何か用事でも

有るのだろう位に、例の早合点から独《ひと》り定《ぎ》めに定めて、

「昨夜君は帰って来たそうだね」と慣々《なれなれ》しい調子で話し出した。相変らず快活なはこの人。それに遠からず今の勤務《つとめ》を廃《や》めて、農科大学の助手として出掛けるという、その希望《のぞみ》が胸の中に溢《あふ》れるかして、血肥《ちぶと》りのした顔の面《おもて》は一層活々《いきいき》と輝いた。妙なもので、短く五分刈にしている散髪頭が反《かえ》って若い学者らしい威厳を加えたように見える。友達ながらに一段の難有《ありがた》みが出来た。丑松は何となく圧《け》倒《お》れるようにも感じたのである。

心の底から思いやる深い真情を外に流露《あらわ》して、銀之助は弔辞《くやみ》を述べた。高柳は煙草《たばこ》を燻《ふか》し燻し黙って二人の談話《はなし》を聞いていた。

「留守中はいろいろ難有う」と丑松は自分で自分を激厲《はげ》ますようにして、「学校の方も君がやってくれたそうだねえ」

「ああ、左《どう》にか右《こう》にか間に合せて置いた。二級懸持《かけも》ちというやつは巧《うま》くいかないものでねえ」と言って、銀之助はさも心《しん》から出たように笑って、「時に、君はどうする」

「どうするとは？」

「親の忌服だもの、四週間《しゆうかん》位は休ませて貰《もら》うサ」

「そうもいかない。学校の方だって都合があらあね。第一、君が迷惑する」

「なに、僕《ぼく》の方は関《かま》わないよ」

「明日は月曜だねえ。とにかく明日は出掛けよう。それはそうと、土屋君、いよいよ君の

希望《のぞみ》も達したというじゃないか。君からあの手紙を貰った時は、実に嬉《うれ》しかった。あんなに早く進行《はかど》ろうとは思わなかった」

「ふふ」と銀之助は思出《おもいだ》し笑《わら》いをして、「まあ、御蔭《おかげ》でうまくいった」

「実際うまくいったよ」と友達の成功を悦《よろこ》ぶ傍《そば》から、丑松は何か思いついたように萎《しお》れて、

「県庁の方からは最早《もう》辞令が下ったかね」

「いいや、辞令は未《ま》だ。尤《もっと》も義務年限というやつが有るんだから、ただ廃めて行く訳にはいかない。そこは県庁でも余程斟酌《しんしゃく》してくれてね、百円足らずの金を納めろと言うのさ」

「百円足らず？」

「よしんば在学中の費用を皆《みん》な出せと言われたって仕方が無い。その位のことで勘免《かんべん》してくれたのは、実に難有い。早速阿爺《おやじ》の方へ請求《ねだ》ってやったら、阿爺も君、非常に喜んでね、自身で長野まで出掛けて来るそうだ。いずれ、その内には沙汰《さた》があるだろうと思うよ。まあ、君とこうして飯山《いいやま》に居るのも、今月一ぱい位のものだ」

こう言って銀之助は今更のように丑松の顔を眺《なが》めた。丑松は深い溜息を吐いていた。

「別の話だが」と銀之助は言葉を継いで、「君の好《すき》な猪子《いのこ》先生――ホラ、あの先生が信州へ来てるそうだねえ。昨日僕は新聞で読んだ」

「新聞で？」丑松の頰《はお》は燃え輝いたのである。

「ああ、信毎《しんまい》に出ていた。肺病だというけれど、熾盛《さかん》な元気の人だねえ」

と蓮太郎《れんたろう》の噂《うわさ》が出たので、急に高柳は鋭い眸《ひとみ》を銀之助の方へ注いだ。丑松は無言であった。

「穢多《えた》もなかなか馬鹿《ばか》にならんよ」と銀之助は頓着《とんじゃく》なく、「まあ、思想《かんがえ》から言えば、多少病的かも知れないが、しかし進んで戦うあの勇気には感服する。一体、肺病患者というものはああいうものかしらん。あの先生の演説を聞くと、非常に打《ま》たれるそうだ」と言って気を変えて、「まあ、瀬川君なぞは聞かない方が可《いい》よ――聞けば復た病気が発《おこ》るに極ってるから」

「馬鹿言いたまえ」

「あはははは」

と銀之助は反返《そりかえ》って笑った。

遽然《にわかに》丑松は黙って了《しま》った。丁度、喪心《そうしん》した人のように成った。丁度、身体中《からだじゅう》の機関《どうぐ》が一時に動作《はたらき》を止めて、こうして生きていることすら忘れたかのようであった。

「どうしたんだろう、まあ瀬川君は――相変らず身体の具合でも悪いのかしら」とこう銀之助は自分で自分に言って見た。ややしばらく三人は無言のままで相対していた。「今日は僕はこれで失敬する」と銀之助が言出《いいだ》した時は、丑松も我に帰って、「まあ、いいじゃないか」を繰返したのである。

「いや、復た来る」

銀之助は出て行って了った。

（四）

「只今猪子《ただいまいのこ》という方の御話が出ましたが」と高柳は巻煙草《まきたばこ》の灰を落しながら言った。「あの、何ですか、瀬川さんはあの方と御懇意でいらっしゃるんですか」

「いいえ」と丑松《うしまつ》はすこし言淀《いいよど》んで、「別に、懇意でも有《あり》ません」

「では、何か御関係が御有なさるんですか」

「何も関係は有ません」

「さようですか――」

「だって関係の有ようが無いじゃありませんか、懇意でも何でも無い人に」

「そう仰《おっしゃ》れば、まあ、そんなものですけれど。ははははは。あの方は市村君と御一緒のようですから、どういう御縁故か、もし貴方《あなた》が御存じならば伺って見たいと思いまして」

「知りません、私は」

「市村という弁護士も、あれでなかなか食えない男なんです。あんな立派なことを言っていましても、畢竟《つまり》猪子という人を抱きこんで、道具に使用《つか》うという腹に相違ないんです。あの男が高尚《こうしょう》らしいようなことを言うかと思うと、私は噴飯《ふきだ》したくなる。そりゃあもう、政事屋なんてものは皆《みん》な穢《きたな》い商売人ですからなあ――まあ、その道のもので無ければ、可厭《いや》な内幕も克《よ》く解《わか》りますまいけれど」

こう言って、高柳は嘆息して、

「私とても、こうして何時《いつ》まで政界に泳いでいる積りは無いのです。一日も早く足を洗いたいという考えでは有るのです。如何《いかん》せん、素養は無し、貴方等《あなたがた》のように規則的な教育を享《う》けたでは無し、それでこの生存競争の社会《よのなか》に立とうというのですから、勢い常道を踏んではいられなくなる。あるいは、貴方等の目から御覧に成ったらば、吾儕《わたしども》の事業《しごと》は華麗《はで》でしょう。成程《なるほど》、表面《うわべ》は華麗です。しかし、これほど表面が華麗で、裏面《うら》の悲惨な生涯《しょうがい》は他《ほか》に有ましょうか。ああ、非常な財産が有って、道楽に政事でもやって見ようという人は格別、吾儕《わたしども》のように政事熱に浮かされて、青年時代からその方へ飛込んで了《しま》ったものは、今となって見ると最早《もう》どうすることも出来ません。実際吾儕《わたしども》の内幕は御話になりません。第一、今日の政事家で政論に衣食するものが幾人《いくたり》ありましょう。実際吾儕の内幕は御話にならない。まあ、こんなことを申上《もうしあ》げたら、嘘《うそ》のようだと思《おぼし》召《め》すかも知れませんが、正直な御話が――代議士にでもして頂くより外に、さしあたり吾儕《わたしども》の食う道は無いのです。はははは。何と申したって、事実は事実ですから情《なさけ》ない。もし私が今度の選挙に失敗すれば、最早《もう》にっちもさっちもいかなくなる。どうしても此際《ここ》のところでは出るようにして頂かなければならない。どうしても貴方に助けて頂かなければならない。それには先《ま》ず貴方に御縋《おすが》り申して、家内のことを世間の人に御話下さらないように。そのかわり、私もまた、貴方のことを――それ、そこは御相談で、御互様《おたがいさま》に言わないというようなことに――何卒《どうか》、まあ、私を救うと思召して、この話を聞いて頂きたいのです。瀬川さん、これは私が一生の御願いです」

急に高柳は白い毛布を離れて、畳の上へ手を突いた。丁度哀憐《あわれみ》をもとめる犬のように、丑松の前に平身低頭したのである。

丑松はすこし蒼《あお》ざめて、

「どうもそう貴方のように、独りで物を断《き》めて了っては――」

「いや、是非とも私を助けると思召して」

「まあ、私の言うことも聞いて下さい。どうも貴方等《あなたがた》の御話は私に合点が行きません。だって、そうじゃ有ますまいか。なにも貴方等《あなたがた》のことを私が世間の人に話す必要も無いじゃ有ません か。全く、私は貴方等《あなたがた》と何の関係も無い人間なんですから」

「でも御座《ござい》ましょうが――」

「いえ、それでは困ります。何も私は貴方等《あなたがた》を御助け申すようなことは無し、私はまた、貴《あな》方《た》等《がた》から助けて頂くようなことも無いのですから」

「では?」

「ではとは?」

「畢竟《つまり》そんならどうして下さるという御考えなんですか」

「どうするもこうするも無いじゃ有ませんか。貴方と私とは全く無関係――はははは、御話はそれだけです」

「無関係と仰ると?」

「これまでだって、私は貴方のことに就いて、何《なん》も世《に》間の人に話した覚《おぼえ》は無し、これから将《さ》来《き》だって矢張《やはり》その通り、何も話す必要は有ません。一体、私はそう他人《ひと》のことを喋舌《しゃべ》るのが嫌《きら》いです――まして、貴方とは今日始めて御目に懸《かか》ったばかりで――」

「そりゃあ成程、私のことを御話し下さる必要は無いかも知れません。私も貴方のことを他《ひ》人《と》に言う必要は無いのです。必要は無いのですが――どうもそれでは何となく物足りないような心地《こころもち》が致しまして。折角《せっかく》私もこうして出ましたものですから、十分に御意見を伺った上で、御為《おため》に成るものなら成りたいと存じておりますのです。実は――そうした方が、貴方の御為かとも」

「いや、御親切は誠に難有《ありがた》いですが、そんなにして頂く覚は無いのですから」

「しかし、私がこうして御話に出ましたら、万更《まんざら》貴方だって思当《おもいあた》ることが無くも御座ますまい」

「それが貴方の誤解です」

「誤解でしょうか――誤解と仰ることが出来ましょうか」

「だって、私は何《なんに》も知らないんですから」

「まあ、そう仰ればそれまでですが――でも、何とか、そこのところは御相談の為《し》ようが有そうなもの。悪いことは申しません。御互いの身の為です。決して誰《だれ》の為でも無いのです。瀬川さん――いずれ復《ま》た私も御邪魔に伺いますから、何卒《どうか》克く考えて御置きなすって下さい」

第拾四章

（一）

月曜の朝早く校長は小学校へ出勤した。応接室の側《そば》の一間を自分の室と定めて、毎朝授業の始まる前には、必ず其処《そこ》に閉籠《とじこも》るのが癖。それは一日の事務の準備《したく》をする為《ため》でもあったが、又一つには職員等《たち》の不平と煙草《たばこ》の臭気《におい》とを避ける為で。丁度その朝は丑松《うしまつ》も久《ひさ》し振《ぶり》の出勤。校長は丑松に逢《あ》って、忌服中《きぶくちゅう》のことを尋ねたり、話したりして、やがてまた例の室に閉籠った。

この室の戸を叩《たた》くものが有る。その音で、直《すぐ》に校長は勝野文平ということを知った。いつもこういう風にして、校長はこの鍾愛《きにいり》の教員から、さまざまの秘密な報告を聞くのである。男教員の述懐、女教員の蔭口《かげぐち》、その他時間割と月給とに関する五月蝿《うるさい》ほどの嫉《ねた》みと争いとは、是処《ここ》に居て手に取るように解《わか》るのである。その朝もまた、何か新しい注進を齎《もたら》して来たのであろう、こう思いながら、校長は文平を室の内へ導いたのであった。

いつの間にか二人は丑松の噂《うわさ》を始めた。

「勝野君」と校長は声を低くして、「君は今、妙なことを言ったね——何か瀬川君のことに就いて新しい事実を発見したとか言ったね」

「はあ」と文平は微笑《ほほえ》んで見せる。

「どうも君の話は解りにくくて困るよ。何時《いつ》でも遠廻《とおまわ》しに匂《にお》わせてばかりいるから」

「だって、校長先生、人の一生の名誉に関《かか》わるようなことを、そう迂濶《うかつ》には喋舌《しゃべ》れないじゃ有《あり》ませんか」

「ホウ、一生の名誉に？」

「まあ、私の聞いたのが事実だとして、それがこの町へ知れ渡ったら、恐らく瀬川君は学校に居られなくなるでしょうよ。学校に居られないばかりじゃ無い、あるいは社会から放逐されて、二度と世に立つことが出来なくなるかも知れません」

「へえ――学校にも居られなくなる、社会からも放逐される、と言えば君、非常なことだ。それではまるで死刑を宣告されるも同じだ」

「先《ま》ずそう言ったようなものでしょうよ。尤《もっと》も、私が直接《じか》に突留《つきと》めたという訳でも無いのですが、種々《いろいろ》なことを綜《あつ》めて考えて見ますと――ふふ」

「ふふじゃ解らないねえ。どんな新しい事実か、まあ話して聞かせてくれ給《たま》え」

「しかし、校長先生、私からそんな話が出たということになりますと、すこし私も迷惑します」

「何故《なぜ》？」

「何故ッて、そうじゃ有ませんか。私が取って代りたい為に、そんなことを言い触らしたと思われても厭《いや》ですから――毛頭私はそんな野心が無いんですから――なにも瀬川君を中傷する為に、御話するのでは無いんですから」

「解ってますよ、そんなことは。誰《だれ》が君、そんなことを言うもんですか。そんな心配が要るもんですか。君だっても他《ほか》の人から聞いたことなんでしょう――それ、見たまえ」

文平が思わせ振な様子をして、何か意味ありげに微笑めば微笑むほど、余計に校長は聞かずにいられなくなった。

「では、勝野君、こういうことにしたら可《いい》でしょう。我輩《わがはい》はその話を君から聞かない分にして置いたら可《いい》でしょう。さ、誰も居ませんから、話して聞かせてくれ給え」

こう言って、校長は一寸《ちょっと》文平に耳を貸した。文平が口を寄せて、何か私語《ささや》いて聞かせた時は、見る見る校長も顔色を変えて了《しま》った。急に戸を叩く音がする。ついと文平は校長の側を離れて窓の方へ行った。戸を開けて入って来たのは丑松で、入るや否や思わず一歩逡巡《ひとあしあとずさり》した。

「何を話していたのだろう、この二人は」と丑松は猜疑深《うたぐりぶか》い目付をして、二人の様子を怪《あや》しまずにはいられなかったのである。

「校長先生」と丑松は何気《なにげ》なく尋ねて見た。「どうでしょう、今日はすこし遅く始めましたら」

「さよう――生徒は未《ま》だ集《あつま》りませんか」と校長は懐中時計を取出して眺《なが》める。

「どうも思うように集りません。何を言っても、この雪ですから」

「しかし、最早《もう》時間は来ました。生徒の集る、集らないはとにかく、規則というものが第一です。何卒《どうぞ》小使にそう言って、鈴を鳴らさせて下さい」

（二）

その朝ほど無思想な状態《ありさま》で居たことは、今まで丑松《うしまつ》の経験にも無いのであった。実際その朝は半分眠りながら羽織袴《はかま》を着けて来た。奥様が詰《つめ》てくれた弁当を提げて、久《ひさ》し振《ぶり》で学校の方へ雪道を辿《たど》った時も、多くの教員仲間から弔辞《くやみ》を受けた時も、受持の高等四年生に取囲《とりま》かれて種々《いろいろ》なことを尋ねられた時も、丑松は半分眠りながら話した。授業が始《はじま》ってからも、時時眼前《めのまえ》の事物《ことがら》に興味を失って、器械のように読本《どくほん》の講釈をして聞かせたり、生徒の質問に答えたりした。その日は遊戯の時間の監督にあたる日、鈴が鳴って休みに成る度に、男女の生徒は四方から丑松に取縋《とりすが》って、「先生、先生」と呼んだり叫んだりしたが、何を話して何を答えたやら、殆《ほと》んどその感覚が無かった位。丑松は夢見る人のように歩いて、あちこちと馳《は》せちがう多くの生徒の監督をした。

銀之助が駈寄《かけよ》って、

「瀬川君――君は気分でも悪いと見えるね」

と言ったのは覚えているが、その他《ほか》の話はすべて記憶に残らなかった。

こういう中にも、唯一《ただひと》つ、あの省吾《しょうご》にくれたいと思って、用意したものを持って来ることだけは忘れなかった。昼休みには、高等科から尋常科までの生徒が学校の内で飛んだり跳ねたりして騒いだ。なかには広い運動場に出て、雪投げをして遊ぶものもあった。丁度高等四

年の教室には誰《だれ》も居なかったので、そこへ丑松は省吾を連れて行って、新聞紙に包んだものを取出して見せて、

「君に呈《あ》げようと思ってこういうものを持って来ました。帳面です、内《なか》に入ってるのは。これは君、家《うち》へ帰ってから開けて見るんですよ。いいかね。学校の内で開けて見るんじゃ無いんですよ――ね、これを君に呈げますから」

と言って、丑松は自分の前に立つ少年の驚き喜ぶ顔を見たいと思うのであった。意外にも省吾はこの贈物を受けなかった。唯もう目を円くして、丑松の様子と新聞紙の包《つつみ》とを見比べるばかり。どうしてこんなものをくれるのであろう。第一、それからして不思議でならない。と言ったような顔付。

「いいえ、私は沢山です」

と省吾は幾度か辞退した。

「そんな、君のような――」と丑松は省吾の顔を眺《なが》めて、「人が呈げるッて言うものは、貰《もら》うもんですよ」

「はい、難有《ありがと》う」と復《ま》た省吾は辞退した。

「困るじゃないか、君、折角呈げようと思ってこうして持って来たものを」

「でも、母さんに叱《しか》られやす」

「母さんに？　そんな馬鹿《ばか》なことが有るもんか。私が呈げるッて言うのに、叱るなんて――私は君の父上《おとっ》さんとも懇意だし、それに、君の姉さんには種々《いろいろ》御世話に成っているし、此頃《こないだ》

から呈げよう呈げようと思っていたんです。ホラ、よく西洋綴《とじ》の帳面で、罫《けい》の引いたのが有《あり》ましょう。あれですよ、この内に入ってるのは。まあ、君、そんなことを言わないで、これを家へ持って帰って、作文でも何でも君の好《すき》なものを書いて見てくれたまえ」

こう言って、それを省吾の手に持たしているところへ、急に窓の外の方で上草履《うわぞうり》の音が起る。丑松は省吾を其処《そこ》に残して置いて、周章《あわ》てて教室を出て了《しま》った。

（三）

東の廊下の突当り、二階へ通うようになっている階段のところは、あまり生徒もやって来《こ》なかった。丑松《うしまつ》が男女の少年の監督に忙《せわ》しい間に、校長と文平の二人はこの静かな廊下で話した――並んで灰色の壁に倚凭《よりかか》りながら話した。

「一体、君は誰《だれ》から瀬川君のことを聞いて来たのかね」と校長は尋ねて見た。

「妙な人から聞いて来ました」と文平は笑って、「実に妙な人から――」

「どうも我輩《わがはい》には見当がつかない」

「尤《もっと》も、人の名誉にも関《かか》わることだから、話だけは為《す》るが、名前を出してくれては困る、と先方《さき》の人も言うんです。とにかく代議士にでも成ろうという位の人物ですから、そんな無責任なことを言う筈《はず》も有《あり》ません」

「代議士にでも？」

「ホラ」

「じゃあ、あの新しい細君を連れて帰って来た人じゃ有ませんか」

「まあ、そこいらです」

「して見ると――ははあ、あの先生が地方廻《まわ》りでもしている間に、何処《どこ》かでそんな話を聞込《ききこ》んで来たものかしら。悪い事は出来ないものさねえ。いつか一度は露顕《あらわ》れる時が来るから奇体さ」と言って、校長は嘆息して、「しかし、驚ろいたねえ。瀬川君が穢多《えた》だなぞとは、夢にも思わなかった」

「実際、私も意外でした」

「見給《みたま》え、あの容貌《ようぼう》を。皮膚といい、骨格といい、別にそんな賤民《せんみん》らしいところが有るとも思われないじゃないか」

「ですから世間の人が欺《だま》されていたんでしょう」

「そうですかねえ。解《わか》らないものさねえ。一寸《ちょっと》見たところでは、どうしてもそんな風に受取れないがねえ」

「容貌ほど人を欺すものは有ませんさ。そんなら、どうでしょう、あの性質は」

「性質だっても君、そんな判断は下せない」

「では、校長先生、あの君の言うこと為《な》すことが貴方《あなた》の眼《め》には不思議にも映りませんか。克《よ》く注意して、瀬川丑松という人を御覧なさい――どうでしょう、あの物を視《み》る猜疑深《うたがいぶか》い目付なぞは」

「ははははは、猜疑深いからと言って、それが穢多の証拠には成らないやね」

「まあ、聞いて下さい。此頃《こないだ》まで瀬川君は鷹匠町《たかじょうまち》の下宿に居ましたろう。あの下宿で穢多の大尽が放逐されましたろう。すると瀬川君は突然《だしぬけ》に蓮華寺《れんげじ》へ引越して了《しま》いましたろう――ホラ、おかしいじゃ有ませんか」

「それさ、それを我輩も思うのさ」

「猪子蓮太郎《いのこれんたろう》との関係だってもそうでしょう。あんな病的な思想家ばかり難有《ありがた》く思わないだって、他《ほか》にいくらも有そうなものじゃ有ませんか。あんな穢多の書いたものばかり特に大騒ぎしなくても好《よ》さそうなものじゃ有ませんか。どうも瀬川君が贔顧《ひいき》の仕方は普通の愛読者と少許《すこし》違うじゃ有ませんか」

「そこだ」

「未《ま》だ校長先生には御話しませんでしたが、小諸《こもろ》の与良《よら》という町には私の叔父が住んでいます。その町はずれに蛇堀川《じゃぼりがわ》という沙河《すながわ》が有まして、橋を渡ると向町になる――そこが所謂《いわゆる》穢多町です。叔父の話によりますと、彼処《あそこ》は全町同じ苗字《みょうじ》を名乗っているということでしたッけ。その苗字が、確か瀬川でしたッけ」

「成程《なるほど》ねえ」

「今でも向町の手合《てあい》は苗字を呼びません。普通に新平民といえば名前を呼捨《よびすて》です。おそらく明治になる前は、苗字なぞは無かったのでしょう。それで、戸籍を作るという時になって、一村挙《こぞ》って瀬川と成ったんじゃ有るまいかと思うんです」

「一寸待ちたまえ。瀬川君は小諸の人じゃ無いでしょう。小県《ちいさがた》の根津《ねつ》の人でしょう」

「それが宛《あて》になりゃしません――とにかく、瀬川とか高橋とかいう苗字があの仲間に多いということは叔父から聞きました」

「そう言われて見ると、我輩も思当《おもいあた》ることが無いでも無い。しかしねえ、もしそれが事実だとすれば、今まで知れずにいる筈《はず》も無かろうじゃないか。最早疾《もうとつく》に知れていそうなものだ――師範校に居る時代に、最早知れていそうなものだ」

「でしょう――それそこが瀬川君です。今日《こんにち》まで人の目を暗《くら》まして来た位の智慧《ちえ》が有るんですもの、余程狡猾《こうかつ》の人間で無ければあの真似《まね》は出来やしません」

「ああ」と校長は嘆息して了った。「それにしても、よく知れずにいたものさ、どうも瀬川君の様子がおかしいおかしいと思ったよ――唯《ただ》、訳も無しに、ああ考え込む筈が無いからねえ」

急に大鈴の音が響き渡った。二人は壁を離れて、長い廊下を歩き出した。午後の課業が始まると見え、男女の生徒は上草履鳴らして、廊下の向うのところを急いで通る。丑松も少年の群《むれ》に交りながら、一寸是方《こちら》を振向《ふりむ》いて見て行った。

「勝野君」と校長は丑松の姿を見送って、「成程、君の言った通りだ。他《ひと》の一生の名誉にも関わることだ。まあ、もうすこし瀬川君の秘密を探って見ることに為《し》ようじゃないか」

「しかし、校長先生」と文平は力を入れて言った。「この話があの代議士の候補者から出たということだけは決して他《ひと》に言わないで置いて下さい――さもないと、私が非常に迷惑しますから」

「無論さ」

（四）

時間表によると、その日の最終《おわり》の課業が唱歌であった。唱歌の教師は丑松《うしまつ》から高等四年の生徒を受取《うけと》って、足拍子揃《そろ》えさして、自分の教室の方へ導いて行った。二時から三時まで、それだけは丑松も自由であったので、不図、蓮太郎《れんたろう》のことが書いてあったとかいう昨日の銀之助の話を思出《おもいだ》して、応接室を指して急いで行った。いつもその机の上には新聞が置いてある。戸を開けて入ってみると、信毎《しんまい》は一昨日の分も残って、まだ綴込《とじこ》みもせずに散乱《とりちら》したまま。その読みふるしを開けた第二面の下のところに、あの先輩のことを見つけた時は、どんなに丑松も胸を踊《おど》らせて、「むむ――あった、あった」と驚き喜んだろう。

「何処《どこ》へ行ってこの新聞を読もう」先《ま》ず心に浮んだはこうである。「この応接室で読もうか。人が来ると不可《いけない》。教室が可《いい》か。小使部屋が可か――否《いや》、彼処《あそこ》へも人が来ないとは限らない」と思い迷って、新聞紙を懐《ふところ》に入れて、応接室を出た。「いっそ二階の講堂へ行って読め」こう考えて、丑松は二階へ通う階段を一階ずつ音のしないように上った。

そこは天長節の式場に用いられた大広間、長い腰掛が順序よく置並《おきなら》べてあるばかり、平素《ふだん》はもう森閑としたもので、下手な教室の隅《すみ》なぞよりは反《かえ》って安全な場処のように思われた。とある腰掛を択《えら》んで、懐から取出して読んでいるうちに、いつの間にかあの高柳との問答――「懇意でも有《あり》ません、関係は有《あり》ません、何にも私は知りません」と三度までも心を偽っ

（二三）て、師とも頼み恩人とも思うあの蓮太郎と自分とは、全く、赤の他人のように言消《いいけ》して了《しま》ったことを思出した。「先生、許して下さい」こう詫《わ》びるように言って、やがて復《ま》た新聞を取上げた。

漠然《ばくぜん》とした恐怖《おそれ》の情は絶えず丑松の心を刺激して、先輩に就いての記事を読みながらも、唯《ただ》もう自分の一生のことばかり考えつづけたのであった。それからそれへと辿《たど》って反省すると、丑松は今、容易ならぬ位置に立っているということを感ずる。さしかかったこの大きな問題を何とか為《し》なければ――そうだ、何とかこの思想《かんがえ》を纏《まと》めなければ、一切の他《ほか》の事は手にも着かないように思われた。

「さて――どうする」

こう自分で自分に尋ねた時は、丑松はもう茫然《ぼうぜん》として了って、その答《こたえ》を考えることが出来なかった。

「瀬川君、何を君は御読みですか」

と唐突《だしぬけ》に背後《うしろ》から声を掛けた人がある。思わず丑松は顔色を変えた。見れば校長で、何か穿鑿《さぐり》を入れるような目付して、何時《いつ》の間にか腰掛のところへ来て佇立《たたず》んでいた。

「今――新聞を読んでいたところです」と丑松は何気《なにげ》ない様子を取装《とりつくろ》って言った。

「新聞を？」と校長は不思議そうに丑松の顔を眺《なが》めて、「へえ、何か面白い記事《こと》でも有ますかね」

「ナニ、何でも無いんです」

暫時《しばらく》二人は無言であった。校長は窓の方へ行って、玻璃《ガラス》越しに空の模様を覗《のぞ》いて見て、

「瀬川君、どうでしょう、この御天気は」

「そうですなあ――」

こういう言葉を取交《とりかわ》しながら、二人は一緒に講堂を出た。並んで階段を下りる間にも、何となく丑松は胸騒ぎがして、言うに言われぬ不快な心地《こころもち》に成るのであった。

邪推かは知らないが、どうもこの校長の態度《しむけ》が変った。妙に冷淡《しらじら》しく成った。いや、冷淡しいばかりでは無い、可厭《いや》に神経質な鼻でもって、自分の隠している秘密を嗅《か》ぐかのようにも感ぜらるる。「や？」と猜疑深《うたぐりぶか》い心《た》で先方《さき》の様子を推量して見ると、さあ、丑松はこの校長と一緒に並んで歩くことすら堪え難《がた》い。どうかすると階段を下りる拍子に、二人の肩と肩とが触合《すれあ》うこともある。冷《つめた》い戦慄《みぶるい》は丑松の身体《からだ》を通して流れ下るのであった。

小使が振鳴《ふりな》らす最終《おわり》の鈴の音は、その時、校内に響き渡った。そこここの教室の戸を開けて、後から後から押して出て来る少年の群《むれ》は、長い廊下に満ち溢《あふ》れた。丑松は校長の側《そば》を離れて、急いでこの少年の群に交った。

やがて生徒は雪道の中を帰って行った。いずれも学問する児童《こども》らしい顔付の殊勝さ。弁当箱を振廻《ふりまわ》して行くもあれば、風呂敷包《ふろしきづつみ》を頭の上に戴《の》せて行くもある。十露盤《そろばん》小脇《わき》に擁《かか》え、上草履提げ、口笛を吹くやら、唱歌を歌うやら。呼ぶ声、叫ぶ声は、犬の鳴声に交って、午後の空気に響いて騒《さわが》しく聞える、中には下駄《げた》の鼻緒を切らして、素足で飛んで行く女の児《こ》もあった。

不安と恐怖との念《おもい》を抱きながら、丑松も生徒の後に随《つ》いて、学校の門を出た。こうしてこの無邪気な少年の群を眺めるということが、既にもう丑松の身に取っては堪えがたい身の苦痛《くるしみ》を感ずる媒《なかだち》とも成るので有る。

「省吾《しょうご》さん、今御帰り？」

こう丑松は言葉を掛けた。

「はあ」と省吾は笑って、「私《わし》も後刻《あと》で蓮華寺《れんげじ》へ行きやすよ、姉さんが来ても可《いい》と言いやしたから」

「むむ――今夜は御説教があるんでしたッけねえ」

と思出したように言った。暫時《しばらく》丑松は可懐《なつか》しそうに、駈出《かけだ》して行く省吾の後姿《うしろすがた》を見送りながら立った。雪の大路の光景《ありさま》は、丁度、眼前《めのまえ》に展《ひら》けて、用事ありげな人々が往《い》ったり来たりしている。急に烈《はげ》しい眩暈《めまい》に襲われて、丑松は其処《そこ》へ仆《たお》れかかりそうに成った。その時、誰《だれ》かこう背後《うしろ》から追迫《おいせま》って来て、自分を捕《つかま》えようとして、突然《だしぬけ》に「やい、調里坊《ちょうりッぽう》」とでも言うかのように思われた。こう疑えば恐しくなって、背後を振返って見ずにはいられなかったのである――ああ、誰がそんなところに居よう。丑松は自分を嘲《あざけ》ったり励ましたりした。

第拾五章

（一）

酷烈《はげ》しい、犯し難《がた》い社会《よのなか》の威力《ちから》は、次第に、丑松《うしまつ》の身に迫って来るように思われた。学校から帰えって、蓮華寺《れんげじ》の二階へ上った時も、風呂敷包《ふろしきづつみ》をそこへ投出《ほうりだ》す、羽織袴《はかま》を脱捨《ぬぎす》てる、直《す》ぐに丑松は畳の上に倒れて、放肆《ほしいまま》な絶望に埋没《うずも》れるの外は無かった。眠るでも無く、考えるでも無く、丁度無感覚な人のように成って、長いこと身動きも為《せ》ずにいたが、やがて起直《おきなお》って部屋の内《なか》を眺《なが》め廻《まわ》した。

楽しそうな笑声《わらいごえ》が、蔵裏《くり》の下座敷《しも》の方から、とぎれとぎれに聞えた。聞くとも無しに聞耳《ききみみ》を立てると、その日もまた文平がやって来て、人々を笑わせているらしい。あの邪気《あどけ》ない、制《おさ》えても制えきれないような笑声は、と聞くと、省吾《しょうご》は最早《もう》遊びに来ているものと見える。時々若い女の声も混った――ああ、お志保《しほ》だ。こう聞き澄まして、丑松は自分の部屋の内を歩いて見た。

「先生」

と声を掛けて、急に入って来たのは省吾である。

丁度、階下《した》では茶を入れたので、丑松にも話しに来ないか、と省吾は言付《いいつ》けられて来た。聞いて見ると、奥様やお志保は下座敷に集《あつま》って、そこへ庄馬鹿《しょうばか》までやって来ている。可笑《おか》しい話が始《はじま》ったので、人々は皆《みん》な笑い転げて、中にはもう泣いたものが有るとのこと。

「あの、勝野先生も来て居なさりやすよ」

と省吾は添付《つけた》して言った。

「そう？　勝野君も？」と丑松は微笑《ほほえ》みながら答えた。遽然《にわかに》、心の底から閃《ひら》めいたように、憎悪《にくしみ》の表情が丑松の顔に上った。尤《もっと》も直にそれは消えて隠れて了《しま》ったのである。

「さあ――私《わし》と一緒に早く来なされ」

「今直に後から行きますよ」

とは言ったものの、実は丑松は行きたくないのであった。「早く」を言い捨てて、ぷいと省吾は出て行って了った。

楽しそうな笑声が、復《ま》た、起った。蔵裏の下座敷――それはもう目に見ないでも、こうして声を聞いたばかりで、人々の光景《ありさま》が手に取るように解《わか》る。何もかも丑松は想像することが出来た。定めし、奥様は何か心に苦にすることがあって、それを忘れる為《ため》にわざわざ面白可笑しく取做《とりな》して、それであんな男のような声を出して笑うのであろう。定めし、お志保は部屋を出たり入ったりして、茶の道具を持って来たり、それを入れて人々に薦《すす》めたり、又は奥様の側《そば》に倚添《よりそ》いながら談話《はなし》を聞いて微笑んでいるのであろう。定めし、文平は婦人《おんな》子供と見て思い侮って、自分独りが男でも有るかのように、可厭《いや》に容子《ようす》を売っていることであろう。(二三)

さぞ。そればかりでは無い、必定《きっと》また人のことを何とかかんとか——ああ、ああ、素性《うまれ》が素性なら、誰《だれ》があんな男なぞの身の上を羨《うらや》もう。

現世の歓楽を慕う心は、今、丑松の胸を衝《つ》いてむらむらと湧《わ》き上った。捨てられ、卑しめられ、爪弾《つまはじ》きせられ、同じ人間の仲間入すら出来ないような、つたない同族の運命を考えれば考えるほど、猶々《なおなお》この若い生命《いのち》が惜《おし》まるる。

「何故《なぜ》、先生は来なさらないですか」

こう言いながら、やがて復《ま》た迎えにやって来たのは省吾である。

あまり邪気《あどけ》ないことを言って督促《せきた》てるので、丑松はこの少年を慫慂《そその》かして、いっそ本堂の方へ連れて行こうと考えた。部屋を出て、楼梯《はしごだん》を下りると、蔵裏から本堂へ通う廊下は二つに別れる。裏庭に近い方を行けば、是非とも下座敷の側《わき》を通らなければならない。其処《そこ》には文平が話しこんでいるのだ。丑松は表側の廊下を通ることにした。

（二）

古い僧坊は廊下の右側に並んで、障子越しに話声《はなしごえ》なぞの泄《も》れて聞えるは、下宿する人が有ると見える。この寺の広く複雑《こみい》った構造《たてかた》といったら、何処《どこ》にどういう人が泊っているか、それすら克《よ》くは解《わか》らない程。平素《ふだん》は何の役にも立ちそうも無い、陰気な明間《あきま》がいくつとなく有る。こうして省吾《しょうご》と連立《つれだ》って、細長い廊下を通る間にも、朽ち衰えた精舎《しょうじや》の気は何となく丑《うし》松《まつ》の胸に迫るのであった。壁は暗く、柱は煤《すす》け、大きな板戸を彩色《いろど》った古画の絵具《えのぐ》も剝落《はげお》ちていた。

この廊下が裏側の廊下に接《つ》いて、丁度本堂へ曲ろうとする角のところで、急に背後《うしろ》の方から人の来る気勢《けはい》がした。思わず丑松は振返《ふりかえ》った。省吾も。見ればお志保《しほ》で、何か用事ありげに駈寄《かけよ》って、未《ま》だ物を言わない先からもう顔を真紅《まっか》にしたのである。

「あの――」とお志保は艶《つや》のある清《すず》しい眸《ひとみ》を輝かした。「先程は、弟が結構なものを頂きましたそうで」

こう礼を述べながら、その口唇《くちびる》で嬉《うれ》しそうに微笑《ほほえ》んで見せた。

その時奥様の呼ぶ声が聞えた。逸早《いちはや》くお志保は聞きつけて、一寸《ちょっと》耳を澄ましていると、「あれ、姉さん、呼んでやすよ」と省吾も姉の顔を見上げた。復《ま》た呼ぶ声が聞える。驚いたように引返して行くお志保の後姿《うしろすがた》を見送って、やがて省吾を導いて、丑松は本堂の扉《ひらき》を開けて入った。

ああ、精舎の静寂《しずか》さ――丁度それは古蹟《こせき》の内《なか》を歩むと同じような心地《こころもち》がする。円い塗柱《ぬりばしら》に懸かる時計の針の刻々をきざむより外には、この高く暗い天井《てんじょう》の下に、一つとして音のするものは無かった。身に沁《し》み入るような沈黙は、そこにも、ここにも、隠れ潜んでいるかのよう。目に入るものは、何もかも――錆《さび》を帯びた金色《こんじき》の仏壇、生気の無い蓮《はす》の造花《つくりばな》、人の空想を誘うような天界《てんがい》の女人《にょにん》の壁に画《か》かれた形像《かたち》、すべてそれらのものは過去《すぎさ》った時代の光華《ひかり》と衰頽《おとろえ》とを語るのであった。丑松は省吾と一緒に内陣（一二四）までも深く上って、仏壇のかげにある昔の聖僧達《たち》の画像の前を歩いた。

「省吾さん」と丑松は少年の横顔を熟視《まも》りながら、「君はねえ、家眷《うち》の人の中で誰《だれ》が一番好きなんですか――父さんですか、母さんですか」

省吾は答えなかった。

「当てて見ましょうか」と丑松は笑って、「父さんでしょう？」

「いいえ」

「ホウ、父さんじゃ無いですか」

「だって、父さんはお酒ばかり飲んでて――」

「そんなら君、誰が好きなんですか」

「まあ、私《わし》は――姉さんでごわす」

「姉さん？　そうかねえ、君は姉さんが一番好《い》いかねえ」

「私は、姉さんには、何でも話しやすよ、へえ父さんや母さんには話さないようなことでも」

こう言って、省吾は何の意味もなく笑った。

北の小座敷には古い涅槃《ねはん》(一二五)の図が掛けてあった。普通の寺によくあるこの宗教画は大抵模倣《うつし》の模倣で、戯曲《しばい》がかりの配置《くみあわせ》とか、無意味な彩色《いろどり》とか、又は熱帯の自然と何の関係も無いような背景とか、そんなことより外にこれぞと言って特色《とりえ》の有るものは鮮少《すくな》い。この寺のも矢張《やはり》同じ型ではあったが、多少創意のある画家《えかき》の筆に成ったものと見えて、ありふれた図に比べると余程活々《いきいき》していた。まあ、宗教《おしえ》の方の情熱が籠《こも》るとは見えないまでも、何となく人の心を撫《ひきつ》ける樸実《まじめ》なところがあった。流石《さすが》、省吾は未だ子供のことで、その禽獣《とりけもの》の悲嘆《なげき》の光景《さま》を見ても、丁度お伽話《とぎばなし》を絵で眺《なが》めるように、別に不思議がるでも無く、驚くでも無い。無邪気な少年はただ釈迦《しやか》の死を見て笑った。

「ああ」と丑松は深い溜息《ためいき》を吐《つ》いて、「省吾さんなぞは未だ死ぬということを考えたことが有《あり》ますまいねえ」

「私《わし》がでごわすか」と省吾は丑松の顔を見上げる。

「そうさ――君がサ」

「はははは。ごわせんなあ、そんなことは」

「そうだろうねえ。君等《ら》の時代にそんなことを考えるようなものは有ますまいねえ」

「ふふ」と省吾は思出《おもいだ》したように笑って、「お志保姉さんも克くそんなことを言いやすよ」

「姉さんも?」と丑松は熱心な眸を注いだ。

「はあ、あの姉さんは妙なことを言う人で、へえもう死んで了《しま》いたいの、誰《だあれ》も居ないような処《とこ》へ行って大きな声を出して泣いてみたいのッて――まあ、どうしてそんな気になるだらず」

こう言って、省吾は小首を傾《かし》げて、一寸口笛を吹く真似《まね》をした。

間も無く省吾は出て行った。丑松は唯単独《ただひとり》になった。急に本堂の内部《なか》は聞《しん》として、種々《さまざま》の意味ありげな装飾が一層無言のなかに沈んだように見える。深い天井の下に、いつまでも変らずにある真鍮《しんちゆう》の香炉、花立《はなたて》、燈明皿《とうみようざら》――そんな性命《いのち》の無い道具まで、何となくこう寂寞《じやくまく》(二二六)な瞑想《めいそう》に耽《ふけ》っているようで、仏壇に立つ観音《かんのん》の彫像は慈悲というよりは寧《むし》ろ沈黙の化身《けしん》のように輝いた。こういう静寂《しずか》な、世離れたところに立って、その人のことを想《おも》い浮べて見ると、丁度古蹟を飾る花草のような気がする。丑松は、血の湧《わ》く思《おもい》を抱きながら、円い柱と柱との間を往《い》ったり来たりした。

「お志保さん、お志保さん」

あてども無く口の中で呼んで見たのである。

いつの間にか四壁《そこいら》は暗くなって来た。青白い黄昏時《たそがれどき》の光は薄明《うすあかる》く障子に映って、本堂の正面の方から射《さ》しこんだので、柱と柱との影は長く畳の上へ引いた。倦《う》み、困《くるし》み、疲れた冬の一日《ひとひ》は次第に暮れて行くのである。その時白衣《びゃくえ》を着けた二人の僧が入って来た。一人は住職、一人は寺内の若僧であった。灯《あかし》は奥深く点《つ》いて、あそこにも、ここにも、と見ているうちに、六挺《ろくちょう》ばかりの蠟燭《ろうそく》が順序よく並んで燃《とぼ》る。仏壇を斜《ななめ》に、内陣の角のところに座を占めて、金《きん》泥《でい》の柱の側《そば》に掌《て》を合わせたは、住職。一段低い外陣（二七）に引下って、反対の側にかしこまったは、若僧。やがて鉦《かね》の音が荘厳《おごそか》に響き渡る。合唱の声は起った。

「なむからかんのう、とらやあ、やあ（二八）――」

宵《よい》の勤行《おつとめ》が始《はじま》ったのである。

ああ、寂しい夕暮もあればあるもの。丑松は北の間の柱に倚凭《よりかか》りながら、目を瞑《つぶ》り、頭をつけて、深く深く思い沈んでいた。「もし自分の素性《すじょう》がお志保の耳に入ったら――」それを考えると、つくづく穢多《えた》の生命《いのち》の味気《あじけ》なさを感ずる。漠然《ばくぜん》とした死滅の思想は、人懐《ひとなつか》しさの情に混って、烈《はげ》しく胸中を往来し始めた。熾盛《さかん》な青春の時代《ときよ》に逢《あ》いながら、今まで経験《であ》ったことも無ければ翹望《のぞ》んだことも無い世の苦というものを覚えるように成ったか、と考えると、そういう思想《かんがえ》を起したことすら既にもう切なく可傷《いたま》しく思われるのであった。冷《つめた》い空気に交る香の煙のにおいは、この夕暮に一層のあわれを添えて、哀《かな》しいとも、堪《た》えがたいとも、名のつけようが無い。遽然《にわかに》、二人の僧の声が絶えたので、心づいて眺めた時は、丁度読経《どきよう》を終って仏の名を称《とな》えるところ。間も無く住職は珠数《ずず》を手にして柱の側を離れた。若僧は未だ同じ場処に留《とど》った。丑松は眺め入った――高らかに節つけて読む高祖の遺訓（二九）の終るまでも――その文章を押頂《おしいただ》いて、やがて若僧の立上るまでも――終《しまい》には、蠟燭の灯《ひ》が一つ一つ吹消《ふきけ》されて、仏前の燈明ばかり仄《ほの》かに残り照らすまでも。

（三）

夕飯の後、蓮華寺《れんげじ》では説教の準備《したく》を為《す》るので多忙《いそが》しかった。昔からの習慣《ならわし》として、定紋つけた大提灯《おおちようちん》がいくつとなく取出《とりだ》された。寺内の若僧、庄馬鹿《しようばか》、子坊主《こぼうず》まで聚《よ》って会《たか》って、火を点《とも》して、それを本堂へと持運《もちはこ》ぶ。三人はその為《ため》に長い廊下を往《い》ったり来たりした。

説教聞きにとこころざす人々は次第に本堂へ集《あつま》って来た。この寺に附《つ》く檀家《だんか》のものは言うも更なり、それと聞伝《ききつた》えたかぎりは誘い合せて詰掛《つめか》ける。既にもう一生の行程《つとめ》を終った爺《じい》さん婆《ばあ》さんの群《むれ》ばかりで無く、随分種々《さまざま》の繁忙《せわ》しい職業に従う人々まで、それを聴こうとして熱心に集《つど》うのを見ても、いかにこの飯山《いいやま》の町が昔風の宗教と信仰との土地であるかを想像させる。聖経《おきよう》の中にある有名な文句、比喩《たとえ》なぞが、普通の人の会話に交るのは珍しくも無い。

娘の連《つれ》はいずれも美しい珠数《ずず》の袋を懐《ふところ》にして、蓮華寺へと先を争うのであった。

それは丑松《うしまつ》の身に取って、最も楽しい、又最も哀《かな》しい寺住《てらずみ》の一夜であった。どんなに丑松は胸を踊らせて、お志保《しほ》と一緒に説教聞く歓楽《たのしみ》を想像したろう。ああ、こういう晩にあたって、自分が穢多《えた》であるということを考えたほど、切ない思《おもい》を為《し》たためしは無い。奥様を始め、お志保、省吾《しょうご》なぞは既に本堂へ上って、北の間の隅《すみ》のところに集っていた。見れば中の間から南の間へかけて、男女《おとこおんな》の信徒、あそこに一団《ひとかたまり》、ここにも一団、思い思いに挨拶《あいさつ》したり話したりする声は、忍んではするものの、何となく賑《にぎやか》に面白く聞える。庄馬鹿が、自慢の羽織を折目正しく着飾って、これ見よがしに人々のなかを分けて歩くのも、おかしかった。その取《とり》澄《す》ました様子を見て、奥様も笑えば、お志保も笑った。丁度丑松の座ったところは、永代《えいたい》読（二三〇）経として寄附《きふ》の金高と姓名とを張出《はりだ》してある古壁の側《わき》、お志保も近くて、髪の香《におい》が心地よくかおりかかる。提灯の影は花やかに本堂の夜の空気を照らして、一層その横顔を若々しくして見せた。何という親しげな有様だろう、あの省吾を背後《うしろ》から抱いて、すこし微笑《ほほえ》んでいる姉らしい姿は。こう考えて、丑松はお志保の方を熟視《みまも》る度に、言うに言われぬ楽しさを覚えるのであった。

説教の始まるには未《ま》だ少許《すこし》間が有った。その時文平もやって来て、先《ま》ず奥様に挨拶《あいさつ》し、お志保に挨拶し、省吾に挨拶し、それから丑松に挨拶した。ああ、嫌《いや》な奴《やつ》が来た、と心に思うばかりでも、丑松の空想は忽《たちま》ち掻乱《かきみだ》されて、慄《ぞっ》とするような現実の世界へ帰るさえあるに、加之《おまけに》、文平が忸々《なれなれ》しい調子で奥様に話しかけたり、お志保や省吾を笑わせたりするのを見ると、丑松はもう腹立たしく成る。こうした女子供のなかで談話《はなし》をさせると、実に文平は調子づいて来る男で、一寸《ちょっと》したことをいかにも尤《もっと》もらしく言いこなして聞かせる。それに、この男の巧者なことには、妙に人懐《ひとなつ》こい、女の心を惹《ひきつ》けるようなところが有って、正味自分の価値《ねうち》よりはそれを二倍にも三倍にもして見せた。万事深く蔵《つつ》んでいるような丑松に比べると、親切は反《かえ》って文平の方にあるかと思わせる位。丑松は別に誰《だれ》の機嫌《きげん》を取るでも無かった――いや、省吾の方には優しくしても、お志保に対する素振《そぶり》を見ると寧《いっ》そ冷淡《つれない》としか受取《うけと》れなかったのである。

「瀬川君、どうです、今日の長野新聞は」

と文平は低声《こごえ》で誘《かま》をかけるように言出《いいだ》した。

「長野新聞？」と丑松は考深《かんがえぶか》い目付をして、「今日は未だ読んでみません」

「そいつは不思議だ――君が読まないというのは不思議だ」

「何故《なぜ》？」

「だって、君のように猪子《いのこ》先生を崇拝していながら、あの演説の筆記を読まないというのは不思議だからサ。まあ、是非読んでみたまえ。それに、あの新聞の評が面白い。猪子先生のことを、『新平民中の獅子《しし》』だなんて――巧《うま》いことを言う記者が居るじゃあないか」

こう口では言うものの、文平の腹の中では何を考えているか、と丑松は深く先方《さき》の様子を疑った。お志保はまた熱心に耳を傾けて、二人の顔を見比べていたのである。

「猪子先生の議論はとにかく、あの意気には感服するよ」と文平は言葉を継いで、「あの演説の筆記を見たら、猪子先生の書いたものを読んで見たくなった。まあ君は審《くわ》しいと思うから、それで聞くんだが、あの先生の著述では何が一番傑作と言われるのかね」

「どうも僕には解《わか》らないねえ」こう丑松は答えた。

「いや、戯語《じょうだん》じゃ無いよ――実際、君、僕は穢多というものに興味を持って来た。あの先生のような人物が出るんだから、確《たしか》に研究して見る価値《ねうち》は有るに相違ない。まあ、君だっても、それで『懺悔録《ざんげろく》』なぞを読む気に成ったんだろう」と文平は嘲《あざけ》るような語気で言った。

丑松は笑って答えなかった。流石《さすが》にお志保の居る側《そば》で、穢多という言葉が繰返《くりかえ》された時は、丑松はもう顔色を変えて、自分で自分を制《おさ》えることが出来なかったのである。怒気《いかり》と畏怖《おそれ》とはかわるがわる丑松の口唇《くちびる》に浮んだ。文平は又、鋭い目付をして、その微細な表情までも見《み》泄《も》らすまいとする。「御気の毒だが――そう君のように隠したって無駄《むだ》だよ」とこう文平の目が言うようにも見えた。

「瀬川君、何か君のところにはあの先生のものが有るだろう。何でも好《い》いから僕《ぼく》に一冊貸してくれ給《たま》えな」

「無いよ――何にも僕のところには無いよ」

「無い？　無いッてことがあるものか。君の許《ところ》に無いッてことがあるものか。なにもそう隠さないで、一冊位貸してくれたって好《よ》さそうなものじゃないか」

「いや、僕は隠しやしない。無いから無いと言うんさ」

遽然《にわかに》、蓮華寺の住職が説教の座へ上ったので、二人はそれぎり口を噤《つぐ》んで了《しま》った。人々はいずれも座り直したり、容《かたち》を改めたりした。

（四）

住職は奥様と同年《おないどし》という。男のことであるから割合に若々しく、墨染の法衣《ころも》に金襴《きんらん》の袈裟《けさ》を掛け、外陣の講座の上に顕《あら》われたところは、佐久《さく》小県辺《ちいさがたあたり》に多い世間的な僧侶《そうりょ》に比べると、遥《はる》かに高尚《こうしょう》な宗教生活を送って来た人らしい。額広く、鼻隆《はなたか》く、眉《まゆ》すこし迫って、容貌《おもばせ》もなかなか立派な上に、温和な、善良な、かつ才智《さいち》のある性質を好《よ》く表している。法話の第一部は猿《さる》の比喩《たとえ》で始まった。智識のある猿は世に知らないということが無い。よく学び、よく覚え、殊に多くの経文を暗誦《あんしょう》して、万人の師匠とも成るべき程の学問を蓄わえた。畜生の悲しさには、唯《た》だ一つ信ずる力を欠いた。人は、よしこの猿ほどの智識が無いにもせよ、信ずる力あって、はじめて凡夫も仏の境には到り得る。なんと各々方《おのおのがた》、合点か。人間と生れた宿世《すくせ》のありがたさを考えて、朝夕念仏を怠り給《たも》うな。こう住職は説出《ときだ》したのである。

「なむあみだぶ、なむあみだぶ」

と人々の唱える声は本堂の広間に満ち溢《あふ》れた。男も、女も、懐中《ふところ》から紙入を取出《とりだ》して、思い思いに賽銭《さいせん》を畳の上へ置くのであった。

法話の第二部は、昔の飯山《いいやま》の城主、松平遠江守《とおとうみのかみ》の事蹟《じせき》を材《たね》に取った。そもそも飯山が仏教の地と成ったは、この先祖の時代からである。火のような守《かみ》の宗教心は未《ま》だ年若な頃《ころ》からして燃えた。丁度江戸表《おもて》へ参勤の時のこと、日頃鬱積《むすぼ》れて解けない胸中の疑問を人々に尋ね試みたことがある。「人は死んで、畢竟《つまり》どうなる」侍臣も、儒者も、この問《とい》には答えることが出来なかった。林大学《だいがく》の頭《かみ》（二三）に尋ねた。大学の頭ですらも。それから守《かみ》は宗教に志し、渋谷《しぶや》の僧に就いて道を聞き、領地を甥《おい》に譲り、六年目の暁《あかつき》に出家して、飯山にある仏教の先祖《おや》と成ったという。なんとこの発心《ほっしん》の歴史は味《あじわい》のある話ではないか。世の多くの学者が答えることの出来ない、その難問に答え得るものは、信心あるものより外に無い。こう住職は説き進んだのである。

「なむあみだぶ、なむあみだぶ」

一斉《いっせい》に唱える声は風のように起った。人々は復《ま》た賽銭を取出して並べた。

こういう説教の間にも、時々丑松《うしまつ》は我を忘れて、熱心な眸《ひとみ》をお志保《しほ》の横顔に注いだ。さすがに人目を憚《はばか》って見まい見まいと思いながらも、つい見ると、仏壇の方を眺《なが》め入ったお志保の目付の若々しさ。不思議なことには、熱い涙が人知れずその顔を流れるという様子で、時々啜《すす》り上げたり、密《そっ》と鼻を拭《か》んだりした。尚《なお》よく見ると、言うに言われぬ恐怖《おそれ》と悲愁《うれい》とが女らしい愛らしさに交って、陰影《かげ》のように顕《あらわ》れたり、隠れたりする。何をお志保は考えたのだろう。何を感じたのだろう。何を思出《おもいだ》したのだろう。こう丑松は推量した。今夜の法話がそう若い人の心を動かすとも受取《うけと》れない。有体《ありてい》に言えば、住職の説教はもう旧《ふる》い、旧い遣方《やりかた》で、明治生れの人間の耳には寧《いっ》そ異様に響くのである。型に入った仮白《せりふ》のような言廻《いいまわ》し、秩序の無い断片的な思想、金色に光り輝く仏壇の背景――丁度それは時代な劇《しばい》でも観《み》ているかのような感想《かんじ》を与える。若いものがああいう話を聴いて、それ程胸を打たれようとは、どうしても思われなかったのである。

省吾はそろそろ眠くなったと見え、姉に倚凭《よりかか》ったまま、首を垂れて了《しま》った。お志保はいろいろに取賺《とりすか》して、動《ゆす》って見たり、私語《ささや》いて見たりしたが、一向に感覚が無いらしい。

「これ——もうすこし起きておいでなさいよ。他様《ひとさま》が見て笑うじゃ有《あり》ませんか」と叱《しか》るように言った。奥様は引取《ひきと》って、

「其処《そこ》へ寝かして置くが可《いい》やね。ナニ、子供のことだもの」

「真実《ほんと》に未だ児童《ねんねえ》で仕方が有ません」

こう言って、お志保は省吾を抱直《だきなお》した。殆《ほと》んど省吾は何にも知らないらしい。その時丑松が顔を差出《さしだ》したので、お志保も是方《こちら》を振向《ふりむ》いた。お志保は文平を見て、奥様を見て、それから丑松を見て、紅《あか》くなった。

（五）

法話の第三部は白隠《はくいん》(一二二)に関する伝説を主にしたものであった。昔、飯山《いいやま》の正受菴《しょうじゅあん》に恵《え》端禅師《たんぜんじ》という高僧が住んだ。白隠がこの人を尋ねて、飯山へやって来たのは、まだ道を求めている頃《ころ》。参禅して教《おしえ》を聴く積りで、来てみると、掻集《かきあつ》めた木葉《このは》を背負いながらとぼとぼと谷間《たにあい》を帰って来る人がある。散切頭《ざんぎりあたま》に、髯茫々《ひげぼうぼう》。それと見た白隠は切込《きりこ》んで行った。「そもさん」(一二三)こういう熱心は、漸《ようや》く三回目に、恵端の為《ため》に認められたという。それから朝夕師として侍《かしず》いて居たが、さて終《しまい》には、白隠も問答に究して了《しま》った。究するというよりは、絶望して了った。

ああ、あんな問《とい》を出すのは狂人《きちがい》だ、とこう師匠のことを考えるように成って、苦しさのあまりに其処《そこ》を飛出《とびだ》したのである。思案に暮れながら、白隠は飯山の町はずれを辿《たど》った。丁度収穫《とりいれ》の頃で、堆高《うずだか》く積上《つみあ》げた穀物の傍《わき》に仆《たお》れていると、農夫の打つ槌《つち》は誤ってこの求道者《ぐどうしゃ》を絶息させた。夜露が口に入る、目が覚める、蘇生《いきかえ》ると同時に、白隠は悟った。一説に、彼は町はずれで油売に衝当《つきあた》って、その油に滑って、悟ったともいう。静観庵《じょうかんあん》として今日まで残っているのは、この白隠の大悟した場処を記念する為に建てられたものである。

この伝説はとにかく若いものの知らないことであった。それから自分の意見を述べて、いよいよ結末《くくり》という段になると、毎時《いつも》住職は同じような説教の型に陥る。自力で道に入るということは、白隠のような人物ですら容易で無い。吾他力宗（一二四）は単純《ひとえ》に頼むのだ。信ずるのだ。導かれるのだ。凡夫の身をもって達するのだ。くれぐれも自己《おのれ》を捨てて、阿弥陀如来《あみだにょらい》（一二五）を頼み奉《たてまつ》るの外は無い。こう住職は説き終った。

「なむあみだぶ、なむあみだぶ」

と人々の唱える声は暫時《しばらくや》止まなかった。多くの賽銭《さいせん》はまた畳の上に集《あつま》った。お志保《しほ》も殊勝らしく掌《て》を合せて、奥様と一緒に唱えていたが、涙はその若い頬《ほお》を伝って絶間《とめど》も無く流れ落ちたのである。

やがて聴衆は珠数《ずず》を提げて帰って行った。奥様も、お志保も、今は座を離れて、円柱《まるばしら》の側《わき》に佇《たたず》みながら、人々に挨拶《あいさつ》したり見送ったりした。雪がまた降って来たというので、本堂の入口は酷《ひど》く雑踏する。女連《おんなづれ》は多く後になった。殊に思い思いの風俗して、時の流行《はやり》に後れまいとする町の娘の有様は、深く深くお志保の注意を引くのであった。お志保は熟《じっ》と眺《なが》め入りながら、寺住《てらずみ》の身と思比《おもいくら》べていたらしいのである。

「や、どうも今晩の御説教には驚きましたねえ」と文平は住職に近《ちか》いて言った。「実にあの白隠の歴史には感服して了いました。まあ、始めてです、ああいう御話を伺ったことは。あの白隠が恵端禅師の許《ところ》へ尋ねて行く。あそこのところが私は気に入りました。こう向うの方から、掻集めた木葉を背負いながら、散切頭に髯茫々という姿で、とぼとぼと谷間を帰って来る人がある。そこへ白隠が切込んで行った。『そもさん』——ああいかなければ不可《いけ》ませんねえ」と身振手真似《みぶりてまね》を加えて喋《しゃべ》りたてたので、住職はもとより、それを聞く人々は笑わずにいられなかった。そうこうする中《うち》に、聴衆は最早《もう》すっかり帰って了う。急に本堂の内《なか》は寂しく成る。若僧や子坊主《こぼうず》は多忙《いそが》しそうに後片付。庄馬鹿《しょうばか》は腰を曲《こご》めながら、畳の上の賽銭を掻集めて歩いた。

その時は最早丑松《うしまつ》の姿が本堂の内に見えなかった。丑松は省吾《しょうご》を連れて、蔵裏《くり》の方へ見送って行ってやった。丁度文平が奥様やお志保の側《そば》で盛んに火花を散らしている間に、丑松は黙って省吾を慰撫《いたわ》ったり、人の知らない面倒を見て遣《や》ったりしていたのである。

第拾六章

（一）

次第に丑松《うしまつ》は学校へ出勤するのが苦しく成って来た。ある日、あまりの堪《た》えがたさに、欠席の届《とどけ》を差出した。その朝は遅くまで寝ていた。八時打ち、九時打ち、やがて十時打っても、まだ丑松は寝ていた。窓の障子は冬の日をうけて、その光が部屋の内《なか》へ射《さ》しこんで来たのに、丑松は枕頭《まくらもと》を照らされても、まだそれでも起きることが出来なかった。下女の袈裟治《けさじ》は部屋の掃除《そうじ》を済まして、最早《もう》とっくに雑巾掛《ぞうきんがけ》まで為《し》て了《しま》った。幾度か二階へも上って来てみた。来て見ると、丑松は疲れて、蒼《あお》ざめて、丁度酣酔《たべすご》（一三六）した人のように、寝床の上に倒れている。枕頭《まくらもと》は取散らしたまま。あちらの隅《すみ》に書物、こちらの隅に風呂敷包《ふろしきづつみ》、すべてこの部屋の内に在《あ》る道具といえば、各自《めいめい》勝手に乗出《のりだ》して踴《おど》ったり跳ねたりした後のようで、その乱雑な光景《ありさま》は部屋の主人の心の内部《なか》を克《よ》く想像させる。やがてまた袈裟治が湯沸《ゆわかし》を提げて入って来た時、漸《ようや》く丑松は起上《おきあが》って、茫然《ぼんやり》と寝床の上に座っていた。寝過ぎと衰弱《おとろえ》とから、恐しい苦痛の色を顔に表して、半分は未《ま》だ眠りながら其処《そこ》に座っているかのよう。「御飯を持って来ましょうか」こう袈裟治が聞いて見ても、丑松は食う気に成らなかったのである。

「ああ、気分が悪くていなさるとみえる」
と独語《ひとりごと》のように言いながら、袈裟治は出て行った。

それは北国の冬らしい、寂しい日であった。ちいさな冬の蠅《はえ》はこの部屋の内に残って、窓の障子をめがけては、あちこちあちこちと天井《てんじょう》の下を飛びちがっていた。丑松が未だこの寺へ引越して来ないで、あの鷹匠町《たかじょうまち》の下宿に居た頃《ころ》は、煩《うるさ》いほど沢山蠅の群《むれ》が集《あつま》って、何処《どこ》から塵埃《ほこり》と一緒に舞込《まいこ》んで来たかと思われるように、鴨居《かもい》だけばかりのところを組《く》んず離《ほぐ》れつしたのであった。思えば秋風を知って、短い生命《いのち》を急いだのであろう。今は僅《わず》かに生残ったのがこうして目につく程の季節と成った。丑松は眺《なが》め入った。眺め入りながら、十二月の近《ちか》いたことを思い浮べたのである。

こうして、働けば働ける身をもって、何《なん》も為《せ》ずに考えているということは、決して楽では無い。官費の教育を享《う》けたかわりに、長い義務年限が纏綿《つきまと》って、否《いや》でも応《おう》でもその間厳重な規則に服従《したが》わなければならぬ、ということは——無論、丑松も承知している。承知していながら、働く気が無くなって了った。噫《ああ》、朝寝の床は絶望した人を葬《ほうむ》る墓のようなもので有ろう。丑松は復《ま》たそこへ倒れて、深い睡眠《ねむり》に陥入《おちい》った。

（二）

「瀬川先生、御客様でやすよ」
と喚起《よびおこ》す袈裟治《けさじ》の声に驚かされて、丑松《うしまつ》は銀之助が来たことを知った。銀之助ばかりでは無い、例の準教員も勤務《つとめ》のままの服装《みなり》でやって来た。その日は、地方を巡回して歩く休職の大尉とやらが軍事思想の普及を計る為《ため》、学校の生徒一同に談話《はなし》をして聞かせるとかで、午後の課業が休みと成ったから、一寸《ちよつと》暇を見て尋ねて来たという。丑松は寝床の上に起直《おきなお》って、半ば夢のように友達の顔を眺《なが》めた。

「君――寝ていたまえな」

こう銀之助は無造作な調子で言った。真実丑松をいたわるという心がこの友達の顔色に表れる。丑松は掛蒲団《かけぶとん》の上にある白い毛布を取って、丁度褞袍《どてら》を着たような具合に、それを身に纏《まと》いながら、

「失敬するよ、僕《ぼく》はこんなものを着ているから。ナニ、君、そんなに酷《ひど》く不良《わる》くも無いんだから」

「風邪《かぜ》ですか」と準教員は丑松の顔を熟視《みまも》る。

「まあ、風邪だろうと思うんです。昨夜から非常に頭が重くて、どうしても今朝は起きることが出来ませんでした」と丑松は準教員の方へ向いて言った。

「道理で、顔色が悪い」と銀之助は引取って、「インフルエンザ(一三七)が流行《はや》るというから、気をつけ給《たま》え。何か君、飲んで見たらどうだい。焼味噌《やきみそ》のすこし黒焦《くろこげ》に成ったやつを茶漬茶椀《ちゃづけちゃわん》かなんかに入れて、そこへ熱湯《にえゆ》を注込《つぎこ》んで、二三杯もやってみ給え。大抵の風邪は愈《なお》って了《しま》うよ」と言って、すこし気を変えて、「や、好《い》い物《もの》を持って来て、出すのを忘れた――それ、御土産だ」

こう言って、風呂敷包《ふろしきづつみ》の中から取出したのは、十一月分の月給。

「今日は君が出て来ないから、代理に受取って置いた」と銀之助は言葉を続けた。

「克《よ》く改めて見てくれ給え――まあ有る積りだがね」

「それは難有《ありがと》う」と丑松は袋入りの銀貨取混ぜて受取って、「確《たしか》に。して見ると今日は二十八日かねえ。僕はまた二十七日だとばかり思っていた」

「ははははは、月給取が日を忘れるようじゃ仕様が無い」と銀之助は反返《そりかえ》って笑った。

「全く、僕は茫然《ぼんやり》していた」と丑松は自分で自分を励ますようにして、「今月は君、小だろう。二十九、三十と、十一月も最早《もう》二日しか無いね。ああ今年も僅《わず》かに成ったなあ。考えてみると、うかうかして一年暮して了った――まあ、僕なぞは何《なんに》も為《し》なかった」

「誰《だれ》だってそうさ」と銀之助も熱心に。

「君は好《い》いよ。君はこれから農科大学の方へ行って、自分の好きな研究が自由にやれるんだから」

「時に、僕の送別会もね、生徒の方から明日にしたいと言出《いいだ》したが――」

「明日に？」

「しかし、君もこうして寝ているようじゃあ――」

「なあに、最早《もう》愈ったんだよ。明日は是非出掛ける」

「はははは、瀬川君の病気は不良《わる》くなるのも早いし、快《よ》くなるのも早い。まあ大病人のように呻吟《うな》ってるかと思うと、また虚言《うそ》を言ったように愈るから不思議さ――そりゃあ、もう、毎時《いつも》御極《おきま》りだ。それはそうと、こうして一緒に馬鹿《ばか》を言うのも僅かに成って来た。その内に御別れだ」

「そうかねえ、君はもう行って了うかねえ」

こういう言葉を取交《とりかわ》して、二人は互《たがい》に感慨に堪《た》えないという様子であった。その時まで、黙って二人の談話《はなし》を聞いて、巻煙草《まきたばこ》ばかり燻《ふか》していた準教員は、唐突《だしぬけ》にこんなことを言出した。

「今日僕は妙なことを聞いて来た。学校の職員の中に一人新平民が隠れているなんて、そんなことを町の方で噂《うわさ》するものが有るそうだ」

（三）

「誰《だれ》がそんなことを言出《いいだ》したんだろう」と銀之助は準教員の方へ向いて言った。

「誰が言出したか、それは僕《ぼく》も知らないがね」と準教員はすこし困却《こま》ったような調子で、「要するに、人の噂に過ぎないんだろうと思うんだ」

「噂にもよりけりさ。そんなことを言われちゃあ、大《おおい》に吾儕《われわれ》が迷惑するねえ。克《よ》く町の人は種々《いろいろ》なことを言触《いいふ》らす。やれ、女の教員がどうしたの、男の教員がこうしたのッて。何故《なぜ》、そう人の噂が為《し》たいんだろう。そんなら、君、まあ学校の職員を数えてみ給《たま》え。穢多《えた》らしいような顔付のものが吾儕の中にあるかい。実に怪《け》しからんことを言うじゃないか——ねえ、瀬川君」

こう言って、銀之助は丑松《うしまつ》の方を見た。丑松は無言で、白い毛布に身を包んだまま。

「ははははは」と銀之助は笑い出した。「校長先生は随分几帳面《きちようめん》な方だが、なんぼなんでも新平民とは思われないし、と言って、教員仲間にそんなものは見当りそうも無い。そうさなあ――いやに気取ってるのは勝野君だ――まあ、そんな嫌疑《けんぎ》のかかるのは勝野君位のものだ」

「まさか」と準教員も一緒になって笑った。

「そんなら、君、誰だと思う」と銀之助は戯《たわむ》れるように、「さしずめ、君じゃないか」

「馬鹿《ばか》なことを言い給え」準教員はすこし憤《むつ》然とする。

「はははは、君は直《すぐ》にそう怒るから不可《いかん》。なにも君だと言った訳では無いよ。真箇《ほんとう》に、君のような人には戯語《じようだん》も言えない」

「しかし」と準教員は真面目《まじめ》に成って、「これがもし事実だと仮定すれば――」

「事実？　到底そんなことは有得《ありう》べからざる事実だ」と銀之助は聞入《ききい》れなかった。「何故《なぜ》と言って見給え。学校の職員は大抵出処《でどこ》が極《きま》っている。君等《ら》のように講習を済まして来た人か、勝野君のように検定試験から入って来た人か、または吾儕《われわれ》のように師範出か――これより外には無い。もし吾儕の中にそんな人が有るとすれば、師範校時代にもう知れて了《しま》うね。卒業するまでもそれが知れずにいるなんてことは、寄宿舎生活が許さないさ。検定試験を受けるような人は、いずれ長く学校に関係した連中だから、これも知れずにいる筈《はず》が無し、君等の方はまた猶更《なおさら》だろう。それ見給え。今になって、突然そんなことを言触らすというは、すこし可笑《おか》しいじゃないか」

「だから――」と準教員は言葉に力を入れて、「僕だっても事実だと言った訳では無いサ。もし事実だと仮定すれば、と言ったんサ」

「若《も》しかね。はははははは。君の言う若は仮定する必要の無い若だ」

「そう言えばまあそれまでだが、しかし万一そんなことが有るとすれば、どういう結果に成って行くものだろう――僕は考えたばかりでも恐しいような気がする」

銀之助は答えなかった。二人の客はもうそれぎりこんな話を為《し》なかった。

やがて二人が言葉を残して出て行こうとした時は、丑松は喪心《そうしん》した人のようで、その顔色は白い毛布に映って、一層蒼《あお》ざめて見えたのである。「ああ、瀬川君は未《ま》だ快《よ》くないんだろう」こう銀之助は自分で自分に言いながら、準教員と一緒に楼梯《はしごだん》を下りて行った。

暫時《しばらく》丑松は茫然《ぼんやり》として部屋の内を眺《なが》め廻《まわ》していたが、急に寝床を片付けて、着物を着更《きか》えてみた。不図思いついたように、押入の隅《すみ》のところに隠して置いた書物を取出した。それはいずれも蓮太郎《れんたろう》を思出《おもいだ》させるもので、あの先輩が心血と精力とを注ぎ尽したという『現代の思潮と下層社会』、小冊子には『平凡なる人』、『労働』、『貧しきものの慰め』、それから『懴悔録《ざんげろく》』なぞ。丑松は一々内部《なか》を好《よ》く改めて見て、蔵書の印がわりに捺《お》して置いた自分の認印《みとめ》を消して了った。ほかに、床の間に置並《おきなら》べた語学の参考書の中から、五六冊不要なのを抜取《ぬきと》って、塵埃《ほこり》を払って、一緒にして風呂敷《ふろしき》に包んでいると、丁度そこへ袈裟治《けさじ》が入って来た。

「御出掛？」

こう声を掛ける。丑松はすこし周章《あわ》てたという様子して、別に返事もしないのであった。

「この寒いのに御出掛なさるんですか」と袈裟治は呆《あき》れて、蒼ざめた丑松の顔を眺めた。

「気分が悪くて寝ていなさる人が――まあ」

「いや、もうすっかり快《よ》くなった」

「ほほほほほ。それはそうと、御腹《おなか》が空《す》きやしたろう。何か食べて行きなすったら――まあ、貴方《あんた》は今朝から何《なんに》も食べなさらないじゃごわせんか」


丑松は首を振って、すこしも腹は空かないと言った。壁に懸けてある外套《がいとう》を除《はず》して着たのも、帽子を冠《かぶ》ったのも、着る積りも無く着、冠る積りも無く冠ったので、丁度感覚の無い器械が動くように、自分で自分の為《す》ることを知らない位であった。丑松はまた、友達が持って来てくれた月給を机の抽匣《ひきだし》の中へ入れて、その内を紙の袋のまま袂《たもと》へも入れた。尤《もっと》も幾許《いくら》置いて、幾許自分の身に着けたか、それすら好くは覚えていない。こうして書物の包《つつみ》を提げて、なるべく外套の袖《そで》で隠すようにして、やがてぶらりと蓮華寺《れんげじ》の門を出た。

（四）

雪は往来にも、屋根の上にもあった。「みの帽子」(一三八)を冠《かぶ》り、蒲《がま》の脛穿《はばき》(一三九)を着け、爪掛《つまかけ》(一四〇)を掛けた多くの労働者、または毛布を頭から冠って深く身を包んでいる旅人の群《むれ》――そんな手合《てあい》が眼前《めのまえ》を往《い》ったり来たりする。人や馬の曳《ひ》く雪橇《ゆきぞり》は幾台《いくつ》か丑松《うしまつ》の側《わき》を通り過ぎた。長い廻廊《かいろう》のような雪除《ゆきよけ》の「がんぎ」(軒廂《のきびさし》)も最早《もう》役に立つように成った。往来の真中《まんなか》に堆《うず》高《だか》く掻集《かきあつ》めた白い小山の連接《つづき》を見ると、今に家々の軒丈よりも高く降り積って、これが飯山《いいやま》名物の「雪山」と唄《うた》われるかと、冬期の生活《なりわい》の苦痛《くるしみ》を今更のように堪《た》えがたく思出《おもいだ》させる。空の模様はまた雪にでも成るか。薄い日のひかりを眺《なが》めたばかりでも、丑松は歩きながら慄《ふる》えたのである。

上町《かみまち》の古本屋には嘗《かつ》て雑誌の古を引取って貰《もら》った縁故もあった。丁度その店頭《みせさき》に客の居なかったのを幸《さいわい》、ついと丑松は帽子を脱いで入って、例の風呂敷包《ふろしきづつみ》を何気《なにげ》なく取出した。「すこしばかり書籍《ほん》を持って来ました――どうでしょう、これを引取って頂きたいのですが」とそれを言えば、亭主は直に丑松の顔色を読んで、商人《あきんど》らしく笑って、やがて膝《ひざ》を進めながら風呂敷包を手前へ引寄せた。

「ナニ、幾許《いくら》でも好《い》いんですから――」

と丑松は添加《つけた》して言った。

亭主は風呂敷包を解《ほど》いて、一冊々々書物の表紙を調べた揚句《あげく》、それを二通りに分けて見た。語学の本は本で一通り。ともかくもそれだけは丁寧に内部《なかみ》を開けて見て、それから蓮太郎《れんたろう》の著したものは無造作に一方へ積重《つみかさ》ねた。

「何程《いかほど》ばかりでこれは御譲りに成る御積りなんですか」と亭主は丑松の顔を眺めて、さも持《もて》余《あま》したように笑った。

「まあ、貴方《あなた》の方で思ったところを附《つ》けて見て下さい」

「どうもこの節は不景気でして、一向にこういうものが捌《は》けやせん。御引取り申しても好《よ》うごわすが、しかし金高《かねだか》があまり些少《いささか》で。実は申上げるにしやしても、是方《こちら》の英語の方だけの御直段《おねだん》で、新刊物の方はほんの御愛嬌《ごあいきょう》――」と言って、亭主は考えて、「こりゃ御持帰《おもちかえ》りに成りやした方が御為《おため》かも知れやせん」

「折角持って来たものです――まあ、そう言わずに、引取れるものなら引取って下さい」

「あまり些少《いささか》ですが、好うごわすか。そんなら、別々に申上げやしょうか。それとも籠《こ》めて申上げやしょうか」

「籠めて言って見て下さい」

「奈何《いかが》でしょう、精一杯なところを申上げて、五十五銭。へへへへへ。それで宜《よろ》しかったら御引取り申して置きやす」

「五十五銭？」

と丑松は寂しそうに笑った。

もとより何程《いくら》でも好いから引取って貰う気。直に話は纏《まとま》った。ああ書物ばかりは売るもので無いと、予《かね》て丑松も思わないでは無いが、然《しか》しここへ持って来たのは特別の事情がある。やがて自分の宿処《しゅくしょ》と姓名とを先方《さき》の帳面へ認《したた》めてやって、五十五銭を受取った。念の為、蓮太郎の著したものだけを開けて見て、消して持って来た瀬川という認印《みとめ》のところを確《たしか》めた。中に一冊、忘れて消して無いのがあった。「あ――ちょっと、筆を貸してくれませんか」こう言って、借りて、赤々と鮮明《あざやか》に読まれる自分の認印の上へ、右からも左からも墨黒々と引いた。

「こうして置きさえすれば大丈夫」――丑松の積りはこうであった。彼の心は暗かったのである。思い迷うばかりで、実はどうしていいか解《わか》らなかったのである。古本屋を出て、自分の為《し》たことを考えながら歩いた時は、もう哭《な》きたい程の思《おもい》に帰った。

「先生、先生――許して下さい」

と幾度か口の中で繰返した。その時、あの高柳に蓮太郎と自分とは何の関係も無いと言ったことを思出した。鋭い良心の詰責《とがめ》は、身を衛《まも》る余儀なさの弁解《いいわけ》と闘って、胸には刺されるような深い深い悲痛《いたみ》を感ずる。丑松は羞《は》じたり、畏《おそ》れたりしながら、何処《どこ》へ行くという目的《めあて》も無しに歩いた。

（五）

一ぜんめし、御酒肴《おんさけさかな》、笹屋《ささや》、としてあるは、かねて敬之進と一緒に飲んだところ。丑松《うしまつ》の足は自然とそちらの方へ向いた。表の障子を開けて入ると、そこここに二三の客もあって、飲食《のみくい》している様子。主婦《かみさん》は流許《ながしもと》へ行ったり、竈《かまど》の前に立ったりして、多忙《いそが》しそうに尻端折《しりはしより》で働いていた。

「主婦《かみ》さん、何か有《あり》ますか」

こう丑松は声を掛けた。主婦《かみさん》は煤《すす》けた柱の傍《わき》に立って、手を拭《ふ》きながら、

「生憎今日《あいにくこんち》は何《なんに》も無くて御気の毒だいなあ。川魚の煮《た》いたのに、豆腐の汁《つゆ》ならごわす」

「そんなら両方貰《もら》いましょう。それで一杯飲まして下さい」

その時、一人の行商が腰掛けていた樽《たる》を離れて、浅黄の手拭《てぬぐい》で頭を包みながら、丑松の方を振返って見た。雪靴《ゆきぐつ》のままで柱に倚凭《よりかか》っていた百姓も、一寸《ちょっと》盗むように丑松を見た。主婦《かみさん》が傾《かし》げた大徳利の口を玻璃杯《コップ》に受けて、茶色に気《いき》の立つ酒をなみなみと注《つ》いで貰い、立って飲みながら、上目で丑松を眺《なが》める橇曳《そりひき》らしい下等な労働者もあった。こういう風に、人々の視線が集まったのは、とにかく毛色の異《かわ》った客が入って来た為《ため》、放肆《ほしいまま》な雑談を妨げられたからで。尤《もっと》もこの物見高い沈黙は僅《わず》かの間であった。やがて復《ま》た盛んな笑声《わらいごえ》が起った。炉の火も燃え上った。丑松は炉辺《ろばた》に満ち溢《あふ》れる「ぼや」の烟《けむり》のにおいを嗅《か》ぎながら、そこへ主婦《かみさん》が持出した胡桃足《くるみあし》の膳《ぜん》(一四二)を引寄せて、黙って飲んだり食ったりしていると、丁度出て行く行商と摺違《すれちが》いに釣《つり》の道具を持って入って来た男がある。

「よう、めずらしい御客様が来てますね」

と言いながら、釣竿《つりざお》を柱にたてかけたのは敬之進であった。

「風間《かざま》さん、釣ですか」こう丑松は声を掛ける。

「いや、どうも、寒いの寒くないのッて」と敬之進は丑松と相対《さしむかい》に座を占めて、「到底《とても》川端で辛棒が出来ないから、廃《や》めて帰って来た」

「ちったあ釣れましたかね」と聞いて見る。

「獲物《えもの》無しサ」と敬之進は舌を出して見せて、「朝から寒い思《おもい》をして、一匹も釣れないでは君、遣切《やりき》れないじゃないか」

その調子がいかにも可笑《おか》しかった。盛んな笑声が百姓や橇曳の間に起った。

「不取敢《とりあえず》、一つ差上げましょう」と丑松は盃《さかずき》の酒を飲乾《のみほ》して薦《すす》める。

「へえ、我輩《わがはい》にくれるのかね」と敬之進は目を円くして、「こりゃあ驚いた。君から盃を貰おうとは思わなかった――道理で今日は釣れない訳だよ」と思わず流れ落ちる涎《よだれ》を拭《ぬぐ》ったのである。

間もなく酒瓶《ちょうし》の熱いのが来た。敬之進は寒さと酒慾《しゅよく》とで身を震わせながら、さもさも甘《うま》そうに地酒の香を嗅いで見て、

「しばらく君には逢《あ》わなかったような気がするねえ。我輩も君、学校を休《や》めてから別にこれという用が無いもんだから、こんな釣なぞを始めて――しかも、拠《よんどころ》なしに」

「何ですか、この雪の中で釣れるんですか」と丑松は箸《はし》を休《や》めて対手《あいて》の顔を眺めた。

「素人《しろうと》はそれだから困る。尤も我輩だって素人だがね。はははははは。まあ商売人に言わせると、冬はまた冬で、人の知らないところに面白味がある。ナニ、君、風さえ無けりゃ、そう思った程でも無いよ」と言って、敬之進は一口飲んで、「然《しか》し、瀬川君、考えて見てくれ給《たま》え。何が辛いと言ったって、用が無くて生きているほど世の中に辛いことは無いね。家内やなんかが踏々《せっせ》と働いている側《そば》で、自分ばかり懐手《ふところで》して見てもいられずサ。まだそれでも、こうして釣に出られるような日は好《い》いが、屋外《そと》へも出られないような日と来ては、実に我輩は為《す》る事が無くて困る。そういう日には、君、他《ほか》に仕方が無いから、まあ昼寝を為ることに極《き》めてね――」

至極真面目《まじめ》で、こんなことを言出《いいだ》した。この「昼寝を為ることに極めてね」が酷《ひど》く丑松の

心を動かしたのである。

「時に、瀬川君」と敬之進は酒徒《さけのみ》らしい手付をして、盃を取上げながら、「省吾《しょうご》の奴《やつ》も長々君の御世話に成ったが、種々《いろいろ》家の事情を考えると、どうも我輩の思うようにばかりもいかないことが有るんで――まあ、その、学校を退《ひ》かせようかと思うのだが、君、どうだろう」

（六）

「そりゃあもう我輩《わがはい》だって退校させたくは無いさ」と敬之進は言葉を続けた。「せめて普通教育位は完全に受けさせたいのが親の情さ。来年の四月には卒業の出来るものを、今ここで廃《や》めさせて、小僧奉公なぞに出して了《しま》うのは可愛《かわい》そうだ、とは思うんだが、実際止《や》むを得んから情《なさけ》ない。あんな茫然《ぼんやり》した奴《やつ》だが、万更学問が嫌《きら》いでも無いと見えて、学校から帰ると直に机に向っては、何か独りでやってますよ。どうも数学が出来なくて困る。そのかわり作文は得意だと見えて、君から『優』なんて字を貰《もら》って帰って来ると、それは大悦《おおよろこ》びさ。此頃《こないだ》も君に帳面を頂いた時なぞは、先生が作文を書けッて下すったと言ってね、まあ君どんなに喜びましたろう。その嬉《うれ》しがりようと言ったら、大切に本箱の中へ入れて仕舞って置いて、何度出して見るか解《わか》らない位さ。あの晩は寝言にまで言ったよ。それ、そういう風だから、とにかくやる気ではいるんだねえ。それを思うと廃《よ》して了えと言うのは実際可愛そうでもある。しかし、君、我輩のように子供が多勢では左《どう》にも右《こう》にも仕様が無い。一概に子供と言うけれど、その子供がなかなか馬鹿《ばか》にならん。悪戯《いたずら》なくせに、大飯食《おおめしぐら》いばかり揃《そろ》っていて――ははははは、まあ君だからこんなことまでも御話するんだが、まさか親の身として、そんなに食うな、三杯位にして節《ひか》えて置け、なんて過多吝嗇《あんまりけちけち》したことも言えないじゃないか」

こういう述懐は丑松《うしまつ》を笑わせた。敬之進もまた寂しそうに笑って、

「ナニ、それもね、継母《ままはは》でも無けりゃ、またそこにもある。省吾《しょうご》の奴を奉公にでも出して了ったら、と我輩が思うのは、実は今の家内との折合が付かないから。我輩はお志保《しほ》や省吾のことを考える度に、どの位あの二人の不幸《ふしあわせ》を泣いてやるか知れない。どうして継母というものはああ邪推深いだろう。此頃《こないだ》も此頃で、ホラ君の御寺に説教が有《あり》ましたろう。あの晩、遅くなって省吾が帰って来た。さあ、家内は火のようになって怒って、そんなに姉さんのところへ行きたくば最早《もう》家《うち》なんぞへ帰らなくても可《いい》。出て行って了え。必定《きっと》また御寺へ行って余計なことをべらべら喋舌《しゃべ》ったろう。必定また姉さんに悪い智慧《ちえ》を付けられたろう。だから私の言うことなぞは聞かないんだ。こう言って、家内が責める。すると彼奴《あいつ》は気が弱いもんだから、黙って寝床の内《なか》へ潜り込んで、しくしくやっていましたっけ。その時、我輩も考えた。寧《いっ》そこりゃ省吾を出した方が可《いい》。そうすれば、口は減るし、喧嘩《けんか》の種は無くなるし、あるいは家庭《うち》が一層面白くやって行かれるかも知れない。いや――どうかすると、我輩はあの省吾を連れて、二人で家《うち》を出て了おうかしらん、というような気にも成るのさ。ああ。我輩の家庭《うち》なぞは離散するより外に最早《もっと》方法が無くなって了った」

次第に敬之進は愚痴な本性を顕《あらわ》した。酒気が身体《からだ》へ廻《まわ》ったと見えて、頬《ほお》も、耳も、手までも紅《あか》く成った。丑松は又、一向顔色が変らない。飲めば飲む程、反《かえ》って頬は蒼白《あおじろ》く成る。

「しかし、風間《かざま》さん、そう貴方《あなた》のように失望したものでも無いでしょう」と丑松は言い慰めて、「及ばずながら私も力に成って上げる気でいるんです。まあ、その盃《さかずき》を乾《ほ》したらどうですか――一つ頂きましょう」

「え？」と敬之進はちらちらした眼付で、不思議そうに対手《あいて》の顔を眺《なが》めた。「これは驚いた。盃をくれろと仰《おっしゃ》るんですか。へえ、君はこの方もなかなかいけるんだね。我輩は又、飲めない人かとばかり思っていた」

と言って盃をさす。丑松はそれを受取《うけと》って、一息にぐいと飲乾《のみほ》して了った。

「烈《はげ》しいねえ」と敬之進は呆《あき》れて、「君は今日はどうかしやしないか。そう君のように飲んでも可《いい》のか。まあ、好加減《いいかげん》にした方が好《よ》かろう。我輩が飲むのは不思議でも何でも無いが、君が飲むのは何だか心配で仕様が無い」

「何故《なぜ》？」

「何故ッて、君、そうじゃないか。君と我輩とは違うじゃ無いか」

「ははははは」

と丑松は絶望した人のように笑った。

（七）

何か敬之進は言いたいことが有って、それを言い得ないで、深い溜息《ためいき》を吐《つ》くという様子。その時はもう百姓も、橇曳《そりひき》も出て行って了《しま》った。余念も無く流許《ながしもと》で鍋《なべ》を鳴らしている主婦《かみさん》、裏口の木戸のところに佇立《たたず》んでいる子供、この人達より外に二人の談話《はなし》を妨げるものは無かった。高い天井《てんじょう》の下に在《あ》るものは、何もかも暗く煤《すす》けた色を帯びて、昔の街道の名残を顕《あらわ》している。あちらの柱に草鞋《わらじ》、こちらの柱に干瓢《かんぴょう》、壁によせて黄な南瓜《かぼちゃ》いくつか並べてあるは、いかにも町はずれの古い茶屋らしい。土間も広くて、日あたりに眠る小猫《こねこ》もあった。寒さの為《ため》に身を潜《すく》めながら目を瞑《つぶ》っている鶏もあった。

薄い日の光は明窓《あかりまど》から射《さ》して、軒から外へ泄《も》れる煙の渦《うず》を青白く照《てら》した。丑松《うしまつ》は茫然《ぼんやり》と思い沈んで、炉に燃え上る「ぼや」の焰《ほのお》を熟視《みつ》めていた。赤々とした火の色はどんなに人の苦痛を慰めるものであろう。のみならず、強いて飲んだ地酒の酔心地《よいごこち》から、やたらに丑松は身を慄《ふる》わせて、時には人目も関《かま》わず泣きたい程の思《おもい》に帰った。ああ声を揚げて放肆《ほしいまま》に泣いたなら、と思う心は幾度起るか知れない。しかし涙は頰《ほお》を霑《うるお》さなかった――丑松は嗚咽《すすりな》くかわりに、大きく口を開いて笑ったのである。

「ああ」と敬之進は嘆息して、「世の中には、十年も交際《つきあ》っていて、それで毎時《いつでも》初対面のような気のする人も有るし、又、君のように、そんなに深い懇意な仲で無くても、こうして何もかも打明けて話したい人が有る。我輩がこんな話をするのは、実際、君より外に無い。まあ、是非君に聞いて貰《もら》いたいと思うことが有るんでね」とすこし言淀《いいよど》んで、「実は――此頃《こないだ》久《ひさ》し振《ぶり》で娘に逢《あ》いました」

「お志保《しほ》さんに？」丑松の胸は何となく踊《おど》るのであった。

「というのは、君、あの娘の方から逢《こ》ってくれろという言伝《ことづけ》があって――尤《もっと》も、我輩もね、君の知ってる通り蓮華寺《れんげじ》とはああいう訳だし、それに家内は家内だし、するからして、なるべくあの娘には逢わないようにしている。ところが何か相談したいことが有ると言うもんだから、まあ、その、久し振で逢って見た。どうも若いものがずんずん大きく成るのには驚いて了うねえ。まるで見違える位。それで君、何の相談かと思うと、最早々々《もうもう》どうしても蓮華寺には居られない、一日も早く家《うち》へ帰るようにしてくれ、頼む、と言う。事情を聞いてみると無理もない。その時我輩も始めてあの住職の性質《たち》を知ったような訳サ」

と言って、敬之進は一寸《ちょっと》徳利を振ってみた。生憎《あいにく》酒は盃《さかずき》に満たなかった。やがて一口飲んで、両手で口の端を撫《な》で廻《まわ》して、

「こうです。まあ、君、聞いてくれ給《たま》へ。よく世間には立派な人物だと言われていながら、唯女性《ただおんな》というものにかけて、非常に弱い性質《たち》の男があるものだね。蓮華寺の住職も矢張《やはり》それだろうと思うよ。あれ程学問もあり、弁才もあり、何一つ備わらないところの無い好《い》い人で、殊に宗教《おしえ》の方の修行もしていながら、それでまだ迷《まよい》が出るというのは、君、どういう訳だろう。我輩は娘からあの住職のことを聞いた時、どうしてもそれが信じられなかった。いや、嘘《うそ》だとしか思われなかった。実に人は見かけによらないものさね。ホラ、あの住職も長いこと西京《さいきょう》へ出張していましたよ。丁度帰って来たのは、君が郷里の方へ行って留守だった時さ。それからというものは、まあ娘に言わせると、どうしても養父《おとっ》さんの態度《しむけ》とは思われないと言う。かりそめにも仏の御弟子ではないか。袈裟《けさ》を着《つけ》て教《おしえ》を説く身分ではないか。自分の職業に対しても、もうすこし考えそうなものだと思うんだ。あまり浅ましい、馬鹿々々《ばかばか》

しいことで、他《ひと》に話も出来ないやね。奥様《おくさん》はまた奥様で、ああいう性質《たち》の女だから、人並勝《すぐ》れて嫉妬深《しっとぶか》いと来ている。娘はもう悲《かな》しいやら恐しいやらで、夜も碌々《ろくろく》眠られないと言う。呆《あき》れたねえ、我輩もこの話を聞いた時は。だから、君、娘が家《うち》へ帰りたいと言うのは、実際無理もない。我輩だって、そんなところへ娘を遣《や》って置きたくは無い。そりゃあもう一日も早く引取りたい。そこがそれ情《なさけ》ないことには、今の家内がもうすこし解《わか》っていてくれると、どうにでもして親子でやって行かれないことも有るまいと思うけれど、現に省吾《しょうご》一人にすら持余《もてあま》しているところへ、またお志保の奴《やつ》が飛込《とびこ》んで来てみ給《たま》え──到底《とても》今の家内と一緒に居られるもんじゃ無い。第一、八人の親子がどうして食えよう。それやこれやを考えると、我輩の口から娘に帰れとは言われないじゃないか。噫《ああ》、辛抱、辛抱──出来ることを辛抱するのは辛抱でも何でも無い、出来ないところを辛抱するのが真実《ほんとう》の辛抱だ。行け、行け、心を殺《しっ》然《かり》持て。奥様というものも附《つ》いている。その人の傍《そば》に居て離れないようにしたら、よもや無理なことを言懸《いいか》けられもしまい。たとえ先方《さき》が親らしい行為《おこない》をしないまでも、これまで育てて貰った恩義も有る。一旦《いったん》蓮華寺の娘と成った以上は、どんな辛いことがあろうと決して家《うち》へ帰るな。そこを勤め抜くのが孝行というものだ。とまあ、賺《すか》したり励《はげま》したりして、無理やりに娘を追立《おいた》ててやったよ。思えば可愛《かわい》そうなものさ。ああ、ああ、こういう時に先の家内が生きていたならば──」

敬之進の顔には真実と苦痛とが表れて、眼《め》は涙の為に濡《ぬ》れ輝いた。成程《なるほど》、そう言われて見ると、丑松も思い当ることがないでもない。あの蓮華寺の内部《なか》の光景《ありさま》を考えると、何かこう暗い雲が隅《すみ》のところに蟠《わだかま》って、絶えずそれが家庭の累《わずらい》を引起す原因《もと》で、住職と奥様とは無言の間に闘っているかのよう——譬《たと》えば一方で日があたって、楽しい笑声《わらいごえ》の聞える時でも、必ず一方には暴風雨《あらし》が近《ちかづ》いている。こういう感想《かんじ》は毎日のように有った。唯それは何処《どこ》の家庭《うち》にも克《よ》くある角突合《つのつきあい》——まあ、住職と奥様とは互いに仏弟子のことだから、言わば高尚《こうしょう》な夫婦喧嘩《げんか》、と丑松も想像していたので、よもやその雲のわだかまりがお志保の上にあろうとは思い設けなかったのである。奥様がわざわざ磊落《らいらく》らしく装って、剽軽《ひょうきん》なことを言って、男のような声を出して笑うのも、その為だろう。紅涙《なんだ》が克くお志保の顔を流れるのも、その為だろう。どうもおかしいおかしいと思っていたことは、この敬之進の話ですっかり読めたのである。長いこと二人は悄然《しょんぼり》として、互いに無言のままで相対《さしむかい》に成っていた。

第拾七章

（一）

勘定を済まして笹屋《ささや》を出る時、始めて丑松《うしまつ》は月給のうちを幾許《いくら》袂《たもと》に入れて持って来たということに気が着いた。それは銀貨で五十銭ばかりと、外に五円紙幣《さつ》一枚あった。父の存命中は毎月為替《かわせ》で送っていたが、今はそれを為《す》る必要も無いかわり、帰省の当時大分費《つか》った為《ため》にこの金が大切のものに成っている、かれこれを考えるとそう無暗《むやみ》には費われない。しかし丑松の心は暗かった。自分のことよりは敬之進の家族を憐《あわれ》むのが先で、とにかく省吾《しょうご》の卒業するまで、月謝や何かは助けて遣《や》りたい――こう考えるのも、畢竟《つまり》はお志保《しほ》を思うからであった。

酔っている敬之進を家《うち》まで送り届けることにして、一緒に雪道を歩いて行った。慄《ふる》えるような冷《つめた》い風に吹かれて、寒威《さむさ》に抵抗《てむかい》する力が全身に満ち溢《あふ》れると同時に、丑松はまた精神《こころ》の内部《なか》の方でもすこし勇気を回復した。並んで一緒に歩く敬之進は、と見ると――釣竿《つりざお》を忘れずに舁《かつ》いで来た程、そんなに酷《ひど》く酔っているとも思われないが、しかし不規則な、覚束《おぼつか》ない足許《あしもと》で、彼方《あっち》へよろよろ、是方《こっち》へよろよろ、どうかすると往来の雪の中へ倒れかかりそうに成る。「あぶない、あぶない」と丑松が言えば、敬之進は僅《わず》かに身を支えて、「ナニ、雪の中だ？　雪の中、結構――下手な畳の上よりも、結句この方が気楽だからね」これには丑松も持余《もてあま》して了《しま》って、もしこの雪の中で知らずに寐《ね》ていたらどうするだろう、こう思いやって身を震わせた。この老朽な教育者の末路、あの不幸なお志保の身の上――まあ、丑松は敬之進親子のことばかり思いつづけながら随《つ》いて行った。

敬之進の住居《すまい》というは、どこから見ても古い粗造《そまつ》な農家風の草屋。もとは城側《しろわき》の広小路というところに士族屋敷の一つを構えたとか、それはもうずっと旧《ふる》い話で、下高井の方から帰って来た時に、今のところへ移住《うつりす》んだのである。入口の壁の上に貼付《はりつ》けたものは、克《よ》く北信《ほくしん》の地方に見かける御札で、烏《からす》の群れている光景《さま》を表してある。土壁には大根の乾葉《ひば》、唐辛《とうがらし》なぞを懸け、粗末な葦簾《よしず》の雪がこいもしてあった。丁度その日は年貢《ねんぐ》(一四二)を納めると見え、入口の庭に莚《むしろ》を敷きつめ、堆《うずだか》く盛上《もりあ》げた籾《もみ》は土間一ぱいに成っていた。丑松は敬之進を助けながら、一緒に敷居を跨《また》いで入った。裏木戸のところに音作、それと見て駈寄《かけよ》って、いつまでも昔忘れぬ従僕《しもべ》らしい挨拶《あいさつ》。

「今日《こんち》は御年貢を納めるようにッて、奥様《おくさん》も仰《おっしゃ》りやして——はい、弟の奴《やつ》も御手伝いに連れて参じやした」

こういう言葉を夢中に聞捨《ききす》てて、敬之進は其処《そこ》へ倒れて了った。奥の方では、怒気《いかり》を含んだ細君の声と一緒に、叱《しか》られて泣く子供の声も起る。「何したんだ、どういうもんだ——めた（幾度も）悪戯《わるさ》しちゃ困るじゃないかい」という細君の声を聞いて、音作は暫時《しばらく》耳を澄ましていたが、やがて思いついたように、

「まあ、それでも旦那《だんな》さんの酔いなすったことは」

と旧《むかし》の主人を憐んで、助け起すようにして、暗い障子の蔭《かげ》へ押隠《おしかく》した。その時、口笛を吹きながら、入って来たのは省吾である。

「省吾さん」と音作は声を掛けた。「御願いでごわすが、あの地親《じょうや》さん（じおやの訛《なまり》、地主の意）になあ、早く来て下さいッて、そう言って来て御《お》くんなんしょや」

（十二）

間も無く細君も奥の方から出て来て、其処《そこ》に酔倒《よいたお》れている敬之進が復《ま》た復《ま》た丑松《うしまつ》の厄介《やっかい》に

成ったことを知った。周囲《まわり》に集《あつま》る子供等《ら》は、いずれも母親の思惑《おもわく》を憚《はばか》って、互《たがい》に顔を見合せたり、慄《ふる》えたりしていた。さすがに丑松の手前もあり、音作兄弟も来ているので、細君は唯《ただ》夫を尻目《しりめ》に掛けて、深い溜息《ためいき》を吐《つ》くばかりであった。毎度敬之進が世話に成ること、此頃《こないだ》はまた省吾《しょうご》が結構なものを頂いたこと、それやこれやの礼を述べながら、せかせかと立ったり座ったりして話す。丑松はこの細君の気の短い、忍耐力《こらえじょう》の無い、愚痴なところも感じ易《やす》いところも総《すべ》て外部《そと》へ露出《あらわ》れているような――まあ、四十女に克《よ》くある性質を看《み》て取った。丁度《こ》そこへ来て、座りもせず、御辞儀もせず、恍《とぼ》け顔《がお》に立った小娘は、この細君の二番目の児である。

「これ、お作や。御辞儀しねえかよ。そんなに他様《ひとさま》の前で立ってるもんじゃ無《ね》えぞよ。どうして吾家《うち》の児はこう行儀が不良《わる》いだらず――」

という細君の言葉なぞを聞入《ききい》れるお作では無かった。見るからして荒くれた、男の児のような小娘。これがお志保《しほ》の異母《はらちがい》の姉妹《きょうだい》とは、どうしても受取《うけと》れない。

「まあ、この児は兄姉中《きょうだいじゅう》で一番仕様が無え――もうすこし母さんの言うことを聞くようだと好《い》いけれど」

と言われても、お作は知らん顔。何時《いつ》の間にかぷいと駈出《かけだ》して行って了《しま》った。

午後の光は急に射入《さしい》って、暗い南窓の小障子も明るく、幾年張替《はりか》えずにあるかと思われる程の紙の色は赤黒く煤《すす》けて見える。「ああ日が照《あた》って来た」と音作は喜んで、「先刻《さっき》までは雪模様でしたが、こりゃ好い塩梅《あんばい》だ」こう言いながら、弟と一緒に年貢《ねんぐ》の準備《したく》を始めた。薄く黄ばんだ冬の日はこの屋根の下の貧苦と零落とを照《てら》したのである。一度農家を訪れたものは、今丑松が腰掛けている板敷の炉辺《ろばた》を想像することが出来るであろう。其処は家族が食事をする場処でもあれば、客を款待《もてな》す場処でもある。庭は又、勝手でもあり、物置でもあり、仕事場でもあるので、表から裏口へ通り抜けて、すくなくもこの草屋の三分の一を土間で占めた。彼方《あちら》の棚《たな》には茶椀《ちゃわん》、皿小鉢《さらこばち》、油燈《カンテラ》等を置き、是方《こちら》の壁には鎌《かま》を懸け、種物の袋を釣《つ》るし、片隅《かたすみ》に漬物桶《つけものおけ》、炭俵。台所の道具は耕作の器械と一緒にして雑然《ごちゃごちゃ》置並《おきなら》べてあった。高いところに鶏の塒《ねぐら》も作り付けてあったが、それは空巣《あきす》も同然で、鳥らしいものが飼われているとは見えなかったのである。

この草屋はお志保の生れた場処で無いまでも、蓮華寺《れんげじ》へ貰《もら》われて行く前、敬之進の言葉によれば十三の春まで、この土壁の内《なか》に育てられたということが、酷《ひど》く丑松の注意を引いた。部屋は三間ばかりも有るらしい。軒の浅い割合に天井《てんじょう》の高いのと、外部《そと》に雪がこいのして有るのとで、何となく家の内《うち》が薄暗く見える。壁は粗末な茶色の紙で張って、年々《としどし》の暦と錦絵《にしきえ》とが唯一つの装飾ということに成っていた。定めしお志保もこの古壁の前に立って、幼い眼《め》に映る絵の中の男女《おとこおんな》を自分の友達のように眺《なが》めたのであろう。思いやると、その昔のことも俤《おもかげ》に描かれて、言うに言われぬ可懐《なつか》しさを添えるのであった。

その時、草色の真綿帽子を冠《かぶ》り、糸織の綿入羽織を着た、五十余《あまり》の男が入口のところに顕《あらわ》れた。

「地親《じょうや》さんでやすよ」

と省吾は呼ばわりながら入って来た。

（三）

地主というは町会議員の一人。陰気な、無愛相《ぶあいそ》な、極く極く口の重い人で、一寸《ちょっと》丑松《うしまつ》に会釈《えしゃく》した後、黙って炉の火に身を温めた。こういう性質《たち》の男は克《よ》く北部の信州人の中にあって、理由《わけ》も無しに怒ったような顔付をしているが、その実怒っているのでも何でも無い。丑松はそれを承知しているから、格別気にも留めないで、年貢《ねんぐ》の準備《したく》に多忙《いそが》しい人々の光景《ありさま》を眺《なが》め入っていた。いつぞや郊外で細君や音作夫婦が秋の収穫《とりいれ》に従事したことは、まだ丑松の眼《め》にありあり残っている。この庭に盛上《もりあ》げた籾《もみ》の小山は、実に一年《ひととせ》の労働《ほねおり》の報酬《むくい》なので、今その大部分を割いて高い地代を払おうとするのであった。

十六七ばかりの娘が入って来て、筵《むしろ》の上に一升桝《いっしょうます》を投げて置いて、やがてまた駈出《かけだ》して行った。細君は庭の片隅《かたすみ》に立って、腰のところへ左の手をあてがいながら、さもさもつまらないと言ったような風に眺めた。泣いて屋外《そと》から入って来たのは、この細君の三番目の児《こ》、お末《すえ》と言って、五歳《いっつ》に成る。何か音作に言いなだめられて、お末は尚々《なおなお》身を慄《ふる》わせて泣いた。頭から肩、肩から胴まで、泣きじゃくりする度に震え動いて、言うことも能《よ》くは聞取《ききと》れない。

「今に母さんが好《い》い物をくれるから泣くなよ」

と細君は声を掛けた。お末は啜《すす》り上げながら、母親の側《そば》へ寄って、

「手が冷《つめた》い――」

「手が冷い？　そんなら早く行って炬燵《おこた》へあたれ」

こう言って、凍った手を握〆《にぎりしめ》ながら、細君はお末を奥の方へ連れて行った。

その時は地主も炉辺《ろばた》を離れた。真綿帽子を襟巻《えりまき》がわりにして、袖口《そでぐち》と袖口とを鳥の羽翅《はがい》のように掻合《かきあわ》せ、半ば顔を埋《うず》め、我と我身《わがみ》を抱き温めながら、庭に立って音作兄弟の仕度するのを待っていた。

「どうでござんすなあ、籾のこしらえ具合は」

と音作は地主の顔を眺める。地主の声は低くて、その返事が聞取れない位。やがて、白い手を出して籾を抄《すく》って見た。一粒口の中へ入れて、掌上《てのひら》のをも眺めながら、

「空穀《しいな》が有るねえ」

と冷酷《ひややか》な調子で言う。音作は寂しそうに笑って、

「空穀でも無いでやす――雀《すずめ》には食われやしたが、しかし坊主（一四三）（稲の名）が九分で、目は有（一四四）りやすよ。まあ、一俵造《こしら》えて掛けて見やしょう」

六つばかりの新しい俵が其処《そこ》へ持出《もちだ》された。音作は箕《み》の中へ籾を抄入《すくいい》れて、それを大きな円形の一斗桝へうつす。地主は「とぼ」（丸棒）を取って桝の上を平《たいら》に撫《な》で量った。俵の中へは音作の弟が詰めた。尤《もっと》も弟は黙って詰めていたので、兄の方は焦躁《もどか》しがって、「貴様これへ入れろ――声掛けなくちゃ御年貢のようで無くて不可《いけない》」と自分の手に持つ箕を弟の方へ投げて遣《や》った。

「さあ、沢山《どっしり》入れろ――一わたりよ、二わたりよ」（一四五）

と呼ぶ音作の声が起った。一俵につき大桝で六斗ずつ、外《ほか》に小桝で――娘が来て投げて置いて行ったので、三升ずつ、都合六斗三升の籾の俵が其処へ並んだ。

「六俵で内取《うちどり》（一四六）に願いやしょう」

と音作は俵蓋《さんだわら》（一四七）を掩《おお》い冠《かぶ》せながら言った。地主は答えなかった。目を細くして無言で考えているは、胸の中に十露盤《そろばん》を置いて見るらしい。何時《いつ》の間にか音作の弟が大きな秤《はかり》を持って来た。一俵掛けて、兄弟してうんと力を入れた時は、二人とも顔が真紅《まっか》に成る。地主は衡《はかりざお》の平均《たいら》になったのを見澄まして、錘《おもり》の糸を動かないように持添《もちそ》えながら調べた。

「いくら有《あり》やす」と音作は覗《のぞ》き込んで、「むむ、出放題《でほうでえ》あるは――」

「十八貫八百――これは魂消《たまげ》た」と弟も調子を合せる。

「十八貫八百あれば、まあ、好《い》い籾です」と音作は腰を延ばして言った。

「しかし、俵《ひょう》（一四八）にもある」と地主はどこまでも不満足らしい顔付。

「そうです。俵にも有やすが、それは知れたもんです」

という兄の言葉に附《つ》いて、弟はまた独語《ひとりごと》のように、

「俺《おら》がとこは十八貫あれば好いだ」

「なにしろ、坊主九分交りという籾ですからなあ」

こう言って、音作は愚《おろか》しい目付をしながら、傲然《ごうぜん》とした地主の顔色を窺《うかが》い澄ましたのである。

（四）

この光景《ありさま》を眺《なが》めていた丑松《うしまつ》は、可憐《あわれ》な小作人の境涯《きょうがい》を思いやって――仮令《たとい》音作が正直な百姓気質《かたぎ》から、いつまでも昔の恩義を忘れないで、こうして零落した主人の為《ため》に尽すとしても――なかなか細君の瘠腕《やせうで》でこの家族が養いきれるものでは無いということを感じた。お志保《しほ》が苦しいから帰りたいと言ったところで、「第一、八人の親子がどうして食えよう」と敬之進も酒の上で泣いた。噫《ああ》、実にそうだ。どうしてこんなところへ帰って来《こ》られよう。丑松は想像して慄《ふる》えたのである。

「まあ、御茶一つお上り」と音作に言われて、地主は寒そうに炉辺《ろばた》へ急いだ。音作も腰に着けた煙草入《たばこいれ》を取出《とりだ》して、立って一服やりながら、

「六俵の二斗五升取（一四九）ですか」

「二斗五升ッてことが有るもんか」と地主は嘲《あざけ》ったように、「四斗五升よ」

「四斗……」

「四斗七升？」

「四斗五升じゃ無いや、四斗七升だ――そうだ」

こういう二人の問答を、細君は黙って聞いていたが、もうもう堪《こら》えきれないと言ったような風に、横合《よこあい》から話を引取って、

「音さん。四斗七升の何のと言わないで、何卒《どうか》すっかり地親《じょうや》さんの方へ上げて了《しま》って御くん

なんしょや――私《わし》はもう些少《すこし》も要りやせん」

「そんな、奥様《おくさん》のような」と音作は呆《あき》れて細君の顔を眺める。

「ああ」と細君は嘆息した。「何程《いくら》私ばかり焦《あせ》心ってみたところで、肝心の家《うち》の夫《ひと》が何《なん》も為《せ》ずに飲んだでは、やりきれる筈《はず》がごわせん。それを思うと、私はもう働く気も何も無くなって了う。加之《おまけ》に、子供は多勢で、与太（頑愚《がんぐ》）なものばかり揃《そろ》っていて――」

「まあ、そう仰《おっしゃ》らないで、私《わし》に任せなされ――悪いようには為《し》ねえからせえて」と音作は真心籠《こ》めて言慰《いいなぐさ》めた。

細君は襦袢《じゅばん》の袖口《そでぐち》で眶《まぶち》を押拭《おしぬぐ》いながら、勝手元の方へ行って食物《くいもの》の準備《したく》を始める。音作の弟は酒を買って帰って来る。大丼《おおどんぶり》が出たり、小皿《こざら》が出たりするところを見ると、何が無くとも有合《ありあわせ》のもので一杯出して、地主に飲んで貰《もら》うという積りらしい。思えば小作人の心根《こころね》も可傷《あわれ》なものである。万事は音作のはからい、酒の肴《さかな》には蒟蒻《こんにゃく》と油揚《あぶらげ》の煮付、それに漬物《つけもの》を添えて出す位なもの。やがて音作は盃《さかずき》を薦《すす》めて、

「冷《れい》ですよ、燗《かん》ではごわせんよ――地親《じょうや》さんはこの方でいらっしゃるから」

と言われて、始めて地主は微笑《ほほえみ》を泄《もら》したのである。

その時まで、丑松は細君に話したいと思うことがあって、それを言う機会も無く躊躇《ちゅうちょ》していたのであるが、こうして酒が始《はじま》って見ると、何時《いつ》この地主が帰って行くか解《わか》らない。御相伴に一つ、と差される盃を辞退して、ついと炉辺を離れた。表の入口のところへ省吾《しょうご》を呼んで、物の蔭《かげ》に佇立《たたず》みながら、袂《たもと》から取出《とりだ》したのは例の紙の袋に入れた金である。丑松はこう

言った。後刻《あと》でこの金を敬之進に渡してくれ。それから家の事情で退校させるという敬之進の話もあったが、月謝や何かはこの中から出して、是非今まで通りに学校へ通わせて貰《もら》うように。「いいかい、君、解ったかい」と添加《つけた》して、それを省吾の手に握らせるのであった。

「まあ、君は何という冷《つめた》い手をしているだろう」

こう言いながら、丑松は少年の手を堅く握り締めた。熟《じっ》とその邪気《あどけ》ない顔付を眺めた時は、あのお志保の涙に霑《ぬ》れた清《すず》しい眸《ひとみ》を思出《おもいだ》さずにいられなかったのである。

(五)

敬之進の家を出て帰って行く道すがら、すくなくも丑松《うしまつ》はお志保《しほ》の為《ため》に尽したことを考えて、自分で自分を慰めた。蓮華寺《れんげじ》の山門に近《ちかづ》いた頃《ころ》は、灰色の雲が低く垂下《たれさが》って来て、復《ま》た雪になるらしい空模様であった。蒼然《そうぜん》とした暮色は、たださえ暗い丑松の心に、一層の寂しさ味気《あじけ》なさを添える。僅《わず》かに天の一方にあたって、遠く深く紅《くれない》を流したようなは、沈んで行く夕日の反射したのであろう。

宵《よい》の勤行《おつとめ》の鉦《かね》の音《ね》は一種異様な響《ひびき》を丑松の耳に伝えるように成った。それは最早《もう》世離れた精舎《しょうじゃ》の声のようにも聞えなかった。今は梵音《ぼんおん》(二五〇)の難有味《ありがたさ》も消えて、唯《ただ》同じ人間世界の情慾《じょうよく》の声、という感想《かんじ》しか耳の底に残らない。丑松はあの敬之進の物語を思い浮べた。住職を卑しむ心は、卑しむというよりは怖《おそ》れる心が、胸を衝《つ》いて湧上《わきあが》って来る。しかしお志保はそれ程香《か》のある花だ、それ程人を嫵《ひきつ》ける女らしいところが有るのだ、とこう一方から考えて見て、いよいよその人を憐《あわれ》むという心地《こころもち》に成ったのである。

蓮華寺の内部《なか》の光景《ありさま》――今は丑松も明《あきらか》にその真相を読むことが出来た。成程《なるほど》、そう言われて見ると、それとない物の端にも可傷《いたま》しい事実は顕《あらわ》れている。そう言われて見ると、始めて丑松がこの寺へ引越して来た時のような家庭の温味《あたたかさ》は何時《いつ》の間にか無くなって了《しま》った。

二階へ通う廊下のところで、丑松はお志保に逢《あ》った。蒼《あお》ざめて死んだような女の顔付と、悲哀《かなしみ》の溢《あふ》れた黒眸《くろひとみ》とは――たとい黄昏時《たそがれどき》の仄《ほの》かな光のなかにも――直《すぐ》に丑松の眼《め》に映る。お志保もまた不思議そうに丑松の顔を眺《なが》めて、丁度喪心《そうしん》した人のような男の様子を注意して見るらしい。二人は眼と眼を見交《みかわ》したばかりで、黙って会釈《えしゃく》して別れたのである。

自分の部屋へ入って見ると、最早《もう》そこいらは薄暗かった。しかし丑松は洋燈《ランプ》を点《つ》けようとも為《し》なかった。長いこと茫然《ぼんやり》として、独りで暗い部屋の内《なか》に座っていた。

（六）

「瀬川さん、御勉強ですか」

と声を掛けて、奥様が入って来たのは、それから二時間ばかり経《た》ってのこと。丑松《うしまつ》の机の上には、日々《にちにち》の思想《かんがえ》を記入《かきい》れる仮綴《かりとじ》の教案簿《きょうあんぼ》なぞが置いてある。黄ばんだ洋燈《ランプ》の光は夜の空気を寂《さみ》しそうに照《てら》して、思い沈んでいる丑松の影を古い壁の方へ投げた。煙草《たばこ》のけむりも薄く籠《こも》って、この部屋の内を朦朧《もうろう》と見せたのである。

「何卒《どうぞ》私に手紙を一本書いて下さいませんか――済みませんが」

と奥様は、用意して来た巻紙状袋を取出《とりだ》しながら、丑松の返事を待っている。その様子が何となく普通《ただ》では無い、と丑松も看《み》て取って、

「手紙を？」と問い返して見た。

「長野の寺院《てら》に居る妹のところへ遣《や》りたいのですがね」と奥様は少許《すこし》言淀《いいよど》んで、「実は自分で書こうと思いまして、書きかけては見たんです。どうも私共の手紙は、唯《ただ》長くばかり成って、肝心の思うことが書けないものですから。寧《いっ》そこりゃ貴方《あなた》に御願い申して、手短く書いて頂きたいと思いまして――どうして女の手紙というものはこう用が達《とど》らないのでしょう。まあ、私は何枚書き損《そこな》ったか知れないんですよ――いえ、なに、そんなに煩《むずか》しい手紙でも有《あり》ません。唯解《ただわか》るように書いて頂きさえすれば好《い》いのですから」

「書きましょう」と丑松は簡短《かんたん》に引受けた。

この答《こたえ》に力を得て、奥様は手紙の意味を丑松に話した。一身上のことに就いて相談したい――この手紙着《ちゃく》次第、是非是非是非出掛けて来るように、蟹沢《かにざわ》から飯山《いいやま》までは便船も発《た》つ、もし舟が嫌《いや》なら、途中まで車に乗って、それから雪橇《ゆきぞり》に乗替《のりか》えて来るように、と書いてくれと頼んだ。今度という今度こそは絶念《あきら》めた、自分はもう離縁する考えでいる、と書いてくれと頼んだ。

「他《ほか》の人とは違って、貴方ですから、私もこんなことを御願いするんです」と言う奥様の眼《め》は涙ぐんで来たのである。「訳を御話しませんから、不思議だと思って下さるかも知れませんが――」

「いや」と丑松は対手《あいて》の言葉を遮《さえぎ》った。「私も薄々聞きました――実は、あの風間《かざま》さんから」

「ホウ、そうですか。敬之進さんから御聞きでしたか」と言って、奥様は考深《かんがえぶか》い目付をした。

「尤《もっと》も、そう委《くわ》しい事は私も知らないんですけれど」

「あんまり馬鹿《ばか》々《ば》々《か》しいことで、貴方なぞに御話するのも面目ない」と奥様は深い溜息《ためいき》を吐《つ》きながら言った。「噫《ああ》、吾寺《うち》の和尚《おしょう》さんもあの年齢《とし》に成って、未《ま》だ今度のようなことが有るというは、全く病気なんですよ。病気ででも無くて、どうしてそんな心地《こころもち》に成るもんですか。まあ、瀬川さん、そうじゃ有ませんか。和尚さんもね、あの病気さえ無ければ、実に気分の優しい、好《い》い人物《ひと》なんです――中分《もうしぶん》の無い人物なんです――いえ、私は今だっても和尚さんを信じているんですよ」

（七）

「どうして私はこう物に感じ易《やす》いんでしょう」と奥様は啜《すす》り上げた。「今度のようなことが有ると、もう私は何《なんに》も手に着きません。一体、和尚さんの病気というのは、今更始《はじま》ったことでも無いんです。先住は早く亡《な》くなりまして、和尚さんがその後へ直ったのは、未だ漸《ようや》く十七の年だったということでした。丁度私がこの寺へ嫁《かたづ》いて来た翌々年《よくよくとし》、和尚さんは西京《さいきょう》へ修業に行くことに成《なり》ましてね――まあ、若い時には能《よ》く物が出来ると言われて、諸国から本山へ集《あつま》る若手の中でも五本の指に数えられたそうですよ――それで私は、その頃《ころ》未だ生きていた先住の匹偶《つれあい》と、今寺内に居る坊さんの父親《おとっ》さんと、こう三人でお寺を預《あずか》って、五年ばかり留守居をしたことが有《あり》ました。考えて見ると、和尚さんの病気はもうその頃から起っていたんですね。相手の女というは、西京の魚《うお》の棚《たな》、油の小路というところにある宿屋の総領娘、ということが知れたもんですから、さあ、寺内の先《せん》の坊さんも心配して、早速西京へ出掛けて行きました。その時、私は先住の匹偶《つれあい》にも心配させないように、檀家《だんか》の人達《たち》の耳へも入れないようにッて、どんなに独りで気を揉《も》みましたか知れません。漸《やっと》のこと、お金を遣《つか》って、女の方の手を切らせました。そこで和尚さんも真実《ほんとう》に懲りなければ成らないところです。ところが持って生れた病《やまい》は仕方の無いもので、それから三年経《た》って、今度は東京にある真宗の学校へ勤めることに成ると、復《ま》た病気が起りました」

　手紙を書いて貰《もら》いに来た奥様は、用をそっちのけにして、種々《いろいろ》並べたり訴えたりし始めた。淡泊《さっぱり》したようでもそこは女の持前《もちまえ》で、聞いて貰わずにはいられなかったのである。

「尤《もっと》も」と奥様は言葉を続けた。「その時は、和尚さんを独りで遣っては不可《いけない》というので――まあ学校の方から月給は取れるし、留守中のことは寺内の坊さんが引受けていてくれるし、それに先住の匹偶《つれあい》も東京を見たいと言うもんですから、私も一緒に随《つ》いて行って、三人して高輪《たかなわ》のお寺を仕切って借りました。其処《そこ》から学校へは何程《いくら》も無いんです。克《よ》く和尚さんは二《に》本榎《ほんえのき》の道路《みち》を通いました。丁度その二本榎に、若い未亡人《ごけさん》の家《うち》があって、この人は真宗に熱心な、教育のある女でしたから、和尚さんも法話《はなし》を頼まれて行き行きしましたよ。忘れもしません、その女というは背のすらりとした、白い優しい手をした人で、御墓参りに行くところを私も見掛けたことが有ます。ある時、その未亡人《ごけさん》の噂《うわさ》が出ると、和尚さんは鼻の先で笑って、『むむ、あの女か――あんなひねくれた女は仕方が無い』と酷《ひど》く譏《けな》すじゃ有ませんか。どうでしょう、瀬川さん、その時は最早《もう》和尚さんが関係していたんです。何時《いつ》の間にか女は和尚さんの種を宿しました。さあ、和尚さんも蒼《あお》く成って了《しま》って、『実は済まないことをした』と私の前に手を突いて、謝罪《あやま》ったのです。根が正直な、好《い》い性質の人ですから、悪かったと思うと直に後悔する。まあ、傍《はた》で見ていても気の毒な位。『頼む』と言われて見ると、私も放擲《うっちゃ》っては置かれませんから、手紙で寺内の坊さんを呼寄《よびよ》せました。その時、私の思うには、『ああこれは私に子が無いからだ。もし子供でも有ったら一層《もっと》和尚さんも真面目《まじめ》な気分に御成《おなん》なさるだろう。寧《いっ》そその女の児《こ》を引取って自分の子にして育てようかしら』とこう考えたり、ある時は又、『みすみす私が傍《そば》に附《つ》いていながら、そんな女に子供まで出来たと言われては、第一私が世間へ恥《はず》かしい。いかに言っても情《なさけ》ないことだ。今度こそは別れよう』と考えたりしたんです。そこがそれ、女というものは気の弱いもので、優しい言葉の一つも掛けられると、今までの事は最早《もう》すっかり忘れて了う。『ああ、御気の毒だ――私が居なかったら、どんなに不自由を成さるだろう』とまあ私も思い直したのですよ。間も無く女は和尚さんの子を産落《うみおと》しました。月不足《つきたらず》で、加之《おまけ》に乳が無かったものですから、満二月《まるふたつき》とはその児も生きていなかったそうです。和尚さんが学校を退《ひ》くことに成って、飯山《いいやま》へ帰るまでの私の心配はどれ程だったでしょう――丁度、今から十年前のことでした。それからというものは、和尚さんも本気に成ましたよ。月に三度の説教は欠かさず、檀家の命日には必ず御《お》経《きょう》を上げに行く、近在廻《まわ》りは泊り掛けで出掛ける――さあ、檀家の人達もすっかり信用して、四年目の秋には本堂の屋根の修繕も立派に出来上りました。ああいう調子で、ずっと今まで進んで来たら、どんなにか好《よ》かろうと思うんですけれど、少許《すこし》羽振《はぶり》が良くなると直に物に飽きるから困る。倦怠《あき》が来ると、復た病気が起る。そりゃあもう和尚さんの癖なんですからね。ああ、男というものは恐しいもので、あれ程平常《ふだん》物の解《わか》った和尚さんで有ながら、病気となると何の判別《みさかえ》も着かなくなる。まあ瀬川さん、考えて見て下さい。和尚さんも最早《もう》五十一ですよ。五十一にも成って、未だそんな気で居るかと思うと、実に情ないじゃ有ませんか。成《なる》程《ほど》――今日《こんにち》飯山あたりの御寺様《おてらさん》で、女狂いを為《し》ないようなものは有ゃしません。ですけれど、茶屋女を相手に為《す》るとか、妾狂《めかけぐる》いを為るとか言えば、またそこにも有る。あのお志保《しほ》に想《おもい》を懸けるなんて――私は呆《あき》れて物も言えない。どう考えて見ても、そんな量見を起す和尚さんでは無い筈《はず》です。必定《きっと》、どうかしたんです。まあ、気でも狂《ちが》っているに相違ないんです。お志保は又、何もかも私に打開けて話しましてね、『母親《おっか》さん、心配しないでいて下さいよ、どんな事が有っても私が承知しませんから』と言うもんですから――いえ、あの娘《こ》はあれでなかなか毅然《しゃん》とした気象の女ですからね――それを私も頼みに思いまして、『お志保、確乎《しっかり》していておくれよ、阿爺《おとっ》さんだっても物の解らない人では無し、お前と私の心地《こころもち》が届いたら、必定《きっと》思い直して下さるだろう、阿爺さんが正気に復《かえ》るも復らないも二人の誠意《まごころ》一つにあるのだからね』こう言って、二人でさんざん哭《な》きました。なんの、私が和尚さんを悪く思うもんですか。何卒《どうか》して和尚さんの眼《め》が覚めるように――そればっかりで、私はこんな離縁なぞを思い立ったんですもの」

（八）

誠意《まごころ》籠《こも》る奥様の述懐を聞取《ききと》って、丑松《うしまつ》は望みの通りに手紙の文句を認《したた》めてやった。幾度か奥様は口の中で仏の名を唱えながら、これから将来《さき》のことを思い煩《わずら》うという様子に見えるのであった。

「おやすみ」

という言葉を残して置いて奥様が出て行った後、丑松は机の側《わき》に倒れて考えていたが、何時《いつ》の間にかぐっすり寝込んで了《しま》った。寝ても、寝ても、寝足りないという風で、こうして横になれば直《すぐ》に死んだ人のように成るのがこの頃《ごろ》の丑松の癖である。のみならず、深いところへ陥落《おちい》るような睡眠《ねむり》で、目が覚めた後は毎時《いつも》頭が重かった。その晩も矢張《やはり》同じように、同じような仮寝《うたたね》から覚めて、暫時茫然《しばらくぼんやり》としていたが、やがて我に帰った頃は、もう遅かった。雪は屋外《そと》に降り積ると見え、時々窓の戸にあたって、はたはたと物の崩《くず》れ落ちる音より外《ほか》には、寂《しん》として声一つしない、それは沈静《ひっそり》とした、気の遠くなるような夜——無論人の起きている時刻では無かった。階下《した》では皆《みん》な寝たらしい。不図、何かこう忍び音に泣くような若い人の声が細々と耳に入る。どうも何処《どこ》から聞えるのか、それは能《よ》く解《わか》らなかったが、まあ楼梯《はしごだん》の下あたり、暗い廊下の辺《へん》ででもあるか、誰《だれ》かしら声を呑《の》む様子。尚《なお》能く聞くと、北の廊下の雨戸でも明けて、屋外《そと》を眺《なが》めているものらしい。ああ——お志保《しほ》だ——お志保の嗚咽《すすりなき》だ——こう思い附《つ》くと同時に、言うに言われぬ恐怖《おそれ》と哀憐《あわれみ》とが身を襲うように感ぜられる。尤《もっと》も、丑松は半分夢中で聞いていたので、つと立上《たちあが》って部屋の内《なか》を歩き初めた時は、もうその声が聞えなかった。不思議に思いながら、浮足になって耳を澄ましたり、壁に耳を寄せて聞いたりした。終《しまい》には、自分で自分を疑って、あるいは聞いたと思ったのが夢でもあったか、とその音の実《ほんと》か虚《うそ》かすらも判断が着かなくなる。暫時《しばらく》丑松は腕組をして、油の尽きて来た洋燈《ランプ》の火を熟視《みまも》りながら、茫然《ぼんやり》とそこに立っていた。夜は更《ふ》ける、心《しん》は疲れる、やがて押入《おしいれ》から寝道具を取出した時は、自分で自分の為《す》ることを知らなかった位。急に烈《はげ》しく睡気《ねむけ》が襲《さ》して来たので、丑松は半分眠りながら寝衣《ねまき》を着更《きか》えて、直《ま》に復た感覚《おぼえ》の無いところへ落ちて行った。

第拾八章

（一）

毎年《まいとし》降る大雪が到頭やって来た。町々の人家も往来もすべて白く埋没《うずも》れて了《しま》った。昨夜一晩のうちに四尺余《あまり》も降積《ふりつも》るという勢《いきおい》で、急に飯山《いいやま》は北国の冬らしい光景《ありさま》と変ったのである。

こうなると、最早《もう》雪の捨てどころが無いので、往来の真中《まんなか》へ高く積上《つみあ》げて、雪の山を作る。両側は見事に削り落したり、叩《たた》き付けたりして、すこし離れて眺《なが》めると、丁度長い白壁のよう。上へ上へと積上げては踏み付け、踏み付けては又た積上げるように為《す》るので、軒丈《のきたけ》ばかりの高さに成って、対《むか》いあう家と家とは屋根と廂《ひさし》としか見えなくなる。雪の中から掘出《ほりだ》された町――譬《たと》えば飯山の光景《ありさま》はそれであった。

高柳利三郎と町会議員の一人が本町の往来で出逢《であ》った時は、盛んにこの雪を片付ける最中で、雪掻《ゆきかき》を手にした男女《おとこおんな》が其処此処《そここ こ》に群《むら》がり集《あつま》っていた。「どうも大降りがいたしました」という極《きま》りの挨拶《あいさつ》を交換《とりかわ》した後、やがて別れて行こうとする高柳を呼留《よびと》めて、町会議員はこう言出《いいだ》した。

「時に、御聞きでしたか、あの瀬川という教員のことを」

「いいえ」と高柳は力を入れて言った。「私は何《なんに》も聞きません」

「あの教員は君、調里《ちょうり》（穢多《えた》の異名）だって言うじゃ有《あり》ませんか」

「調里？」と高柳は驚いたように。

「呆《あき》れたねえ、これには」と町会議員も顔を皺《しか》めて、「尤《もっと》も、種々《いろいろ》な人の口から伝《つたわ》り伝った話で、誰《だれ》が言出したんだか能《よ》く解《わか》らない。しかし保証するとまで言う人が有るから確実《たしか》だ」

「誰ですか、その保証人というのは――」

「まあ、それは言わずに置こう。名前を出してくれては困ると先方《さき》の人も言うんだから」

こう言って、町会議員は今更のように他《ひと》の秘密を泄《もら》したという顔付。「君だから、話す――秘密にして置いてくれなければ困る」とくれぐれも念を押した。高柳はまた口唇《くちびる》を引歪《ひきゆが》めて、意味ありげな冷笑《あざわらい》を浮べるのであった。

急いで別れて行く高柳を見送って、反対《あべこべ》な方角へ一町ばかりも歩いて行った頃《ころ》、この噂好《うわさず》きな町会議員は一人の青年に遭遇《であ》った。秘密に、と思えば思う程、猶々《なおなお》それを私語《ささや》かずにはいられなかったのである。

「あの瀬川という教員は、君、これだって言いますぜ」

と指を四本出して見せる。尤もその意味が対手《あいて》には通じなかった。

「これだって言ったら、君も解りそうなものじゃ無いか」と町会議員は手を振りながら笑った。

「どうも解りませんね」と青年は訝《いぶか》しそうな顔付。

「了解《さとり》の悪い人だ――それ、調里のことを四足《しそく》と言うじゃないか。はははははは。しかしこれは秘密だ。誰にも君、こんなことは話さずに置いてくれ給《たま》え」

念を押して置いて、町会議員は別れて行った。

丁度、そこへ通りかかったのは、学校へ出勤しようとする準教員であった。それと見た青年は駈寄《かけよ》って、大雪の挨拶。何時《いつ》の間にか二人は丑松《うしまつ》の噂を始めたのである。

「これはまあ極く極く秘密なんだが――君だから話すが――」と青年は声を低くして、「君の学校に居る瀬川先生は調里だそうだねえ」

「それさ――僕《ぼく》もある処《ところ》でその話を聞いたがね、未《ま》だ半信半疑で居る」と準教員は対手の顔を眺めながら言った。「して見ると、いよいよ事実かなあ」

「僕は今、ある人に逢った。その人が指を四本出して見せて、あの教員はこれだと言うじゃないか。はてな、とは思ったが、その意味が能く解らない。聞いて見ると、四足という意味なんだそうだ」

「四足？　穢多のことを四足と言うかねえ」

「言わあね。四足と言って解らなければ、『よつあし』と言ったら解るだろう」

「むむ――『よつあし』か」

「しかし、驚いたねえ。狡猾《こうかつ》な人間もあればあるものだ。能く今日《いま》まで隠蔽《かく》していたものさ。そんな穢《けがら》わしいものを君等《ら》の学校で教員にして置くなんて――第一怪《け》しからんじゃないか」

「叱《シッ》」

と周章《あわ》てて制するようにして、急に準教員は振返《ふりかえ》って見た。その時、丑松は矢張《やはり》学校へ出勤するところと見え、深く外套《がいとう》に身を包んで、向うの雪の中を夢見る人のように通る。何かこう物を考え考え歩いて行くということは、その沈み勝ちな様子を見ても知れた。暫時《しばらく》丑松も佇立《たちどま》って、熟《じっ》と是方《こちら》の二人を眺めて、やがて足早に学校を指して急いで行った。

（二）

雪に妨げられて、学校へ集《あつま》る生徒は些少《すくな》かった。何時《いつ》まで経《た》っても授業を始めることが出来ないので、職員のあるものは新聞縦覧所へ、あるものは小使部屋へ、あるものは又た唱歌の教室に在《あ》る風琴《ふうきん》の周囲《まわり》へ――いずれも天の与えた休暇《やすみ》としてこの雪の日を祝うかのように、思い思いの圜《わ》に集って話した。

職員室の片隅《かたすみ》にも、四五人の教員が大火鉢《おおひばち》を囲繞《とりま》いた。例の準教員がその中へ割込《わりこ》んで入った時は、誰《だれ》が言出《いいだ》すともなく丑松《うしまつ》の噂《うわさ》を始めたのであった。時々盛んな笑声《わらいごえ》が起るので、何事かと来て見るものが有る。終《しまい》には銀之助も、文平も来て、この談話《はなし》の仲間に入った。

「どうです、土屋君」と準教員は銀之助の方を見て、「吾儕《われわれ》は今、瀬川君のことに就いて二派に別れたところです。君は瀬川君と同窓の友だ。さあ、君の意見を一つ聞かせてくれ給《たま》え」

「二派とは?」と銀之助は熱心に。

「外《ほか》でも無いんですがね、瀬川君は――まあ、近頃《ちかごろ》世間で噂のあるような素性《すじょう》の人に相違ないという説と、いやそんな馬鹿《ばか》なことが有るものかという説と、こう二つに議論が別れたところさ」

「一寸待《ちょっと》ってくれ給え」と薄髯《うすひげ》のある尋常四年の教師が冷静な調子で言った。「二派と言うのは、君、少許《すこし》穏当で無いだろう。未《ま》だ、そうだとも、そうでは無いとも、断言しない連中が有るのだから」

「僕《ぼく》は確《たしか》にそんなことは無いと断言して置く」と体操の教師が力を入れた。

「まあ、土屋君、こういう訳です」と準教員は火鉢の周囲《まわり》に集る人々の顔を眺《なが》め廻《まわ》して、「何故《なぜ》そんな説が出たかというに、そこには種々《いろいろ》議論も有ったがね、要するに瀬川君の態度が頗《すこぶ》る怪しい、というのがそもそも始《はじま》りさ。吾儕《われわれ》の中に新平民が居るなんて言触《いいふ》らされてみ給え。誰だって憤慨するのは至当《あたりまえ》じゃないか。君始めそうだろう。一体、世間でそんなことを言触らすというのが既にもう吾儕《われわれ》職員を侮辱してるんだ。だからさ、もし瀬川君に疚《やま》しいところが無いものなら、吾儕と一緒に成って怒りそうなものじゃないか。まあ、何とか言うべきだ。それも言わないで、ああして黙っているところを見ると、どうしても隠しているとしか思われない。こう言出したものが有る。すると、また一人が言うには――」と言いかけて、やがて思付《おもいつ》いたように、「しかし、まあ、止《よ》そう」

「何だ、言いかけて止すやつが有るもんか」と背の高い尋常一年の教師が横鎗《よこやり》を入れる。

「やるべし、やるべし」と冷笑の語気を帯びて言ったのは、文平であった。文平は準教員の背後《うしろ》に立って、巻煙草《まきたばこ》を燻《ふか》しながら聞いていたのである。

「しかし、戯語《じょうだん》じゃ無いよ」と言う銀之助の眼《め》は輝いて来た。「僕なぞは師範校時代から交際《つきあ》って、能《よ》く人物を知っている。あの瀬川君が新平民だなんて、そんなことが有って堪《たま》るものか。一体誰が言出したんだか知らないが、もし世間にそんな風評が立つようなら、飽《あく》までも僕は弁護して遣《や》らなけりゃならん。だって、君、考えてみ給え。こりゃ真面目《まじめ》な問題だよ――茶を飲むような尋常《あたりまえ》な事とは些少《すこし》訳が違うよ」

「無論さ」と準教員は答えた。「だから吾儕《われわれ》も頭を痛めているのさ。まあ、聞き給え。ある人は又たこういうことを言出した。瀬川君に穢多《えた》の話を持掛《もちか》けると、必ず話頭《はなし》を他《わき》へ転《そら》して了《しま》う。いや、転して了うばかりじゃ無い、直に顔色を変えるから不思議だ――その顔色と言ったら、迷惑なような、周章《あわ》てたような、まあ何ともかとも言いようが無い。それそこが可笑《おか》しいじゃないか。吾儕と一緒に成って、『むむ、調里坊《ちょうりッぼう》かあ』とかなんとか言うようだと、誰も何とも思やしないんだけれど」

「そんなら、君、あの瀬川丑松という男に何処《どこ》か穢多らしい特色が有るかい。先《ま》ず、それからして聞こう」と銀之助は肩を動《ゆす》った。

「なにしろ近頃非常に沈んでいられるのは事実だ」と尋常四年の教師は、腮《あご》の薄髯を掻上《かきあ》げながら言う。

「沈んでいる？」と銀之助は聞咎《ききとが》めて、「沈んでいるのはあの男の性質《たち》さ。それだから新平民だとは無論言われない。新平民でなくたって、沈鬱《ちんうつ》な男はいくらも世間にあるからね」

「穢多には一種特別な臭気《におい》が有ると言うじゃないか――嗅《か》いで見たら解《わか》るだろう」と尋常一年の教師は混返《まぜかえ》すようにして笑った。

「馬鹿《ばか》なことを言給え」と銀之助も笑って、「僕だっていくらも新平民を見た。あの皮膚の色からして、普通の人間とは違っていらあね。そりゃあ、もう、新平民か新平民で無いかは容貌《かおつき》で解る。それに君、社会《よのなか》から度外《のけもの》にされているもんだから、性質が非常に僻《ひが》んでいるサ。まあ、新平民の中から男らしい毅然《しっかり》した青年なぞの産《うま》れようが無い。どうしてあんな手合《てあい》が学問という方面に頭を擡《もちあ》げられるものか。それから推したって、瀬川君のことは解りそうなものじゃないか」

「土屋君、そんならあの猪子蓮太郎《いのこれんたろう》という先生はどうしたものだ」と文平は嘲《あざけ》るように言った。

「ナニ、猪子蓮太郎？」銀之助は言淀《いいよど》んで、「あの先生は――あれは例外さ」

「それ見給え。そんなら瀬川君だっても例外だろう――はははは。はははははは」と準教員は手を拍《う》って笑った。聞いている教員等《たち》も一緒になって笑わずにはいられなかったのである。

その時、この教員室の戸を開けて入って来たのは、丑松であった。急に一同口を噤《つぐ》んで了った。人々の視線は皆《みん》な丑松の方へ注ぎ集った。

「瀬川君、どうですか、御病気は――」

と文平は意味ありげに尋ねる。その調子がいかにも皮肉に聞えたので、準教員は傍《そば》に居る尋常一年の教師と顔を見合せて、思わず互《たがい》に微笑《ほほえみ》を泄《もら》した。

「難有《ありがと》う」と丑松は何気《なにげ》なく、「もうすっかり快《よ》くなりました」

「風邪《かぜ》ですか」と尋常四年の教師が沈着《おちつ》き澄まして言った。

「はあ――ナニ、差《たい》したことでも無かったんです」と答えて、丑松は気を変えて、「時に、勝野君、生憎《あいにく》今日は生徒が集まらなくて困った。この様子では土屋君の送別会も出来そうも無い。折角準備《したく》したのにッて、出て来た生徒は張合《はりあい》の無いような顔してる」

「なにしろこの雪だからねえ」と文平は微笑《ほほえ》んで、「仕方が無い、延ばすサ」

こういう話をしているところへ、小使がやって来た。銀之助は丑松の方にばかり気を取られて、小使の言うことも耳へ入らない。それと見た体操の教師は軽く銀之助の肩を叩《たた》いて、

「土屋君、土屋君――校長先生が君を呼んでるよ」

「僕を？」銀之助は始めて気が付いたのである。

（三）

校長は郡視学と二人で応接室に居た。銀之助が戸を開けて入った時は、二人差向いに椅子《いす》に腰懸けて、何か密議を凝《こら》しているところであった。

「おお、土屋君か」と校長は身を起して、そこに在《あ》る椅子を銀之助の方へ押薦《おしすす》めた。「他《ほか》の事で君を呼んだのでは無いが、実は近頃《ちかごろ》世間に妙な風評が立って――定めしそれはもう君も御承知のことだろうけれど――ああして町の人が左《と》や右《かく》言うものを、黙って見てもいられないし、第一こういうことが余り世間へ伝播《ひろが》ると、終《しまい》にはどんな結果を来《きた》すかも知れない。それに就いて、ここに居られる郡視学さんも非常に御心配なすって、態々《わざわざ》この雪に尋ねて来て下すったんです。とにかく、君は瀬川君と師範校時代から御一緒ではあり、日頃親しく往来《ゆきき》もしておられるようだから、君に聞いたらこの事は一番好《よ》く解《わか》るだろう、こう思いましてね」

「いえ、私だってそんなことは解りません」と銀之助は笑いながら答えた。「何とでも言わせて置いたら好《い》いでしょう。そんな世間で言うようなことを、一々気にしていたら際限《きり》が有《あり》ますまい」

「しかし、そういうものでは無いよ」と校長は一寸《ちょっと》郡視学の方を向いて見て、やがて銀之助の顔を眺《なが》めながら、「君等《ら》は未《ま》だ若いから、それ程世間というものに重きを置かないんだ。幼稚なように見えて、馬鹿《ばか》にならないのは、世間さ」

「そんなら町の人が噂《うわさ》するからと言って、根も葉も無いようなことを取上《とりあ》げるんですか」

「それ、それだから、君等は困る。無論我輩《わがはい》だってそんなことを信じないさ。しかし、君、考えてみ給《たま》え。万更《まんざら》火の気《け》の無いところに煙の揚《あが》る筈《はず》も無かろうじゃないか。いずれこれには何か疑われるような理由が有ったんでしょう――土屋君、まあ、君はどう思います」

「どうしても私にはそう思われません」

「そう言えば、それまでだが、何かそれでも思い当る事が有そうなものだねえ」と言って校長は一段声を低くして、「一体瀬川君は近頃非常に考え込んでおられるようだが、何が原因《もと》であゝ憂鬱《ゆううつ》に成ったんでしょう。以前は克《よ》く吾輩《わがはい》の家《うち》へもやって来てくれたッけが、この節はもうさっぱり寄付《よりつ》かない。まあ吾儕《われわれ》と一緒に成って、談《はな》したり笑ったりするようだと、御互いに事情も能《よ》く解るんだけれど、あゝして独りで考えてばかりおられるもんだから――ホラ、訳を知らないものから見ると、何かそこには後暗《うしろぐら》い事でも有るように、つい疑わなくても可《い》い事まで疑うように成るんだろうと思うのサ」

「いえ」と銀之助は校長の言葉を遮《さえぎ》って、「実は――それには他に深い原因が有るんです」

「他に？」

「瀬川君はあゝいう性質《たち》ですから、なかなか口へ出しては言いませんがね」

「ホウ、言わない事がどうして君に知れる？」

「だって、言葉で知れなくたって、行為《おこない》の方で知れます。私は長く交際《つきあ》って見て、瀬川君が種々《いろいろ》に変って来た径路《みちすじ》を多少知っていますから、どうしてあゝ考え込んでいるか、どうしてああ憂鬱に成っているか、それはもうあの君の為《す》ることを見ると、自然と私の胸には感じることが有るんです」

こういう銀之助の言葉は深く対手《あいて》の注意を惹《ひ》いた。校長と郡視学の二人は巻煙草《まきたばこ》を燻《ふか》しながら、どう銀之助が言出《いいだ》すかと、黙ってその話を待っていたのである。

銀之助に言わせると、丑松が憂鬱に沈んでいるのは世間で噂するようなことと全く関係の無い――実は、青年の時代には誰《だれ》しも有勝《ありが》ちな、その胸の苦痛《くるしみ》に烈《はげ》しく悩まされているからで。意中の人が敬之進の娘ということは、正に見当が付いている。しかし、丑松はああいう気象の男であるから、それを友達に話さないのみか、相手の女にすらも話さないらしい。それそこが性分《しょうぶん》で、熟《じっ》と黙って堪《こら》えていて、唯《ただ》敬之進とか省吾《しょうご》とか女の親兄弟に当る人々の為《ため》に種々《さまざま》なことを為《し》て遣《や》っている――まあ、言わないものは、せめて尽して、それで心を慰めるのであろう。思えば人の知らない悲哀《かなしみ》を胸に湛《たた》えているのに相違ない。尤《もっと》も、自分は偶然なことからして、こういう丑松の秘密を感得《かんづ》いた。しかもそれはつい近頃のことで有ると言出した。「という訳で」と銀之助は額へ手を当てて、「そこへ気が付いてから、瀬川君の為ることはすっかり読めるように成《なり》ました。どうも可笑《おか》しい可笑しいと思って見ていましたッけ――そりゃあもう、辻褄《つじつま》の合わないようなことが沢山有ったものですから」

「成程《なるほど》ねえ。あるいはそういうことが有るかも知れない」

と言って、校長は郡視学と顔を見合せた。

（四）

やがて銀之助は応接室を出て、復《ま》たもとの職員室へ来て見ると、丑松《うしまつ》と文平の二人が他《ほか》の教員に取囲《とりま》かれながら頻《しきり》に大火鉢《おおひばち》の側《そば》で言争《いいあらそ》っている。黙って聞いている人々も、見れば、同じように身を入れて、あるものは立って腕組したり、あるものは机に倚凭《よりかか》って頬杖《ほおづえ》を突いたり、あるものは又たぐるぐる室内を歩き廻《まわ》ったりして、いずれも熱心に聞耳《ききみみ》を立てている様子。のみならず、丑松の様子を窺《うかが》い澄まして、穿鑿《さぐり》を入れるような眼付《めつき》したものもあれば、半信半疑らしい顔付の手合《てあい》もある。銀之助は談話《はなし》の調子を聞いて、二人が一方《ひとかた》ならず激昂《げっこう》していることを知った。

「何を君等《ら》は議論してるんだ」

と銀之助は笑いながら尋ねた。その時、人々の背後《うしろ》に腰掛け、手帳を繰り繙《ひろ》げ、丑松や文平の肖顔《にがお》を写生し始めたのは準教員であった。

「今ね」と準教員は銀之助の方を振向《ふりむ》いて見ながら、「猪子《いのこ》先生のことで、大分やかましく成って来たところさ」と言って、一寸《ちょっと》鉛筆の尖端《さき》を舐《な》めて、復た微笑《ほほえ》みながら写生に取懸《とりかか》った。

「なにもそんなにやかましいことじゃ無いよ」こう文平は聞咎《ききとが》めたのである。「どうして瀬川君はあの先生の書いたものを研究する気に成ったのか、それを僕《ぼく》は聞いて見たばかりだ」

「しかし、勝野君の言うことは僕に能《よ》く解《わか》らない」丑松の眼は燃え輝いているのであった。

「だって君、いずれ何か原因が有るだろうじゃないか」と文平は飽くまでも皮肉に出る。

「原因とは？」丑松は肩を動《ゆす》りながら言った。

「じゃあ、こう言ったら好《よ》かろう」と文平は真面目《まじめ》に成って、「譬《たと》えば――まあ僕は例を引くから聞き給《たま》え。ここに一人の男が有るとしたまえ。その男が発狂しているとしたまえ。普《な》通《み》のものがそんな発狂者を見たって、それほど深い同情は起らないね。起らない筈《はず》さ、別に是方《こちら》に心を傷《いた》めることが無いのだもの」

「むむ、面白い」と銀之助は文平と丑松の顔を見比べた。

「ところが、もしここに酷《ひど》く苦《くるし》んだり考えたりしている人があって、その人が今の発狂者を見たとしたまえ。さあ、思いつめた可傷《いたま》しい光景《ありさま》も目に着くし、絶望の為《ため》に痩《や》せた体格も目に着くし、日影に悄然《しょんぼり》として死ということを考えているような顔付も目に着く。というは外《ほか》でも無い。発狂者を思いやるだけの苦痛《くるしみ》が矢張是方《やはりこちら》にあるからだ。其処《そこ》だ。瀬川君が人生問題なぞを考えて、猪子先生の苦んでいる光景《ありさま》に目が着くというのは、何か瀬川君の方にも深く心を傷めることが有るからじゃ無かろうか」

「無論だ」と銀之助は引取って言った。「それが無ければ、第一読んで見たって解りゃしない。それだあね、僕が以前《まえ》から瀬川君に言ってるのは。尤《もっと》も瀬川君がそれを言えないのは、僕は百も承知だがね」

「何故《なぜ》、言えないんだろう」と文平は意味ありげに尋ねて見る。

「そこが持って生れた性分《しょうぶん》サ」と銀之助は何か思出《おもいだ》したように、「瀬川君という人は昔からこうだ。僕なぞはもうずんずん暴露《さらけだ》して、蔵《しま》って置くということは出来ないがなあ。ははははは、瀬川君の言わないのは、何も隠す積りで言わないのじゃ無い、性分で言えないのだ。はははは、御気の毒な訳さねえ――苦《くるし》むように生れて来たんだから仕方が無い」

こう言ったので、聞いている人々は意味も無く笑出《わらいだ》した。暫時《しばらく》準教員も写生の筆を休《や》めて眺《なが》めた。尋常一年の教師は又、丑松の背後《うしろ》へ廻って、眼を細くして、密《そっ》と臭気《におい》を嗅《か》いで見るような真似《まね》をした。

「実は――」と文平は巻煙草《まきたばこ》の灰を落しながら、「ある処《ところ》から猪子先生の書いたものを借りて来て、僕も読んで見た。一体、あの先生はどういう種類の人だろう」

「どういう種類とは？」と銀之助は戯《たわむ》れるように。

「哲学者でもなし、教育家でもなし、宗教家でもなし――そうかと言って、普通の文学者とも思われない」

「先生は新しい思想家さ」銀之助の答《こたえ》はこうであった。

「思想家？」と文平は嘲《あざけ》ったように、「ふふ、僕に言わせると、空想家だ、夢想家だ――まあ、一種の狂人《きちがい》だ」

その調子がいかにも可笑《おか》しかった。盛んな笑声《わらいごえ》が復た聞いている教師の間に起った。銀之助も一緒に成って笑った。その時、憤慨の情は丑松が全身の血潮に交って、一時に頭脳《あたま》の方へ衝《つ》きかかるかのよう。蒼《あお》ざめていた頬は遽然《にわかに》熱して来て、眶《まぶち》も耳も紅《あか》く成った。

（五）

「むむ、勝野君は巧《うま》いことを言った」ところ丑松《うしまつ》は言出《いいだ》した。「あの猪子《いのこ》先生なぞは、全く君の言う通り、一種の狂人《きちがい》さ。だって、君、そうじゃないか——世間体《ていい》の好いような、今の世で自分に諂諛《へつら》うようなことばかり並べて、それを自伝と言って他《ひと》に吹聴《ふいちょう》するという今の世の中に、狂人《きちがい》ででも無くて誰《だれ》が冷汗《ひやあせ》の出るような懺悔《ざんげ》なぞを書こう。あの先生の手から職業《しごと》を奪取《うばいと》ったのも、ああいう病気に成る程の苦痛《くるしみ》を嘗《な》めさせたのも、畢竟《つまり》この社会だ。その社会の為《ため》に涙を流して、満腔《まんこう》の熱情を注いだ著述をしたり、演説をしたりして、筆は折れ舌は爛《ただ》れるまでも思い焦《こが》れているなんて——こんな大白痴《おおたわけ》が世の中に有ろうか。ははははは。先生の生涯《しょうがい》は実に懺悔の生涯さ。空想家と言われたり、夢想家と言われたりして、甘んじてその冷笑を受けている程の懺悔の生涯さ。『どんな苦しい悲しいことが有ろうと、それを女々《めめ》しく訴えるようなものは大丈夫と言われない。世間の人の睨《にら》む通りに睨ませて置いて、黙って狼《おおかみ》のように男らしく死ね』——それが先生の主義なんだ。見給《みたま》え、まあその主義からして、もう狂人染《きちがいじ》みてるじゃないか。はははははは」

「君はそう激するから不可《いかん》」と銀之助は丑松を慰撫《なだめ》るように言った。

「否《いや》、僕は決して激してはいない」こう丑松は答えた。

「しかし」と文平は冷笑《あざわら》って、「猪子蓮太郎《れんたろう》だなんて言ったって、高が穢多《えた》じゃないか」

「それが、君、どうした」と丑松は突込《つっこ》んだ。

「あんな下等人種の中から碌《ろく》なものの出よう筈《はず》が無いさ」

「下等人種？」

「卑劣《いや》しい根性を持って、可厭《いや》に僻《ひが》んだようなことばかり言うものが、下等人種で無くて君、何だろう。下手に社会へ突出《でしゃば》ろうなんて、そんな思想《かんがえ》を起すのは、第一大間違《おおまちがい》さ。獣皮《かわ》いじりでもして、神妙《しんびょう》に引込《ひっこ》んでるのが、丁度あの先生なぞには適当しているんだ」

「はははは。して見ると、勝野君なぞは開化した高尚《こうしょう》な人間で、猪子先生の方は野蛮な下等な人種だと言うのだね。はははは。僕《ぼく》は今まで、君もあの先生も、同じ人間だとばかり思っていた」

「止《よ》せ。止せ」と銀之助は叱《しか》るようにして、「そんな議論を為《し》たって、つまらんじゃないか」

「いや、つまらなかない」と丑松は聞入《ききい》れなかった。「僕は君、これでも真面目《まじめ》なんだよ。まあ、聞き給え――勝野君は今、猪子先生のことを野蛮だ下等だと言われたが、実際御説の通りだ。こりゃ僕の方が勘違いをしていた。そうだ、あの先生も御説の通りに獣皮《かわ》いじりでもして、神妙にして引込んでいれば好《い》いのだ。それさえして黙っていれば、あんな病気なぞに罹《かか》りはしなかったのだ。その身体《からだ》のことも忘れて了《しま》って、一日も休まずに社会と戦っているなんて――何という狂人《きちがい》の態《ざま》だろう。噫《ああ》、開化した高尚な人は、予《あらかじ》め金牌《きんぱい》を胸に掛ける積りで、教育事業なぞに従事している。野蛮な、下等な人種の悲しさ、猪子先生なぞはそんな成功を夢にも見られない。はじめから野末の露と消える覚悟だ。死を決して人生の戦場に上っているのだ。その慨然とした心意気は――はははは、悲しいじゃないか、勇《いさま》しいじゃないか」

と丑松は上歯を顕《あらわ》して、大きく口を開いて、身を慄《ふる》わせながら欷咽《すすりな》くように笑った。鬱勃《うつぼつ》（一五一）とした精神は体躯《からだ》の外部《そと》へ満ち溢《あふ》れて、額は光り、頬《ほお》の肉も震え、憤怒《ふんぬ》と苦痛とで紅《あか》く成った時は、その粗野な沈鬱な容貌《かおつき》が平素《いつも》よりも一層男性《もっとおとこ》らしく見える。銀之助は不思議そうに友達の顔を眺《なが》めて、久《ひさ》し振《ぶり》で若く剛《つよ》く活々《いきいき》とした丑松の内部《なか》の生命《いのち》に触れるような心地《こころもち》がした。

対手《あいて》が黙って了ったので、丑松もそれぎりこんな話をしなかった。文平はまた何時《いつ》までも心の激昂《げっこう》を制《おさ》えきれないという様子。頭ごなしに罵《のの》しろうとして、反《かえ》って丑松の為に言敗《いいまく》られた気味が有るので、軽蔑《けいべつ》と憎悪《にくしみ》とは猶更容貌《なおさらかおつき》の上に表れる。「何だ――この穢多めが」とはその怒気《いかり》を帯びた眼《め》が言った。やがて文平は尋常一年の教師を窓の方へ連れて行って、「どうだい、君、今の談話《はなし》は――瀬川君は最早《もう》すっかり自分で自分の秘密を自白したじゃないか」

こう私語《ささや》いて聞かせたのである。

丁度準教員は鉛筆写生を終った。人々はいずれもその周囲《まわり》へ集《あつま》った。

第拾九章

（一）

この大雪を衝《つ》いて、市村弁護士と蓮太郎《れんたろう》の二人が飯山《いいやま》へ乗込《のりこ》んで来る、という噂《うわさ》は学校に居る丑松《うしまつ》の耳にまで入った。高柳一味の党派は、この風説に驚かされて、今更のように防禦《ぼうぎょ》を始めたとやら。有権者の訪問、推薦状の配付、さては秘密の勧誘なぞが頻《しきり》に行われる。壮士の一群《ひとむれ》は高柳派の運動を助ける為《ため》に、既に町へ入込《はいりこ》んだともいう。選挙の上の争闘《あらそい》は次第に近《ちか》づいて来たのである。

その日は宿直の当番として、丑松銀之助の二人が学校に居残ることに成った。尤《もっと》も銀之助は拠《よんどころ》ない用事が有ると言って出て行って、日暮になっても未《ま》だ帰って来《こ》なかったので、日誌と鍵《かぎ》とは丑松が預《あずか》って置いた。丑松は絶えず不安の状態《ありさま》――暇さえあれば宿直室の畳の上に倒れて、独りで考えたり悶《もだ》えたりしたのである。冬の一日《ひとひ》はこういう苦しい心づかいのうちに過ぎた。入相《いりあい》を告げる蓮華寺《れんげじ》の鐘の音が宿直室の玻璃窓《ガラスまど》に響いて聞える頃《ころ》は、殊に烈《はげ》しい胸騒ぎを覚えて、何となくお志保《しほ》の身の上も案じられる。もし奥様の決心がお志保の方に解《わか》りでもしたら――あるいは、最早《もう》解っているのかも知れない――そうなると、娘の身としてそれを黙って視《み》ていることが出来ようか。と言って、どうしてあの継母《ままはは》のところなぞへ帰って行かれよう。

「ああ、お志保さんは死ぬかも知れない」と不図こういうことを想《おも》い着いた時は、言うに言われぬ哀傷《かなしみ》が身を襲うように感ぜられた。

待っても、待っても、銀之助は帰って来なかった。長い間丑松は机に倚凭《よりかか》って、洋燈《ランプ》の下《もと》にお志保のことを思浮《おもいうか》べていた。こうして種々《さまざま》の想像に耽《ふけ》りながら、悄然《しょんぼり》と五分心の火を熟視《みつ》めているうちに、何時《いつ》の間にか疲労《つかれ》が出た。丑松は机に倚凭ったまま、思わず知らずそこへ寐《ね》て了《しま》ったのである。

その時、お志保が入って来た。

（二）

ここは学校では無いか。どうしてこんなところへお志保《しほ》が尋ねて来たろう。と丑松《うしまつ》は不思議に考えないでもなかった。しかしその疑惑《うたがい》は直《すぐ》に釈《と》けた。お志保は何か言いたいことが有って、わざわざ自分のところへ逢《あ》いに来たのだ、とこう気が着いた。あの夢見るような、柔《やわ》嫩《らか》な眼《め》――それを眺《なが》めると、お志保が言おうと思うことはありありと読まれる。何故《なぜ》、父や弟にばかり親切にして、自分にはそう疎々《よそよそ》しいのであろう。何故、同じ屋根の下に住む程の心やすだては有《あり》ながら、優しい言葉の一つも懸けてくれないのであろう。何故、その口唇《くちびる》は言いたいことも言わないで、堅く閉じ塞《ふさが》って、恐怖《おそれ》と苦痛《くるしみ》とで慄《ふる》えているのであろう。

こういう楽しい問《とい》は、とは言え、長く継《つづ》かなかった。何時《いつ》の間にか文平が入って来て、用事ありげにお志保を促した。終《しまい》には羞《はずか》しがるお志保の手を執って、無理やりに引立てて行こうとする。

「勝野君、まあ待ち給《たま》え。そう君のように無理なことを為《し》なくッても好《よ》かろう」

と言って、丑松は制止《おしとど》めるようにした。その時、文平も丑松の方を振返《ふりかえ》って見た。二人の目は電光《いなずま》のように出逢った。

「お志保さん、貴方《あなた》に好事《いいこと》を教えてあげる」

と文平は女の耳の側《そば》へ口を寄せて、丑松が隠蔽《かく》しているその恐しい秘密を私語《ささや》いて聞かせるような態度を示した。

「あッ、そんなことを聞かせてどうする」

と丑松は周章《あわ》てて取縋《とりすが》ろうとして——不図、眼が覚めたのである。

夢であった。こう我に帰ると同時に、苦痛《くるしみ》は身を離れた。しかし夢の裡《なか》の印象は尚《なお》残って、覚めた後までも恐怖《おそれ》の心が退かない。室内を眺め廻《まわ》すと、お志保も居なければ、文平も居なかった。丁度そこへ風呂敷包《ふろしきづつみ》を擁《かか》えながら、戸を開けて入って来たのは銀之助であった。

「や、どうも大変遅くなった。瀬川君、まだ君は起きていたのかい——まあ、今夜は寝て話そう」

こう声を掛ける。やがて銀之助はがたがた靴《くつ》の音をさせながら、洋服の上衣《うわぎ》を脱いで折釘《おれくぎ》へ懸けるやら、襟《カラ》を取って机の上に置くやら、または無造作にズボン釣《つり》を外《はず》すやらして、「ああ、その内に御別れだ」と投げるように言った。八畳ばかり畳の敷いてあるは、克《よ》く二人の友達が枕《まくら》を並べて、当番の夜を語り明《あか》したところ。今は銀之助も名残惜しいような気に成って、着たままの襯衣《シャツ》とズボン下とを寝衣《ねまき》がわりに、宿直の蒲団《ふとん》の中へ笑いながら潜《もぐ》り込んだ。

「こうして君とこの部屋に寝《ね》るのも、最早今夜《もう》ぎりだ」と銀之助は思出《おもいだ》したように嘆息した。

「僕に取ってはこれが最終の宿直だ」

「そうかなあ、最早御別れかなあ」と丑松も枕に就きながら言った。

「何となくこう今夜は師範校の寄宿舎にでも居るような気がする。妙に僕は昔を懐出《おもいだ》した――ホラ、君と一緒に勉強したあの時代のことなぞを。噫《ああ》、昔の友達は皆《みん》などうしているかなあ」と言って、銀之助はすこし気を変えて、「それはそうと、瀬川君、此頃《こないだ》から僕《ぼく》は君に聞いて見たいと思うことが有るんだが――」

「僕に？」

「まあ、君のようにそう黙っているというのも損な性分《しょうぶん》だ。どうも君の様子を見るのに、何か非常に苦しい事が有って、独りで考えて独りで煩悶《はんもん》している、としか思われない。そりゃあもう君が言わなくたって知れるよ。実際、僕は君の為《ため》に心配しているんだからね。だからさ、そんなに苦しいことが有るものなら、少許《すこし》打開《うちあ》けて話したらばどうだい。随分、友達として、力に成るということも有ろうじゃないか」

（三）

「何故《なぜ》、君はそうだろう」と銀之助は同情《おもいやり》の深い言葉を続けた。「僕《ぼく》がこういう科学書生で、平素其方《しょっちゅうそっち》の研究にばかり頭を突込《つっこ》んでるものだから、あるいは僕見たようなものに話したって解《わか》らない、と君は思うだろう。しかし、君、僕だってそう冷《つめた》い人間じゃ無いよ。他《ひと》の手疵《てきず》を負って苦《くるし》んでいるのを、傍《はた》で観《み》て嘲笑《わら》ってるような、そんな残酷な人間じゃ無いよ」

「君はまた妙なことを言うじゃないか、誰《だれ》も君のことを残酷だと言ったものは無いのに」と丑松《うしまつ》は臥俯《うつぶし》になって答える。

「そんなら僕にだって話して聞かせてくれ給《たま》えな」

「話せとは？」

「何もそう君のように蔵《つつ》んでいる必要は有るまいと思うんだ。言わないから、それで君は余計に苦しいんだ。まあ、僕も、一時は研究々々で、あまり解剖的《かいぼうてき》にばかり物事を見過ぎていたが、この頃《ごろ》に成って大《おおい》に悟ったことが有る。それからずっと君の心情《こころもち》も解るように成った。何故君があの蓮華寺《れんげじ》へ引越したか、何故君がそんなに独りで苦んでいるか——僕はもう何もかも察している」

丑松は答えなかった。銀之助は猶《なお》言葉を継いで、

「校長先生なぞに言わせると、こういうことは三文の価値《ねうち》も無いね。何ぞと言うと、直に今の青年の病気だ。しかし、君、考えてみ給え。あの先生だって一度は若い時も有ったろうじ

やないか。自分等《ら》は鼻唄《はなうた》で通り越して置きながら、吾儕《われわれ》にばかり裃《かみしも》を着て歩けなんて――ははは、まあ君、そうじゃ無いか。だから僕は言って遣《や》ったよ。今日あの先生と郡視学とで僕を呼付《よびつ》けて、『何故瀬川君はああ考え込んでいるんだろう』とこう聞くから、『それは貴方等《あなたがた》も覚えが有るでしょう、誰だって若い時は同じことです』と言って遣ったよ」

「フウ、そうかねえ、郡視学がそんなことを聞いたかねえ」

「見給え、君があまり沈んでるもんだから、つまらないことを言われるんだ――だから君は誤解されるんだ」

「誤解されるとは？」

「まあ、君のことを新平民だろうなんて――実に途方も無いことを言う人も有れば有るものだ」

「ははははは。しかし、君、僕が新平民だとしたところで、一向差支《さしつかえ》は無いじゃないか」

長いこと室の内《なか》には声が無かった。細目に点《つ》けて置いた洋燈《ランプ》の光は天井《てんじょう》へ射《さ》して、円く朦《もう》朧《ろう》と映っている。銀之助はそれを熟視《みつ》めながら、種々《いろいろ》空想を描いていたが、あまり丑松が黙って了《しま》って身動きも為《し》ないので、終《しまい》には友達は最早《もう》眠ったのかとも考えた。

「瀬川君、最早睡《ね》たのかい」と声を掛けて見る。

「いいや――未《ま》だ起きてる」

丑松は息を殺して寝床の上に慄《ふる》えていたのである。

「妙に今夜は眠られない」と銀之助は両手を懸蒲団《かけぶとん》の上に載せて、「まあ、君、もうすこし話そうじゃないか。僕は青年時代の悲哀《かなしみ》ということを考えると、毎時《いつも》君の為《ため》に泣きたく成る。愛と名——ああ、有為な青年を活《いか》すのもそれだし、殺すのもそれだ。実際、僕は君の心情を察している。君の性分《しょうぶん》としてはそうあるべきだとも思っている。君の慕っている人に就いても、蔭《かげ》ながら僕は同情を寄せている。それだから今夜はこんなことを言出《いいだ》しもしたんだが、まあ、僕に言わせると、あまり君は物をむずかしく考え過ぎているように思われるね。其処《そこ》だよ、僕が君に忠告したいと思うことは。だって君、そうじゃ無いか。何もそんなに独りで苦んでばかりいなくたっても好《よ》かろう。友達というものが有って見れば、そこはそれ相談の仕様によって、随分道も開けるというものさ——『土屋、こう為たらどうだろう』とか何とか、君の方から切出《きりだ》してくれると、及ばずながら僕だって自分の力に出来るだけのことは尽すよ」

「ああ、そう言ってくれるのは君ばかりだ。君の志は実に難有《ありがた》い」と丑松は深い溜息《ためいき》を吐《つ》いた。「まあ、打開《うちあ》けて言えば、君の察してくれるようなことが有った。確かに有った。しかし——」

「ふむ」

「君はまだ克《よ》く事情を知らないから、それでそう言ってくれるんだろうと思うんだ。実はねえ——その人は最早死んで了《しま》ったんだよ」

復《ま》た二人は無言に帰った。ややしばらくして、銀之助は声を懸けて見たが、その時はもう返事が無いのであった。

（四）

銀之助の送別会は翌日《あくるひ》の午前から午後の二時頃《ごろ》までへ掛けて開らかれた。昼を中へ挿《はさ》んだは、弁当がわりに鮨《すし》の折詰を出したからで。教員生徒はかわるがわる立って別離《わかれ》の言葉を述べた。余興も幾組かあった。多くの無邪気な男女《おとこおんな》の少年は、互いに悲《かなし》んだり笑ったりして、稚心《おさなごころ》にもこの日を忘れまいとするのであった。

こういう中にも、独り丑松《うしまつ》ばかりは気が気で無い。何を見たか、何を聞いたか、殆《ほとん》どそれが記憶にも留《とどま》らなかった。唯頭脳《ただあたま》の中に残るものは、教員や生徒の騒《さわが》しい笑声《わらいごえ》、余興のある度に起る拍手の音、またはこの混雑の中にも時々意味有《あり》げな様子して盗むように自分の方を見る人々の眼付《めつき》――まあ、絶えず誰《だれ》かに附狙《つけねら》われているような気がして、その方の心配と屈託と恐怖《おそれ》とで、見たり聞いたりすることには何の興味も好奇心も起らないのであった。どうかすると丑松は自分の身体《からだ》ですら自分のもののようには思わないで、何もかも忘れて、心一つに父の戒《いましめ》を憶出《おもいだ》して見ることもあった。「見給《みたま》え、土屋君は必定《きっと》出世するから」こう私語《ささや》き合う教員同志の声が耳に入るにつけても、丑松は自分の暗い未来に思比《おもいくら》べて、すくなくも穢多《えた》なぞには生れて来《こ》なかった友達の身の上を羨《うらや》んだ。

送別会が済む、直に丑松は学校を出て、急いで蓮華寺《れんげじ》を指して帰って行った。蔵裏《くり》の入口の庭のところに立って、奥座敷の方を眺《なが》めると、白衣《びゃくい》を着けた一人の尼が出たり入ったりしている。一昨日《おととい》の晩頼まれて書いた手紙のことを考えると、あれが奥様の妹という人であろうか、とこう推測が付く。その時下女の袈裟《けさ》治《じ》が台処《だいどころ》の方から駈寄《かけよ》って、丑松に一枚の名刺を渡した。見れば猪子《いのこ》蓮太郎《れんたろう》としてある。袈裟治は言葉を添えて、今朝この客が尋ねて来たこと、宿は上町の扇屋にとったとのこと、宜《よろ》しくと言置《いいお》いて出て行ったことなぞを話して、まだ外にでっぷり肥《ふと》った洋服姿の人も表に立っていたと話した。「むむ、必定《きっと》市村さんだ」と丑松は独語《ひとりご》ちた。話の様子では確かにそれらしいのである。

「直に、これから尋ねて行ってみようかしら」とは続いて起って来た思想《かんがえ》であった。人目を憚《はばか》るということさえなくば、無論尋ねて行きたかったのである。鳥のように飛んで行きたかったのである。「まあ、待て」と丑松は自分で自分を制止《おしとど》めた。あの先輩と自分との間には何か深い特別の関係でも有るように見られたら、どうしよう。書いたものを愛読してさえ、既に怪しいと思われているではないか。まして、うっかり尋ねて行ったりなんかして――もしや――ああ、待て、待て、日の暮れるまで待て。暗くなってから、人知れず宿屋へ逢《あ》いに行こう。こう用心深く考えた。

「それはそうと、お志保《しほ》さんはどうしたろう」とその人の身の上を気遣《きづか》いながら、丑松は二階へ上って行った。始めてこの寺へ引越して来た当時のことは、不図、胸に浮ぶ。見れば何もかも変らずにある。古びた火鉢《ひばち》も、粗末な懸物《かけもの》も、机も、本箱も。それに比べると人の境涯《きょうがい》の頼み難いことは。丑松はあの鷹匠町《たかじょうまち》の下宿から放逐された不幸な大日向《おおひなた》を思出《おもいだ》した。丁度この蓮華寺から帰って行った時は、提灯《ちょうちん》の光に宵闇《よいやみ》の道を照《てら》しながら、一挺《いっちょう》の籠《かご》が舁《かつ》がれて出るところであったことを思出した。附添《つきそい》の大男を思出した。門口で「御機嫌《ごきげん》よう」と言った主婦《かみさん》を思出した。罵《ののし》ったり騒いだりした下宿の人々を思出した。終《しまい》にはあの「ざまあ見やがれ」の一言を思出すと、慄《ぞっ》然とする冷《つめた》い震動《みぶるい》が頸窩《ぼんのくぼ》から背骨の髄へかけて流れ下るように感ぜられる。今は他事《ひとごと》とも思われない。噫《ああ》、丁度それは自分の運命だ。何故《なぜ》、新平民ばかりそんなに卑《いやし》められたり辱《はずかし》められたりするのであろう。何故、新平民ばかり普通の人間の仲間入が出来ないのであろう。何故、新平民ばかりこの社会に生きながらえる権利が無いのであろう――人生は無慈悲な、残酷なものだ。

こう考えて、部屋の内を歩いていると、唐紙《からかみ》の開く音がした。その時奥様が入って来た。

（五）

いかにも落胆《がっかり》したような様子しながら、奥様は丑松《うしまつ》の前に座った。「こんなことになりやしないか、と思って私も心配していたんです」と前置をして、さて奥様は昨宵《ゆうべ》の出来事を丑松に話した。聞いて見ると、お志保《しほ》は郵便を出すと言って、日暮頃《ごろ》に門を出たっきり、もう帰って来《こ》ないとのこと。箪笥《たんす》の上に載せて置いて行った手紙は奥様へ宛《あ》てたもので――それは真心籠《こ》めて話をするように書いてあった。ところどころ涙に染《にじ》んで読めない文字すらもあったとのこと。その中には、自分一人の為《ため》に種々《さまざま》な迷惑を掛けるようでは、義理ある両親に申訳《もうしわけ》が無い。聞けば奥様は離縁の決心とやら、何卒《どうか》それだけは思いとまってくれるように。十三の年から今日《こんにち》まで受けた恩愛は一生忘れまい。何時《いつ》までも自分は奥様の傍《そば》に居て親と呼び子と呼ばれたい心は山々。何事も因縁ずくと思い諦《あきら》めてくれ、許してくれ――「母上様へ、志保より」と書いてあった、とのこと。

「尤《もっと》も――」と奥様は襦袢《じゅばん》の袖口《そでぐち》で眶《まぶた》を押拭《おしぬぐ》いながら言った。「若いもののことですから、どんな不量見を起すまいものでもない、と思いましてね、昨夜一晩中私は眠りませんでしたよ。今朝早く人を見させに遣《や》りました。まあ、父親《おとっ》さんの方へ帰っているらしい、と言いますから――」こう言って、気を変えて、「長野の妹も直に出掛けて来てくれましたよ。来て見ると、この光景《ありさま》でしょう。どんなに妹も吃驚《びっくり》しましたか知れません」奥様はもう啜上《すすりあ》げて、不幸な娘の身の上を憐《あわれ》むのであった。

可愛《かわい》そうに、住慣《すみな》れたところを捨て、義理ある人々を捨て、雪を踏んで逃げて行く時のその心地《こころもち》は奈何《どんな》であったろう。丑松は奥様の談話《はなし》を聞いて、この寺を脱けて出ようと決心するまでのお志保の苦痛悲哀《くるしみかなしみ》を思いやった。

「ああ――和尚《おしょう》さんだっても眼《め》が覚めましたろうよ、今度という今度こそは」と昔気質《むかしかたぎ》な奥様は独語《ひとりごと》のように言った。

「なむあみだぶ」と口の中で繰返しながら奥様が出て行った後、ややしばらく丑松は古壁に倚凭《よりかか》っていた。哀憐《あわれみ》と同情《おもいやり》とは眼に見ない事実《ことがら》を深い「生」の絵のように活《いか》して見せる。幾度か丑松はお志保の有様を――この寺の方を見かえり見かえり急いで行くその有様を胸に描いて見た。あの釣《つり》と昼寝と酒より外《ほか》には働く気のない老朽な父親、泣く喧嘩《けんか》する多くの子供、就中継母《わけてもままはは》――まあ、あの家《うち》へ帰って行ったとしたところで、果してこれから将来《さき》どうなるだろう。「ああ、お志保さんは死ぬかも知れない」と不図昨夕と同じようなことを思いついた時は、言うに言われぬ悲しい心地《こころもち》になった。

急に丑松は壁を離れた。帽子を冠《かぶ》り、楼梯《はしごだん》を下り、蔵裏《くり》の廊下を通り抜けて、何か用事ありげに蓮華寺《れんげじ》の門を出た。

（六）

「自分は一体何処《どこ》へ行く積りなんだろう」と丑松《うしまつ》は二三町も歩いて来たかと思われる頃《ころ》、自分で自分に尋ねて見た。絶望と恐怖とに手を引かれて、目的《めあて》も無しに雪道を彷徨《さまよ》って行った時は、半ば夢の心地であった。往来には町の人々が群《むらが》り集《あつま》って、春までも消えずにある大雪の仕末で多忙《いそが》しそう。板葺《いたぶき》の屋根の上に降積《ふりつも》ったのが掻下《かきおろ》される度に、それがまた恐しい音して、往来の方へ崩《くず》れ落ちる。幾度か丑松はその音の為《ため》に驚かされた。そればかりでは無い、四五人集って何か話しているのを見ると、直にそれを自分のことに取って、疑わず怪《あや》しまずにはいられなかったのである。

とある町の角のところ、塩物売る店の横手にあたって、貼付《はりつ》けてある広告が目についた。大幅な洋紙に墨黒々と書いて、赤い「インキ」で二重に丸なぞが付けてある。その下に立って物見高く眺《なが》めている人々もあった。思わず丑松も立留《たちどま》った。見ると、市村弁護士の政見を発表する会で、蓮太郎《れんたろう》の名前も演題も一緒に書並《かきなら》べてあった。会場は上町の法福寺、その日午後六時から開会するとある。

して見ると、丁度演説会は家々の夕飯が済む頃から始まるのだ。

丑松はその広告を読んだばかりで、やがてまた前と同じ方角を指して歩いて行った。疑心暗鬼とやら。今はそれを明《あかる》い日光《ひかり》の中に経験する。種々《いろいろ》な恐しい顔、嘲《あざけ》り笑う声――およそ人種の憎悪《にくしみ》ということを表したものは、右からも、左からも、丑松の身を囲繞《とりま》いた。意地の悪い鳥《からす》は可厭《いや》に軽蔑《けいべつ》したような声を出して、得たり賢しと頭の上を啼《な》いて通る。ああ、鳥ですらこの雪の上に倒れる人を待つのであろう。こう考えると、浅ましく悲しく成って、すたすた肴町《さかなまち》の通りを急いだ。

何時《いつ》の間にか丑松は千曲川《ちくまがわ》の畔《ほとり》へ出て来た。そこは「下《しも》の渡し」と言って、水に添う一帯の河原を下瞰《みおろ》すような位置にある。渡しとは言いながら、船橋で、下高井の地方へと交通するところ。一筋暗い色に見える雪の中の道には旅人の群《むれ》が往《い》ったり来たりしていた。荷を積けた橇《そり》も曳《ひ》かれて通る。遠くつづく河原は一面の白い大海を見るようで、蘆荻《ろてき》(一五二)も、楊柳《ようりゅう》も、すべて深く隠れて了《しま》った。高社《こうしゃ》、風原《かざはら》、中の沢、その他越後境《えちござかい》へ連《つらな》る多くの山々は言うも更なり、対岸にある村落と杜《もり》の梢《こずえ》とすら雪に埋没《うずも》れて、幽《かすか》に鶏の鳴きかわす声が聞える。千曲川は寂しくその間を流れるのであった。

こういう光景《ありさま》は今丑松の眼前《めのまえ》に展《ひら》けた。平素《ふだん》はそれ程注意を引かないような物まで一々の印象が強く審《くわ》しく眼《め》に映って見えたり、あるときは又、物の輪郭《かたち》すら朦朧《もうろう》として何もかも同じようにぐらぐら動いて見えたりする。「自分はこれから将来《さき》どうしよう――何処へ行って、何を為《し》よう――一体自分は何の為にこの世の中へ生れて来たんだろう」思い乱れるばかりで、何の結末《まとまり》もつかなかった。長いこと丑松は千曲川の水を眺め佇立《たたず》んでいた。

（七）

一生のことを思い煩《わずら》いながら、丑松《うしまつ》は船橋の方へ下りて行った。誰《だれ》かこう背後《うしろ》から追い迫って来るような心地《こころもち》がして——無論そんなことの有るべき筈《はず》が無い、と承知していながら——それで矢張《やはり》安心が出来なかった。幾度か丑松は背後を振返《ふりかえ》って見た。時とすると、妙な眩暈心地《めまいごこち》に成って、ふらふらと雪の中へ倒れ懸《かか》りそうになる。「ああ、馬鹿《ばか》、馬鹿——もっと毅然《しっかり》しないか」とは自分で自分を叱《しか》り励《はげま》す言葉であった。河原の砂の上を降り埋めた雪の小山を上ったり下りたりして、やがて船橋の畔《ほとり》へ出ると、白い両岸の光景《ありさま》が一層広濶《ひろびろ》と見渡される。目に入るものは何もかも——そこここに低く舞う餓《う》えた烏《からす》の群《むれ》、丁度川舟のよそおいに忙しそうな船頭、又は石油のいれものを提げて村を指して帰って行く農夫の群、いずれ冬期の生活《なりわい》の苦痛《くるしみ》を感ぜさせるような光景《ありさま》ばかり。河の水は暗緑の色に濁って、嘲《あざけ》りつぶやいて、溺《おぼ》れて死ねと言わぬばかりの勢《いきおい》を示しながら、川上の方から矢のように早く流れて来た。

深く考えれば考えるほど、丑松の心は暗くなるばかりで有った。この社会から捨てられるということは、いかに言っても情《なさけ》ない。ああ放逐——何という一生の恥辱《はずかしさ》であろう。もしもそうなったら、どうしてこれから将来《さき》生計《くらし》が立つ。何を食って、何を飲もう。自分はまだ青年だ。望《のぞみ》もある、願いもある、野心もある。ああ、ああ、捨てられたくない、非人あつかいにはされたくない、何時《いつ》までも世間の人と同じようにして生きたい——こう考えて、同族の受けた種々《さまざま》の悲しい恥、世にある不道理な習慣、「番太」(一五三)という乞食《こじき》の階級よりも一層《もっと》劣等な人種のように卑《いやし》められた今日《こんにち》までの穢多《えた》の歴史を繰返《くりかえ》した。丑松はまた見たり聞いたりした事実を数えて、あるいは追われたりあるいは自分で隠れたりした人々、父や、叔父や、先輩や、それからあの下高井の大尽の心地《こころもち》を身に引比《ひきくら》べ、終《しまい》には娼婦《あそびめ》として秘密に売買されるという多くの美しい穢多《えた》の娘の運命なぞを思いやった。

その時に成って、丑松は後悔した。何故《なぜ》、自分は学問して、正しいこと自由なことを慕うような、そんな思想《かんがえ》を持ったのだろう。同じ人間だということを知らなかったなら、甘んじて世の軽蔑《けいべつ》を受けてもいられたろうものを。何故、自分は人らしいものにこの世の中へ生れて来たのだろう。野山を駆け歩く獣の仲間ででもあったなら、一生何の苦痛《くるしみ》も知らずに過されたろうものを。

歓《うれ》し哀《かな》しい過去の追憶《おもいで》は丑松の胸の中に浮んで来た。この飯山《いいやま》へ赴任して以来《このかた》のことが浮んで来た。師範校時代のことが浮んで来た。故郷《ふるさと》に居た頃《ころ》のことが浮んで来た。それはもうすっかり忘れていて、何年も思出《おもいだ》した先蹤《ためし》の無いようなことまで、つい昨日の出来事のように、青々と浮んで来た。今は丑松も自分で自分を憐《あわれ》まずにはいられなかったのである。やがて、こういう過去の追憶《おもいで》がごちゃごちゃ胸の中で一緒に成って、煙のように乱れて消えて了《しま》うと、唯《ただ》二つしかこれから将来《さき》に執るべき道は無いという思想《かんがえ》に落ちて行った。唯二つ——放逐か、死か。到底丑松は放逐されて生きている気は無かった。それよりは寧《むし》ろ後者《あと》の方を択《えら》んだのである。

短い冬の日は何時の間にか暮れかかって来た。もう二度と現世《このよ》で見ることは出来ないかのような、悲壮な心地に成って、橋の上から遠く眺《なが》めると、西の空すこし南寄りに一帯の冬雲が浮んで、丁度可懐《なつか》しい故郷の丘を望むように思わせる。それは深い焦茶色《こげちゃいろ》で、雲端《くもべり》ばかり黄に光り輝くのであった。帯のような水蒸気の群も幾条《いくすじ》かその上に懸った。ああ、日没だ。蕭条《しょうじょう》とした両岸の風物はすべてこの夕暮の照光《ひかり》と空気とに包まれて了った。どんなに丑松は「死」の恐しさを考えながら、動揺する船橋の板縁《いたべり》近く歩いて行ったろう。

蓮華寺《れんげじ》で撞《つ》く鐘の音《ね》はその時丑松の耳に無限の悲しい思《おもい》を伝えた。次第に千曲川《ちくまがわ》の水も暮れて、空に浮ぶ冬雲の焦茶色が灰がかった紫色に変った頃は、もう日も遠く沈んだのである。高く懸る水蒸気の群は、ぱっと薄赤い反射を見せて、急に掻消《かきけ》すように暗く成って了った。

第弐拾章

（一）

せめてあの先輩だけに自分のことを話そう、と不図、丑松《うしまつ》が思い着いたのは、その橋の上である。

「噫《ああ》、それが最後の別離《おわかれ》だ」

とまた自分で自分を憐《あわれ》むように叫んだ。

こういう思想《かんがえ》を抱いて、やがて以前《もと》来た道の方へ引返《ひっかえ》して行った頃《ころ》は、閏六日《うるう》(一五四)ばかりの夕月が黄昏《たそがれ》の空に懸った。尤《もっと》も、丑松は直にその足で蓮太郎《れんたろう》の宿屋へ尋ねて行こうとはしなかった。間も無く演説会の始まることを承知していた。そうだ、それの済むまで待つより外《ほか》は無いと考えた。

上《かみ》の渡し近くに在《あ》る一軒の饂飩屋《うどんや》は別に気の置けるような人も来《こ》ないところ。丁度その前を通りかかると、軒を泄《も》れる夕餐《ゆうげ》の煙に交って、何か甘《うま》そうな物のにおいが屋《うち》の外までも満ち溢《あふ》れていた。見れば炉の火も赤々と燃え上る。思わず丑松は立留《たちどま》った。その時は最早《もう》酷《ひど》く饑渇《ひもじさ》を感じていたので、わざわざ蓮華寺《れんげじ》まで帰るという気は無かった。ついと軒を潜って入ると、炉辺《ろばた》には四五人の船頭、まだ他《ほか》に飲食《のみくい》している橇曳《そりひき》らしい男もあった。時を待つ丑松の身に取っては、飲みたく無いまでも酒を誂《あつら》える必要があったので、ほんの申訳《もうしわけ》ばかりにお銚子《ちょうし》一本、饂飩はかけにして極熱《ごく》いところを、こう注文したのがやがて眼前《めのまえ》に並んだ。丑松はやたらに激昂《げっこう》して慄《ふる》えたり、丼《どんぶり》にある饂飩のにおいを嗅《か》いだりして、黙って他《ひと》の談話《はなし》を聞きながら食った。

零落――丑松は今その前に面と向って立ったのである。船頭や、橇曳や、まあ下等な労働者の口から出る言葉と溜息《ためいき》とは、始めてその意味が染々《しみじみ》胸に徹《こた》えるような気がした。実際丑松の今の心地《こころもち》は、今日あって明日を知らないその日暮しの人々と異なるところが無かったからで。炉の火は好《よ》く燃えた。人々は飲んだり食ったりして笑った。丑松もまた一緒に成って寂しそうに笑ったのである。

こうして待っている間が実に堪《た》えがたい程の長さであった。時は遅く移り過ぎた。そこに居た橇曳が出て行って了《しま》うと、交替《いれかわり》に他の男が入って来る。聞くとも無しにその話を聞くと、高柳一派の運動は非常なもので、壮士に攫《つか》ませる金ばかりでもちっとやそっとでは有るまいとのこと。何屋とかを借りて、事務所に宛《あ》てて、料理番は詰切《つめきり》、酒は飲放題《のみほうだい》、帰って来る人、出て行く人――その混雑は一通りで無いと言う。それにしても、今夜の演説会がどんなに町の人々を動《うごか》すであろうか、今頃《おわり》はあの先輩の男らしい音声が法福寺の壁に響き渡るであろうか、とこう想像して、会も終に近《ちかづ》くかと思われる頃、丑松は飲食《のみくい》したものの外に幾干《いくら》かの茶代を置いてこの饂飩屋を出た。

月は空にあった。今まで黄ばんだ洋燈《ランプ》の光の内《なか》に居て、急にこう屋《うち》の外へ飛出《とびだ》してみると、何となく勝手の違ったような心地がする。薄く弱い月の光は家々の屋根を伝って、往来の雪の上に落ちていた。軒廂《のきびさし》の影も地にあった。夜の靄《もや》は煙のように町々を籠《こ》めて、すべて遠く奥深く物寂しく見えたのである。青白い闇《やみ》――ということが言えるものなら、それはこういう月夜の光景《ありさま》であろう。言うに言われぬ恐怖《おそれ》は丑松の胸に這《は》い上って来た。

時とすると、背後《うしろ》の方からやって来るものが有った。是方《こちら》が徐々《そろそろ》歩けば先方《さき》も徐々歩き、是方が急げば先方も急いで随《つ》いて来る。振返《ふりかえ》って見よう見ようとは思いながらも、どうしてもそれを為《す》ることが出来ない。あ、誰《だれ》か自分を捕《つかま》えに来た。こう考えると、何時《いつ》の間にか自分の背後《うしろ》へ忍び寄って、突然《だしぬけ》に襲いかかりでも為るような気がした。とある町の角のところ、ぱったりその足音が聞えなくなった時は、始めて丑松も我に帰って、ホッと安心の溜息を吐《つ》くのであった。

前の方からも、また。ああ月明りのおぼつかなさ。その光にはどれ程の物の象《かたち》が見えると言ったら好《よ》かろう。その陰には何程の色が潜んで居ると言ったら好かろう。煙るような夜の空気を浴びながら、次第に是方《こちら》へやって来る人影を認めた時は、丑松はもう身を縮《すく》めて、危険の近《ちかづ》いたことを思わずにはいられなかったのである。一寸是方《ちょっとこちら》を透《すか》して視《み》て、やがて影は通過《とおりす》ぎた。

それは割合に気候の緩んだ晩で、打てば響くかと疑われるような寒夜の趣《おもむき》とは全く別の心地がする。天は遠く濁って、低いところに集《あつま》る雲の群《むれ》ばかり稍仄白《ややほのじろ》く、星は隠れて見えない中にも唯《ただ》一つ姿を顕《あらわ》したのがあった。往来に添う家々はもう戸を閉めた。ところどころ灯《ひ》は窓から泄《も》れていた。何の音とも判《わか》らない夜の響《ひびき》にすら胸を踴《おど》らせながら、丑松は閴《しん》とした町を通ったのである。

（二）

丁度演説会が終ったところだ。聴衆の群《むれ》は雪を踏んでぞろぞろ帰って来る。思い思いのことを言う人々に近《ちかづ》いて、それとなく会の模様を聞いて見ると、いずれも激昂《げっこう》したり、憤慨したりして、一人として高柳を罵《ののし》らないものは無い。あるものはこの飯山《いいやま》からあんな人物を放逐《しま》して了えと言うし、あるものは市村弁護士に投票しろと呼ぶし、あるものは又、世にある多くの政事家に対して激烈な絶望を泄《もら》しながら歩くのであった。

月明りに立留《たちどま》って話す人々も有る。その一群《ひとむれ》に言わせると、蓮太郎《れんたろう》の演説はあまり上手の側では無いが、然《しか》し妙に人を撫《ひきつけ》る力が有って、言うことは一々聴衆の肺腑《はいふ》を貫いた。高柳派の壮士、六七人、頻《しきり》に妨害を試みようとしたが、終《しまい》にはそれも静《しずま》って、水を打ったように成った。悲壮な熱情と深刻な思想とは蓮太郎の演説を通しての著しい特色であった。時とするとそれが病的にも聞えた。最後に蓮太郎は、不真面目《ふまじめ》な政事家が社会を過《あやま》り人道を侮辱する実例として、烈《はげ》しく高柳の急所を衝《つ》いた。高柳の秘密――六左衛門との関係――すべてその卑しい動機から出た結婚の真相が残るところなく発表された。

また他《ほか》の一群に言わせると、その演説をしている間、蓮太郎は幾度か血を吐いた。終って演壇を下りる頃《ころ》には、手に持った帕子《ハンケチ》が紅《あか》く染《そま》ったとのことである。

とにかく、蓮太郎の演説は深い感動を町の人々に伝えたらしい。丑松は先輩の大胆な、とは言え男性《おとこ》らしい行動《やりかた》に驚いて、何となく不安な思《おもい》を抱かずにはいられなかったのである。それにしても最早《もう》宿屋の方に帰っている時刻。行って逢《あ》おう。こう考えて、夢のように歩いた。ぶらりと扇屋の表に立って、軒行燈《のきあんどん》の影に身を寄せながら、屋内《なか》の様子を覗《のぞ》いて見ると、何かこう取込《とりこ》んだことでも有るかのように人々が出たり入ったりしている。亭主であろう、五十ばかりの男、周章《あわただ》しそうに草履を突掛《つっか》けながら、提灯携《ちょうちんさ》げて出て行こうとするのであった。

呼留《よびと》めて、蓮太郎のことを尋ねて見て、その時丑松は亭主の口から意外な報知《しらせ》を聞取《ききと》った。今々法福寺の門前で先輩が人の為《ため》に襲われたということを聞取った。真実《ほんと》か、虚言《うそ》か――もしそれが事実だとすれば、無論高柳の復讐《ふくしゅう》に相違ない。まあ、丑松は半信半疑。何を考えるという暇《いとま》も無く、ただただ胸を騒がせながら、亭主の後に随《つ》いて法福寺の方へと急いだのである。

ああ、丑松が駈付《かけつ》けた時は、もう間に合わなかった。丑松ばかりでは無い、弁護士ですら間に合わなかったと言う。聞いて見ると、蓮太郎は一歩《ひとあし》先へ帰ると言って外套《がいとう》を着て出て行く、弁護士は残って後仕末を為《し》ていたとやら。傷というは石か何かで烈しく撃たれたもの。只《ただ》さえ病弱な身、まして疲れた後――思うに、何の抵抗《てむかい》も出来なかったらしい。血は雪の上を流れていた。

（三）

左《と》も右《かく》も検屍《けんし》の済むまでは、というので、蓮太郎《れんたろう》の身体《からだ》は外套で掩《おお》うたまま、手を着けずに置いてあった。思わず丑松《うしまつ》は跪《ひざまず》いて、先輩の耳の側《そば》へ口を寄せた。まだそれでも通じるかと声を掛けて見る。

「先生――私です、瀬川です」

何と言って呼んで見ても、最早《もう》聞える気色《けしき》は無かったのである。

月の光は青白く落ちて、一層凄愴《せいそう》とした死の思《おもい》を添えるのであった。人々は同じように冷《つめた》い光と夜気とを浴びながら、巡査や医者の来るのを待侘《まちわ》びていた。あるものは影のように蹲《うずくま》っていた。あるものは並んで話し話し歩いていた。弁護士は悄然《しょんぼり》首を垂れて、腕組みして、物も言わずに突立《つった》っていた。

やがて町の役人が来る、巡査が来る、医者が来る、間も無く死体の検査が始《はじま》った。提灯《ちょうちん》の光に照《てら》された先輩の死顔《しにがお》は、と見ると、頬《ほお》の骨隆《ほねたか》く、鼻尖《とが》り、堅く結んだ口唇《くちびる》は血の色も無く変りはてた。男らしい威厳を帯びたその容貌《おもばせ》のうちには、何処《どこ》となく暗い苦痛の影もあって、壮烈な最後の光景《ありさま》を可傷《いたま》しく想像させる。見る人は皆《みん》な心を動《うご》かされた。万事は侠気《おとこぎ》のある扇屋の亭主の計らいで、検屍が済む、役人達《たち》が帰って行く、一先《ひとま》ず死体は宿屋の方へ運ばれることに成った。戸板の上へ載せる為《ため》に、弁護士は足の方を持つ、丑松は頭の方へ廻《まわ》って、両手を深く先輩の脇《わき》の下へ差入《さしい》れた。ああ、蓮太郎の身体は最早冷かった。どんなに丑松は名残惜しいような気に成って、蒼《あお》ざめた先輩の頬へ自分の頬を押宛《おしあ》てて、「先生、先生」と呼んで見たろう。その時亭主は傍《そば》へ寄って、だらりと垂れた蓮太郎の手を胸の上に組合せてやった。こうして戸板に載せて、その上から外套を懸けて、扇屋を指して出掛けた頃《ころ》は、月も落ちかかっていた。人々は提灯の光に夜道を照しながら歩いた。丑松もまたさくさくと音のする雪を踏んで、先輩の一生を考えながら随《つ》いて行った。思当《おもいあた》ることが無いでも無い。あの根津《ねつ》村《むら》の宿屋で一緒に夕飯《ゆうめし》を食った時、頻《しきり》に先輩は高柳の心を卑《いやし》んで、「これ程新平民というものを侮辱した話は無かろう」と憤ったことを思出《おもいだ》した。あの上田の停車場《ステーション》へ行く途中、丁度橋を渡った時にも、「どうしてもあんな男に勝たせたく無い、何卒《どうか》してこの選挙は市村君のものにして遣《や》りたい」と言ったことを思出した。「いくら吾儕《われわれ》が無智《むち》な卑賤《いや》しいものだからと言って、踏付《ふみつ》けられるにも程が有る」と言ったことを思出した。「高柳の話なぞを聞かなければ格別、聞いて、知って、黙って帰るということは、新平民として余り意気地《いくじ》が無さ過ぎるからねえ」と言ったことを思出した。それからあの細君が一緒に東京へ帰ってくれと言出《いいだ》した時に、先輩は叱《しか》ったり厲《はげま》したりして、丁度生木《なまぎ》を割くように送り返したことを思出した。かれこれを思合《おもいあわ》せて考えると——確かに先輩は人の知らない覚期《かくご》を懐《ふところ》にして、この飯山《いいやま》へ来たらしいのである。

こういうことと知ったら、もうすこし早く自分が同じ新平民の一人であると打明けて話したものを。あるいはそれを為《し》たら、自分の心情《こころもち》が先輩の胸にも深く通じたろうものを。

後悔は何の益《やく》にも立たなかった。丑松は恥じたり悲《かな》しんだりした。噫《ああ》、数時間前には弁護士と一緒に談《はな》しながら扇屋を出た蓮太郎、今は戸板に載せられてその同じ門を潜るのである。不取敢《とりあえず》、東京に居る細君のところへ、と丑松は引受けて、電報を打つ為《ため》に郵便局の方へ出掛けることにした。夜は深かった。往来を通る人の影も無かった。是非打とう。局員が寝ていたら、叩《たた》き起してでも打とう。それにしてもこの電報を受取《うけと》る時の細君の心地《こころもち》は。と想像して、さあ何と文句を書いてやって可《いい》か解《わか》らない位であった。暗く寂《さみ》しい四辻《よつつじ》の角のところへ出ると、頻に遠くの方で犬の吠《ほえ》る声が聞える。その時はもう自分で自分を制《おさ》えることが出来なかった。堪《こら》え難《がた》い悲傷《かなしみ》の涙《なんだ》は一時に流れて来た。丑松は声を放って、歩きながら慟哭《どうこく》した。

（四）

涙は反《かえ》って枯れ萎《しお》れた丑松《うしまつ》の胸を湿《うるお》した。電報を打って帰る道すがら、丑松は蓮太郎《れんたろう》の精神を思いやって、それを自分の身に引比《ひきくら》べて見た。さすがに先輩の生涯《しょうがい》は男らしい生涯であった。新平民らしい生涯であった。有《あり》のままに素性《すじょう》を公言して歩いても、それで人にも用いられ、万《よろず》許されていた。「我は穢多《えた》を恥とせず」——何というまあ壮《さか》んな思想《かんがえ》だろう。それに比べると自分の今の生涯は——

その時に成って、始めて丑松も気がついたのである。自分はそれを隠蔽《かく》そう隠蔽そうとして、持って生れた自然の性質を銷磨《すりへら》していたのだ。その為《ため》に一時《いっとき》も自分を忘れることが出来なかったのだ。思えば今までの生涯は虚偽《いつわり》の生涯であった。自分で自分を欺いていた。ああ——何を思い、何を煩《わずら》う。「我は穢多なり」と男らしく社会に告白するが好《い》いではないか。こう蓮太郎の死が丑松に教えたのである。

紅《あか》く泣腫《なきはら》した顔を提げて、やがて扇屋へ帰って見ると、奥の座敷には種々《さまざま》な人が集《あつま》って後の事を語り合っていた。座敷の床の間へ寄せ、北を枕《まくら》にして、蓮太郎の死体の上には旅行用の茶色の膝懸《ひざかけ》をかけ、顔は白い帕布《ハンケチ》で掩《おお》うてあった。亭主の計らいと見えて、その前に小机を置き、土器《かわらけ》の類《たぐい》も新しいのが載せてある。線香の煙に交る室内の夜の空気の中に、蠟燭《ろうそく》の燃《とぼ》るのを見るも悲しかった。

警察署へ行った弁護士も帰って来て、蓮太郎のことを丑松に話した。上田の停車場《ステーション》で別れてから以来《このかた》、小諸《こもろ》、岩村田、志賀、野沢、臼田《うすだ》、その他到《ほかいた》るところに蓮太郎が精《くわ》しい社会研究を発表したこと、それから長野へ行きこの飯山《いいやま》へ来るまでの元気の熾盛《さかん》であったことなぞを話した。「実に我輩《わがはい》も意外だったね」と弁護士は思出《おもいだ》したように、「一緒に斯処《ここ》の家《うち》を出て法福寺へ行くまでも、あんな烈《はげ》しいことを行《や》ろうとは夢にも思わなかった。毎時《いつも》演説の前には内容《なかみ》の話が出て、こう言う積りだとか、ああ話す積りだとか、克《よ》く飯をやりながらそれを我輩に聞かせたものさ。ところが、君、今夜に限ってはそんな話が出なかったからねえ」と言って、嘆息して、「ああ、不親切な男だと、君始め――まあどんな人でも、我輩のことをそう思うだろう。思われても仕方無い。全く我輩が不親切だった。御承知の通り、猪子《いのこ》君《くん》が何と言おうと、細君と一緒に東京へ返しさえすればこんなことは無かった。猪子君もああいう弱い身体《からだ》だから、始め一緒に信州を歩くと言出《いいだ》した時に、どの位我輩が止めたか知れない。その時猪子君の言うには、『僕《ぼく》は僕だけの量見があって行くのだから、決して止めてくれ給《たも》うな。君は僕を使役《つか》うと見てもよし、僕はまた君から助けられると見られても可《いい》――とにかく、君は君で働き、僕は僕で働くのだ』こういうものだから、それ程熱心に成っているものを強いて廃《よ》し給えとも言われんし、折角の厚意を無にしたくないと思って、それで一緒に歩いたような訳さ。今になって見ると、噫《ああ》、あの細君に合せる顔が無い。『奥様《おくさん》、そんなに御心配なく、猪子君は確かに御預《おあずか》りしましたから』なんて――まあ我輩はどうして御詫《おわび》をして可《いい》か解《わか》らん」

こう言って、萎れて、肥大な弁護士は洋服のままでかしこまっていた。その時は最早《もう》この扇屋に泊る旅人も皆《みん》な寝て了《しま》って、たださえ気の遠くなるような冬の夜が一層《ひとしお》の寂しさを増して来た。日頃《ひごろ》新平民と言えば、直に顔を皺《しか》めるような手合《てあい》にすら、蓮太郎ばかりは痛み惜《おし》まれたので、殊にその悲惨な最後が深い同情の念を起させた。「警察だっても黙って置くもんじゃ無い。見給え、きっと最早高柳の方へ手が廻《まわ》っているから」と人々は互《たがい》に言合《いいあ》うのであった。

見れば見るほど、聞けば聞くほど、丑松は死んだ先輩に手を引かれて、新しい世界の方へ連れて行かれるような心地がした。告白――それは同じ新平民の先輩にすら躊躇《ちゅうちょ》したことで、まして社会の人に自分の素性を暴露《さらけだ》そうなぞとは、今日《こんにち》まで思いもよらなかった思想《かんがえ》なのである。急に丑松は新しい勇気を掴《つか》んだ。どうせ最早今までの自分は死んだものだ。恋も捨てた、名も捨てた――ああ、多くの青年が寝食を忘れる程にあこがれている現世の歓楽、それも穢多の身には何の用が有ろう。一新平民――先輩がそれだ――自分もまたそれで沢山だ。こう考えると同時に、熱い涙は若々しい頬《ほお》を伝って絶間《とめど》も無く流れ落ちる。実にそれは自分で自分を憐《あわれ》むという心から出た生命《いのち》の汗《うちあ》であったのである。

いよいよ明日は、学校へ行って告白けよう。教員仲間にも、生徒にも、話《ひと》そう。そうだ、それを為《す》るにしても、後々までの笑草《わらいぐさ》なぞには成らないように。なるべく他《ひと》に迷惑を掛けないように。こう決心して、生徒に言って聞かせる言葉、進退伺に書いて出す文句、その他種《いろ》種《いろ》なことまでも想像して、一夜を人々と一緒に蓮太郎の遺骸《なきがら》の前で過したのであった。かれこれするうちに、鶏が鳴いた。丑松は新しい暁《あかつき》の近《ちかづ》いたことを知った。

第弐拾壱章

（一）

学校へ行く準備《したく》をする為《ため》に、朝早く丑松《うしまつ》は蓮華寺《れんげじ》へ帰った。庄馬鹿《しょうばか》を始め、子坊主《こぼうず》まで、談話《はなし》は蓮太郎《れんたろう》の最後、高柳の拘引の噂《うわさ》なぞで持切《もちき》っていた。昨日の朝丑松の留守へ尋ねて来た客が亡《な》くなったその人である、と聞いた時は、猶々《なおなお》一同驚き呆《あき》れた。丑松はまた奥様から、妹が長野の方へ帰るように成ったこと、住職が手を突いて詫入《わびい》ったこと、それから夫婦別れの話も――まあ、見合せにしたということを聞取《ききと》った。

「なむあみだぶ」

と奥様は珠数《ずず》を爪繰《つまぐ》りながら唱えていた。

丁度十二月朔日《ついたち》のことで、いつも寺では早く朝飯《あさはん》を済《すま》すところからして、丑松の部屋へも袈裟治《けさじ》が膳《ぜん》を運んで来た。こうして寺の人と同じように早く食うということは、近頃《ちかごろ》無いためし――朝は必ず生温《なまあたたか》い飯に、煮詰った汁《しる》と極《きま》っていたのが、その日にかぎっては、飯も焚《た》きたての気《いき》の立つやつで、汁は又、煮立ったばかりの赤味噌《あかみそ》のにおいが甘《うま》そうに鼻の端《さき》へ来るのであった。小皿《こざら》には好物の納豆《なっとう》も附《つ》いた。その時丑松は膳に向いながら、ともかくもこうして生きながらえ来た今日《こんにち》までを不思議に難有《ありがた》く考えた。ああ、卑賤《いや》しい穢多《えた》の子の身であると覚期《かくご》すれば、飯を食うにも我知らず涙が零《こぼ》れたのである。

朝飯の後、丑松は机に向って進退伺を書いた。その時一生の戒を思出《おもいだ》した。あの父の言葉を思出した。「たとえいかなる目を見ようと、いかなる人に邂逅《めぐりあ》おうと、決してそれとは自白《うちあ》けるな、一旦《いったん》の憤怒悲哀《いかりかなしみ》にこの戒を忘れたら、その時こそ社会《よのなか》から捨てられたものと思え」こう父は教えたのであった。「隠せ」――それを守る為《ため》には今日《こんにち》までどれ程の苦心を重ねたろう。「忘れるな」――それを繰返す度に何程の猜疑《うたがい》と恐怖《おそれ》とを抱いたろう。もし父がこの世に生きながらえていたら、まあ気でも狂ったかのように自分の思想《かんがえ》の変ったことを憤り悲《かなし》むであろうか、と想像して見た。仮令誰《たといだれ》が何と言おうと、今はその戒を破り棄《す》てる気でいる。

「阿爺《おとっ》さん、堪忍《かんにん》して下さい」

と詫入《わびい》るように繰返した。

冬の朝日が射《さ》して来た。丑松は机を離れて窓の方へ行った。障子を開けて眺《なが》めると、例の銀杏《いちょう》の枯々《かれがれ》な梢《こずえ》を経《へだ》てて、雪に包まれた町々の光景《ありさま》が見渡される。板葺《いたぶき》の屋根、軒廂《のきびさし》、すべて目に入るかぎりのものは白く埋れて了《しま》って、家と家との間からは青々とした朝餐《あさげ》の煙が静かに立登《たちのぼ》った。小学校の建築物《たてもの》も、今、日をうけた。名残惜しいような気に成って、冷《つめた》く心地《もち》の好《い》い朝の空気を呼吸しながら、ややしばらく眺め入っていたが、不図胸に浮んだは蓮太郎の『懺悔録《ざんげろく》』、開巻第一章、「我は穢多《えた》なり」と書起《かきおこ》してあったのを今更のように新しく感じて、丁度この町の人々に告白するように、その文句を窓のところで繰返した。

「我は穢多なり」

ともう一度繰返して、それから丑松は学校へ行く準備《したく》にとりかかった。

（二）

破戒――何という悲しい、壮《いさま》しい思想《かんがえ》だろう。こう思いながら、丑松《うしまつ》は蓮華寺《れんげじ》の山門を出た。とある町の角のところまで歩いて行くと、向うの方から巡査に引かれて来る四五人の男に出逢《であ》った。いずれも腰縄《こしなわ》を附《つ》けられ、蒼《あお》ざめた顔付して、人目を憚《はばか》りながら悄々《しおしお》と通る。中に一人、黒の紋付羽織、白足袋穿《ばき》、顔こそ隠して見せないが、当世風の紳士姿は直に高柳利三郎と知れた。克《よ》く見ると、一緒に引かれて行く怪しげな風体《ふうてい》の人々は、高柳の為《ため》に使役《つか》われた壮士らしい。流石《さすが》に心は後へ残るという風で、時々立留《たちどま》っては振返《ふりかえ》って見る度に、巡査から注意をうけるような手合《てあい》もあった。「ああ、捕《つかま》って行くナ」と丑松の傍《そば》に立って眺《なが》めた一人が言った。「自業自得さ」とまた他《ほか》の一人が言った。見る見る高柳の一行は巡査の言うなりに町の角を折れて、やがて雪山の影に隠れて了《しま》った。

男女の少年は今、小学校を指して急ぐのであった。近在から通う児童《こども》なぞは、絨《フランネル》(一五五)の布片《きれ》で頭を包んだり、肩掛を冠《かぶ》ったりして、声を揚げながら雪の中を飛んで行く。町の児童《こども》は又、思い思いに誘い合せて、後《あと》になり前《さき》になり群《むれ》を成して行った。こうして邪気《あどけ》ない生徒等《ら》と一緒に、通い慣《な》れた道路《みち》を歩くというのも、最早《もう》今日限りであるかと考えると、目に触れるものは総《すべ》て丑松の心に哀《かな》し可懐《なつか》しい感想《かんじ》を起させる。平素《ふだん》は煩《うるさ》いと思うような女の児《こ》の喋舌《おしゃべり》まで、その朝にかぎっては、可懐しかった。色の褪《さ》めた海老茶袴《えびちゃばかま》を眺めてすら、直に名残惜しさが湧上《わきあが》ったのである。

学校の運動場には雪が山のように積上《つみあ》げてあった。木馬や鉄棒《かなぼう》は深く埋没《うずも》れて了って、屋外《そと》の運動も自由には出来かねるところからして、生徒はただ学校の内部《なか》で遊んだ。玄関も、廊下も、広い体操場も、楽しそうな叫び声で満ち溢《あふ》れていた。授業の始まるまで、丑松は最後の監督を為《す》る積りで、あちこちあちこちと廻《まわ》って歩くと、彼処《あそこ》でも瀬川先生、此処《ここ》でも瀬川先生――まあ、生徒の附纏《つきまと》うのは可愛《かわい》らしいもので、飛んだり跳ねたりする騒がしさも名残と思えば寧《いつ》そいじらしかった。廊下のところに立った二三の女教師、互《たがい》にじろじろ是方《こちら》を見て、目と目で話したり、くすくす笑ったりしていたが、別に丑松は気にも留めないのであった。その朝は三年生の仙太《せんた》も早く出て来て体操場の隅《すみ》に悄然《しょんぼり》としている。他の生徒を羨《うらや》ましそうに眺め佇《たたず》んでいるのを見ると、不相変誰《あいかわらずだれ》も相手にするものは無いらしい。丑松は仙太を背後《うしろ》から抱《だきしめ》て、誰が見ようと笑おうとそんなことに頓着《とんじゃく》なく、自然《おのず》と外部《そと》に表れる深い哀憐《あわれみ》の情緒《こころ》を寄せたのである。この不幸な少年も矢張《やはり》自分と同じ星の下に生れたことを思い浮べた。いつぞやこの少年と一緒に庭球《テニス》の遊戯《あそび》をして敗《ま》けたことを思い浮べた。丁度それは天長節の午後、敬之進を送る茶話会の後であったことなどを思い浮べた、不図、廊下の向うの方で、尋常一年あたりの女の生徒であろう、揃《そろ》って歌う無邪気な声が起った。

「桃から生れた桃太郎、

気はやさしくて、力もち――」

その唱歌を聞くと同時に、思わず涙《なんだ》は丑松の顔を流れた。大鈴の音が響き渡ったのは間も無くであった。生徒は互いに上草履鳴《なら》して、我勝《われがち》に体操場へと塵埃《ほこり》の中を急ぐ。やがて男女の教師は受持々々の組を集めた。相図の笛も鳴った。次第に順を追って、教師も生徒も動き始めたのである。高等四年の生徒は丑松の後に随《つ》いて、足拍子そろえて、一緒に長い廊下を通った。

（三）

応接室には校長と郡視学とが相対《さしむかい》に成って、町会議員の来るのを待受《まちう》けていた。それは丑《うし》松《まつ》のことに就いて、集《あつま》って相談したい、という打合せが有ったからで。尤《もっと》も、郡視学は約束の時間よりも早く、校長を尋ねてやって来たのである。

校長に言わせると、何も自分は悪意あって異分子を排斥するという訳では無い。自分はもう旧派の教育者と言われる一人で、丑松や銀之助などとはずっと時代が違っている。今日とても矢張《やはり》自分等《ら》の時代で有ると言いたいが、実は何時《いつ》の間にか世の中が変遷《うつりかわ》って来た。何が可畏《こわ》いと言ったって、新しい時代ほど可畏いものは無い。ああ、老いたくない、朽ちたくない。何時までも同じ位置と名誉とを保っていたい、後進の書生輩などに兜《かぶと》を脱いで降参したくない。それで校長は進取の気象に富んだ青年教師を遠ざけようとする傾向《かたむき》を持つのである。のみならず、丑松や銀之助はあの文平のように自分の意を迎えない。教員会のある度に、意見が克《よ》く衝突する。何かにつけて邪魔に成る。あんな喙《くちばし》の黄色い手合《てあい》が、校長の自分よりも生徒に慕われているとあっては、第一それが小癪《こしやく》に触る。何も悪意あって排斥するでは無いが、学校の統一という上から言うと、これもまた止《や》むを得ん――こう校長は身の衛《まも》りかたを考えたので。

「町会議員も最早《もう》見えそうなものだ」と郡視学は懐中時計を取出《とりだ》して眺《なが》めながら言った。

「時に、瀬川君のこともいよいよ物に成りそうですかね」

この「物に」が校長を笑わせた。

「しかし」と郡視学は言葉を継いで、「是方《こっち》からそれを言出《いいだ》しては面白くない。町の方から言出すようになって来《こ》なければ面白くない」

「それです。それを私も思うんです」と校長は熱心を顔に表して答えた。

「見給《みたま》え。瀬川君が居なくなる、土屋君が居なくなる、そうなれば君もう是方《こっち》のものさ。瀬川君のかわりにはあの甥《おい》を使役《つか》って頂くとして、手の明《あ》いたところへは必ず僕《ぼく》が適当な人物を周旋しますよ。まあ、すっかり吾党《わがとう》で固めて了《しま》おうじゃ有《あり》ませんか。そうして置きさえすれば、君の位置は長く動きませんし、僕もまた折角心配した甲斐《かい》があるというもんです――はははははは」

こういう談話《はなし》をしているところへ、小使が戸を開けて入って来た。続いて三人の町会議員もあらわれた。

「さあ、何卒是方《どうぞこちら》へ」と校長は椅子《いす》を離れて丁寧に挨拶《あいさつ》する。

「いや、どうも遅なわりまして、失礼しました」と金縁の眼鏡を掛けた議員が快濶《かいかつ》な調子で言った。「実は、高柳君もああいうような訳で、急に選挙の模様が変りましたものですから」

（四）

その日、長野の師範校の生徒が二十人ばかり、参観と言って学校の廊下を往《い》ったり来たりした。丑松《うしまつ》が受持の教室へも入って来た。丁度高等四年では修身の学課を終って、二時間目の数学に取掛《とりかか》ったところで、生徒は頻《しきり》に問題を考えている最中。参観人の群《むれ》が戸を開けてあらわれた時は、一時靴《くつ》の音で妨げられたが、やがてそれも静《しず》まってもとの通りに成った。寂《しん》とした教室の内《なか》には、石盤《せきばん》を滑る石筆《せきひつ》の音ばかり。丑松は机と机との間を歩いて、名残惜しそうに一同の監督をした。時々参観人の方を注意して見ると、制服着た連中がずらりと壁に添うて並んで、いずれも一廉《いっぱし》の批評家らしい顔付。楽しい学生時代の種々《さまざま》は丑松の眼前《めのまえ》に彷彿《ちらつ》いて来た。丁度自分も同級の人達《たち》と一緒に、師範校の講師に連れられて、方々へ参観に出掛けた当時のことを思い浮べた。残酷な、とは言え罪の無い批評をして、到《いた》るところの学校の教師を苦《くる》しめたことを思い浮べた。丑松とても一度はこの参観人と同じ制服を着た時代があったのである。

「出来ましたか——出来たものは手を挙げて御覧なさい」

という丑松の声に応じて、後列の方の級長を始め、すこし覚束《おぼつか》ないと思われるような生徒まで、互《たがい》に争って手を挙げた。あまり数学の出来る方でない省吾《しょうご》までも、めずらしく勇んで手を挙げた。

「風間《かざま》さん」

と指名すると、省吾は直に席を離れて、つかつかと黒板の前へ進んだ。

冬の日の光は窓の玻璃《ガラス》を通して教え慣れた教室の内を物寂しく照《てら》して見せる。平素《ふだん》は何の感想《かんじ》をも起させない高い天井《てんじょう》から、四辺《まわり》の白壁まで、すべて新しく丑松の眼《め》に映った。正面に懸けてある黒板の前に立って、白墨で解答《こたえ》を書いている省吾の後姿《うしろすがた》は、と見ると、実に今が可愛《かわい》らしい少年の盛り、肩揚《かたあげ》のある筒袖《つつそで》羽織《おり》を着て、首すこし傾《かし》げ、左の肩を下げ、高いところへ数字を書こうとする度に背延びしては右の手を届かせるのであった。省吾は克《よ》く勉強する質《たち》の生徒で、図画とか、習字とか、作文とかは得意だが、毎時《いつも》理科や数学で失敗《しくじ》って、丁度十五六番というところを上ったり下ったりしている。不思議にもその日は好《よ》く出来た。

「これと同じ答《こたえ》の出たものは手を挙げて御覧なさい」

後列の方の生徒は揃《そろ》って手を挙げた。省吾は少許《すこし》顔を紅《あか》くして、やがて自分の席へ復《もど》った。参観人は互に顔を見合せながら、意味の無い微笑《ほほえみ》を交換《とりかわ》していたのである。

こういうことを繰返して、問題を出したり、説明して聞かせたりして、数学の時間を送った。その日に限っては、妙に生徒一同が静粛で、参観人の居ない最初の時間から悪戯《わるふざけ》なぞを為《す》るものは無かった。極《きま》りで居眠りを始める生徒や、狐鼠々々《こそこそ》机の下で無線電話(一五六)をかける技師までが、唯《ただ》もう行儀よくかしこまっていた。噫《ああ》、生徒の顔も見納め、教室も見納め、今は最後の稽古《けいこ》をする為《ため》にここに立っている。とこう考えると、自然《おのず》と丑松は胸を踴《おど》らせて、熱心を顔に表して教えた。

（五）

「無論市村さんは当選に成りましょう」と応接室では白髯《しらひげ》の町会議員が世慣れた調子で言出《いいだ》した。「人気という奴《やつ》は可畏《おそろ》しいものです。高柳君がああいうことになると、最早《もう》誰《だれ》も振向《ふりむ》いて見るものが有《あり》ません。多少摑《つか》ませられたような連中まで、ずっと市村さんの方へ傾《かし》いで了《しま》いました」

「これというのも、あの猪子《いのこ》という人の死んだ御蔭《おかげ》なんです――余程市村さんは御礼を言っても可《いい》」と金縁眼鏡の議員が力を入れた。

「して見ると新平民も馬鹿《ばか》になりませんかね」と郡視学は胸を突出《つきだ》して笑った。

「なりませんとも」と白髯の議員も笑って、「どうして、あれだけの決心をするというのは容易じゃ無い。しかし猪子のような人物《ひと》は特別だ」

「そうさ――あれはあれ、これはこれさ」

と顔に薄痘痕《うすあばた》のある商人の出らしい議員が言出した時は、其処《そこ》に居並ぶ人々は皆笑った。

「あれはあれ、これはこれ」と言っただけで、その意味はもうすっかり通じたのである。

「はははは。只今《ただいま》御話の出ました『これ』の方の御相談ですが」と金縁眼鏡の議員は巻煙草《まきたばこ》を燻《ふか》しながら、「郡視学さんにも一つ御心配を願いまして、あまり町の方でやかましく成りません内に――さよう、御転任に成るというものか、乃至《ないし》は御休職を願うというものか、何とかそこのところを考えて頂きたいもので」

「はい」と郡視学は額へ手を当てた。

「実に瀬川先生には御気の毒ですが、これも拠《よんどころ》ない」と白髯の議員は嘆息した。「御承知の通りな土地柄で、とかくそういうことを嫌《きら》いまして――あの先生は実はこれこれだと生徒の父兄に知れ渡って御覧なさい、必定《きっと》、子供は学校へ出さないなんて言出します。そりゃあもう、眼に見えています。現に、町会議員の中にも、恐しく苦情を持出《もちだ》した人がある。一体学務委員(一五七)が気が利かないなんて、私共に喰《く》って懸《かか》るという仕末ですから」

「まあ、私共始め、そういうことを伺って見ますと、あまり好《い》い心地《こころもち》は致しませんからなあ」と薄痘痕の議員が笑いながら言葉を添える。

「しかし、それでは学校に取りまして非常に残念なことです」と校長は改って、「瀬川君が好《よ》くやって下さることは、定めし皆さんも御聞きでしたろう――私もまあ片腕程に頼みに思っているような訳で。学才は有ますし、人物は堅実《たしか》ですし、それに生徒の評判《うけ》は良し、若手の教育者としては得難《えがた》い人だろうと思うんです。素性《うまれ》が卑賤《いや》しいからと言って、ああいう人を捨てるということは――実際、聞えません。何卒《どうか》まあ皆さんの御尽力で、成ろうことなら引留《ひきと》めるようにして頂きたいのですが」

「いや」と金縁眼鏡の議員は校長の言葉を遮《さえぎ》った。「御尤《ごもっとも》です。只今のような校長先生の御意見を伺って見ますと、私共がこんな御相談に参るということからして、恥入《はじい》る次第です。

成程《なるほど》、学問の上には階級の差別も御座《ござい》ますまい。そこがそれ、迷信の深い土地柄で。そういう美しい思想《かんがえ》を持った人は鮮少《すくな》いものですから――」

「どうも未《ま》だそこまでは開けませんのですな」と薄痘痕の議員が言った。

「ナニ、それも、猪子先生のように飛抜《とびぬ》けて了《しま》えば、また人が許しもするんですよ」と白髯の議員は引取《ひきと》って、「その証拠には、宿屋でも平気で泊めますし、寺院《てら》でも本堂を貸しますし、演説を為《す》るといえば人が聴きにも出掛けます。あの先生のは可厭《いや》に隠蔽《かく》さんから可《いい》。最初からもう名乗ってかかるという遣方《やりかた》ですから、そうなると人情は妙なもので、むしろ気の毒だという心地《こころもち》に成る。ところが、瀬川先生や高柳君の細君のように、それを隠蔽《かく》そう隠蔽そうとすると、余計に世間の方では厳《やかま》しく言出して来るんです」

「大きに」と郡視学は同意を表した。

「どうでしょう、御転任というようなことにでも願ったら」と金縁眼鏡の議員は人々の顔を眺《なが》め廻《まわ》した。

「転任ですか」と郡視学は仔細《しさい》らしく、「とかく条件附《づき》の転任は巧《うま》くいきませんよ。それに、こういうことが世間へ知れた以上は、何処《どこ》の学校だっても嫌《いや》がりますさ――先《ま》ず休職というものでしょう」

「どうなりとも、そこは貴方《あなた》の御意見通りに」と白髯の議員は手を擦《も》みながら言った。「町会議員の中には、『怪《け》しからん、直《す》ぐに追出《おいだ》して了え』なんて、そんな暴論を吐くような手合《てあい》も有るという場合ですから――何卒《どうか》まあ、何分宜《なにぶんよろ》しいように、御取計《おとりはから》いを」

（六）

とにかくその日の授業だけは無事に済《すま》した上で、と丑松《うしまつ》は湧上《わきあが》るような胸の思《おもい》を制《おさ》えながら、三時間目の習字を教えた。手習いする生徒の背後《うしろ》へ廻《まわ》って、手に手を持添《もちそ》えて、漢字の書方《かきかた》なぞを注意してやった時は、どんなにその筆先がぶるぶると震えたろう。周囲《まわり》の生徒はいずれも伸《の》しかかって眺《なが》めて、墨だらけな口を開いて笑うのであった。

小使の振鳴《ふりなら》す大鈴の音が三時間目の終《おわり》を知らせる頃《ころ》には、最早《もう》郡視学も、町会議員も帰って了《しま》った。師範校の生徒は猶《なお》残って午後の授業をも観《み》たいという。昼《ひる》飯の後、生徒の監督を他《ほか》の教師に任せて置いて、丑松は後仕末をする為《ため》に職員室に留《とど》まった。それとなく返すものは返す、調べるものは調べる、後になって非難を受けまいと思えば思うほど、心の匇惶《あわただ》しさは一通りで無い。職員室の片隅《かたすみ》には、手の明いた教員が集《あつま》って、寄ると触ると法福寺の門前にあった出来事の噂《うわさ》。蓮太郎《れんたろう》の身を捨てた動機に就いても、種々《さまざま》な臆測《おくそく》が言いはやされる。あるものは過度の名誉心が原因《もと》だろうと言い、あるものは生活《くらし》に究《つま》った揚句だろうと言い、あるものは又、精神に異状を来《きた》していたのだろうという。まあ、十人が十色《といろ》のことを言って、誹《けな》したり誇《くさ》したりする、稀《たま》に蓮太郎の精神を褒《ほ》めるものが有っても、寧《むし》ろそれを肺病の故《せい》にして了《しま》った。聞くともなしに丑松は人々の噂を聞いて、到底誤解されずに済む世の中では無いということを思い知った。「黙って狼《おおかみ》のように男らしく死ね」――あの先輩の言葉を思出《おもいだ》した時は、悲しかった。

午後の課目は地理と国語とであった。五時間目には、国語の教科書の外《ほか》に、予《かね》て生徒から預《あずか》って置いた習字の清書、作文の帳面、そんなものを一緒に持って教室へ入ったので、それと見た好奇《ものずき》な少年はもう眼《め》を円くする。「ホウ、作文が删正《なお》って来た」とある生徒が言った。「図画も」と又。丑松はそれを自分の机の上に載せて、例のように教科書の方へ取掛《とりかか》ったが、やがて平素《いつも》の半分ばかりも講釈したところで本を閉じて、その日はもうそれで止《や》めにする、それから少許《すこし》話すことが有る、と言って生徒一同の顔を眺め渡すと、「先生、御話ですか」と気の早いものは直《すぐ》にそれを聞くのであった。

「御話、御話――」

と請求する声は教室の隅から隅までも拡《ひろが》った。

丑松の眼は輝いて来た。今は我知らず落ちる涙を止《とど》めかねたのである。その時、習字やら、図画やら、作文の帳面やらを生徒の手に渡した。中には、朱で点を付けたのもあり、優とか佳とかしたのもあった。または、全く目を通さないのもあった。丑松は先《ま》ずその詫《わび》から始めて、删正《なお》して遣《や》りたいは遣りたいが、最早《もう》それを為《す》る暇が無いということを話し、こうして一緒に稽古《けいこ》を為るのも実は今日限りであるということを話し、自分は今別離《わかれ》を告げる為《ため》に是処《こ》に立っているということを話した。

「皆さんも御存じでしょう」と丑松は嚙《か》んで含めるように言った。「この山国に住む人々を分けて見ると、大凡《おおよそ》五通りに別れています。それは旧士族と、町の商人と、お百姓と、僧侶《ぼうさん》と、それからまだ外に穢多《えた》という階級があります。御存じでしょう、その穢多は今でも町はずれに一団《ひとかたまり》に成っていて、皆さんの履く麻裏を造ったり、靴《くつ》や太鼓や三味線等を製《こしら》えたり、あるものは又お百姓して生活《くらし》を立てているということを。御存じでしょう、その穢多は御出入と言って、稲を一束ずつ持って、皆さんの父親《おとっ》さんや祖父《おじい》さんのところへ一年に一度は必ず御機嫌《ごきげん》伺いに行きましたことを。御存じでしょう、その穢多が皆さんの御家《おうち》へ行きますと、土間のところへ手を突いて、特別の茶椀《ちゃわん》で食物《くいもの》なぞを頂戴《ちょうだい》して、決して敷居から内部《なか》へは一歩《ひと》《あし》も入られなかったことを。皆さんの方から又、用事でもあって穢多の部落へ御出《おいで》になりますと、煙草《たばこ》は燐寸《マッチ》で喫《の》んで頂いて、御茶は有《あり》ましても決して差上げないのが昔からの習慣です。まあ、穢多というものは、それ程卑賤《いや》しい階級としてあるのです。もしその穢多がこの教室へやって来て、皆さんに国語や地理を教えるとしましたら、その時皆さんはどう思いますか、皆さんの父親《おとっ》さんや母親《おっか》さんはどう思いましょうか――実は、私はその卑賤《いや》しい穢多の一人です」

手も足も烈《はげ》しく慄《ふる》えて来た。丑松は立っていられないという風で、そこに在《あ》る机に身を支えた。さあ、生徒は驚いたの驚かないのじゃない。いずれも顔を揚げたり、口を開いたりして、熱心な眸《ひとみ》を注いだのである。

「皆さんも最早十五六――万更世情《まんざらものごころ》を知らないという年齢《とし》でも有ません。何卒《どうぞ》私の言うことを克《よ》く記憶《おぼ》えて置いて下さい」と丑松は名残惜しそうに言葉を継いだ。「これから将来《さき》、五年十年と経《た》って、稀《たま》に皆さんが小学校時代のことを考えて御覧なさる時に――ああ、あの高等四年の教室で、瀬川という教員に習ったことが有ったッけ――あの穢多の教員が素性《すじよう》を告白《うちあ》けて、別離《わかれ》を述べて行く時に、正月になれば自分等《ら》と同じように屠蘇《とそ》を祝い、天長節が来れば同じように君が代を歌って、蔭《かげ》ながら自分等の幸福《しあわせ》を、出世を祈ると言ったッけ——こう思出して頂きたいのです。私が今こういうことを告白《うちあ》けましたら、定めし皆さんは穢《けがらわ》しいという感想《かんじ》を起すでしょう。ああ、仮令《たとい》私は卑賤《いや》しい生れでも、すくなくも皆さんが立派な思想《かんがえ》を御持ちなさるように、毎日それを心掛けて教えて上げた積りです。せめてその骨折に免じて、今日《こんにち》までのことは何卒《どうか》許して下さい」

こう言って、生徒の机のところへ手を突いて、詫入《わびい》るように頭を下げた。

「皆さんが御家《おうち》へ御帰りに成りましたら、何卒《どうか》父親《おとっ》さんや母親《おっか》さんに私のことを話して下さい——今まで隠蔽《かく》していたのは全く済まなかった、と言って、皆さんの前に手を突いて、こうして告白《うちあ》けたことを話して下さい——全く、私は穢多です、調里《ちようり》です、不浄な人間です」

とこう添加《つけた》して言った。

丑松はまだ詫び足りないと思ったか、二歩《ふたあしみ》三歩退却《あしあとずさり》して、「許して下さい」を言いながら板敷の上へ跪《ひざまず》いた。何事かと、後列の方の生徒は急に立上《たちあが》った。一人立ち、二人立ちして、伸《の》しかかって眺めるうちに、この教室に居る生徒は総立に成って、あるものは腰掛の上に登る、あるものは席を離れる、あるものは廊下へ出て声を揚げながら飛んで歩いた。その時大鈴の音が響き渡った。教室々々の戸が開《あ》いた。他の組の生徒も教師も一緒になって、波濤《なみ》のように是方《こちら》へ押溢《おしあふ》れて来た。

＊　　＊　　＊

十二月に入ってから銀之助は最早《もう》客分であった。その日は午後の一時半頃《ごろ》から、自分の用事で学校へ出て来ていて、丁度職員室で話しこんでいる最中、不図《ふと》丑松《うしまつ》のことを耳に入れた。思わず銀之助はそこを飛出《とびだ》した。玄関を横過《よこぎ》って、長い廊下を通ると、肩掛に紫頭巾《むらさきずきん》、帰り仕度の女生徒、あそこにも、ここにも、丑松の噂《うわさ》を始めて、家路《いえじ》に向うことを忘れたかのよう。体操場には男の生徒が集《あつま》って、話は矢張《やはり》丑松の噂で持切《もちき》っていた。左右に馳違《はせちが》う少年の群《むれ》を分けて、高等四年の教室へ近《ちかづ》いて見ると、廊下のところに校長、教師五六人、中に文平も、その他《ほか》高等科の生徒が丑松を囲繞《とりま》いて、参観に来た師範校の生徒まで呆《あき》れ顔に眺《なが》め佇立《たたず》んでいたのである。見れば丑松はすこし逆上《とりのぼ》せた人のように、同僚の前に跪《ひざまず》いて、恥の額を板敷の塵埃《ほこり》の中に埋めていた。深い哀憐《あわれみ》の心は、この可傷《いたま》しい光景《ありさま》を見ると同時に、銀之助の胸を衝《つ》いて湧上《わきあが》った。歩み寄って、助け起しながら、着物の塵埃を払って遣《や》ると、丑松は最早《もう》半分夢中で、「土屋君、許してくれ給《たま》え」をかえすがえす言う。告白の涙はどんなに丑松の頰《ほお》を伝って流れたろう。

「解《わか》った、解った、君の心地《こころもち》は好《よ》く解った」と銀之助は言った。「むむ――進退何も用意して来たね。とにかく、後の事は僕《ぼく》に任せるとして、君は直《すぐ》にこれから帰り給え――ね、君はそうし給え」

（七）

高等四年の生徒は教室に居残って、日頃《ひごろ》慕っている教師の為《ため》に相談の会を開いた。未《ま》だ初《う》心《ぶ》で、複雑《こみい》った社会《よのなか》のことは一向解《わか》らないものばかりの集合《あつまり》ではあるが、さすが正直なは少年の心、鋭い神経に丑松《うしまつ》の心情《こころもち》を汲取《くみと》って、何とかして引止める工夫をしたいと考えたのである。黙って視《み》ている時では無い、一同揃《そろ》って校長のところへ歎願《たんがん》に行こう、とこう十六ばかりの級長が言出《いいだ》した。賛成の声が起る。

「さあ、行かざあ」

と農夫の子らしい生徒が叫んだ。

相談は一決した。例の掃除《そうじ》をする為に、当番のものだけを残して置いて、少年の群《むれ》は一緒に教室を出た。その中には省吾《しょうご》も交っていた。丁度校長は校長室の倚子《いす》に倚凭《よりかか》って、文平を相手に話しているところで、そこへ高等四年の生徒が揃って顕《あらわ》れた時は、直に一同の言おうとすることを看《み》て取ったのである。

「諸君は何か用が有るんですか」

と、しかし、校長は何気《なにげ》ない様子を装《つくろ》いながら尋ねた。

級長は卓子《テーブル》の前に進んだ。校長も、文平も、凝《きっ》と鋭い眸《ひとみ》をこの生徒の顔面《おもて》に注いだ。省吾などから見ると、ずっと夙慧《ませ》た少年で、言うことは了然好《はっきりよ》く解る。

「実は、御願いがあって上りました」と前置《まえおき》をして、級長は一同の心情《こころもち》を表白《いいあらわ》した。何卒《どうか》してあの教員を引留《ひきと》めてくれるように。仮令穢多《たとええた》であろうと、そんなことは厭《いと》わん。現に生徒として新平民の子も居る。教師としての新平民に何の不都合があろう。これはもう生徒一同の心からの願いである。頼む。こう述べて、級長は頭を下げた。

「校長先生、御願いでごわす」

と一同声を揃えて、各自《てんで》に頭を下げるのであった。

その時校長は倚子を離れた。立って一同の顔を見渡しながら、「むむ、諸君の言うことは好く解りました。それ程熱心に諸君が引留めたいという考えなら、そりゃあもう我輩《わがはい》だって出来るだけのことは尽します。しかし物には順序がある。頼みに来るなら、頼みに来るで、相当の手続を踏んで――総代を立てるとか、願書を差出《さしだ》すとかして、規則正しくやって来るのが礼です。そうどうも諸君のように、大勢一緒に押掛《おしか》けて来て、さあ引留めてくれなんて――何という無作法な行動《やりかた》でしょう」と言われて、級長は何か弁解《いいわけ》を為《し》ようとしたが、やがて涙ぐんで黙って了《しま》った。

「まあ、御聞きなさい」と校長は卓子《テーブル》の上にある書面《かきつけ》を拡《ひろ》げて見せながら、「この通り瀬川先生からは進退伺が出ています。これは一応郡視学の方へ廻《まわ》さなければなりませんし、町の学務委員にも見せなければなりません。仮令《たとい》我輩が瀬川先生を救いたいと思って、単独《ひとり》で焦《あ》心《せ》って見たところで、町の方で聞いてくれなければ仕方が無いじゃ有《あり》ませんか」と言って、すこし声を和《やわら》げて、「然《しか》し、我輩一人の力で、どうこれを処置するという訳にもいかんのですから、そこを諸君も好く考えて下さい。ああいう良い教師を失うということは、諸君ばかりじゃない、我輩も残念に思う。諸君の言うことは好く解りました。とにかく、今日はこれで帰って、学課を怠らないようにして下さい。諸君がこういうことに喙《くちばし》を容《い》れないでも、無論学校の方で悪いようには取計《とりはから》いません——諸君は勉強が第一です」

文平は腕組をして聞いていた。手持無沙汰《てもちぶさた》に帰って行く生徒の後姿《うしろすがた》を見送って、冷《ひやや》かに笑って、やがて校長は戸を閉めて了った。

第弐拾弐章

(一)

「一寸《ちょっと》伺いますが、瀬川君は是方《こちら》へ参りませんでしたろうか」

こう声を掛けて、敬之進の住居《すまい》を訪れたのは銀之助である。友達思いの銀之助は心配しながら、丑松《うしまつ》の後を追って尋ねて来たのであった。

「瀬川さん?」とお志保《しほ》は飛んで出て、「あれ、今御帰りに成《なり》ましたよ」

「今?」と銀之助はお志保の顔を眺《なが》めた。「それから何《どっち》の方へ行きましたろう、御存じは有《あり》ますまいかしら」

「よくも伺いませんでしたけれど」とお志保は口籠《くちごも》って、「あの、猪子《いのこ》さんの奥様《おくさん》が東京から御見えに成るそうですね。多分その方へ。ホラ市村さんの御宿の方へ尋ねていらしッたんでしょうよ――何でもそんなような瀬川さんの口振《くちぶり》でしたから」

「市村さんの許《ところ》へ？　先《ま》ず好《よ》かった」と銀之助は深い溜息《ためいき》を吐《つ》いた。「実は僕《ぼく》も非常に心配しましてね、蓮華寺《れんげじ》へ行って聞いて見ました。御寺で言うには、未《ま》だ瀬川君は学校から帰らんという。それから市村さんの宿へ行って見ると、彼処《あそこ》にも居ません。ひょっとすると、こりゃ貴方《あなた》の許《ところ》かも知れない、こう思ってやって来たんです」と言って、考えて、「むむ、そうですか、貴方の許《ところ》へ参りましたか――」

「丁度、行違《ゆきちが》いに御成《おなん》なすったんでしょう」とお志保は少許《すこし》顔を紅《あか》くして、「まあ御上りなすって下さいませんか、こんな見苦しい処《ところ》で御座《ござい》ますけれど」

と言われて、お志保に導かれて、銀之助は炉辺《ろばた》へ上った。

紅く泣腫《なきは》れたお志保の頬《ほお》には涙の痕《あと》が未だ乾かずにあった。どういうことを言って丑松が別れて行ったか、それはもうお志保の顔付を眺めたばかりで、大凡《おおよそ》の想像が銀之助の胸に浮ぶ。あの小学校の廊下のところで、人々の前に跪《ひざまず》いて、有のままに素性《すじょう》を自白するという行《やり》為《かた》から推して考えても――確かに友達は非常な決心を起したのであろう。その心根は。思えば憫然《びんぜん》なものだ。こう銀之助は考えて、何卒《どうか》して友達を助けたい、とそれをお志保にも話そうと思うのであった。銀之助は先《ま》ずお志保の身の上から聞き初めた。

貧し苦しい境遇に居るお志保は、直に、銀之助の頼もしい気象を看《み》て取ったのである。のみならず、丑松とこの人とは無二の朋友《ほうゆう》であるということも好《よ》く承知している。真実《ほんとう》に自分の心地《こころもち》も解《わか》って、身を入れて話を聞いてくれるのはこの人だ、ところ可懐《なつか》しく思うにつけても、さて、どうして父親の許《ところ》へ帰って居るか、それを尋ねられた時はもうもう胸一ぱいに成って了《しま》った。蓮華寺を脱《ぬ》けて出ようと決心するまでの一伍一什《いちぶしじゆう》――思えば涙の種――まあ、何から話して可《い》いものやら、お志保には解らない位であった。さすが娘心の感じ易《やす》さ、暗く煤《すす》けた土壁の内部《なか》の光景《ありさま》をも物羞《ものはずか》しく思うという風で、「ぼや」を折焚《おりく》べて炉の火を盛んにしたり、着物の前を掻合《かきあわ》せたりして語り聞かせる。お志保に言わせると、いよいよあの寺を出ようと思立《おもいた》ったのは、泣いて、泣いて、泣尽した揚句のこと。「仮令先方《たといさき》が親らしい行為《おこない》をしないまでも、これまで育てて貰《もら》った恩義も有る。一旦《いったん》蓮華寺の娘となった以上は、どんな辛いことがあろうと決して家へ帰るな」――とは堅い父の言葉でもあった。宵闇《よいやみ》の空に紛れて迷い出たお志保は、だから、何処《どこ》へ帰るという目的《めあて》も無かったのである。悲しい夢のように歩いて来る途中、不図《ふと》、雪の上に倒れている人に出逢《であ》った。見ればその酔漢《さけよい》は父であった。その時お志保はそう思った。父はもう凍《こご》え死んだのかと思った。丁度通りかかる音作を呼留《よびと》めて、一緒に助け起して、漸《やっと》のことで家まで連帰《つれかえ》って見ると、今すこし遅かろうものなら既に生命《いのち》を奪《と》られるところ。それぎり敬之進は床の上に横に成った。医者の話によると、身体《からだ》の衰弱《おとろえ》は一通りで無い。所詮《しょせん》助かる見込《みこみ》は有るまいとのことである。

それればかりでは無い。不幸《ふしあわせ》はこの屋根の下にもお志保を待受《まちう》けていた。来て見ると、もう継母《ままはは》も、異母《はらちがい》の弟妹《きょうだい》も居なかった。尤《もっと》も、その前の晩、烈《はげ》しい夫婦喧嘩《げんか》があって、継母はお志保のことや父の酒のことを言って、どうしてこれから将来生計《さきくらし》が立つと泣叫《なきさけ》んだという。

いずれ下高井にある生家《さと》を指して、三人だけ子供を連れて、父の留守に家出をしたものらしい。それは継母が自分で産んだ子供のうち、三番目のお末《すえ》を残して、進に、お作に、それから留吉と、こう引連れて行った。割合に温順《おとな》しいお末を置いて、あの厄介者《やっかいもの》のお作を腰に付けたは、さすがに後のことをも考えて行ったものと見える。継母が末の児《こ》を背負《おぶ》い、お作の手を引き、進は見慣れない男に連れられて、後を見かえり見かえり行ったということは、近所のかみさんが来ての話で解った。

こういう中にも、ひとり力に成るのは音作で、毎日夫婦して来て、物をくれるやら、旧《むかし》の主人をいたわるやら、お末をば世話すると言って、自分の家の方へ引取《ひきと》っているとのこと。貧苦の為《ため》に離散した敬之進の家族の光景《ありさま》――まあ、お志保が銀之助に話して聞かせたことは、ざっとこうであった。

「して見ると――今御家《おうち》にいらっしゃるのは、父親《おとっ》さんに、貴方《あなた》に、それから省吾《しょうご》さんと、こう三人なんですか」銀之助は気の毒そうに尋ねたのである。

「はあ」とお志保は涙ぐんで、垂下《たれさが》る鬢《びん》の毛を掻上《かきあ》げた。

（二）

丑松《うしまつ》のことはやがて二人の談話《はなし》に上った。友に篤《あつ》い銀之助の有様《ありさま》を眺《なが》めると、お志保《しほ》はもう何もかも打明けて話さずにはいられなかったのである。その時、丑松の逢《あ》いに来た様子を話した。顔は蒼《あお》ざめ、眼《め》は悲愁《かなしみ》の色を湛《たた》え、思うことはあっても十分にそれを言い得ないという風で――まあ、情が迫って、別離《わかれ》の言葉もとぎれとぎれであったことを話した。忘れずにいる程のなさけがあらば、せめて社会《よのなか》の罪人《つみびと》と思え、こう言って、お志保の前に手を突いて、男らしく素性《すじょう》を告白《うちあ》けて行ったことを話した。

「真実《ほんとう》に御気の毒な様子でしたよ」とお志保は添加《つけた》した。「いろいろ伺って見たいと思っておりますうちに、瀬川さんはもう帽子を冠《かぶ》って、さっさと出て行ってお了《しま》いなさる――後で私はさんざん泣きました」

「そうですかあ」と銀之助も嘆息して、「ああ、僕《ぼく》の想像した通りだった。定めし貴方《あなた》も驚いたでしょう、瀬川君の素性を始めて御聞きになった時は」

「いいえ」お志保は力を入れて言うのである。

「ホウ」と銀之助は目を円くする。

「だって今日始めてでも御座《ござい》ませんもの――勝野さんが何処《どこ》かで聞いていらしッて、いつぞやそれを私に話しましたんですもの」

この「始めてでも御座ません」が銀之助を驚《おどろか》した。しかし文平が何の為《ため》にそんなことをお志保の耳へ入れたのであろう、と聞咎《ききとが》めて、

「あの男も饒舌家《おしゃべり》で、真個《ほんとう》に仕方が無い奴《やつ》だ」と独語《ひとりごと》のように言った。やがて、銀之助は何か思いついたように、「何ですか、勝野君はそんなに御寺へ出掛けたんですか」

「ええ――蓮華寺《れんげじ》の母があいう話好きな人で、男の方《かた》は淡泊《さっぱり》していて可《いい》なんて申しますもんですから、克《よ》く勝野さんも遊びにいらッしゃいました」

「何だってまたあの男はそんなことを貴方に話したんでしょう」こう銀之助は聞いて見るのであった。

「まあ、妙なことを仰《おっしゃ》るんですよ」とお志保はそれを言いかねている。

「妙なとは？」

「親類はこれこれだの、今に自分は出世して見せるのッて――」

「今に出世して見せる？」と銀之助は其処《そこ》に居ない人を嘲《あざけ》ったように笑って、「へえ――そんなことを」

「それから、あの」とお志保は考深《かんがえぶか》い眼付《めつき》をしながら、「瀬川さんのことなぞ、それは酷《ひど》い悪口を仰いましたよ。その時私は始めて知りました」

「ああ、そうですか、それであの話を御聞きに成ったんですか」と言って銀之助は熱心にお志保の顔を眺めた。急に気を変えて、「ちょッ、あの男も余計なことを喋舌《しゃべ》って歩いたものだ」

「私もまああんな方だとは思いませんでした。だって、あんまり酷いことを仰るんですもの。その悪口が普通《ただ》の悪口では無いんですもの――私はもう口惜《くや》しくて、口惜しくて」

「して見ると、貴方も瀬川君を気の毒だと思って下さるんですかなあ」

「でも、そうじゃ御座ませんか――新平民だって何だって毅然《しっかり》した方《かた》の方《ほう》が、あんな口先ばかりの方《かた》よりは余程好《よっぽどい》いじゃ御座ませんか」

何の気なしにこういうことを言出《いいだ》したが、やがてお志保は伏目《ふしめ》勝《がち》に成って、血肥《ちぶと》りのした娘らしい手を眺めたのである。

「ああ」と銀之助は嘆息して、「どうして世の中はこう思うように成らないものなんでしょう。僕は瀬川君のことを考えると、実際哭《な》きたいような気が起ります。まあ、考えて見て下さい。唯《ただ》あの男は素性が違うというだけでしょう。それで職業も捨てなければならん、名誉も捨てなければならん——これ程残酷な話が有《あり》ましょうか」

「しかし」とお志保は清《すず》しい眸《ひとみ》を輝《かがやか》した。「父親《おとっ》さんや母親《おっか》さんの血統《ちすじ》がどんなで御座ましようと、それは瀬川さんの知ったことじゃ御座ますまい」

「そうです——確かにそうです——あの男の知ったことでは無いんです。そう貴方が言って下されば、どんなに僕も心強いか知れません。実は僕はこう思いました——あの男の素性を御聞《おきき》に成ったら、定めし貴方も今までの瀬川君とは考えて下さるまいかと」

「何故《なぜ》でしょう？」

「だって、それが普通ですもの」

「あれ、他《ひと》はそうかも知れませんが、私はそうは思いませんわ」

「真実《ほんと》に？　真実に貴方《よ》はそう考えて下さるんですか——」

「まあ、どうしたら好う御座んしょう。私はこれでも真面目《まじめ》に御話している積りで御座ますのに」

「ですから、僕がそれを伺いたいと言うんです」

「それと仰《おつしや》るのは？」

とお志保は問い反《かえ》して、対手《あいて》の心を推量しながら眺めた。若々しい血潮は思わずお志保の頬に上るのであった。

（三）

力の無い謦欬《せき》の声が奥の方で聞えた。急にお志保《しほ》は耳を澄《すま》して心配そうに聞いていたが、やがて一寸会釈《ちよつとえしやく》して奥の方へ行った。銀之助は独り炉辺《ろばた》に残って燃え上る「ぼや」の火炎《ほのお》を眺《なが》めながら、こういう切ない境遇のなかにも屈せず倒れずに行《や》る気で居るお志保の心の若々しさを感じた。烈《はげ》しい気候を相手に克《よ》く働く信州北部の女は、いずれも剛健な、快活な気象に富むのである。苦痛に堪《た》え得ることは天性に近いと言ってもよい。まあ、お志保も矢張《やはり》その血を享《う》けたのだ。優婉《やさ》しいうちにも、どことなく毅然《しやん》としたところが有る。こう銀之助は考えて、どう友達のことを切出《きりだ》したものか、と思いつづけていた。間も無くお志保は奥の方から出て来た。

「どうですか、父上《おとつ》さんの御様子は」と銀之助は同情深《おもいやりぶか》く尋ねて見る。

「別に変りましたことも御座《ござい》ませんけれど」とお志保は萎《しお》れて、「今日は何《なんに》も頂きたくないと言って、お粥《かゆ》を少許《ぽつちり》食べましたばかり——まあ、朝から眠りつづけなんで御座ますよ。あんなに眠るのがどうでしょうかしら」

「何しろそれは御心配ですなあ」

「どうせ長保《ながも》ちは有《あり》ますまいでしょうよ」とお志保は溜息《ためいき》を吐《つ》いた。「瀬川さんにも種々《いろいろ》御世話様には成《なり》ましたが、医者ですら見込が無いと言う位ですから――」

こう言って、癖のように鬢《びん》の毛を掻上《かきあ》げた。

「実に、人の一生はさまざまですなあ」と銀之助はお志保の境涯《きょうがい》を思いやって、可傷《いたま》しいような気に成った。「温《あたたか》い家庭の内《なか》に育って、それほど生活《くらし》の方の苦痛《くるしみ》も知らずに済む人もあれば、又、貴方《あなた》のように、若い時から艱難《かんなん》して、その風波《なみかぜ》に揉《も》まれているなかで、自然と性質を鍛える人もある。まあ、貴方なぞは、苦《くる》しんで、闘って、それで女になるように生れて来たんですなあ。そういう人はそういう人で、他《ひと》の知らない悲しい日も有るかわりに、また他の知らない楽しい日も有るだろうと思うんです」

「楽しい日？」とお志保は寂しそうに微笑《ほほえ》みながら、「私なぞにそんな日が御座ましょうかしら」

「有ますとも」と銀之助は力を入れて言った。

「ほほほほほ――これまでのことを考えてみましても、そんな日なぞは参りそうも御座ません。まあ、私が貰《もら》われて行きさえしませんければ、蓮華寺《れんげじ》の母だってもあんな思《おもい》は為《せ》ずに済みましたのでしょう。あの母を置いて出ます前には、どんなに私も――」

「そうでしょうとも。それは御察し申します」

「いえ――私はもう死んで了《しま》いましたも同じことなんで御座ます――唯《ただ》、人様の情《なさけ》を思いますものですから、それを力に……こうして生きて……」

「ああ、瀬川君のも苦しい境遇だが、貴方のも苦しい境遇だ。畢竟《つまり》貴方がそれ程苦しい目に御逢《おあ》いなすったから、それで瀬川君の為《ため》にも哭《な》いて下さるというものでしょう。実は――僕《ぼく》は、あの友達を助けて頂きたいと思って、こうして貴方に御話しているような訳ですが」

「助けろと仰《おっしゃ》ると？」お志保の眸《ひとみ》は急に燃え輝いたのである。「私の力に出来ますことなら、どんなことでも致しますけれど」

「無論出来ることなんです」

「私に？」

暫時《しばらく》二人は無言であった。

「いっそ有《あり》のままを御話しましょう」と銀之助は熱心に言出《いいだ》した。「丁度学校で宿直の晩のことでした。僕が瀬川君の意中を叩《たた》いて見たのです。その時僕の言うには、『君のようにそう独りで苦んでいないで、少許《すこし》打明《うちあ》けて話したらどうだ。あるいは僕みたような殺風景なものに話したって解《わか》らない、と君は思うかも知れない。しかし、僕だって、そんな冷《つめた》い人間じゃ無いよ。まあ、僕に言わせると、あまり君は物を煩《むずか》しく考え過ぎているように思われる。友達というものも有って見れば、及ばずながら力に成るということも有ろうじゃないか』こう言いました。すると、瀬川君は始めて貴方のことを言出して――『むむ、君の察してくれるようなことがあった。確かに有った。しかしその人は最早《もう》死んで了ったものと思ってくれたまえ』こう言うじゃ有ませんか。噫《ああ》――瀬川君は自分の素性《すじょう》を考えて、到底及ばない希望《のぞみ》と絶念《あきら》めて了ったのでしょう。今はもう人を可懐《なつか》しいとも思わん――これ程悲しい情愛が有ましょうか。それで瀬川君は貴方のところへ来て、今まで蔵《つつ》んでいた素性を自白したのです。

そこです――もし貴方にあの男の真情《こころもち》が解りましたら、一つ助けてやろうという思想《かんがえ》を持って下さることは出来ますまいか」

「まあ、何と申上《もうしあ》げて可《いい》か解りませんけれど――」とお志保は耳の根元までも紅《あか》くなって、「私はもうその積りで居《お》りますんですよ」

「一生?」と銀之助はお志保の顔を熟視《まも》りながら尋ねた。

「はあ」

このお志保の答《こたえ》は銀之助の心を驚《おどろか》したのである。愛も、涙も、決心も、すべてこの一息のうちに含まれていた。

（四）

ともかくもこの事を話して友達の心を救おう。市村弁護士の宿へ行って見た様子で、復《ま》た後の使《つかい》にやって来よう。こう約束して、やがて銀之助は炉辺《ろばた》を離れようとした。

「あの、御願いで御座《ござい》ますが――」とお志保《しほ》は呼留《よびと》めて、「もし『懺悔録《ざんげろく》』という御本が御座ましたら、貸して頂く訳にはまいりますまいか。まあ、私なぞが拝見したって、どうせ解《わか》りはしますまいけれど」

「『懺悔録』?」

「ホラ、猪子《いのこ》さんの御書きなすったとかいう――」

「むむ、あれですか。よく貴方《あなた》はあんな本を御存じですね」

「でも、瀬川さんが平素《しょっちゅう》読んでいらっしゃいましたもの」

「承知しました。多分瀬川君の許《ところ》に有《あり》ましょうから、行って話して見ましょう——もし無ければ、何処《どこ》か捜して見て、是非一冊贈らせることにしましょう」

こう言って、銀之助は弁護士の宿を指して急いだ。

丁度扇屋では人々が蓮太郎《れんたろう》の遺骸《なきがら》の周囲《まわり》に集《あつま》ったところ。親切な亭主の計《はから》いで、焼場の方へ送る前に一応亡《な》くなった人の霊魂《たましい》を弔いたいという。読経《どきょう》は法福寺の老僧が来て勤めた。その日の午後東京から着いたという蓮太郎の妻君——今は未亡人——を始め、弁護士、丑松《うしまつ》もかしこまっていた。旅で死んだということを殊にあわれに思うかして、扇屋の家の人もかわるがわる弔いに来る。縁もゆかりも無い泊客《とまりきゃく》ですら、それと聞伝《ききつた》えたかぎりは廊下に集って、寂しい木魚の音に耳を澄《すま》すのであった。

焼香も済み、読経も一《ひと》きりに成った頃《ころ》、銀之助は丑松の紹介《ひきあわせ》で、始めて未亡人に言葉を交《かわ》した。長野新聞の通信記者なぞも混雑《とりこみ》の中へ尋ねて来て、聞き取ったことを手帳に書留《かきと》める。

「貴方が奥様《おくさん》でいらっしゃいますか」と記者は職掌柄らしい調子で言った。

「はい」と未亡人の返事。

「奥様、誠に御気の毒なことで御座ます。猪子先生の御名前は予《かね》て承知いたしておりまして、蔭《かげ》ながら御慕い申していたのですが——」

「はい」

こういう挨拶《あいさつ》はすべて追憶《おもいで》の種であった。人々の談話《はなし》は蓮太郎のことで持切《もちき》った。やがて未亡人は夫と一緒に信州へ来た当時のことを言出《いいだ》して、別れる前の晩に不思議な夢を見たこと、妙に夫の身の上が気に懸《かか》ったこと、それを言って酷《ひど》く叱《しか》られたことなぞを話した。かれこれを思合《おもいあわ》せると、あの時にもう夫は覚期《かくご》していることが有ったらしい――信州の小春は好《い》いの、今度の旅行は面白かろうの、土産はしっかり持って帰るから家《うち》へ行って待っておれの、まああれが長の別離《わかれ》の言葉に成って了《しま》った。こう言って、思いがけない出来事の為《ため》に飛んだ迷惑を人々に懸けた、とかえすがえす気の毒がる。さすがに堪《た》えがたい女の情もあらわれて、淡泊《さっぱり》した未亡人の言葉は反《かえ》って深い同情を引いたのである。

弁護士は銀之助を部屋の片隅《かたすみ》へ招いた。相談というは丑松の身に関したことであった。弁護士の言うには、丑松も今となってはこの飯山《いいやま》に居にくい事情も有ろうし、未亡人はまた未亡人でこれから帰るには男の手を借りたくも有ろうし、するからして、あの蓮太郎の遺骨を護《まも》って、一緒に東京へ行って貰《もら》いたいがどうだろう――選挙を眼前《めのまえ》にひかえさえしなければ、無論自身で随《つ》いて行くべきでは有るが、それは未亡人が強いて辞退する。せめてこの際選挙の方に尽力して夫の霊魂《たましい》を慰めてくれという。聞いて見れば未亡人の志も、尤《もっとも》。いっそこれは丑松を煩《わずらわ》したい――一切の費用は自分の方で持つ――是非。とのことであった。

「という訳で、瀬川さんにも御話したのですが」と弁護士は銀之助の顔を眺《なが》めながら言った。「学校の方の都合は、君、どんなものでしょう」

「学校の方ですか」と銀之助は受けて、「実は――瀬川君を休職にすると言って、その下相談が有ったという位ですから、無論差支《さしつかえ》は有ますまいよ。校長の話では、郡視学もその積りで居るそうです。まあ、学校の方のことは僕《ぼく》が引受けて、どんなにでも都合の好いように致しましょう。一日も早く飯山を発《た》ちました方が瀬川君の為には得策だろうと思うんです」

こういう相談をしているところへ、棺《ひつぎ》が持運《もちはこ》ばれた。復た読経の声が起った。人々は最後の別離《わかれ》を告げる為にその棺の周囲《まわり》へ集った。やがて焼場の方へ送られることに成った頃は、もう四辺《そこいら》も薄暗かったのである。いよいよ舁《かつ》がれて、「いたや」（一五八）（北国にある木の名）造りの橇《そり》へ載せられる光景《ありさま》を見た時は、未亡人はもう其処《そこ》へ倒れるばかりに泣いた。

（五）

火を入れるところまで見届けて、焼場から帰った後、丑松《うしまつ》は弁護士や銀之助と火鉢《ひばち》を取囲《とりま》いて、扇屋の奥座敷で話した。無情《つれな》い運命も、今は丑松の方へ向いて、微《すこ》し笑って見せるように成った。あの飯山《いいやま》病院から追われ、鷹匠町《たかじょうまち》の宿からも追われた大日向《おおひなた》が――実は、放逐の恥辱《はずかしめ》が非常な奮発心を起させた動機と成って――亜米利加《アメリカ》の「テキサス」で農業に従事しようという新しい計画は、意外にも市村弁護士の口を通して、丑松の耳に希望《のぞみ》を囁《ささや》いた。教育のある、確実《たしか》な青年を一人世話してくれ、とは予《かね》て弁護士が大日向から依頼されていたことで、丁度丑松とは素性《すじょう》も同じ、定めしこの話をしたら先方《さき》も悦《よろこ》ぼう。望みとあらば周旋してやるがどうか。「テキサス」あたりへ出掛ける気は無いか。心懸《こころが》け次第で随分勉強することも出来よう。この話には銀之助も熱心に賛成した。「見給《みたま》え――捨てる神あれば、助ける神ありさ」と銀之助はそれを言うのであった。「明後日《あさって》の朝、大日向が我輩《わがはい》の宿へ来る約束に成っている。むむ、丁度好《い》い。とにかく逢《あ》ってみることにしたまえ」

こういう弁護士の言葉は、枯れ萎《しお》れた丑松の心を励《はげま》して、様子によっては頼んで見よう、働いて見ようという気を起させたのである。

それればかりでは無い。銀之助から聞いたお志保《しほ》の物語——まあ、あの可憐《かれん》な決心と涙とはどんなに深い震動を丑松の胸に伝えたろう。敬之進の病気、継母《ままはは》の家出、そんなこんなが一緒に成って、一層《ひとしお》お志保の心情を可傷《いたわ》しく思わせる。ああ、絶望し、断念し、素性まで告白して別れた丑松の為《ため》に、ひそかに熱い涙をそそぐ人が有ろうとは。可羞《はずか》しい、とはいえ心の底から絞出《しぼりだ》した真実《まこと》の懺悔《ざんげ》を聞いて、一生を卑賤《いや》しい穢多《えた》の子に寄せる人が有ろうとは。

「どうして、君、あの女はなかなかしっかりものだぜ」

と銀之助は添加《つけた》して言った。

その翌日、銀之助は友達の為に、学校へも行き、蓮華寺《れんげじ》へも行き、お志保の許《ところ》へも行った。蓮華寺にある丑松の荷物を取《とり》まとめて、直《すぐ》に要るものは要るもの、寺へ預けるものは預けるもので見別《みわけ》をつけたのも、すべて銀之助の骨折であった。銀之助はまた、お志保のことを未亡人にも話し、弁護士にも話した。女は女に同情《おもいやり》の深いもの。殊にお志保の不幸な境遇は未亡人の心を動《うご》かしたのであった。行く行くは東京へ引取《ひきと》って一緒に暮したい。丑松の身が極《きま》った暁《あかつき》には自分の妹にして結婚《めあわ》せるようにしたい。こう言出《いいだ》した。とにかく、後の事は弁護士も力を添える、とある。という訳で、万事は弁護士と銀之助とに頼んで置いて、丑松は惶急《あわただ》しく飯山を発《た》つことに決めた。

第弐拾参章

（一）

いよいよ出発の日が来た。払暁頃《よあけごろ》から霙《みぞれ》が降出《ふりだ》して、扇屋に集《あつま》る人々の胸には寂しい旅の思《おもい》を添えるのであった。

一台の橇《そり》は朝早く扇屋の前で停《とま》った。下りた客は厚羅紗《あつラシャ》の外套《がいとう》で深く身を包んだ紳士風の人、橇曳《そりひき》に案内させて、弁護士に面会を求める。「おお、大日向《おおひなた》が来た」と弁護士は出て迎えた。大日向は約束を違《たが》えずやって来たので、薄暗いうちに下高井を発ったという。上れと言われても上りもせず、ただ上《あが》り框《がまち》のところへ腰掛けたままで、弁護士から法律上の智慧《ちえ》を借りた。用談を済《すま》し、蓮太郎《れんたろう》への弔意《くやみ》を述べ、やがてそこそこにして行こうとする。その時、弁護士は丑松《うしまつ》のことを語り聞《きか》せて、

「まあ、上るさ――猪子《いのこ》君《くん》の細君も居るし、それに今話した瀬川君も一緒だから、是非逢《あ》ってやってくれたまえ。そんなところに腰掛けていたんじゃ、緩々談話《ゆっくりはなし》も出来ないじゃ無い

か」と強いるように言った。然《しか》し大日向は苦笑《にがわらい》するばかり。どんなに薦《すす》められても、決して上ろうとはしない。いずれ近い内に東京へ出向くから、猪子《いのこ》の家を尋ねよう。その折丑松にも逢おう。そういう気心の知れた人なら双方の好都合。委《くわ》しいことは出京の上で。と飽《あく》までも言い張る。

「そんなに今日は御急ぎかね」

「いえ、ナニ、急ぎという訳でも有《あり》ませんが――」

こういう談話《はなし》の様子で、弁護士は大日向の顔に表れる片意地な苦痛を看《み》て取った。

「では、こうしてくれ給《たま》え」と弁護士は考えた。「上《かみ》の渡しを渡ると休茶屋《やすみぢゃや》が有る。彼処《あそこ》で一同待合《まちあわ》せて、今朝発つ人を送る約束。多分丑松の親友も行っている筈《はず》。一歩《ひとあし》先へ出掛けて待っていてくれないか。とにかく丑松を紹介したいから。とくれぐれも言う。「むむ、そんなら御待ち申しましょう」こう約束して、とうとう大日向は上らずに行って了《しま》った。

「大日向も思出《おもいだ》(一五九)したと見えるなあ」と弁護士は独語《ひとりごと》のように言って、旅の仕度に多忙《いそが》しい未亡人や丑松に話して笑った。

蓮華寺《れんげじ》の庄馬鹿《しょうばか》もやって来た。奥様からの使《つかい》と言って、餞別《せんべつ》のしるしに物なぞをくれた。別に草鞋《わらじ》一足、雪の爪掛《つまがけ》一つ、それは庄馬鹿が手製《てづく》りにしたもので、ほんの志ばかりに納めてくれという。その時丑松はあの寺住《てらずみ》を思出して、何となくこの人にも名残が惜《お》しまれたのである。過去《すぎさ》ったことを考えると、一緒に蔵裏《くり》の内《なか》に居た人の生涯《しょうがい》は皆《みん》な変った。住職も変った。奥様も変った。お志保《しほ》も変った。自分もまた変った。独り変らないのは、馬鹿々々と呼ばれるこの人ばかり。こう丑松は考えながら、この何時《いつ》までも児童《こども》のような、親戚《しんせき》も無ければ妻子も無いという鐘楼の番人に長の別離《わかれ》を告げた。

省吾《しょうご》も来た。手荷物があらば持たしてくれと言い入れる。間も無く一台の橇の用意も出来た。遺骨を納めた白木造りの箱は、白い布で巻いた上をまた黒で包んで、なるべく人目に着かないようにした。橇の上には、この遺骨の外《ほか》に、蓮太郎が形見のかずかず、その他《ほか》丑松の手荷物なぞを載せた。世間への遠慮から、未亡人と丑松とは上の渡しまで歩いて、対岸の休茶屋で別に二台の橇を傭《やと》うことにして、やがて一同「御機嫌《ごきげん》克《よ》う」の声に送られながら扇屋を出た。

霙は蕭々《しとしと》降りそそいでいた。橇曳は饅頭笠《まんじゆうがさ》（一六〇）を冠り、刺子《さしこ》の手袋、盲目縞《めくらじま》（一六一）の股引《ももひき》という風俗で、一人は梶棒《かじぼう》、一人は後押《あとおし》に成って、互《たがい》に呼吸を合《つ》せながら曳いた。「ホウ、ヨウ」の掛声も起る。丑松は人々と一緒に、先輩の遺骨の後に随いて、雪の上を滑る橇の響《ひびき》を聞きながら、静かに自分の一生を考え考え歩いた。猜疑《うたがい》、恐怖《おそれ》――ああ、ああ、二六時中忘れることの出来なかった苦痛《くるしみ》は僅《わず》かに胸を離れたのである。今は鳥のように自由だ。どんなに丑松は冷《つめた》い十二月の朝の空気を呼吸して、漸《ようや》く重荷を下《おろ》したようなその蘇生《そせい》の思に帰ったであろう。譬《たと》えば、海上の長旅を終って、陸《おか》に上った時の水夫の心地《こころもち》は、土に接吻《くちづけ》する程の可懐《なつか》しさを感ずるとやら。丑松の情《じょう》は丁度それだ。いや、それよりも一層《もっと》歓《うれ》しかった、一層《もっと》哀《かな》しかった。踏む度にさくさくと音のする雪の上は、確実《たしか》に自分の世界のように思われて来た。

（二）

上《かみ》の渡しの方へ曲ろうとする町の角で、一同はお志保《しほ》に出逢《であ》った。丁度お志保は音作を連れて、留守は音作の女房に頼んで置いて、見送りの為《ため》に其処《そこ》に待合《まちあわ》せていたところ。丑松《うしまつ》とお志保――実にこの二人の歓会は傍《はた》で観《み》る人の心にすら深い深い感動を与えたのであった。冠《かぶ》っている帽子を無造作に脱いで、お志保の前に黙礼したは、丑松。清《すず》しい、とはいえ涙に霑《ぬ》れた眸《ひとみ》をあげて、丑松の顔を熟視《まも》ったは、お志保。仮令口唇《たといくちびる》にいかなる言葉があっても、その時の互《たがい》の情緒《こころもち》を表すことは出来なかったであろう。こうして現世《このよ》に生きながらえるということすら、既にもう不思議な運命の力としか思われなかった。まして、さまざまな境涯《きょうがい》を通過《とおりこ》して、復《ま》た逢うまでの長い別離《わかれ》を告げる為に、互に可懐《なつか》しい顔と顔とを合せることが出来ようとは。

丑松の紹介で、お志保は始めて未亡人と弁護士とを知った。女同志は直《すぐ》に一緒に成って、言葉を交《かわ》しながら歩き初めた。音作もまた、丑松と弁護士との談話仲間《はなしなかま》に入って、敬之進の容体などを語り聞《きか》せる。正直な、樸訥《ぼくとつ》な、農夫らしい調子で、主人思いの音作が風間《かざま》の家のことを言出《いいだ》した時は、弁護士も丑松も耳を傾けた。音作の言うには、もしも病人に万一のことが有ったら一切は自分で引受《ひきう》けよう、そのかわりお志保と省吾《しょうご》の身の上を頼む――まあ、自分も子は無し、主人の許しは有るし、するからして、あのお末《すえ》を貰受《もらいう》けて、形見と思って育《やしな》う積りであると話した。

上の渡しの長い船橋を越えて対岸の休茶屋《やすみぢやや》に着いたは間も無くであった。そこには銀之助が早くから待受けていた。例の下高井の大尽も出て迎える。弁護士が丑松に紹介したこの大日向という人は、見たところ余り価値《ねうち》の無さそうな――丁度田舎の漢方医者とでも言ったような、平凡な容貌《かおつき》で、これが亜米利加《アメリカ》の「テキサス」あたりへ渡って新事業を起そうとする人物とは、いかにしても受取れなかったのである。しかし、言葉を交しているうちに、次第に丑松はこの人の堅実《たしか》な、引締《ひきしま》った、どうやら底の知れないところもある性質を感得《かんづ》くように成った。大日向は「テキサス」にあるという日本村のことを丑松に語り聞《きか》せた。北佐久《きたさく》の地方から出て遠くその日本村へ渡った人々のことを語り聞せた。一人、相応の資産ある家に生れて、東京麻布《あざぶ》の中学を卒業した青年も、矢張《やはり》その渡航者の群《むれ》に交《まじ》ったことなぞを語り聞せた。

「へえ、そうでしたか」と大日向は鷹匠町《たかじょうまち》の宿のことを言出して笑った。「貴方《あなた》も彼処《あそこ》の家に泊っておいででしたか。いや、あの時は酷《ひど》い熱湯《にえゆ》を浴《あび》せかけられましたよ。実は、私も、ああいう目に逢わせられたもんですから、それが深因《もと》で今度の事業《しごと》を思立《おもいた》ったような訳なんです。今でこそこうして笑って御話するようなものの、どうしてあの時は――全く、残念に思いましたからなあ」

盛んな笑声《わらいごえ》は腰掛けている人々の間に起った。その時、大日向は飛んだところで述懐を始めたと心付いて、苦々しそうに笑って、丑松と一緒にそこへ腰掛けた。

「かみさん――それでは先刻《さっき》のものをここへ出して下さい」

と銀之助は指図する。「お見立《みたて》（一六二）」と言って、別離《わかれ》の酒をこの江畔《こうはん》の休茶屋で酌交《くみかわ》すのは、送る人も、送られる人も、共に共に長く忘れまいと思ったことであったろう。銀之助はその朝の亭主役、早くから来てそれぞれの用意、万事無造作な書生流儀が反《かえ》って熱《あたたか》い情を忍ばせたのである。

「いろいろ君には御世話に成った」と丑松は感慨に堪《た》えないという調子で言った。

「それは御互いサ」と銀之助は笑って、「しかし、こうして君を送ろうとは、僕《ぼく》も思いがけなかったよ。送別会なぞをして貰った僕の方が反って君よりは後に成った。はははは――人の一生という奴《やつ》は実際解《わか》らないものさね」

「いずれ復《ま》た東京で逢おう」と丑松は熱心に友達の顔を眺《なが》める。

「ああ、その内に僕も出掛ける。さあ何《なん》にもないが一盃《いっぱい》飲んでくれ給《たま》え」と言って、銀之助は振返《ふりかえ》ってみて、「お志保さん、済みませんが、一つ御酌《おしゃく》して下さいませんか」

お志保は酒瓶《ちょうし》を持添《もちそ》えて勧めた。歓喜《よろこび》と哀傷《かなしみ》とが一緒になって小さな胸の中を往来するということは、その白い、優しい手の慄《ふる》えるのを見ても知れた。

「貴方も一つ御上りなすって下さい」と銀之助は可羞《はずか》しがるお志保の手から無理やりに酒瓶《ちょうし》を受取って、かわりに盃《さかずき》を勧めながら、「さあ、僕が御酌しましょう」

「いえ、私は頂けません」とお志保は盃を押隠《おしかく》すようにする。

「そりゃ不可《いけない》」と大日向は笑いながら言葉を添えた。「こういう時には召上《めしあが》るものです。真似《まね》でもなんでも好《よ》う御座んすから、一つ御受けなすって下さい」

「ほんのしるしでサ」と弁護士も横から。

「何卒《どうぞ》、それでは、少許《ぽっちり》頂かせて下さい」

と言って、お志保は飲む真似をして、紅《あか》くなった。

（三）

次第に高等四年の生徒が集《あつま》って来た。その日の出発を聞伝《ききつた》えて、せめて見送りしたいという可憐《かれん》な心根《こころね》から、いずれも丑松《うしまつ》を慕ってやって来たのである。丑松は頬《ほお》の紅《あか》い少年と少年との間をあちこちと歩いて、別離《わかれ》の言葉を交換《とりかわ》したり、ある時は一つところに佇立《たちとどま》って、これから将来《さき》のことを話して聞《きか》せたり、ある時は又た霙《みぞれ》の降るなかを出て、枯々《かれがれ》な岸の柳の下に立って、船橋を渡って来る生徒の一群《ひとむれ》を待ち眺《なが》めたりした。

蓮華寺《れんげじ》で撞《つ》く鐘の音が起った。第二の鐘はまた冬の日の寂寞《せきばく》を破って、千曲川《ちくまがわ》の水に響き渡った。やがてその音が波うつように、次第に拡《ひろが》って、遠くなって、終《しまい》に霙の空に消えて行く頃《ころ》、更に第三の音が震動《ふる》えるように起る――第四――第五。ああ庄馬鹿《しょうばか》は今あの鐘楼に上って撞き鳴らすのであろう。それは丑松の為《ため》に長い別離《わかれ》を告げるようにも、白々と明初《あけそ》めた一生のあけぼのを報《しら》せるようにも聞える。深い、森厳《おごそか》な音響に胸を打たれて、思わず丑松は首を垂れた。

第六――第七。

詞《ことば》の無い声は聞くものの胸から胸へ伝《つたわ》った。送る人も、送られる人も、暫時《しばらく》無言の思《おもい》を取《とり》交《かわ》したのである。

やがて橇《そり》の用意も出来たという。丑松は根津村《ねつむら》に居る叔父夫婦のことを銀之助に話して、さぞあの二人も心配しているであろう、もし自分の噂《うわさ》が姫子沢へ伝《つたわ》ったら、その為に叔父夫婦はどんな迷惑を蒙《こうむ》るかも知れない、ひょっとしたらあの村には居られなくなる――どうしたものだろう。こう言出《いいだ》した。「その時はまたその時さ」と銀之助は考えて、「万事大日向《おおひなた》さんに頼んでみ給《たま》え。もし叔父さんが根津に居られないようだったら、下高井の方へでも引越して行くさ。もうこうなった以上は、心配したって仕方が無い――なあに、君、どうにか方法は着くよ」

「では、その話をして置いてくれ給えな」

「宜《よろ》しい」

こう引受《ひきう》けて貰《もら》い、それから例の『懺悔録《ざんげろく》』はいずれ東京へ着いた上、新本を求めて、お志保《しほ》のところへ送り届けることにしよう、と約束して、やがて丑松は未亡人と一緒に見送りの人々へ別離《わかれ》を告げた。弁護士、大日向、音作、銀之助、その他《ほか》生徒の群《むれ》はいずれも三台の橇の周囲《まわり》に集った。お志保は蒼《あお》ざめて、省吾《しょうご》の肩に取縋《とりすが》りながら見送った。

「さあ、押せ、押せ」と生徒の一人は手を揚げて言った。

「先生、そこまで御供しやしょう」とまた一人の生徒は橇の後押棒《あとおしぼう》に攫《つかま》った。

いざ、出掛けようとするところへ、準教員が雲の中を飛んで来て、生徒一同に用が有るという。何事かと、未亡人も、丑松も振返《ふりかえ》って見た。蓮太郎《れんたろう》の遺骨を載せた橇を先頭《はな》に、三台の橇曳《そりひき》は一旦《いったん》入れた力を復《ま》た緩めて、手持無沙汰《てもちぶさた》にそこへ佇立《たたず》んだのであった。

（四）

「その位のことは許してくれたっても好《よ》さそうなものじゃ無いか」と銀之助は準教員の前に立って言った。「だって君、考えてみ給《たま》え。生徒が自分達《たち》の先生を慕って、そこまで見送りに随《つ》いて行こうと言うんだろう。少年の情としては美しいところじゃ無いか。寧《むし》ろ賞《ほ》めてやって好《い》いことだ。それを学校の方から止めるなんて――第一、君が間違ってる。そんな使《つかい》に来るのが間違ってる」

「そう君のように言っても困るよ」と準教員は頭を掻《か》きながら、「何も僕《ぼく》が不可《いけない》と言った訳では有るまいし」

「それなら何故《なぜ》学校で不可《いけない》と言うのかね」と銀之助は肩を動《ゆす》った。

「届けもしないで、無断で休むという法は無い。休むなら、休むで、許可《ゆるし》を得て、それから見送りに行け――こう校長先生が言うのさ」

「後で届けたら好かろう」

「後で？ 後では届《とどけ》にならないやね。校長先生はもう非常に怒ってるんだ。勝野君はまた勝野君で、どうもあの組の生徒は狡猾《ずる》くて不可《いかん》、こういうことが度々重《かさな》ると学校の威信に関《かかわ》る、生徒として規則を守らないようなものは休校させろ――まあこう言うのさ」

「そう器械的に物を考えなくっても好かろう。何ぞと言うと、校長先生や勝野君は、直《すぐ》に規則、規則だ。半日位休ませたって、何だ――差支《さしつかえ》は無いじゃないか。一体、自分達の方から進んで生徒を許すのが至当《あたりまえ》だ。まあ勧めるようにしてよこすのが至当《あたりまえ》だ。ともかくも一緒に仕事をした交誼《よしみ》が有って見れば、自分達が生徒を連れて見送りに来《こ》なけりゃならない。ところが自分達は来ない、生徒も不可《いけない》、無断で見送りに行くものは罰するなんて――そんな無法なことがあるもんか」

銀之助は事情を知らないのである。昨日校長が生徒一同を講堂に呼集《よびあつ》めて、丑松《うしまつ》の休職になった理由を演説したこと、その時丑松の人物を非難したり、平素《ふだん》の行為《おこない》に就いて烈《はげ》しい攻撃を加えたりして、寧《むし》ろ今度の改革は（校長はわざわざ改革という言葉を用いた）学校の将来に取って非常な好都合であると言ったこと――そんなこんなは銀之助の知らない出来事であった。ああ、教育者は教育者を忌《い》む。同僚としての嫉妬《しっと》、人種としての軽蔑《けいべつ》――世を焼く火焔《ほのお》は出発の間際《まぎわ》まで丑松の身に追い迫って来たのである。

あまり銀之助が激するので、丑松は一旦《いったん》橇《そり》を下りた。

「まあ、土屋君、好加減《いいかげん》にしたら好かろう。使に来たものだって困るじゃ無いか」と丑松は宥《なだ》めるように言った。

「しかし、あんまり解《わか》らないからさ」と銀之助は聞入《ききい》れる気色《けしき》も無かった。「そんなら僕の時を考えてみ給え。あの時の送別会は半日以上かかった。僕の為《ため》に課業を休んでくれる位なら、瀬川君の為に休むのは猶更《なおさら》のことだ」と言って、生徒の方へ向いて、「行け、行け――僕が引受《ひきう》けた。それで悪かったら、僕が後で談判してやる」

「行け、行け」とある生徒は手を振りながら叫んだ。

「それでは、君、僕が困るよ」と丑松は銀之助を押止《おしとど》めて、「送ってくれるという志は有難いがね、その為に生徒に迷惑を掛けるようでは、僕だってあまり心地《こころもち》が好くない。もう是処《ここ》で沢山だ――わざわざ是処まで来てくれたんだから、それでもう僕には沢山だ。何卒《どうか》、君、生徒を是処で返してくれ給え」

こう言って、名残を惜《おし》む生徒にも同じ意味の言葉を繰返《くりかえ》して、やがて丑松は橇に乗ろうとした。

「御機嫌《ごきげん》よう」

それが最後にお志保《しほ》を見た時の丑松の言葉であった。

蕭条《しょうじょう》とした岸の柳の枯枝を経《へ》てて、飯山《いいやま》の町の眺望《ながめ》は右側に展《ひら》けていた。対岸に並び接《つづ》く家々の屋根、ところどころに高い寺院の建築物《たてもの》、今は丘陵のみ残る古城の跡、いずれも雪に包まれて幽《かす》かに白く見渡される。天気の好い日には、この岸からも望まれる小学校の白壁、蓮華寺《れんげじ》の鐘楼、それも霙《みぞれ》の空に形を隠した。丑松は二度も三度も振向《ふりむ》いて見て、ホッと深い大溜息《おおためいき》を吐《つ》いた時は、思わず熱い涙《なんだ》が頰《ほお》を伝って流れ落ちたのである。橇は雪の上を滑り始めた。

注解

（一）秦《はた》慶治（1848〜1917）藤村《とうそん》の妻冬子の実父。函館市《はこだてし》末広町で大きな網問屋を経営し、独立自主の精神の持主だった。藤村は「破戒」を自費出版するに当って、資金の援助を受けている。

（二）神津猛《こうづたけし》（1882〜1946）北佐久郡《きたさくぐん》志賀村の旧家に生れ、慶応義塾に学んで、のちに銀行家として活躍した。藤村とは小諸《こもろ》時代から親交がはじまり、「破戒」の執筆・出版のために資金の援助をした。

（三）蓮華寺《れんげじ》　長野県飯山市《いいやまし》（当時、飯山町）上町《かんまち》にある安養山真宗寺がモデル。浄土真宗の寺で、元禄《げんろく》五年（一六九二）の開基。

（四）蔵裏《くり》　寺の台所。また、住職やその家族の居間。ここでは後者。

（五）真宗　浄土真宗。鎌倉時代に浄土宗から分かれた仏教の一派。開祖は親鸞《しんらん》で、阿弥陀仏《あみだぶつ》を念じることで極楽浄土に生れ変ることができると説く。

（六）古刹《こさつ》　古く有名な寺。

（七）特別の軒庇《のきびさし》　〈がんぎ〉（雁木）のこと。雪の深い地方で、道をおおうように軒からひさしを長くつき出し、積雪中でも道が通れるようにしたもの。

（八）紙表具　掛け軸や巻物などを（衣でなく）紙で表装すること。

（九）大尽《だいじん》　大金持ち。

（一〇）内証　ここでは暮らしむき、経済状態の意。

（一一）穢多《えた》　巻末の『破戒』と差別問題」参照。

（一二）正教員　正式の教員免許を持った教員。

（一三）師範校　師範学校。旧制の学校制度で、初等教育の教員を養成した公立学校。現在の教育大学、

また は地方大学教育学部の前身。

（一四）腰弁当　腰にぶらさげた弁当。転じて、安月給とりをややあざけっていう言葉にもなった。

（一五）準教員《じゅんきょういん》　正式の教員免許を持たない補助教員。

（一六）燧石《ひうちいし》　火打金《ひうちがね》（三角形の鋼鉄片）と叩《たた》きあわせて火花を出し、火をつけるための石。石英の一種。

（一七）あつめ飯　客の残した飯を寄せあつめて、別のお客に供するもの。昔の下宿や寄宿舎などでは、時間や客によって、こうしたことが行われた。

（一八）零落　（草木が枯れるように）おちぶれること。

（一九）「キシネフ」（Kishinëv）ソヴィエトの西部にあるモルダヴィア共和国の首都。帝政ロシア末期の革命運動が原因で、一九〇三年にユダヤ人虐殺事件が起った。

（二〇）黄禍《こうか》の説　ドイツ皇帝のヴィルヘルム二世（1859〜1941）らが一八九五年ごろから主張しはじめた説で、黄色人種の勃興《ぼっこう》が他人種、とくに白色人種に脅威を与えるというもの。

（二一）「ズック」　ふとい亜麻糸やもめん糸で作った厚くて丈夫な布。テントやヨットの帆などにも用いる。

（二二）高等四年　当時の小学校は四年間の尋常科と、おなじく四年間の高等科とに分かれていた。

（二三）郡視学　明治二十三年十月公布の「小学令改正」によって設けられた職制で、郡長の指揮下に、郡内の教育事務の監督にあたった。

（二四）小舅《こじゅうと》　配偶者（夫または妻）の兄弟姉妹。とくに妻の場合、当時の婚姻制度ではあとから出来た人間関係のため気苦労が多かった。ここでは丑松《うしまつ》や銀之助が校長の先任者であることの比喩《ひゆ》。

（二五）「トラホオム」　トラコーマ（Trachom）。伝染性の眼《め》の病気。白目の部分が赤くなり、結膜に粟《ぞく》粒状《りゅうじょう》のぶつぶつができる。慢性結膜炎。

（二六）薫陶《くんとう》　原義は香をたいて香りを沁《し》みこませ、粘土を焼いて陶器とする意。転じて、自身の徳によって人を感化し教育すること。

（二七）九分〈分〉は尺貫法における長さの単位。一分は一寸（約三・三センチ）の十分の一。

（二八）五匁〈匁〉は尺貫法における重さの単位。一匁は約三・七五グラム。

（二九）三十円　明治四十年の米価（白米の標準小売価格）は十キログラム当たり一円五十六銭。現在は約四千倍である。

（三〇）基金令　教育基金令。明治三十二年十一月に公布された勅令。政府が日清《にっしん》戦争の賠償金で設けた基金《ききん》のひとつに「教育基金」があり、その運用について定めた法律。

（三一）風琴《ふうきん》　ここではオルガン。

（三二）信濃毎日《しなのまいにち》　信濃毎日新聞。長野県最大の日刊新聞、明治六年の創刊で、長野市に本社がある。最初の紙名は「長野新報」、五年後に日刊新聞となった。

（三三）亀鑑《きかん》　てほん、もはん。

（三四）人爵《じんしゃく》　爵位、官位など、人間がとりきめた名誉。天爵（身分にかかわりなく、生れつきにそなわった徳）に対していう。

（三五）小倉《こくら》　小倉織。ふとい糸で織った厚手の綿織物。

（三六）三種講習　準教員（正式の教員免許のない補助教員）を養成するために、高等小学校の卒業生を対象に行われた一ヵ年の講習。郡役所所在地で、前期と後期に分け、六ヵ月ずつ催された。

（三七）襟飾《えりかざり》　ネクタイ。

（三八）海老茶袴《えびちゃばかま》　えび茶色（黒味がかった赤茶色）のはかま。多く女学生が用い、明治三十五年前後に流行した。

（三九）天長節　明治天皇の誕生日を祝う祝日。十一月三日。いまの天皇誕生日にあたる。

（四〇）根彫葉刻《ねほりはほり》　ふつうは〈根掘り葉掘《は》り〉と書く。何から何まで、徹底的に。

（四一）柳行李《やなぎごうり》　皮を剝いだこりやなぎの枝で編んだ行李（旅行などに用いる、ふたのある四角な箱。

竹・柳などを編んで作る)。衣類などを入れる。

(四二) 蕭条《しょうじょう》　風景などがひっそりとして、淋《さび》しげなさま。

(四三) 箱屋　客席に出る芸者の供をし、三味線などを箱に入れて持ちはこぶ男。

(四四) 「浮世《ふせい》夢のごとし」　正しくは〈浮世は夢のごとし〉。人生ははかなく、過ぎてしまえば夢のようだの意。出典は中国唐代の詩人李白《りはく》の「春夜宴二従弟桃李園一序」。

(四五) 精舎《しょうじゃ》　寺院。お寺。

(四六) 引割飯《ひきわりめし》　引割は臼《うす》であらく碾《ひ》き割っただけの大麦で、これを米にまぜて炊いた飯。

(四七) 経堂《きょうどう》　寺院などで、経典《きょうてん》を納めておく堂。

(四八) 紫苑《しおん》　きく科の多年草。原産地はシベリア。秋に淡紫色のきくに似た小さな花をたくさん開く。庭などに植えて観賞用にする。

(四九) 高砂《たかさご》　世阿弥《ぜあみ》(1363〜1443)作の謡曲。祝言《しゅうげん》もののひとつで、住吉の松と高砂の松が夫婦であるという伝説を素材とし、松の精が古今の松の神秘を語る。謡初《うたいぞ》め、婚礼の席上でしばしば謡《うた》われる。

(五〇) 大黒《だいこく》　僧侶《そうりょ》の妻の陰語。真宗寺院の住職の妻はとくに〈坊守《ぼうもり》〉と呼ばれた。

(五一) 門徒寺《もんとでら》　門徒宗の寺。門徒宗は真宗の俗称。

(五二) 持斎《じさい》　(ここでは先代の住職の命日に)精進《しょうじん》・潔斎《けっさい》して心身を清らかにすること。

(五三) 御週忌　正しくは〈御正忌〉。親鸞上人の祥月命日《しょうつきめいにち》。上人の死んだ月日とおなじ月日の命日で、仏事供養《くよう》を行う。

(五四) 檀徒《だんと》　ある寺に、自分の家の仏事いっさいをまかせている人々。その寺の経費を布施《ふせ》によって負担する。

(五五) 御伝抄《おでんしょう》　善信聖人《しょうにん》親鸞伝絵のこと。または本願寺聖人伝絵ともいう。覚如《かくにょ》(1270〜1351)が親鸞の伝記を絵入りで述べたもの。〈御伝抄〉とはその本文のみのものをいい、絵は〈御伝絵〉と呼ばれた。

(五六)　縒《より》が元へ戻《もど》って了《しま》う　〈縒が戻る〉はほんらい人と人との関係（とくに男女の関係）が以前の状態にもどることをいう。ここでは敬之進が禁酒を誓っても、すぐにもとの大酒飲みにもどってしまうことをいう。

(五七)　五分心《ごぶしん》　灯油を燃料に用いるランプの心の種類。心には平心と巻心があり、前者のうち幅が五分（約一センチ五ミリ）のものを五分心という。

(五八)　高等師範　旧学制で、師範学校・中学校・高等女学校の教員を養成した国立校。明治三十九年当時、東京高等師範学校と広島高等師範学校があった。

(五九)　米を舂《つ》く　ここでは臼《うす》に入れた玄米を杵《きね》で突いて精白すること。

(六〇)　祖師　仏教で、一宗一派を開いたひと。禅宗の達磨《だるま》、真宗の親鸞、日蓮宗《にちれんしゅう》の日蓮など。また、釈《しゃ》迦《か》を指していう場合もある。

(六一)　「藁《わら》によ」　普通に藁鳰《わらにお》といい、地方によって藁積《わらぐま》ともいう。脱穀のすんだ稲束を、家のまわりや田のなかに円座形に積みあげたもの。

(六二)　箕《み》　竹で編んだ農具。なかに穀物を入れて、両手でゆり動かし、からやごみを吹きとばしてとりのぞく。

(六三)　空殻《しいな》　殻ばかりで実の入っていないもみ。

(六四)　霜葉　晩秋の霜のおりる頃《ころ》、紅葉または黄葉した木の葉。もみじ。ただし、藤村は霜にあたって枯れはじめた草の葉の意味に用いている。

(六五)　阿弥陀《あみだ》の鬮《くじ》　数人でくじを引いて、当った額に応じて金銭を出しあい、菓子などを買って平等に分配すること。

(六六)　苅萱《かるかや》の墓　長野市往生地にある苅萱父子の遺跡。加藤左衛門繁氏《しげうじ》という武士が無常を感じて出家し、苅萱と名のる。十三年後にその子石童丸が父を慕って高野山《こうやさん》へたずねてゆくという哀話があり、能楽や説教浄瑠璃《じょうるり》などに脚色されている。

（六七）焼餅《おやき》　小麦粉・とうもろこし粉・そば粉などをこねて平たく伸ばし、両面を焼いたもの。

（六八）「ぼや」　炉やかまどの燃料にする枝や柴《しば》などの細い焚《た》き木。一般には粗朶《そだ》あるいは榾《ほだ》という。

（六九）油汁《けんちん》　ふつうは、〈巻繊〉と書く。くずした豆腐ににんじん、ごぼう、しいたけなどの野菜を加え油でいためた料理。ここでは、それを実にしたすまし汁。

（七〇）三盃上戸《さんばいじょうご》　三杯飲めば、もう酔ってしまう酒飲みの意で、酒があまり飲めないのをしゃれていった言葉。

（七一）作《さく》　農作。

（七二）一反歩　〈反歩〉は尺貫法の〈反〉を単位として田畑の面積を数える言葉。一反は一町の十分の一で三百坪。約九九一・七平方メートル。

（七三）一束《ひとつか》　長野県佐久《さく》地方の慣習で、田畑の面積を播種量《はんしゅりょう》や稲の収量で表現した。〈一束〉は稲の収量で、ほぼ三百坪に相当する広さ。つぎの〈一升蒔《いっしょうまき》〉は播種量で、ほぼ百坪の面積に相当する。

（七四）赤十字社　日本赤十字社。赤十字に関する諸条約や国際赤十字会議で決められた諸原則にしたがって、国内および国外で人道的な事業を行う民間団体（現在では特殊法人）。明治十年の西南戦争の際に設立された博愛社が前身で、明治二十年に改称され、同時に国際赤十字社に加盟した。

（七五）檜舞台《ひのきぶたい》　歌舞伎《かぶき》や能などを上演する、ひのきの板で作った大劇場の舞台。転じて、自分の力量をぞんぶんに発揮するにふさわしい、晴れの場所。ここでは後者で、国会を指す。

（七六）御影《みえい》　御真影《ごしんえい》。ここでは明治天皇、皇后の肖像写真。戦前までは、天皇、皇后の写真が教育勅語とともに各学校に下賜され、三大節（元日・紀元節・天長節＝のちに明治節を加えて四大節）をはじめ入学・卒業式などの行事が行われるとき、式にさきだって御真影を収める扉《とびら》を開き、校長が勅語を奉読するのが慣例だった。

（七七）勅語　教育勅語。日本の近代教育の最高規範として、明治二十三年十月に発布。忠君愛国や忠孝一如《いちにょ》の伝統的な儒教道徳と博愛、法の尊重などの近代市民精神とが併存し、以後、とくに道徳教育の根本として尊重されたが、昭和二十三年の国会で失効が確認された。

（七八）薬籠《やくろう》に親しむ　病気を治療する、療養中であるの意。〈薬籠〉はくすり箱。

（七九）農科大学　東京帝国大学農科大学。いまの東京大学農学部の前身。

（八〇）疑心暗鬼　原義は、疑えばいるはずのない鬼の姿まで見えるようになるの意で、転じて、いちど疑《ぎ》いだすと、なんでもないことまで信じられなくなり、不安の思いが強くなること。

（八一）忌服《きぶく》　肉親縁者の死に際して、一定期間喪に服して家にひきこもること。

（八二）北国街道《ほっこくかいどう》　中仙道《なかせんどう》（京都から木曽路《きそじ》を経て江戸に至る街道）と北陸道を結ぶ街道。信州追分《おいわけ》で中仙道とわかれ、小諸《こもろ》、長野を経て直江津《なおえつ》にいたる道。

（八三）小六月《ころくがつ》　小春とおなじく俳諧《はいかい》の季語。陰暦十月の異称。

（八四）汽車　信越線。後注参照。

（八五）埒《らち》　ここでは駅の外囲い。

（八六）老大《ろうだい》　人生の盛りをすぎること。老人になること。

（八七）国事犯　国家の政治にかかわる犯罪、また、その犯罪をおかした人間。政治犯。

（八八）草鞋穿主義《わらじばき》　わらじをはいて旅をするように、ひとりひとり有権者を訪れて話をしてまわること。

（八九）『おじゃんぽん』　茨城県《いばらきけん》、栃木県《とちぎけん》、長野県の方言で、葬式、あるいは葬送の行列をいう。葬列の先頭で、僧侶《そうりょ》の鳴らす鐃鈸《にょうはち》（後出）の音が語源。

（九〇）鐃鈸《にょうはち》　仏教で法要に用いる楽器。中央の凹《へこ》んだ皿《さら》のような形をした金属製の円板で、二枚をうちあわせて音を出す。

（九一）「のっぺい」　土壌の種類をいう地方語で、火山灰土の一種。地味が痩《や》せて、作物や草木が成長しにくい。

（九二）角押《つのお》しの試験　新入りの牛と古い牛とが頭突きをして争うこと。

（九三）烏散《うさん》な奴《やつ》　ふつうは〈胡散な奴〉と書く。うたがわしい人間、あやしい人間の意。
（九四）錦絵《にしきえ》　多色刷の浮世絵の版画。
（九五）自在鍵《じざいかぎ》　いろりの上で、天井《てんじょう》から吊《つ》りさげた竹などの先にとりつけたかぎ。なべ、鉄びんなどをぶら下げ、自由に上下させる。
（九六）信越線《しんえつせん》の鉄道に伴う……　信越線は明治十八年に高崎・横川間がまず開通し、次いで明治二十六年に高崎・直江津《なおえつ》間が開通した。この結果、上野・青森間を走る日本鉄道と高崎で接続して、上野・直江津間が鉄道で結ばれることになり、それによって旧街道の宿場がさびれ、逆に鉄道沿いの町々が繁栄したことをいう。
（九七）死駅　旧街道の宿場として栄え、いまはさびれ果てた町。
（九八）「山気《さんき》」　深山に特有の冷えびえとした空気。山にたちこめる霧やもやなどのひんやりとした気配。
（九九）麻裏《あさうら》　麻裏草履《ぞうり》。平らに編んだ麻糸を渦巻状《うずまきじょう》に裏につけた草履。
（一〇〇）斃馬《へいば》　たおれて死んだ馬。

（一〇一）唐人笛《とうじんぶえ》　ラッパ、あるいはチャルメラの異称。

（一〇二）伊勢詣《いせまいり》　伊勢神宮への参拝。江戸時代から物見遊山《ものみゆさん》や農作祈願などの名目でさかんに行われた。

（一〇三）秋蚕《しゅうこ》　夏から晩秋にかけて飼うかいこ。

（一〇四）魚田楽《ぎょでん》　角形に切った魚を串《くし》にさし、味噌《みそ》をつけて焼いた料理。

（一〇五）「ケレオソオト」　クレオソート（creosote）を主剤とした丸薬。殺菌力が強く、独特の刺激臭がある。明治時代に胃腸薬として流行したが、肺結核の治療薬としても用いられた。

（一〇六）編席《アンペラ》　〔Ampelo（印）〕のなまりともいい、マレー語ともいう。インドや南洋に自生するカヤツリグサ科の多年生草木で、ここではその草の茎で編んだ筵《むしろ》のこと。

（一〇七）十二貫五百　〈貫〉は尺貫法における重さの単位で、一貫は一〇〇〇匁《もんめ》。約三・七五キログラム。

（一〇八）御幣昇《ごへいかつ》ぎ　縁起をかついだり、迷信を信じたりして、つまらぬことを忌みきらったりする人。

（一〇九）　日和下駄《ひよりげた》　天気の好《よ》い日にはく、歯の低い下駄。

（一一〇）　わざとの振舞《ふるまい》　ほんの形ばかりのもてなし。

（一一一）　博物科　動物学・植物学・鉱物学・生理学などを教える教科の総称。

（一一二）　道祖神　村や道路への悪霊《あくりょう》のたたりを防ぎ、村民や旅人の安全をまもる神。自然石に文字や像などを彫り、村境や道の分岐点《ぶんきてん》などにまつる。

（一一三）　川船　明治三十四年三月から運航を開始した、飯山《いいやま》旅客便船合資会社の客船。

（一一四）　藍染《あいぞめ》真綿　藍色に染めた真綿入りの防寒具。

（一一五）　お高祖《こそ》　お高祖頭巾《ずきん》の略称。普通にいう覆面頭巾のことで、布で頭から顔までつつみ隠すこと。はじめは防寒などの実用上のものだったが、のちには派手な色の布を用いて、装身具的な要素も加わった。

（一一六）　吾妻袍衣《あづまコート》　明治時代に流行した和服用の婦人の外套《がいとう》。江戸時代からあった被布《ひふ》に洋風を加味したもので、ラシャやセルで作る。

（一一七）　酢の蒟蒻《こんにゃく》の〈四の五の〉の語呂《ごろ》あわせ。わずらわしく、あれこれいいたてること。

（一一八）　船橋　多数の船を横に並べて綱や鎖でつなぎ、その上に板をかけ渡して橋としたもの。

（一一九）　衣桁《えこう》　着物などをかけておく家具。台の上で細い木を縦横《たてよこ》に組みあわせたもの。

（一二〇）　亀甲絣《きっこうがすり》の書生羽織　亀《かめ》の甲《こう》のような六角形を組みあわせたかすり模様の衣で仕立てた、普通のものより丈《たけ》の長い羽織。

（一二一）　唐桟《とうざん》　唐桟留の略。インド東岸のサントメ原産の縞《しま》のある綿織物。なめらかな光沢があり、冬着として男女ともに愛用した。

（一二二）　三度までも心を偽って　イエスの弟子ペテロが、イエスの捕われた夜、鶏が鳴く前に三度もイエスを知らないと答えたという『新約聖書』の記事（「マタイによる福音書」など）を踏まえた表現。

（一二三） 容子《ようす》を売っている 気取って、もったいぶった様子をしている。

（一二四） 内陣 寺で本尊を安置してある場所。

（一二五） 涅槃《ねはん》の図 〈涅槃〉はすべての迷いを超越して、不生不滅の悟りを得た境地をいい、転じて、聖者、とくに釈迦《しやか》の死＝入滅《にゆうめつ》をいう。〈涅槃図〉は釈迦の入滅（臨終）を描いた絵。頭を北に顔を西に向けて横たわった釈迦の周囲で、多くの弟子や動物たちが泣いているという図柄。

（一二六） 寂寞《じやくまく》な ひっそりとして、ものさびしい。

（一二七） 外陣 寺の内陣（前出）に対していう。一般の参詣者《さんけいしや》が拝座する場所。

（一二八） なむからかんのう…… 南無喝羅怛那哆羅夜耶。真言密教の呪文《じゆもん》（梵語《ぼんご》）で、翻訳せずに唱えると神秘的な力をもつという陀羅尼《だらに》の一節。

（一二九） 高祖の遺訓 御文章。真宗の中興の祖とされる蓮如《れんによ》（1415〜99）が、親鸞《しんらん》の説いた真宗の教義を和文で平易に書きあらためた法語。真宗の聖典のひとつ。

（一三〇） 永代読経《えいたいどきよう》 故人のために、寺で忌日ごとに永久に読経などをおこなう供養。それを希望する者は、寺へなにがしかを寄付して依頼する。

（一三一） 林大学《だいがく》の頭《かみ》 大学頭は江戸幕府の昌平坂《しようへいざか》学問所の長官で、江戸初期の儒者林羅山《はやしらざん》（1583〜1657）にはじまる林家の当主が、代々その職に任ぜられた。

（一三二） 白隠《はくいん》 （1685〜1768）江戸時代の臨済宗の高僧。禅の民衆化につとめたことでも知られる。なお、恵端禅師は正受《しようじゆ》老人ともいい信州飯山《いいやま》の正受庵《しようじゆあん》に住んだ名僧で、白隠はここに一七〇九年に来参した。

（一三三） 「そもさん」 「作麽生」と書く。中国宋代《そうだい》の俗語で、疑問をあらわす副詞。いかに、どうだの意で、多く禅宗で使われた。

（一三四） 他力宗 他力によって成仏《じようぶつ》する宗派で、浄土宗や真宗のこと。（「真宗」の注参照）

（一三五） 阿弥陀如来《あみだによらい》 西方極楽浄土の教主。過去久遠《くおん》の時に法蔵比丘《ほうぞうびく》となって仏のもとで修行し、殊勝の

（一三六）四十八願をたてて徳を積んだため、その願行が成就《じょうじゅ》して阿弥陀仏となり、西方十万億土のかなたに極楽を建立《こんりゅう》し、いまも説法していると説かれる。浄土門の教主。

（一三七）酣酔《たべすご》した　〈酣酔〉は酒にひどく酔ってしまうこと。

（一三八）インフルエンザ〔influenza（英）〕　ビールスの一種を病原体とする流行性のかぜ。明治二十二年（一八八九）―二十三年の世界的流行以来、この名が用いられるようになった。流行性感冒。

（一三九）「みの帽子」　藁《わら》で編んだ帽子。頭から首筋にかけてすっぽりおおうように作られ、防寒、防雪用にもちいる。

（一四〇）蒲《がま》の脛穿《はばき》　蒲の茎で編んだ脚絆《きゃはん》で、旅行などのときに脛《すね》に巻く。

（一四一）爪掛《つまかけ》　防寒、防雪用に、わらじの先にしばりつける藁《わら》製品。

（一四二）胡桃足《くるみあし》の膳《ぜん》　普通の塗膳に胡桃材の短い脚をつけた食膳。胡桃は狂いのない材質のため、家具類の器材に多用された。

（一四三）年貢《ねんぐ》　ここでは、毎年小作人が田畑の使用料として地主（地親）におさめる米。金で支払う場合もあった。

（一四四）坊主《ぼうず》　籾《もみ》に毛のない稲の品種。北海道、信州などの寒冷地で産する。坊主籾は毛籾に比べて、おなじ一俵でも充実しているから、地主側が歓迎する。〈坊主が九分〉というのは、九割までその坊主籾だの意。

（一四五）目　ここでは秤《はかり》ではかった重さの意。

（一四六）一わたり《うちどり》　〈わたり〉は、ここでは物事の（ゆきわたる）回数をかぞえる言葉。

（一四七）内取《さんだわら》　貸金や代金、年貢などの一部を受けとること。

（一四八）俵《ひょう》蓋　さんだらぼっちともいう。米俵に使う丸い藁《わら》のふた。

俵にもある　当時、佐久《さく》地方での年貢《ねんぐ》の慣行は、籾《もみ》納めの場合、一俵六斗入で、その上に口枡《くちます》と称する籾三升を加えた重さが俵ぐるみで十八貫（約六十七キロ）なければならなかった。俵自体の重さは一俵一貫百匁が標準だったが、小作人によってはしばしばそれより重い俵を使うこともあるので、地主がそのことを暗に指摘していった言葉。なお、一斗は約十八リットル、一升は一・八リットルである。

(一四九) 六俵の二斗五升取　六俵は全体の収穫量。二斗五升は一俵あたりの小作料をあらわす。

(一五〇) 梵音《ぼんおん》　ほんらいは仏や菩薩《ぼさつ》の妙《たえ》なる声をいうが、転じて読経《どきょう》の声の比喩《ひゆ》に用いる。

(一五一) 鬱勃《うつぼつ》　あることをなそうとして、うちにこもった気はくがまさにあふれでようとするさま。

(一五二) 蘆荻《ろてき》　あし（蘆）とおぎ（荻）。水辺《みずべ》に多生する代表的な植物。

(一五三) 「番太」　江戸時代、都市では夜番をつとめ、村落では山野、水門の警戒、浮浪者の取締りなどに当った人間。乞食《こじき》、ものもらいをいう場合もある。

(一五四) 閏《うるう》六日　閏月の六日。閏は暦の上で平年より月や日が多いこと。太陽暦では四年に一度、二月を二十九日として閏月とするが、太陰暦では一年が三百五十四日なので、季節と暦の月とを調節するため、適当な時にまとめてひと月ふやす。ある月が二度くりかえされるわけで、二度目の方を閏月という。ここでは太陰暦にしたがった呼び方である。

(一五五) 絨《フランネル》（flannel）　布の表面が毛ばだった柔らかい毛織物。洋服地や肌着《はだぎ》などにもちいる。

(一五六) 無線電話　わが国の無線電信は明治三十年十二月に、東京で最初の実験が行われ、海軍省でも三十三年から本格的な調査と実験をはじめている。

(一五七) 学務委員　明治十二年の教育令制定以後、市町村などで教育事務をとりあつかうために置いた常設委員。現在の教育委員に比して権限ははるかに小さかった。

(一五八) 「いたや」　いたやかえで（板屋楓《かえで》）。かえで科の落葉高木。各地の山地に自生し、四、五月頃《ごろ》、淡黄色の花をつける。材木は建築・器具などにもちいる。

(一五九) 思出《おもいだ》した　下宿を追い出された屈辱を思い出して、かたくなに部屋に上ろうとしないのである。

(一六〇) 饅頭笠《まんじゅうがさ》　頂上がまるく、まんじゅうを横に切ったような形をした浅い笠。

（一六一）　盲目縞《めくらじま》　たて糸、よこ糸ともに、紺色に染めた糸で平織りにした綿織物。

（一六二）「お見立《みたて》」　長野県上田地方の方言で、〈見立〉は見送りのこと。

三好行雄

解説

平野謙

島崎藤村《しまざきとうそん》　人と文学

藤村島崎春樹《はるき》の七十余年にわたるながい生涯《しょうがい》を考えると、そこには陰忍と狂熱との不思議に交錯した主線を辿《たど》ることができる。藤村ほど石橋をたたいてわたった要心深い人もいなければ、また藤村ほど大胆に身をすててその生涯の曲り角を通過した人もないように思われる。その大胆にして細心な生涯は、よく眺《なが》めれば、さまざまな謎《なぞ》と教訓に満ちている、といえるのである。

最初、よく知られているように、藤村は『若菜集』一巻の詩人として、近代日本の朝明けを浪漫的にうたいあげることから出発した。晩年は『夜明け前』という尨大《ぼうだい》な歴史小説を、忍耐そのもののような態度で書きあげた。浪漫的な詩人から冷厳な散文家へというコースは、いわば文学者の辿るべきもっとも尋常なもので、とりたてていうこともないが、藤村の場合は、それさえもなにか特別のような気がする。狂熱の詩人としてわが身を破らず、リアリスティックな小説家としてよく大成し得たことさえ、普通のことではないかに眺められるのである。岩野泡鳴《ほうめい》という詩人・小説家は、日本にはめずらしい型破りの生涯を送って、いささかもはばかるところのない人であった。森鷗外《おうがい》という科学者・文学者は日本では稀《まれ》にみる合理的知性の所有者として、その生涯を冷静に統制し得た人である。藤村は泡鳴でもなければ鷗外でもなかった。ということは、泡鳴的な側面も鷗外的な側面も兼ね備えていたといえばいえるにもかかわらず、泡鳴にもならず鷗外にもならず、狂熱にして忍耐強い人として終始した、というほどの意味である。

「親ゆづりの憂鬱《ゆううつ》」という言葉を、藤村は独得の意味をこめて、しばしば語っている。この簡単な言葉は、藤村の場合特徴的である。よく知られているように、藤村の父島崎正樹《まさき》は座敷牢《しきろう》のなかで狂い死《じに》した人である。藤村の長姉高瀬園も病院において精神錯乱のうちに亡《な》くなった人である。藤村縁者の現存者のなかには、精神病理学を専攻して、学者として世にたっている人が二人ある。このような事実と親ゆずりの憂鬱という言葉とは無縁のものではない。この簡単な言葉のうちに、藤村は自己の血統と運命をこめたのである。明治学院の初年級時代、藤村はしゃれた洋服を仕立てて、青と白とのはでな靴下《くつした》をはき、美しい少女たちの集まる集会や文学会などにうきうきとして出入《でいり》した。当時藤村は学友たちから「いかけやの天秤棒《てんびんぼう》」とあだ名されるほどオッチョコチョイな当世流の才子めいた少年であった。それが一朝《いっちょう》にして寡黙《かもく》にして陰鬱な青年と化してしまったのである。無論、少年から青年への激動期にあっては、なにびとも性格の一変するような変貌《へんぼう》をとげることはめずらしくない。しかし、そういう一般的な場合もこめて、藤村のそれは、おのが運命にたいする怖《おそ》れと憚《はばか》りの予兆ないし自覚ではなかったか。すくなくとも、藤村の自覚的な生涯は「親ゆづりの憂鬱」という言葉に圧縮された、狂熱にして堅忍な生活につらぬかれていた、といってよかろう。

藤村は明治五年（一八七二年）三月二十五日、筑摩《ちくま》県《けん》第八大区五小区馬籠村《まごめむら》に、島崎正樹の四男として生れた。島崎家は代々馬籠にあって、庄屋《しょうや》・本陣・問屋を兼ねた旧家であった。父正樹はその十七代目の家長にあたり、平田派の国学者の一人で、松翠園《しょうすいえん》静雅と号して和歌などもつくった。しかし、明治維新という大変革期に際会した彼は、「静雅」どころではなく、狂熱のうちに空《むな》しく費やされた悲劇的な生涯をおくらねばならなかった。正樹の最期は、さきにふれたように、「慨世憂国の士をもつて発狂の人となす。豈《あに》悲しからずや」と叫びつつ生涯を閉じた人である。藤村はそのような父の気質をもっとも色濃く受け継いだようである。七人兄姉《きょうだい》の末子に生れた藤村を、父は「彼奴《あいつ》は一番学問の好きな奴《やつ》だで、彼奴だけには、俺《おれ》の事業を継がせにゃならん」と、ひそかにその将来に期待していたらしい。おそらくそのためだろう、数え年十歳の藤村は、信州の山国から遠く東京にまで遊学させられることとなる。小さなカバンに金米糖《こんぺいとう》をいれて、ワラジばきでいくつかの峠を越え、沓掛《くつかけ》から乗合馬車にのって、ちいさな藤村はようやく七日目に東京に辿《こ》りつくことができたという。明治十四年のことである。爾来《じらい》、藤村は明治三十二年四月に小諸義塾《こもろぎじゅく》の教師として赴任するまで、主として東京という大都会のなかにその少年期、青年期をすごしたのである。無論、仙台に赴《おもむ》いて教鞭《きょうべん》をとるかたわら、『若菜集』一巻におさめられた詩をうたいあげた仙台時代がそこにはさまってはいるが。

しかし、藤村の生活は、はなやいだ都会風のものではなく、簡素な田舎風《いなかふう》の生活様式に終始していた。また藤村は十歳の時に父母の膝下《しっか》をはなれてから、ほとんどその父と相見《あいまみ》えることなくして終ったらしい。上京してきた父親に一度対面しただけで、その臨終にもその葬儀にもついに帰国することなくして熄《や》んだらしい。普通の意味からいえば、藤村は、その父とは血縁うすい子として終ったのである。父は藤村十五歳のとき死去しているが、極言すれば、十歳という幼弱のみぎりに生き別れしたままといってもいい。しかも、その作品にもしばしば書いているように、亡き父にたいする藤村の追憶の情は、ほとんど異常といってもいいほどであった。ここにすでに藤村の生涯の謎の一つがある。十歳にして故郷をはなれ、都会風の生活を少年期・青年期にすごした藤村が、なぜ終生田舎風の生活様式を固執したか。十歳にして生き別れた父親の面影を、なぜあんなに生涯追慕したか。いや、その前に、東京遊学という一見何気《なにげ》ない伝記の一節をとりあげてみても、すらりとのみこみにくい面があるのだ。向学心に富む少年を東京に遊学させてやるという発意は、いかにも親の慈悲でもあったろう。しかし、普通の少年ならまだ父母の膝下に甘えて育つ十歳という年頃《としごろ》に、藤村だけは遠く肉親をはなれ、他人の眼《め》を気にしながら暮して、おそらく夏休みに帰省することもかなわなかったという事実は、そんなに当り前のこととも思われない。後年、藤村はフランスに留学するが、それが普通の意味での外国留学とは趣を異にしていたのとほぼ同じように、東京遊学も普通のそれとはなにか事情を異にしていたのではなかったか。島崎家という旧家には暗くよどんだ血が流れており、その暗鬱な家庭の雰囲気《ふんいき》から隔離するために、藤村は幼くして東京へ遊学させられたのではなかったか。近年明らかにされた島崎家の家庭事情によれば、藤村のすぐ上の兄友弥は母親のあやまちによって生を享《う》けた不幸な人であった。しかし、あやまちは母親の側にだけあったのではない、父親もまた近親の女性とあやまちに陥ったことがあったという。それらの事情と藤村の東京遊学とを直接に結びつけるのははばかり多いが、なにか私には藤村の東京遊学そのものにしてからが尋常のものとはちがっているように思えてならない。藤村が父親の生涯について思いめぐらしたのは、フランス留学中のことであった。おそろしい、しかしなつかしい人としてその父を追懐する藤村の内部には、普通の父親追懐とは異なったものがあったはずだ。いずれにしても、都会育ちの藤村が終生田舎風の生活様式をまもったことのなかには、藤村独得の自己抑制の念がはたらいていたにちがいない。

小諸義塾の一教師として赴任したときも、藤村は寒い山国の生活などまるで経験のない新妻をたずさえて、信州に赴いたのである。おそらく『若菜集』の詩人藤村の名に娘らしいあこがれを持ち、都会での結婚生活をのぞんでいたにちがいない新妻を説きふせて、さみしい田舎教師として赴任しなければならなかったどんな必要が、そのときの藤村にあったのだろうか。ここにも藤村評伝のひとつの謎がある。鉄はあかきうちに打て、という生活信条にしたがって、藤村は新妻に困難な生活訓練をほどこそうとしたのかもしれぬ。しかし、私にはその結婚前に長兄が友弥をひきとらぬかと藤村に相談した事情が、やはり小諸への赴任と関係しているように思える。友弥の伝記はつまびらかではないが、青年期の放浪の果て、癈疾《はいしつ》の身を近親に横たえるしかなかった人のようである。単に友弥のことだけではない、長兄にたいする末弟としての藤村の態度は、封建的といわざるを得ぬ絶対服従のそれであった。自分たちだけの新しい家庭生活を築きあげるために、よくもしらぬ高原の生活をわざわざえらんだ藤村の決意のうちには、旧家の大家族主義からの離脱という希《ねが》いがひそんでいたように思う。

そのほか『春』に描かれた藤村の恋愛や放浪の旅にしても、『新生』に描かれたフランス留学前後の決意にしても、よくわからない謎にみちている。しかし、それらの謎をつらぬく藤村の生涯は、異常な脱出の決意と堅忍な生活遂行との交叉《こうさ》にほかならなかった。そのような交叉の基調となったものこそ、あの「親ゆづりの憂鬱」ではなかったか。無論、一人の人間の精神史をその片言をトッコにして割りきることは誤りであろう。わけても、藤村のような複雑な含みおおい生涯を簡単に割りきってみせる場合なぞなおさらである。しかもなお私はそこに暗い運命的なものを感ぜずにはいられぬのである。藤村の謎などという言葉もいわばその宿命の別名にすぎない。

七年間の小諸義塾の田舎教師としての生活が、藤村をして詩人から小説家に更生させる直接の糧《かて》となった。七年のあいだ寒い山国の生活に眺め入った藤村は、最初の長編『破戒』の稿をたずさえて山を下り、東京府下西大久保村《にしおおくぼむら》に新しく居を定めたのである。『破戒』は明治三十九年三月に出版されたが、それが上梓《じょうし》されるや、日露戦争を通過した戦後文学の最初の新しい旗として、花々しく評価されたのである。処女長編に文学者としての自己の運命を賭《か》けた藤村の意気込みは、文字通り決死的なものであった。教師の職を辞し、幼い三人の子をひきつれて、東京に出た藤村は、起死回生の背水の陣をしいたのである。妻は栄養不良のために夜盲症となり、子はつぎつぎと死んでゆくという悲境にあって、藤村は最初の長編『破戒』を自費出版したのである。もしも『破戒』が文壇的に成功しなかったなら、藤村一家の運命はどうなっていたであろうか。無論、藤村は最悪の事態も予想していたにちがいない。しかも、自費出版という冒険を敢《あ》えてした藤村は、思いきった大胆と自信をもつ人といわねばなるまい。だが、その大胆と自信をつらぬくために、藤村は深い雪をふんで佐久《さく》高原に友人をおとずれ、ロシア艦隊の出没する日露戦争当時の津軽海峡をわたっていって、東京での生活と自費出版の見透《みとお》しをたてる用意と細心をも忘れなかった人である。

さいわいにして『破戒』は文学的にも文壇的にも成功し、新しい小説家としての藤村の位置はここに確立した。単に藤村個人にとってだけでなく、自然主義文学のさきがけとして、『破戒』一編は近代小説史上不動の地位を獲得したのである。

戦後、映画にもなり劇にもなった『破戒』は人のよく知るとおり、生れながらにして特殊な運命を背負った瀬川丑松《せがわうしまつ》という部落出身の青年を主人公としている。小学校の教師という知的な青年たる主人公は、周囲の社会的偏見にいわば二重に傷つかざるを得なかった。単に外からの圧迫としてだけではなく、その圧迫に屈従する自我との内心のたたかいとして、丑松は二重に傷つかないわけにはいかなかったのだ。ここには幾重《いくえ》にも屈折しながら、藤村自身の特殊な運命が丑松という主人公に託して描かれてある、といえないこともない。主人公の環境そのものは、七年間田舎教師として寒い高原にとどまった藤村の実地の見聞をもととしてつくりあげられてある。しかし、ほかならぬ瀬川丑松という主人公をえらんだ作者の選択には、単なる見聞や観察をこえた藤村その人の運命感が仮託されてあった、といえるかもしれぬ。だが、その場合注意すべきは、その選択がまだ薄明の無意識のうちに遂行された、という事実である。瀬川丑松にたいする人間的共感とその社会的プロテストこそ、作者のモティーフにほかならなかった。ここに『破戒』一編の清新なヒューマニズムの芽吹いている理由がある。

生れ素性《すじよう》をかくせと遺言した亡父の戒めと「我れは部落の民なり」と男々《おお》しく社会と対決する先輩の勇気とにはさまれながら、一旦《いつたん》は自殺を想《おも》うまでに追いつめられた主人公も、ついに破戒の決意をつかむにいたる。その間の苦悶《くもん》動揺には近代的な自我確立のたたかいが象徴されている。しかし、彼はその決意を板敷に額を伏せて許しを乞うみじめな姿においてしか、実現することができなかった。ここに主人公の宿命的な暗さがあり、作者その人の運命感も陰密のうちに二重うつしされてあったのだと思う。このような瀬川丑松の設定こそ、近代小説の正統なゆき方にほかなるまい。『破戒』が近代小説の白眉《はくび》たる所以《ゆえん》である。

『破戒』を書いて小説家たる地位を確立した藤村は、『春』『家』『新生』と、自伝的な長編をつぎつぎと発表していった。しかし、『破戒』から『春』にいたる道が、はたして近代小説のゆき方として正統であるかどうかは、いまでも議論の分れるところである。日本における近代小説らしい骨骼《こつかく》は、『破戒』から『春』への屈折のうちに流産したとみる見方と、『破戒』から『春』への道は藤村自身にとって必至のコースだとみる見方とに分れているのである。にわかに断定することはできないとしても、藤村が藤村らしい面目を発揮したのは、やはり『春』『家』『新生』にいたる作家コースにほかならない。それらは自伝的な長編ではあるけれども、いわゆる私小説などとよばれるべきではなかろう。岸本捨吉とか小泉三吉などを主人公とするそれらの長編は、すべて作者の分身ではあるが、その分身を中心とする環境、時代などの背景も決して忘却されてはいない。時代と環境を背負った諸性格の組み合せという近代小説の条件は、『春』にあっても、『家』においても、かなりな程度に満たされている、といわねばなるまい。もし私小説的とよんでもいい作品をあげれば、やはり『新生』一編ということになろうか。

『新生』は妻冬子のにわかな死に直面して男やもめとなった藤村が、一旦の身のつまずきからようやく逃《のが》れて、フランスに留学した体験を赤裸々に描いたものである。姪《めい》とのあやまちという致命的な傷を背負って、フランスに逃避行した藤村の告白は、『破戒』執筆とはまたちがった意味での起死回生の作にほかならなかった。藤村はそこにほとんど運命的な人生の陥穽《かんせい》を感得し、そこからの必死の脱出として、『新生』という告白小説を書いたのである。ここにも細心の藤村にも似げない一種の大胆があった、といってよかろう。

『新生』という作品のなかには、藤村の人生的脱出と芸術的血路とのないあわされたモティーフがかくされてある。その現実的作因を見ないのは不十分だが、しかし、その現実的作因だけをクローズ・アップしてその背後の芸術的作因そのものを見失うのも誤りだろう。わが近代小説史上『新生』ほどなまなましい人生の危機というものを一編の作品に封じ込めたものはそんなにない。好むと好まぬとにかかわらず、ここから人生の危機とか陥穽とかいう性格の教訓を、人はながく汲《く》まざるを得まい。そこに『新生』の芸術的な力がある。しかし、『新生』以後の藤村には、危機とよぶにたる人生上の激動はもはやおとずれなかった。昭和三年に十八年間の独身生活を捨てて加藤静子と再婚した後も、なかなか老年の静寂という境地に到達するわけにはいかなかった。青年となった子供らの身の振り方にそれぞれこころ労するとともに、藤村はその文学的生涯のしめくくりとして亡き父親の一生を描かねばならなかったのである。

生前なじみうすい父親であっただけに、その生涯の歴史は、しばしば藤村の胸中によみがえり、迷いおおい藤村のゆくてを励まし慰めたにちがいないことについては、すでにのべた。無論、藤村は個人的な追懐の情からだけ父親を描こうとしたのではない。黒船来襲から明治維新前後の大動乱期に生きた一典型として、父の歴史を追体験しようとしたのである。そういう希いはすでにフランス留学中に、藤村の胸中にきざしていた。

父の生涯をかえりみることはやがてみずからの運命を根本的に省察することであり、迷いおおい自己の生き方もその道を辿ることによって、是認できるのではないか、というのが藤村内密の希いだったように思う。無論、それは自己弁護などというものではない。みずからの運命を父の歴史と重ねあわせることによって、その「艱難《かんなん》な生涯」の意味を明らめたかったからにちがいない。

『夜明け前』は純然たる歴史小説の形をとり、作者の分身ならぬ青山半蔵という人物を主人公にしている。しかし、私どもはやはり青山半蔵のうちに作者の父の面影をながめ、その面影を通じて、作者その人の内密のモティーフをさぐり得るのである。座敷牢に狂死した主人公の悲惨な運命は、しかし、その悲惨のうちに必然的な歴史の運行をうかべて、文学的にはひとつの讃歌《オマージュ》となっている。それは作者自身の運命の文学的浄化にほかならなかった。『新生』から尾をひく実生活上の傷痕《きずあと》は傷痕として、『夜明け前』の主人公を造型することによって、藤村は自己の文学的生涯を完結させた、といってよかろう。

『破戒』の瀬川丑松と『夜明け前』の青山半蔵という二人のフィクショナルな主人公をさしはさんで、その中間に岸本捨吉らの自画像とおぼしき諸人物がたたずんでいる。岸本捨吉のなかに藤村の藤村的な本質が封じこめられてあることは言を俟《ま》たぬとしても、その最初と最後に明瞭《めいりょう》な社会的背景をうかべた、フィクショナルな人物を創造したところにこそ、藤村の文学上の完成があり、その生涯の完了があった。狂熱にして堅忍な生活者島崎藤村は、昭和十八年の夏、風がすずしいねという言葉を最後に七十二年の艱難な生涯を閉じたのである。

（『島崎藤村―人と文学―』所収の「藤村の生涯」（昭和三十一年七月）を改題再録した）

『破戒』について

昭和二年二月、三月の雑誌『文芸戦線』に、蔵原惟人《くらはらこれひと》の『現代日本文学と無産階級』という論文が掲載されている。二号にわたるこの論文は「階級闘争と明治文学」と「自然主義文学の消長」との二部にわかれているが、これが昭和初年代のプロレタリア文学運動の指導者たる蔵原惟人の処女論文にほかならなかった。その処女作において、蔵原惟人は明治文学を、国家主義的な大ブルジョアジーと個人主義的な小ブルジョアジーとの階級闘争を背景とする「自我の自覚史」としてとらえている。明治末年の自然主義文学運動における因襲打破、偶像破壊、即実迫真、現実暴露などのスローガンも、大小ブルジョア間の社会的矛盾の文学的反映として理解すべきだ、と蔵原は説き、そこから藤村《とうそん》の『破戒』について論及しているのである。

「恐らく近代日本が生んだ最も優《すぐ》れた文学作品の一つ」と最初に規定しながら、作者藤村が「丑松《うしまつ》や蓮太郎《れんたろう》や敬之進等、所謂《いわゆる》下層社会を代表する人々に対して満腔《まんこう》の同情を払い、反対に小学校長や郡視学や代議士候補の高柳等、金持や官僚を代表する人々に対して憎悪《ぞうお》をもって対していると云うこと」のなかに、まだ革命的だった小ブルジョアジーの大ブルジョアジーに対する抗議の声をよみとるべきだ、と蔵原惟人は論じている。国家主義や官僚主義に対置して、人間の自由を根幹とする個人主義を主張したところに、『破戒』の文学的価値も生じている、と蔵原は説いたのである。

私は蔵原惟人の『破戒』論を、特にすぐれたものとしてここに引用したのではない。ただ「下層社会を代表する」立場にたった社会的プロテストの声として『破戒』をとらえ、そこにプロレタリア文学が継承すべき手近な文学的遺産をみている点に、私は興味をおぼえたのである。プロレタリア文学の指導的理論家となった蔵原惟人が、その最初の理論的発声において、まず『破戒』に対する親近を表白した着眼を、私はおもしろく思ったのである。私自身、蔵原惟人に十年おくれて『破戒』論を書いたことがあって、そのときは蔵原のそれをすっかり失念していたのだが、いいにしろわるいにしろ、ほぼ蔵原の論の延長線上に位置することに後年気づいて、やっぱりそうだったかと私なりに肯《うなず》いたことである。

私一個の個人的感慨なぞどうでもいいが、『破戒』を一個の社会小説としてうけとる視点がたえず存続していること、そのことをまず私は確認しておきたい、と思う。蔵原惟人の意見はその一典型にほかならない。ということは、他方では『破戒』を非社会小説的な方向でとらえようとする視点が、たえず存続していたことをまた物語っている。『破戒』の主人公瀬川丑松の特殊な設定のなかに、藤村はいわば「言い難《がた》き」自己告白を仮託したのだ、という見解が存立しているのだ。「言い難き秘密《ひめごと》住めり」とうたった藤村自身の「胸の底」の自己告白を、丑松に仮託しながら客観化したとする意見が、社会小説的視点に対立するものとして、ずっと並立してきたのである。

社会小説か自己告白か、ここに『破戒』評価の最初の分岐点が存する。『破戒』から『春』への展開を、連続としてとらえるか、非連続としてとらえるかも、そのこととかかわってくるし、またさかのぼって『破戒』と『若菜集』における小説家と詩人との連関も、そのこととかかわっている、といえなくもない。してみれば、『破戒』を全体としていかに受けとるかは、島崎藤村の文学的全生涯《ぜんしょうがい》に対する一つのキー・ポイントともいえるのである。

『破戒』は日本の封建性の故《ゆえ》に同じ人間でありながら他の人間から差別されるという封建的な不合理を日本の悲劇として取り上げている。（中略）人間に上下の別はなく、また卑賤《ひせん》の別もある筈《はず》はない。封建制度をうち倒して成立した近代社会は、人間の平等の上になりたっている。しかし日本にその人間の差別があるとすれば、それは一体どこに原因があるのだろう。藤村は明治の時代になってもなお差別される部落民丑松を主人公として選び、その心の悲しみを描いて日本の軍国主義、天皇制にするどくせまって行くのである。

これは昭和三十一年十月に書かれた野間宏《ひろし》の意見である。『破戒』を社会小説的にみる最近の代表的な意見ということができよう。

こういう蔵原惟人から野間宏にいたる『破戒』論に対立するものとして、「自我の秘められた苦悩の告白」に重点をおいて『破戒』をみる人に、たとえば吉田精一がいる。吉田精一は近代日本文学史を専攻するもっともすぐれた文学史家のひとりであり、周到に『破戒』評価の歴史を比較検討したすえに、社会意識にではなくて、自我意識に力点をおいて『破戒』を解釈しようとしているのである。吉田は和田謹吾《きんご》、野村喬《たかし》、越智《おち》治雄ら新鋭の文学史家の意見も参看しながら、「個人内心の新しき覚めたる知識と、旧《ふる》きに従って安を偸《ぬす》まんとする感情との争い」にその主題をよみとった早稲田文学記者の言葉を、ほぼ是としているのである。この早稲田文学記者の言葉は、明治三十九年十月に書かれたもので、当時の『破戒』評のなかではもっとも妥当な意見として、かって私も私自身の『破戒』論に引用した記憶がある。つまり、吉田精一は隠しておこうか告白しようかと煩悶《はんもん》のすえ、外部の圧迫というよりむしろ主人公の内面的欲求から、ついに告白するにいたる「精神の苦闘《たたかい》」の過程にアクセントをおくべきだ、というのである。「『告白』に重点があるのであって『部落民』はそれを重からしめるための方法として使われている」という和田謹吾の解釈に同感しているのも、そのせいである。また「矛盾の社会的解決は、丑松を社会との蓮太郎的闘争へ、即《すなわ》ち部落解放運動の門出へ導かず、テキサス行きという一種の社会外への小説的解決に終らせることにもなった」という瀬沼茂樹《しげき》の批評とは反対に、「社会の封建的観念との闘いを、丑松の内部にある封建的なものとの闘いに移し、むしろ後者即ち内面の苦悩を強調した点に、この小説の近代性がある」とさえ、吉田精一は断言している。無論、社会小説ふうに読むか、自意識上の苦悶《くもん》として読むかは、いわば『破戒』の二重性として、最初から『破戒』自身がになっていたものではある。すでに『破戒』が出版された当時、これを木下尚江《なおえ》的な社会小説とうけとる意見と、それに対立する意見とにひきさかれていたのである。たとえば『読売新聞』紙上の一評家は『破戒』を木下尚江的な「問題的作品」と規定し、『帝国文学』誌上の評家はそれに反対して「丑松という人間を書こうとしたもの」と駁《ばく》した。また、当時の精鋭な批評家でもあった正宗《まさむね》白鳥は「木下尚江氏等の喜びそうな着想だが、（中略）新平民を恥とせずと理の上から信じながら、やはりこれを恥として公明正大でない態度に出《い》ずる所の有るのが面白い」と批評したのである。『破戒』自身のそなえていた社会的偏見に対する抗議と自意識上の相剋《そうこく》という二重性に、どちらにアクセントをおいて読むかにつれて、その感銘も異なってくるわけである。

しかし、『破戒』を社会的なプロテストとして読むのが正統か、自意識上の苦問として読むのが正統か、という問題の設定自体が実はおかしいのではないかと思う。自意識上の苦悶として読む視点と、丑松に仮託した作者自身の自己告白として読む視点との相異は、歩一歩のへだたりにすぎないともいえるが、丑松の「告白」に重点があるのであって、「部落民」はそれを重からしめるための一手段にすぎないという読みかたや、告白しようか隠そうかという丑松の心の動揺がまるでその恣意《しい》によって決定されるみたいな読みかたはやはり『破戒』という作柄に即したものとはいいがたいだろう。自分の人生上の師ともいうべき猪子《いのこ》蓮太郎の横死の直後、丑松は一旦《いったん》追放か自殺かという土壇場にまで追いつめられ、追いつめられることによってようやく「告白」の決意をつかむのである。それは部落民に対する根ぶかい社会的偏見をぬきにしては考えられぬことだ。厚い封建の壁にぶつかった一個人の苦悶という社会対個人の関係をぬきにしては、また丑松の「告白」もあり得ないのである。社会の封建的観念との闘いを丑松個人の封建的なものとの内的な闘いに転移し、その内面的な苦悩を強調したところに、『破戒』の小説としての近代性をみるべきだ、という吉田精一の見解は傾聴に値するものをもっている。しかし、この見解をひっくりかえせば、内田不知庵《ふちあん》、徳富蘆花《ろか》、木下尚江とつづく明治三十年代の社会小説の系譜を、いわば非近代とみる見解が隠されてあるのではないか。明治十年代の政治小説から木下尚江の社会小説にいたる流れを功利主義的な文学観に根ざすものとみなし、『小説神髄』以来の近代的なリアリズム観からそれを断罪するのが、わが文学史上の常識である。だが、硯友社《けんゆうしゃ》ふうの意気や粋に根ざした文学観と木下尚江流のキリスト教的社会主義に基づく文学観と、いずれが非近代かは軽々に断定することはできまい。問題は社会小説か自己表白かとつねに分裂的にしか提起されない問題設定そのものにある。それは単に『破戒』評価にのみかかわる問題点ではない。大正末年には本格小説か心境小説かというふうに、また昭和十年前後には政治か文学かというふうに提起される問題意識ともからんでくるのだ。昭和初年代の新興文学が自意識的なモダニズム文学と社会意識的なマルクス主義文学とに分裂しなければならなかったのも、その二元的分裂のすえに、小林秀雄が「社会化された私」というともかく統一的な視点をうちださざるを得なかったのも、その淵源《えんげん》は『破戒』評価の二元的分裂にまでさかのぼることができそうだ。いや、さらにとおく明治十年代の政治小説と『当世書生気質《かたぎ》』との対立にまで遡源《そげん》することができる、とさえいえよう。ドストエフスキーの『罪と罰』のようないわゆる十九世紀的ロマーンに示唆《しさ》されながら、島崎藤村が刻苦して最初の長編を書きあげたことは、客観的には、そういう日本固有の近代的リアリズムの偏向に対するひとつの改訂か変更を意味したはずである。とすれば、改訂なり変更なりの立場から『破戒』のプラスとマイナスを腑《ふ》わけすることこそ、『破戒』評価の唯一の視点ではないのか。中村光夫が高名な『風俗小説論』の冒頭において、小栗風葉《おぐりふうよう》の『青春』と田山花袋の『蒲団《ふとん》』とを左右にみすえながら、近代小説としての『破戒』をほめあげたのも、社会小説か自己告白かという二元的分裂を排除し、オーソドックスな近代小説のありかたから立論しようとしたからにほかなるまい。

吉田精一がいわば社会的関心ぬきの自己告白として『破戒』を規定しようとするのも、志向としてはわからぬではない。『破戒』を藤村の自己告白に還元することによって、さかのぼれば『藤村詩集』における「おぞき苦闘」にまで、くだっては『春』『家』『新生』とつづくその自伝的長編の系列にまで、いわば統一的な史観を与え得る、と思ったからだろう。現象をバラバラな現象として羅列《られつ》するのではなくて、そこに一定の秩序と理念をつらぬくことこそ、歴史家の任務だとすれば、文学史家たる吉田精一が『破戒』の社会小説的側面を藤村文学における異質のものとして、いわば本能的に排除したがるのも、また故《ゆえ》なしとしない。しかし、木下尚江ふうの社会小説を非近代と否定する『小説神髄』以来の近代的リアリズム観そのものは、はたして無修正のまま温存していいものだろうか。『破戒』はこの問題を検証するにたる恰好《かっこう》の文学史的な作品であり、そこに『破戒』一編のいわば歴史的優越感を読みとるべきではないか。とすれば、社会小説か自己告白かという視点そのものは、『破戒』の歴史性をひくめて受けとる結果になるように思う。

しかし、こういう私の立言は『破戒』を「日本の軍国主義、天皇制にするどくせまって行く」ものとする野間宏の見解を、そのまま肯定するものではない。『破戒』は日本の天皇制や軍国主義を直接批判の対象としているのではない。丑松が自己告白を決意した朝、桃太郎の歌をうたう幼いものの声をきいて思わず流涕《りゅうてい》するのは、桃太郎という円満具足の日本男子の理想像からいかにとおくへだてられていることか、といまさらわが運命のつたなさをふりかえったためである。この流涕に天皇制や軍国主義などの入りこむ余地はない。というより、底辺としての部落民、頂点としての天皇制などという日本独得のヒエラルキーを、丑松も作者も全然知らないのである。だからこそ、丑松は教え子の前に土下座するようなみじめなすがたでしか、その自己告白もよく遂行し得ないのだ。「噫《ああ》、開花した高尚《こうしょう》な人は、予《あらかじ》め金牌《きんぱい》を胸に掛ける積りで、教育事業なぞに従事している。野蛮な、下等な人種の悲しさ、猪子先生なぞはそんな成功を夢にも見られない。はじめからもう野末の露と消える覚悟だ。死を決して人生の戦場に上っているのだ。その概然とした心意気は——はははは、悲しいじゃないか、勇《いさま》しいじゃないか」と、身をふるわせ、すすりなくように笑う丑松の男らしい「鬱勃《うつぼつ》とした精神」を一方に描きながら、作者はまた「今日《こんにち》までのことは何卒《どうか》許して下さい」「全く、私は穢多《えた》です、調里《ちょうり》です、不浄な人間です」と、「一生の決意を示してい」るようなかたちで、丑松をして教え子や同僚の前に謝罪させてもいるのである。矛盾といえば矛盾ともいえるこの描きかたのなかに、『破戒』の弱点も長所もこめられているのであって、そのかけがえのないリアリティーは、くどいようだが、社会小説か自己告白かという二者択一的な視点からはうまくとらえられていないのである。

封建的な元禄《げんろく》文学と近代的なユーティリティーの文学とを腹背の敵として、想世界を実世界から自律させようと苦闘した北村透谷《とうこく》の影響下に出発しながら、藤村は透谷ほどに撃つべき敵の本体を認識することができなかったが、藤村を芸術至上的な上田柳村《りゅうそん》から区別するものは、伝統と現実という母なる大地からついに遊離することのできなかった生活者としての資質にほかならない。以前、私は藤村の自伝的作品が文壇者流の私小説に堕さなかった所以《ゆえん》を、その「骨太な生活者」の資質に求めたことがあったが、『藤村詩集』の序文で、藤村が

「おぞき苦闘の告白」を強調して、「されどわれは芸術を軽く見たりき」とよく断言し得たのも、そういう藤村の資質に由来している。これは透谷にはなかったものだ。いわば透谷の玉砕も藤村の瓦全《がぜん》もここに定まった、ともいえよう。

こういう藤村独得の自我と現実との格闘が、そのまま『破戒』制作にも転移されているのではないか。生活者としての本能から、藤村は底辺としての部落民を主人公にえらびながら、ついに撃つべき封建のヒエラルキーをそのものとしてよく認識し得ない。鬱屈《うっくつ》した生活感情はやはり鬱屈したまま『破戒』を貫流せずにいなかったのである。たとえば猪子蓮太郎の抱懐する思想について、ついに作者は具体的なイメージを与えることができない。「熱心な男性の嗚咽《すすりなき》の声」というような形容詞でしめくくるしか、ほとんど作者はなすすべを知らないみたいだ。しかし、そういう性格のためにかえって『破戒』は『想夫憐《そうふれん》』的な家庭小説とも、また木下尚江的な社会小説とも異なる新しいリアリティーを、あがなうことができたのである。

しかし、そういう近代小説としての新しい性格は、藤村個人の文学的生涯からみれば、到着点ではなく、出発点にほかならなかった。鬱屈した生活感情や性意識をひきずったまま、さらに藤村は封建的な「家」の周辺を、藤村流にねばっこく這《は》いまわりながら、『春』『家』『新生』と「おぞき苦闘」をくりかえさねばならなかったのである。そういう藤村の文学的出発点として、『破戒』は藤村個人にとっても、また、近代日本のリアリズム文学の歴史にとっても、何度もそこへ立ちかえるべき文学的源泉にほかならない。

（昭和四十二年九月）

『破戒』と差別問題

北小路　健

初版本三つの姿

『破戒』は、明治三十九年（一九〇六）三月二十五日に「緑蔭叢書第壱篇《りょくいんそうしょだいいっぺん》」として自費出版されたものだが、発表当時から大きな反響をよんだ。

――「最近の小説壇に最も異彩を放つ一篇」「確かに明治の小説界は勿論《もちろん》、日本の創作界に新生面を拓《ひら》いたもの」「将来に起こり来るべき小説の魁《さきがけ》を成してゐるかの観あり」「最も鮮《あざや》かに新機運の旆旗《はいき》を掲げたるもの」「満腔《まんかう》の敬意を捧《ささ》ぐるに躊躇《ちうちょ》しない」などと、概して絶賛ともいうべき好評に迎えられて、半月も経《た》たぬうちに、再刷が出るという有様であった。

しかしその一方で、批判と非難がなかったわけではない。

たとえば柳田国男の「藤村君《とうそんくん》の天然の描写に就いては、非常に愉快な感じを以《もつ》て読みました。併《しか》しそれは寧《むし》ろ紀行文の面白味《おもしろみ》で、小説の面白味ではない。小説としては十分私は身に染《し》みて感じなかった」という評をはじめとして、「全編が変化に乏しくくだくだしいと思ふところが御座ゐます」「お志保《しほ》は可憐《かれん》の処女なれど、茫漠《ばうばく》として読者に多くの印象を与へず、丑松《うしまつ》との恋も描き到《いた》らざる趣あり。銀之助は重要なる人物にて、屢《しばしば》現れ来れども、筋のために利用されし人の如《ごと》く、充分に個性を具《そな》へず」——こういう批判にも増して人々が指摘したのは、丑松の告白の場面についてであった。「内に確《しか》と信ずる臍《ほぞ》が固まっての上に、外に対して告白するのであるから、既に穢多《ゑた》を恥とせずといふ表情が無くてはならぬ筈《はず》だ。（中略）意地も無く偏《ひとへ》になさけ無いといふ涙で告白したのでは、悲哀が過ぎて、此《この》場合にあるべき丑松の告白の決心といふ理想と丑松の告白といふ形態との連絡が無く契合《けいがふ》せぬことになる、背理になる、単に自分の身の上を隠して居たのが悪かつたといふだけの告白である、決して穢多が卑《いや》しい情無いと観じての告白ではあるまい、おのれを明《あきらか》にして神明に恥ぢずといふ決心からでなくては、丑松は小説の主人公として価値の無いものになるでは無いか」——このように、きびしい評言もあるにはあったが、大正二年（一九一三）四月、新潮社より刊行されたことも手伝い、多くの読者によってひろく耽読《たんどく》されたことは事実だ。因《ちな》みに、この時新潮社は著作権買い取りのために二千円を払っている。当時標準価格米十キロ一円十二銭である。二千円は実に破格の値段であった。

この初版本刊行から十六年後の大正十一年（一九二二）二月二十日、「藤村全集」（藤村全集刊行会）の第三巻として再び『破戒』が刊行された。その巻末に、彼はやや長い回想文を付しているが、そのなかで、「この全集に入れてあるのは、あの作を書いた当時の心持に近づけることを主として可成精《かなりくは》しく訂正してあるから、やゝ自分の意に近いものをここに載せることが出来た」と記している。しかし両者を対照してみると、「はははは」という笑声や「ああ」などの嘆声が省かれていたり、「聞えたのである」が「聞えて居た」に直され、「顔付」が「顔付だ」になるという程度で、ほとんど相異はない。「可成精しく訂正し」たという藤村のことばは大袈裟《おおげさ》にすぎる。

　さて、それから更に七年後、『破戒』は昭和四年（一九二九）七月一日付で、新潮社版「現代長篇小説全集」第六巻〝島崎藤村篇〟として三たび刊行された。彼は、これに付した「序にかへて」のなかで、

「私の『破戒』も最早《もはや》読書社会から姿を消していゝ頃《ころ》かも知れない。その意味は、部落民といふやうな名詞ですら最早吾国《わがくに》の字書から取り去られてもいゝやうに、その部落民のことを書いた『破戒』のやうな作も姿を消していゝ頃かとも思ふのである。しかし、これは最早過去の物語だ。この作を起稿したのは日露戦争の起つた頃である。明治三十七年の昔である。日露戦争そのものが過去の物語であると同じやうに、この作の中に取り入れてある背景も現時の社会ではない。曽《かつ》てかういふ人も生き、又曽てかういふ時もあつた。

芸術はそれを伝へていゝ筈だ。さう私は思ひ直して、もう一度この部落民の物語を今日の読者にも読んで見て貰《もら》はうと思ふ」

　藤村が特に序文を付して、そのなかで『破戒』は「過去の物語だ」と強調していることについて、われわれは昭和四年という時代背景を考えてみる必要がある。

部落解放運動の流れ

これより先、大正十一年（一九二二）三月三日、差別撤廃を叫んで全国水平社創立大会が京都で開かれ、

「全国に散在する吾《わ》が特殊部落民よ団結せよ。（中略）

兄弟よ。

吾々《われわれ》の祖先は自由、平等の渇仰者《かつがうしや》であり、実行者であつた。陋劣《ろうれつ》なる階級政策の犠牲者であり、男らしき産業的殉教者であつたのだ。（中略）

吾々がヱタである事を誇り得る時が来たのだ。

吾々は、かならず卑屈なる言葉と怯懦《けふだ》なる行為によつて、祖先を辱《はづか》しめ人間を冒瀆《ぼうとく》してはならぬ。さうして人の世の冷たさが、何《ど》んなに冷たいか、人間を勦《いたは》る事が何《な》んであるかをよく知つてゐる吾々は、心から人生の熱と光を願求礼讃《がんぐらいさん》するものである。

水平社はかくして生れた。

人の世に熱あれ、人間に光あれ。」

と謳《うた》いあげた長文の〝水平社宣言〟が発表された。

さて、現在、差別の克服と解放の対象となっている部落という言葉はいつごろから使われだしたかというと、実は、明治末期から使われだした「特殊部落」という言葉の略称であって、今日では、未開放部落、被差別部落の略称としても使用されている比較的新しい近現代

用語であって、昔から歴史上「部落」なる言葉が被差別地域に対して使われていたわけではない。その部落なる言葉の定義は、《近世の封建的身分制の最下位におかれた穢多を主要部分とする賤民《せんみん》を直接の先祖とする人びとのうち現在なお旧身分の残滓《ざんし》に災いされて苦しめられている人びとが集中的に居住している区域のことである》。それでは、その被差別部落の原初形はいつごろ出現したのかということが当然問われなければなるまい。それについては、さまざまな見解があるけれども、今日の研究のおおよその結論は、「中世末から近世初頭にかけて」とする説が有力であり、それが制度的に確立されたのは、徳川幕藩体制によってである。しかし中世以前にも、むろん賤視され、蔑視《べっし》されて苦悩した多くの人びとがいたことは事実だ。けれども、それと、現在の部落解放問題における部落の歴史とは、直接的、系譜的にはつながらないという点が重要なのである。すなわち、古代から今日の部落問題につながる部落という概念があったと見る立場は、学問的には完全に否定されている。つまり、いわゆる古代賤民と呼ばれる差別され蔑視された人びとが存在したことは事実ではあるが、彼らは、古代の生産関係の崩壊によっていったん解体されたがゆえに、今日の被差別部落の源流と考えることはできないのである。

大和《やまと》朝廷は、中国の法律制度を模し、大宝律令《たいほうりつりょう》を経て養老律令にいたって律令制を完成する。その中国の律令制思想に基づく良賤の身分制は、天皇を頂点に、王臣（貴族）、官人《かんにん》、公民（以上、良）、品部《しなべ》（ともべ）、雑戸《ざつこ》（以上、準賤民）、五賤から成り、さまざまな特権や差別が法で規定されていた。すなわち、民衆を分割支配する必要上、天皇および王臣を除く人民を良と賤とに分けた。賤は陵戸《りょうこ》、官戸《かんこ》、家人《けにん》、公奴婢《くぬひ》、私奴婢《しぬひ》の五種に分けられ、陵戸、官戸（宮廷の雑役）、公奴婢は政府に属し、家人と私奴婢は貴族や寺社に属し、奴婢などは牛馬同様に見なされることになった。ところが、律令制度の基本である公地公民の制がしだいに崩れて、寺社や貴族が私有地をひろげて行く、いわゆる荘園制《しょうえんせい》に移行していく過程で、政府はやむを得ず、延喜《えんぎ》年間（十世紀初頭）に〝奴婢停止令《ちょうじれい》〟を出し、国家が定めた賤民という正式な身分の存在を否定するに至るのである。――このとき以降、徳川幕藩体制（近世封建制度）が発足するまでの約七百年間、制度としての賤民は存在しなかったと見なければならない。しかし、被支配階級の生態はさまざまであった。たとえば、荘園のなかで最下底にあえぎつづける者もいたし、賤民的身分を脱して中間支配層にのしあがり、やがて武士化して武装集団の上層に浮かびあがっていく者もいた。

最下底の人びとは、むろん荘園の片隅《かたすみ》にばかりいたわけではない。生活のためには、荘園領主たる京畿《けいき》の貴族や寺社の付近で、清掃、土木、運搬、警備のような雑役や、手工業などに従事する人もいた。それればかりではない。荘園内にも、また寺社や貴族の身辺にも定着し得ない人びとは、一種の浮浪の民と化し、生きんがために、呪術《じゅじゅつ》を行なったり、雑多な芸能に従ったり、あるいは鳥魚を捕えたり、市場で牛馬の肉を売ったりした。

こういう浮浪化した人びとは、たずさわる仕事の関係上、年貢《ねんぐ》（地子《じし》）のかからぬ河原《かわら》や道路の一部などを選んで住んだ。地子免除を目当てに住みつく浮浪生活者が多くなるにつれて、一般に賤視されるようになって行く。そして、これらの人びとに対して、〝非人〟とか

〝屠児《とじ》〟というきわめて差別的な呼び名が用いられるようになった。すなわち、中世の被差別民は、原則的には、人格的な隷属関係を持たない無視された存在、アウトサイダーであって、世間から見放された者、捨てられた者を非人というように、非人が中世の被差別民の中核的存在であった。非人は、もともと罪を犯して本姓を除かれた者などをいう言葉であったが、しだいに居住する地域の状況から、河原者《かわらもの》（河原人《びと》）、坂者《さかもの》など、なりわいから屠児、声《しょう》聞師《もじ》など、役目から犬神人《いぬじにん》、清目《きよめ》などさまざまに呼称された。彼らは、生きるために非人といわれることに甘んじ、屈辱に耐えた。彼らは人間や牛馬の死体処理と皮なめしにもたずさわった。〝屠児〟ということばは、そこからきたものであろうが、しだいに被差別民の多くがこれらの仕事に従うようになったことと、仏教思想の影響を受けた神道の触穢《しょくえ》観念、殺生《せっしょう》の禁止、肉食《にくじき》忌避の風習が貴族の間に生じるに至ったことなどが相合して、賤業視される結果になったものと思われる。なお、牛馬の屠殺業は、天平《てんぴょう》十二年（七四〇）の馬牛屠殺禁止令以来幕末、近代に至るまで、日本では存在しなかった。

さて、こうして中世期に入って、貴族たちに従属していた武士が、公家《くげ》政権とならびたつ武士政権を樹立し、世相は多くの変化を見せた。畿内の都市周辺では手工業が発達しはじめ、生産品が市《いち》に出まわり、商業が大いに進んだのである。鎌倉《かまくら》中期には、やがて地方在地の下級武士による永い内乱を経たのち、名実ともに〝武家の世〟といい得る室町《むろまち》幕府が成立するが、そのころになると、廻船業《かいせんぎょう》、交通業はいちじるしい盛況をきたし、商工業者で、大を成す者が増えてくる。農村市場の支配権をもつ土豪的地主とか、有力問屋とか、酒屋や高利貸しという豪商たちが、社会の上層に仲間入りしてくるわけだ。しかしその一方で、彼らに従属して実際の仕事に従う人びとや、ささやかに手工業を営む者、行商に歩きまわる小商人などは、農民よりも一段低く見られていたのである。つまり、そういう人びとは、疎外《そがい》されている者＝〃下類《げるい》〃と断じられていたのだ。人身的に大きな者に隷属し、農業以外の雑役などに追いまわされる者が多かったことは、むかしとおなじことで、賤視の目もそこに注がれたが、彼らは代々世襲して賤業視されるなりわいにしたがったわけではなく、そこから脱出して行く者もあり、またそこへ落ちこんで行く者もいた。代々承《う》け継いで行かねばならぬように法制的に固定されたものではなく、個人としては常に交替していたのである。――このことは重視されなければならない。

賤民をさす〃えた〃という語源も、〃餌取《えとり》〃からきているのではないかという推測のほか、はっきりとはわからない。被差別部落民の歴史を探究する上で、多大の学恩にあずかった畏《い》友《ゆう》故原田伴彦氏の調査によれば、室町時代から戦国時代にかけての文献には〃えた〃の語はわずかに十数例にすぎないという。しかも〃穢多〃という漢字を宛《あ》てたのは、南北朝末期ごろの、差別心の強い僧侶《そうりよ》などが、〃穢《けが》れが多い〃という意味の、一見して特殊感をあたえる文字を特に選んだものであろうともいう。原田氏は、〃庭者〃〃河原者〃など、当時の賤業名のかずかずを列挙したあとに、それらの職業を七つに大別し、次のように述べている。

「㈠清掃、駕籠《かご》かきのような奉仕的雑役、㈡屋根ふき、壁ぬり、井戸掘、石垣《いしがき》づくり、造園などの土木関係の仕事、㈢鳥獣の処理、それに関連する皮革製造や鳥獣の肉や魚介の販売、㈣染色、竹細工、履物づくり、武具づくりなどの手工業、㈤運輸、渡船、通信などの交通関係の仕事、㈥検察、護衛、行刑などの下級の司法警察的な業務、㈦雑芸能」（朝日新聞社刊『被差別部落の歴史』）

これらに共通することは、農民が、全人口の八五パーセントを占める農業世界から脱落している職種だということである。もちろん、後に、これらの職業のなかから、その職能を生かして、被差別民的な位置から脱却していく者たちがいることはいうまでもない。

中世における寺社は、かつての広大な所領（荘園）を武士に蚕食《さんしょく》され、急速に衰退の一途をたどるのだが、それを補うために、商業や手工業に関する市場の権利や、交通運輸の権益を手に入れようとして躍起になる。——それは寺社が、隷属する〝えた〟〝非人〟〝河原者〟を、いっそう強力に抱えこんで、支配権を確立するという動きに通じる。

室町時代になると、足利《あしかが》幕府は、三代義満《よしみつ》のころからすっかり貴族化し、いわゆる〝北山《きたやま》文化〟といわれるきわだった時期を迎え、更に八代義政《よしまさ》の代には、武家的支配力と権威を失って〝東山文化〟時代に入る。幕府は、洛中《らくちゅう》・洛外をはじめ山城《やましろ》、近江《おうみ》などの支配地域の治安維持や土木事業などにあたって、大幅に〝河原者〟を使った。

近世の土木技術史の重要な部分をなす城郭建築の基礎となる石垣づくりも、中世の〝河原者〟が生み出したものだし、その中心となったのは、比叡山延暦寺《ひえいざんえんりゃくじ》に隷属する穴太《あのう》の職人たちであった。枯山水《かれさんすい》（かれせんずい　からせんずい）といわれる、水を用いず、石で滝を、白砂で水を表現する石組みの庭園も、この石工《いしく》技術とふかくかかわっていよう。銀閣寺の庭をつくったのは

〝河原者〟善阿弥《ぜんあみ》とその子次郎三郎、孫の又四郎であった。また能楽を大成した観阿弥《かんあみ》、世《ぜ》阿弥《あみ》、茶の湯の能阿弥《のうあみ》、立花《りっか》の台阿弥など、同朋衆《どうぼうしゅう》として将軍にも近侍したのである。これらの人びとは、賤視される屈辱を逆手にとり、一芸を磨《みが》きあげて、わが国の文化に大きく寄与した。華麗な京染、友禅も彼らが創《つく》り出したものである。

室町末期の応仁《おうにん》の乱は、世の中に大きな変化をもたらしたが、その一つに、これら〝河原者〟などとよばれた人びとが、村をつくって一定の場所に居を占めるという姿が急速に目だって行くことがある。それに、時代とともに商業圏がひろがって行き、商人集団の往来がしげくなり、寺社や権門に隷属していた商工業者がしだいに独立して行って、おのずから社会的地位を高めるという傾向もあった。このことは、賤民的商工業にたずさわっていた人びとにも、当然あてはまって行くわけである。

応仁の乱から戦国時代にかけて、下剋上《げこくじょう》の風潮に乗って、中下層のところから大名となったり、家臣団に編入されたり、また地主となった者が多かったように、賤《いや》しまれてきた人びとの上にも解放の時が恵まれたのである。しかも戦国時代は、社会の大変動期にあたる。社会の上下の秩序と価値観が、大きく変わった時代である。したがって戦国期、いわゆる下剋上の社会では、かなりの人びとが脱賤の道を歩んだことは確かである。けれども、従来の、戦国期における中世身分の解体を強調するあまり、それが中世と近世の断絶を示すものと受け取る傾向に対して、今日では、確かに中世から近世への変化は大きいが、しかし皮田、穢《え》多《た》の身分は中世に成立しており、彼らを含む中世社会にいた被差別民の一部が、近世社会のなかで、領主権力の必要によって身分支配によって把握《はあく》され、一定の編成を受けて、皮田、穢多身分が固定されてきた、とする学説が行なわれるようになってきた。すなわち、戦国期かなりの人びとが脱賤の道を歩んだが、しかし全般的に見れば、中世賤民は解体したのではなく、その根幹的部分（特に穢多身分の人びと）が存続し、近世社会に定着したとする立場である。この中世末の脱賤化の動きをどの程度に評価するかは、研究者によって意見が分かれるところだ。身分の移動や変化は、たしかにかなりのものがあったとは思われるが、それまでの生活を捨てて新しい道に足を踏み入れることは、大変な困難を伴ったはずで、多くの場合、飢えが待っていたし、また惣村《そうそん》（総寄合を以《もっ》てする自治体としての村落）にしろ商工業の座にしろ、きわめて排他的であったから、そういう世界に入りこむことは至難のことであったろう。しかしいずれにせよ、中世の特徴は、社会的な身分差別は存在したが、制度的身分差別は存在しなかったと言ってよく、その身分が被差別身分を含めて固定的ではなく、多分に流動的であったと言えよう。

ところが、戦国時代の終焉《しゅうえん》につれて、新たな近世封建社会の仕組みがつくられて行くのだ。各地の領主たちが、農民を土地に緊縛《きんばく》して働かせ、年貢《ねんぐ》を取りたてるというのが封建社会の基本的状況だから、むろん〝封建社会〟というものは、中世期からすでにあった。しかし時代は進み、交通の発達、それに伴う商工業の進展——こうしたものを組み入れた上での、新たな農民支配体制が確立されて、いよいよ近世封建社会が出発して行くのである。

織田も徳川も、小豪族から身を起こした者たちだ。秀吉となると、百姓・足軽の息子という更に下層に近い家に生まれて立身した。——いずれも〝成り上がり者〟である。その下の部将たちもまた、似たり寄ったりの道をたどっている。さて、いよいよ徳川家の天下となり、幕藩体制をかためるにあたって、彼らが最も念頭においたことは、「この地位を取り逃してはならぬ、先ほど体験したばかりの、あの下剋上の風潮を、再びきたらせてはならぬ」ということであったにちがいない。そこで、士の下に農をおき、農の下に工、商をおいた。（これは儒者のイデオロギーとしては間違いではないが、実際には、農、工、商は並列的身分であり、時には順序が逆転することもあった）——しかも町人を工と商とに分け、身分制度を厳格にすることによって、分割支配しようと企てたのである。更にこの身分制度を維持するため、そのなかに更にこまかな身分制度を導入した。家老の子は代々その身分を世襲し、足軽は足軽として、また庄屋《しょうや》（名主、肝煎《きもいり》）は代々庄屋として、百姓もまたそれぞれ世襲と定めたのである。こういう規定のなかで、幕府と藩は、政治的権力をもって、公的に賤民の制をつくりあげ、その運命を固定化した。賤民は、絶対に身分の移動は認められず、他の身分、階級の者と婚を通じることも、交際することも禁じられ、職業を自由に変えることも、一定地域を脱して他に行くことも許されないということになってしまった。いま問題になっている被差別部落は、実にこの時——近世封建社会成立にあたって、新たに制度化された賤民に、その始源をおいていると前述したのは、そのことである。

幕末動乱期にあたって、ある地方のごときは、部落民を登用して戦乱に狩りたて、帯刀を許すというようなこともしたが、これらは結局、部落の人びとを使い捨てにする卑劣な意図に出たものではあったが、部落民のなかには、解放をはげしく願って参加した者もいた。また一部の先覚者が、部落民の実況に義憤を洩《も》らし、なかには、千秋有磯《せんしゅうありそ》（藤篤《ふじあつ》）の『治穢多之議』のごとく、尊王論を開明的立場で展開して新しい国家を展望し、穢多の身分還元を論じた者もいた。岡山藩の渋染一揆《しぶぞめいっき》は、一種の穢多による百姓一揆でもあったのである。しかし、近代を迎える時点までは、解放への道のりは遠く険しかった。

かくて、幾多の曲折を経て、明治四年（一八七一）に、江戸時代の階級政策によって、四民の下に置かれた賤民を、身分・職業ともに平民同様とする解放令が明治政府によって布告されるのだが、それ以後も依然として身分的差別が存続し、〝新平民〟という蔑称《べっしょう》が罷《まか》り通るような差別的状況が残されたのである。自由民権家中江兆民《なかえちょうみん》のごときは『天賦《てんぷ》人権論』の著などによって夙《つと》にその部落解放を提唱していたが、明治三十五年（一九〇二）には岡山県下に、部落民の自主的組織として〝備作《びさく》平民会〟が生まれ、更に翌年には〝大日本同胞融合会〟が大阪で組織されているが、翌年日露戦争が勃発《ぼっぱつ》したこともあって、創立総会を開催しただけで、持続的な活動はみられなかった。ところで、これらの構成員は、上層部落民を中心とするものであったし、彼らの認識によれば、差別の根本に横たわるのは、部落民自身の教養が低く、粗野で、衛生観念に乏しいからだとし、品性の向上と生活環境の改善などを実行することによって、世の心ある人びとの同情と理解をはかろうとするものであった。

『破戒』がはじめて発表された明治三十九年（一九〇六）は、この改善運動が、部落問題への社会的関心をひろく喚起しつつあった時点である。大正三年（一九一四）板垣退助、大江卓らの知名人を上に据《す》えた最初の全国的な融和団体〝帝国公道会〟が組織され、政府もまた部落の改善と一般社会との融和促進に対して強い関心を示すに至る。しかし、これとてもまた、差別の根本的原因は、部落民自身の品性の低劣さにあるとする立場に立つものに外ならなかった。

こうした政府を極度におどろかせたのは、大正七年(一九一八)の米騒動に発揮された部落民の巨大なエネルギーである。多数が参加し、多くの処罰者を出したことを重視した政府は、部落民を革命勢力の側に追いやらないために、融和運動を積極的に展開し、各地に官民合同の融和団体を結成させる一方、大正九年(一九二〇)には、部落の生活環境改善費として、形ばかりの少額ではあるが予算に計上するという手を打った。しかし、米騒動の体験や、労農運動の高揚に刺激されて、労働争議、小作争議、社会主義運動に、部落民から積極的に参加する者たちが現われ、部落の先進的な青年の間に、政府の挺入《てこい》れによる改善事業や融和政策は結局、欺《ぎ》瞞《まん》であり、彌縫的糊塗《びほうてきこと》にすぎないという強い批判が起こりはじめた。こうした空気のなかから生まれたのが、前記のごとく、大正十一年(一九二二)創立の水平社運動であったわけだ。

水平社は宣言のほかに、三つの綱領を建てている。

一、吾々特殊部落民は部落民自身の行動によって絶対の解放を期す
一、吾々特殊部落民は絶対に経済の自由と職業の自由を社会に要求し以《もっ》て獲得を期す
一、吾等《ら》は人間性の原理に覚醒《かくせい》し人類最高の完成に向つて突進す

差別する社会そのものとの闘いこそが、部落解放への唯一《ゆいいつ》の道だとする闘争的な水平社の信条は、それまでの解放運動とは明らかに一線を画した新しい段階に入ったことになる。

〝特殊部落〟ということばは、明治末に至って、政府がつくり出したものだ。水平社の人びとは、この忌《いま》わしい差別語を、そのまま、この綱領に使用して投げ返したものといっていいであろう。組織は急速に拡大され、一年後には三府六県で府県水平社の創立大会が開かれ、三府二十一県に三百余の水平社が結成されるという有様であった。これ以後、水平社は、部落民に対する差別的言動に対して、徹底的な糾弾《きゆうだん》を加えるという挙に出たのであるが、全国水平社が、部落外の労働者、貧農との提携、労働運動、農民運動との共同闘争を強化する方向へ発展した段階になると、政府はにわかに、水平社運動に警戒心を強め、官制の融和団体を上から組織して行くのである。

昭和二年（一九二七）十一月十九日、名古屋練兵場で行なわれた陸軍特別大演習終了後の観兵式において、歩兵第六十八連隊第五中隊の歩兵二等卒北原泰作が、軍隊内の差別撤廃を掲げて、天皇への直訴を敢行するという衝撃的な椿事《ちんじ》が、こうした空気のなかで突発した。各新聞はいっせいにこれを取りあげ、「根本的問題は、封建的悪因襲の打破にあり」「封建思想そのものに対してこそ蔑視の克服のための闘争を開始すべし」と、筆を揃《そろ》えて部落問題に切りこんだのである。

新潮社版「現代長篇小説全集」〝島崎藤村篇〟として『破戒』が出版された昭和四年というのは、こうした高揚した部落問題へのなまなましい関心が、あらためて世上を蔽《おお》っていた時である。前記のごとく、藤村がわざわざ「序にかへて」を付し、そのなかで「これは最早過去の物語だ」と、特に力説した心情は、こういう背景を重ね合わせてみるとき、明らかに看取されるであろう。物議を醸《かも》すかもしれぬという不安が、たしかに藤村のなかにあった。されぱといって、彼の最初の長篇小説である『破戒』を落とすわけにはいかぬ。苦肉の策として、あのような「序にかへて」が新たに付加されたのである。

こうして三たび刊行された『破戒』ではあったが、これを最後にして絶版となってしまう。その背景には解放運動の一部の組織からのきびしく執拗《しつよう》な強圧が加えられたと聞いている。

昭和六年（一九三一）十二月、全国水平社第十回大会は、一部糾弾活動の混乱や行きすぎを批判して、「言論、文章による『字句』の使用に関する件」を提案し決定している。その決定は、「吾々は『字句』の使用に対して明確な態度を決定す」として、「吾々は如何《いか》なる代名詞を使用（いわゆる差別語の代わりに――編集部注）されても、その動機や、表現の仕方の上に於《お》いて、侮辱の意志が――身分制的――含まれてゐる時は何等《なんら》糾弾するのに躊躇《ちうちよ》しない。然《しか》れども、その反対に「エタ」「新平民」「特殊部落民」等の言動を敢《あ》へてしてもそこに侮辱の意志の含まれてゐない時は絶対に糾弾すべきものではないしまた糾弾しない」という糾弾活動における原則的な立場を確認している。

その後、この「糾弾問題」は全国大会でしばしば取りあげられているが、島崎藤村の『破戒』に関連して、昭和十二年（一九三七）三月の全水第十四回大会では「出版、映画、演劇差別糾弾に関する件」が議題になり、「何《ど》んなに露骨な描写や表現があつても、取り扱ひ方の如何《いかん》によつては寧《むし》ろ進歩的啓発の効果をあげ得る事が出来る（島崎藤村氏の破戒や喜田博士の諸著述等）」と述べて、『破戒』に一定の評価を与えている。次いで翌昭和十三年（一九三八）十一月の第十五回大会では「『破戒』の再版支持」を決議している。

この決議は、新潮社版『定本版藤村文庫』にぜひ『破戒』を加えたいという藤村の当然の念願を認めた全水総本部宛《あて》書簡に応《こた》えたものである。藤村は、書簡のなかで、「時代に適せぬ言葉があるのは訂正したいと思ふ。大会に於て各地代表の方の意向も聞き相談をして戴《いただ》けないだらうか」との希望（大意）も述べている。前述の第十四回大会で、全国水平社は、非常時即応の運動方針を採決、第十五回大会では「出征将兵に対する感謝決議」「皇軍慰問、現地視察、代表派遣に関する件」などが可決され、世の中全体が、水平社運動を含めて、挙国総動員体制に向けて、時局迎合的に流れて行く時代背景があったことを見遁《みのが》すことはできない。

改訂本の出現

かくして、昭和十四年（一九三九）二月二十日発行の新潮社「定本版藤村文庫第十篇」所収の『破戒』が、（身を起すまで）という別名、サブタイトルをつけて、改訂本として読者の前に現われた。

これには本文の前に「再刊『破戒』の序」があり、それにはこうある。

「これは過去の物語である。

過去には後の時代に取つて反省すべき事柄も多い。ある人も言つたやうに、過去こそ真実であるからであらう。（中略）

風雨三十余年、この作の中に語つてあるやうなことも、又その背景も、現時の社会ではない。曽《かつ》てかういふ人も生き、曽てかういふ時もあつた。芸術はそれを伝へていい筈《はず》だ。さう私は思ひ直した。

思へば、過去は何時《いつ》活き返らないともかぎらない。（中略）ともあれ、わたしはむかしを弔はうとする人のために墓じるしを新しくするやうな心持で、もう一度この部落の物語を今日の読者にも読んで貰《もら》はうと思ふ」

藤村はここでも、『破戒』の時間的舞台は、現時点とは程遠い過去であると力説している。この改訂本には、更に「『破戒』の後に」と題する一文が付されていて、それには、「この書『破戒』は思ふところあつて、十年以来絶版としてあつたもの。この文庫（注・『定本版藤村文庫』）第十篇として今一度世に公にする運びとなつたのは、再刊を望まるる人々の勧めにより、また新潮社の佐藤義亮君をはじめ中根駒十郎君からの切なる求めもあつたからで。（中略）今回この書の再刊に際しては、なるべく旧態を保存することにして、大した斧鉞《ふえつ》は加へてない。ただところどころ字句を改めたり省いたりするにとどめて置いた。種々な問題を引き起したのもこの作であるが、わたしは作そのものをもつて一切の答にかへようと思ふ。昭和十四年正月、静の草屋にて」

つまり、字句を改めたり省略したりしたが、大した手直しはしていないという。――しかし、そうではあるが、そういう部分的改訂を施した上での今回の『破戒』刊行によって、部落解放運動の側から種々論難されたことに対して、自分なりに応えたつもりである、といっているわけだ。しからば、どの程度の改訂であったのか、初版本と対比してその実態を見てみよう。

①いわゆる差別語などを他のことばに言い換えた例（語の下に書き入れてある数字は、現在新潮文庫に入っている初版本『破戒』のページ数）

穢多

○部落 119 126 127 137 220　○部落のもの 13 112 277 319 319　○部落の方 204　○部落の方の人達 268　○部落の家柄 15
○部落の人達 318　○部落の民 6 17 303 303 319　○部落生れのもの（人） 51 103 168　○部落の民と生れた人の子
12　○そういう生れのもの 7　○そういう人事 8　○同じような 15　○そんな人々の子孫 319　○そんな
生れのもの 16 17　○そんな生い立ちの人 203　○同じ身分のもの 15 105　○生い立ち 203　○生れが生れ 46
○孤独なもの 175　○人の子 15　○秘密を懐にするもの 166　○不思議な星の下に生れた人の子 132 307　○同
じような星の下に生れたもの 6　○運命 168　○客 39　○下宿の客 39　○誰か 38　○そんな 16 269 319
○そんな講師 16　○馬鹿者 279　○あの先生 192　○あの仲間 269　○猪子蓮太郎 24　○男 127 204　○人達
318 319 319　○向町 117 204　○（無智と零落とを知らずにいる）ような人達が住む（町） 128

新平民

○部落 301　○部落のもの 16 230 269 285 305 314　○部落の方の人 269　○部落の民 289　○部落出 75　○部落生れ
のもの 81　○部落の人達 123　○そんな身分のもの 49　○生れ 141　○生い立ち 329　○そんな生れの人

231　○そんなもの　267　○下層　76　○僕等　139　○……ような生れ　302　○きびしい運命を凌《しの》いで生きようとする小さな人間の意志　305

調里

○部落のもの　264　265　268

素性

戒

○生れ　91　126　167　267　○身　212　○身元　126　303　325　328　330　337　338　○身分　315　○生い立ち　168　216　333　○秘密　305　○こと　328

種族

○身分　49　○身元のもの　11

労働者

破

○勤労者　8　○部落のもの　146

②削除された例（傍線は、その部分だけが省略されている場合。傍線の後のカッコは、それを言い換えたもの）

○穢多の中でも卑賤《いや》しい身分のものと見え　11　○（穢多町）　16　○その冬の日は男女《おとこおんな》の檀徒《だんと》が仏の前に集っ

て、記念の一夜を送るという昔からの習慣を語り聞かせた。　43　○貧民とか労働者とか言うようなものに　46　○僕だっても、美しい思想だとは思うさ。しかし、　46　○穢多の中から　48　○『現代の思潮と下層社会』　47 134 136 232　○新平民なぞの中から　48　○穢多がああいうものを書くんじゃ無い、　49　○賤民だから取るに足らん、こういう無法な言草　49　○穢多としての切ない自覚　51　○穢多の子　57 81　○何とか君、巧《うま》い工夫はあるまいかねえ　78　○穢多の一部落　119　○または斃馬の売買　127　○これを眺めても、穢多の部落が幾通りかの階級に別れていることは知れた。　128　○もう一度丑松は自分が穢多であるということを忘れてみたいと思った。　132　○『労働』　134 232　○新平民のなかに　136　○――そりゃあもう新平民の娘だとは言うもんじゃないから　138　○――第一、今の場合、自分は穢多であると考えたく無い、これまでも普通の人間で通って来た、これから将来《さき》とても無論普通の人間で通りたい、それが至当な道理であるから――　140　○同じ身分の人だろうが、決して気は許せねえ――　148　○殊に卑賤しい手合と見えて、特色のある皮膚の色が明白と目につく。一人々の赤ら顔には、烙印が押当ててあると言ってもよい。中には下層の新平民によくある愚鈍（けげん）な目付を為ながら　149　○種族の違う先輩　157　○新平民として　161 302　○同族の哀憐《あわれみ》は、　176　○穢多の　119 119 176　○見給え、あの容貌を。皮膚といい、骨格といい、別にそんな賤民らしい（変った）ところ　203　○普通に新平民といえば名前を呼捨です。　204　○瀬川とか高橋とかいう苗字　205　○「なむからかんのう、とらやあ、やあ――」　216 294 294 320　○ああ、こういう晩にあたって、自分が穢多であるということを考えたほど、切ない思を為ためしは無い。　218　○猪子先生のことを、『新平民中の獅子』だなんて――巧いことを言う記者が居るじゃあないか　219　○穢多というものに　220　○住職を卑しむ心は、卑しむというよりは怖れる心が　255　○指を四本（親指を）出して見せる。尤《もっと》もその意味が対手《あいて》には通じなかった。「これだって言ったら、君も解りそうなものじゃ無いか」と町会議員は手を振りながら笑った。「どうも解りませんね」と青年は訝しそうな顔付。「了解の悪い人だ――それ、調里のことを四本と言うじゃないか。はははは。しかしこれは秘密だ。265　○あの瀬川君が新平民だなんて（に）268　○「僕は今、ある人に逢った。その人が指を四本（親指を）出して見せて、あの教員はこれだと言うじゃないか。はてな、とは思ったが、その意味が能く解らない。聞いてみると、四足という意味なんだそうだ」「四足？　穢多のことを四足と言うかねえ」「言わあね。四足と言って解らなければ、『よつあし』と言ったら解るだろう」「むむ――『よつあし』か」265〜266　○新平民でなくたって、269　○黙って狼のように男らしく死ね　277　○獣皮《かわ》いじりでもして　278　○穢多なぞには生れて来なかった友達の身の上を羨んだ。287　○「ああ、お志保さんは死ぬかも知れない」290　○非人あつかいにはされたくない　293　○船頭や、橇曳《そりひき》や、まあ下等な労働者の口から出る言葉　296　○新平民として余り意気地が無さ過ぎるからねえ」302　○新平民らしい生涯であった。303　○同じ新平民の　305　◎君もう是方《こっち》のものさ　311　◎すっかり吾党で固めて了おうじゃ有ませんか。311　○「黙って狼のように男らしく死ね」――あの先輩の言葉を思出した　317　○仮令《たとえ》穢多であろうと、そんなことは厭《いと》わん。323　○唯あの男は素性が違うというだけでしょう。330　○私はもう死んで了いましたも同じことなんで御座ます　332　◎校長先生　347　◎校長先生や勝野先生は、347　◎銀之助は事情を知らないのである。昨日校長が生徒一同を講堂に呼集めて、丑松の休職になった理由を演説したこと、その時丑松の人物を非難したり、平素《ふだん》の行為《おこない》に就いて烈しい攻撃を加えたりして、寧ろ今度の改革は（校長はわざわざ改革という言葉を用いた）学校の将来に取って非常な好都合であると言ったこと――そんなこんなは銀之助の知らない出来事であった。ああ、教育者は教育者を忌む。同僚としての嫉妬《しっと》、人種としての軽蔑《けいべつ》――世を焼く火焔《ほのお》は出発の間際《まぎわ》まで丑松の身に追い迫って来たのである。348

③文章を書き換えた例

○Ⓐその時だ——一族の祖先のことを言い聞かせたのは。東海道の沿岸に住む多くの穢多の種族のように、朝鮮人、支那人、露西亜人《ロシアじん》、また名も知らない島々から漂着したり帰化したりした異邦人の末とは違い、その血統は古《むかし》の武士の落人《おちゅうど》から伝ったもの、貧苦こそすれ、罪悪の為に穢《けが》れたような家族ではないと言い聞かせた。　13

○人種の偏執ということが無いものなら、「キシネフ」で殺される猶太人《ユダヤじん》もなかろうし、西洋で言囃《いいはや》す黄禍の説もなかろう。　16

○漂泊する旅人　98

○自分が穢多である、調里《ちょうり》（新平民の異名）である、と　107

○普通の家の小供と些少《すこし》も相違の無いのがある。　128

○卑しい、愚鈍《おろか》しい、どう見ても日蔭者の子らしいのがある。　128

○可傷《いたま》しいとも、恥かしいとも、腹立たしいとも、名

○その時だ——遠い過去のことを言い聞かせたのは。一族の祖先という人は、どういう数奇《すき》な生涯を送り、どういう道を辿《たど》ってこんな深い山間に隠れたものであるか、その過去の消息は想像も及ばない。しかし、その血統は古の武士の落人から伝ったものと言い伝えられている。

○人智の進んだ今日にありながら、こんな差別の観念をいかんともしがたい。過去に煩わされない同胞全体の誇りもあるものなら、この世に同じ民草と生れてこんな取扱いをうけるもののある筈もなかろう。

○山国を旅する人々

○いろいろなことを思出す

○その末頼もしさは何処《どこ》へ出しても決して恥かしくないのがある。

○妙にいじけて、どう見ても日蔭に育った子らしいのがある。

○可傷しいとも、何とも名のつけようの無い思

のつけようの無い思　128

○いずれ紛《まが》いの無い新平民　149

○田園生活というものを観察しなくちゃならない。　158

○無智な卑賤しい　161

○確に研究してみる価値《ねうち》は有るに相違ない。　220

○同じ人間社会の情慾　255

○Ⓑあの皮膚の色からして、普通の人間とは違っていらあね。そりゃあ、もう、新平民か新平民で無いかは容貌《かおつき》で解る。それに君、社会《よのなか》から度外《のけもの》にされているもんだから、性質が非常に僻《ひが》んでいるサ。まあ、新平民の中から男らしい毅然《しっかり》した青年なぞの産れようが無い。　269

○「先生は新しい思想家さ」　276

○畢竟《つまり》この社会だ。　277

○「あんな下等人種の中から碌《ろく》なものの出よう筈が無いさ」　278

○「下等人種?」　278

○「卑劣《いや》しい根性」　278

○いずれは近くの部落から来たものであろう

○地方の生活というものをもっとよく観察……

○愚かな

○確に部落の問題は……

○ありふれた人界

○そりゃあ、もう、今日までの境遇が境遇だから、商業とか工業とかの方面にはあるいは手足を延ばすものがあるかも知れないさ。

○「先生は物を考える新しい人さ」

○畢竟この不調和な世の中だ。

○「あんな野人から碌な考えの生れよう筈が無いさ」

○「野人?」

○「狭苦しい量見」

○野蛮な下等な人種　278

○Ⓒ何故、新平民ばかりそんなに卑《いやし》められたり辱《はずかし》められたりするのであろう。　278 289

○何故、新平民ばかりこの社会《よのなか》に生きながらえる権利が無いのであろう――　289

○人種の憎悪《にくしみ》ということ　292

○「番太」という乞食《こじき》の階級よりも一層《もっと》劣等な人種のように卑《いやし》められた今日までの穢多の歴史　294

○一新平民　305

○Ⓓ蓮太郎の『懺悔録《ざんげろく》』、開巻第一章、「我は穢多なり」と書起してあったのを　307

○後進の書生輩などに兜《かぶと》を脱いで降参したくない。それで校長は進取の気象に富んだ青年教師を遠ざけようとする傾向《かたむき》を持つのである。　310

○それ程卑賤《いや》しい階級としてあるのです。　319

○定めし皆さんは穢《けがらわ》しいという感想《かんじ》　320

320 ○Ⓔ「私は穢多です、調里です、不浄な人間です」

○野人

○何故、部落の民ばかりそんな屈従に甘んじなければならないのであろう。

○何故、部落の民ばかりもっと延び延びした気持で自《おの》己等《れら》を成長させて行くことは出来ないのであろう――

○謂《いわ》れのない軽蔑

○長い封建時代から下積にされてそれが当然《あたりまえ》のことのように思われて来た今日までの歴史

○きびしい運命を凌《しの》いで生きようとする小さな人間の意志

○蓮太郎の『懺悔録』、開巻第一章の書起しを

○後進の書生輩などに兜を脱いで降参したくないと思うのである。

○そんな身分としてあったのです。

○皆さんはどんな心持

○私は皆さんを欺いていたのです

○丑松はまだ詫《わ》び足りないと思ったか、二歩三歩退却《ふたあしみあしあとずさり》して、「許して下さい」を言いながら板敷の上へ跪《ひざまず》いた。　320
○同僚の前に跪いて、恥の額を板敷の塵埃《ほこり》の中に埋めていた。　321
○歩み寄って、助け起しながら、着物の塵埃を払って遣ると　321
○教師としての新平民に何の不都合があろう。　323
○「何という無作法な行動《やりかた》でしょう」　323
○忘れずにいる程のなさけがあらば、せめて社会《よのなか》の罪人《びと》と思え、　328
○男らしく素性を　328
○新平民だって何だって　329
○「一生?」　334
○一生を卑賤《いや》しい穢多《えた》の子に寄せる人が有ろうとは。　338

○丑松はまだ詫び足りないという風であった。
○同僚の前に頭を垂れ、両手を堅く組み合せて、一生の決意を示して居た。
○歩み寄って、声を掛けて遣ると
○仮令その人の生い立ちがどうあろうとも、師とするに何の不都合があろう。
○そんな行動はよくない。
○忘れずにいる程のなさけがあらば、思い出してもくれるな、
○潔く身元を
○生い立ちがどうの、こうのッて、そんなことよりも
○「助けてやろうと思って下さる」
○生涯をささげようと言ってくれる人も有ろうとは。

「戦後の昭和二十九年四月になって、水平社の解放運動を受け継いだ部落解放全国委員会は、

後述の〝『破戒』初版本復原に関する声明〟の中で、この改訂本に対して、次のように痛烈な批判を行なっている。

「昭和十四年に藤村《とうそん》が一部の改訂を行ったのは、当面、改訂によって「差別」を抹殺《まっさつ》しようとしたからにほかならない。（中略）しかし部落に対する呼称をどのようにかえようとも、それでもって差別が消え去るものではない。藤村はその改訂によって、自己を偽瞞《ぎまん》し同時に部落民を瞞着《まんちゃく》しようとしたといえるのである」

委員会は更に、

「昭和十四年における藤村と全国水平社の妥協は、封建的身分差別＝賤視《せんし》観念に対する糾弾闘争を、観念の一つの表象であるにすぎない個々的な言葉の糾弾に歪曲《わいきょく》させ、些末《さまつ》主義に陥《おち》入《い》らせた誤謬《ごびゅう》」であると指摘しているが、この改訂は、先に述べた全国水平社第十回大会の「言論、文章による『字句』の使用に関する件」の決定・第十四回大会の「出版、映画、演劇差別糾弾に関する件」の決定の立場を大きく後退させる形で行なわれた改訂であると言わざるを得ない。

前掲の比較表を参照しながら、初版本の上に改訂本を再現してみられるなら、言い換えや削除によって、差別の実態がいかに曖昧模糊《あいまいもこ》になってしまっているか、またあるところでは、言わんとする意味さえさだかでないという場合さえ生じていることに気づかれるはずである。

たしかに、Ⓐのごとく、部落民を異人種の後裔《こうえい》とする人種起源論は撤回され、Ⓑのごとく、賤視的表現も除かれてはいる。だが、Ⓒのように、生存権に対するはげしい希求と主張が、すっかり影をひそめてしまったり、更に❶のように、闘士猪子蓮太郎《いのこれんたろう》の著『懺悔録《ざんげろく》』の開巻冒頭の叫び――後の水平社宣言を思わせる格調高き「我は穢多《えた》なり」の一文が全く削除されてしまったりしたのでは、いちじるしく稀薄《きはく》なものに堕したといわねばなるまい。そればかりではない。――❺に見るごとく、末尾に近い丑松《うしまつ》の告白場面で、「私は穢多です、調里《ちょうり》です、不浄な人間です」と、堰《せき》を切ったようにいいつづける迫力が、単に「私は皆さんを欺《あざむ》いていたのです」という表現にすり換えられてしまったのでは、きわめて力弱いものになってしまっている。

初版本『破戒』は、たしかに、いわれるごとく「差別小説の域を脱していない」側面がある。しからば、手直しをした改訂本は、差別小説でなくなっているのであろうか。「いくら吾儕《われわれ》が無智な卑賤《いや》しいものだからと言って、踏付けられるにも程がある」――これは初版本にある猪子蓮太郎のことばだ。敢然起《た》って「人間、本来平等」を標榜《ひょうぼう》しつつ、社会の改革を志そうとするほどの彼をして、みずから部落民を卑下するような言を吐かしめていることは、藤村のなかにある差別観の、紛《まご》う方《かた》なき投影にほかならない。ところが、こんな重要な点が、改訂本では全く手がつけられず、そのままになっているのである。こういうところを見落とした改訂は、怠慢の譏《そし》りを免れることはできないばかりではなく、極めて時局迎合的改訂であったと言わざるを得まい。

初版本にはたしかに、虐《しいた》げられつつある人びとに対する作者のヒューマニズムを見ることができる。だが、時代の制約とはいえ、藤村のなかにあった差別観のために、作品のなかにそれを十分に濃厚に出し切ることができたとはいいがたい。

『破戒』は、二つの破戒と一つの陰謀背徳が題材となっていることは一読して明らかだが、破戒の一つはいうまでもなく、「素性を隠せ」という父の戒を破る丑松の破戒であり、もう一つは、蓮華寺《れんげじ》住職が養女お志保を犯そうとする人倫上の破戒である。偽善に彩られた宗教界に対する痛烈な批判だ。また、校長を中心にして、郡視学と勝野訓導との間に行なわれる陰謀背徳は、教育界に対する正義感の然《しか》らしめたものである。ところが、改訂本においては、前掲引例中◎印で示したように、住職の破戒と教育者の陰謀背徳はぐっとお手柔らかに後退しているのだ。

丑松の、破戒に至る心情の描写は、わが国の近代小説におけるリアリズムの最初の功績とされて、『破戒』の文芸作品としての歴史的評価を高めたものである。丑松がもし真に目覚めた人物であったなら、あのような卑屈な無態《ぶざま》さで告白することはなかったであろうし、まして や、新生の願いをテキサスへの逃避行ということで果たそうとするようなことはなかったにちがいない。それはたしかに、藤村とその時代の限界を示している。しかし藤村にとっては、丑松という人物は、猪子蓮太郎に導かれて、不十分ながらも目覚めていく人間として構想されているのである。

彼は言う。——「全然の空想からあゝいふものを書き出したといふわけではなかつたのです（中略）小諸《こもろ》に七年も暮してゐる間に、あの山国で聞いた一人の部落民出の教育者の話、その人の悲惨な運命を伝へ聞いたことが動機となつて、それから私があゝいふ主人公を胸に画《えが》くやうになつて行つたのでした。あの小説の中に書いた丑松といふ人物の直接のモデルといふものはなかつたのです。然し、私はあゝいふ無智な人達の中から生れて来た、さうして、さういふ中で人として眼醒めた青年の悲しみとでもいふものに深く心を引かれ」（『春を待ちつゝ』——〝眼醒めたものの悲しみ〟。傍点筆者）て書いたのだという。

彼は「新平民に興味を有し、新平民の——信州の新平民のことを調べてみようと思立」（『新片町より』——〝山国の新平民〟）ち、手蔓《てづる》を求めて歩きまわった。そして「通称弥兵衛《やへゑ》といふ部落のお頭の家を訪ねてみる機会がありました。この弥兵衛といふ人に逢つたといふことが、自分の『破戒』を書かうといふ気持を固めさせ、安心してあゝいふものを書かせる気持を私に与へたのでした」（『春を待ちつゝ』）「新平民についての智識と云ふやうなものは、其人《そのひと》から習つたことが多かつた」（『新片町より』）といっている。事実、『破戒』にある部落民の人種起源説などは、この〝部落のお頭〟からの受け売りであることは『新片町より』を参照すれば明らかである。

彼はまた「開化した方の新平民」と「開化しない方の新平民」との「二通りに分けること が出来ると思ふ」（『新片町より』）ともいっている。部落を探訪して歩くうちに、彼が発見した実感であろう。部落民自身を二つに分けるという心情は、『破戒』のなかで、藤村が、猪子蓮太郎や丑松のような知識人を見る目と、最下層の人々を冷たく見据《みす》える目とをはっきり出している点へ尾を引いていくのである。

藤村は、ある特定のモデルをなぞって丑松を書いたのではなかった。「眼醒めたものの悲しみ」を描こうとしたのだという。もし部落民としてまことに眼醒めたものならば、いかに闘うべきかという点まで書いてこそ、解放への前進であろうのに、彼はその手前で留《とど》まったのである。「悲しみ」が主眼であって、それを描くことのなかに、詩人時代以来の、彼自身の「おぞき苦労」を重ね合わせてみたのである。丑松に部落解放の一翼を担《にな》わせて、将来への突破口の一つにしようという意図ははじめからなかったのだ。それだからこそ、板敷に額をすりつけてひたすら詫びるというような告白の場面が設定されたわけである。堂々たる猪子蓮太郎のようなかがやきが丑松にはないのである。「今だに士族は士族、町人は町人、百姓は百姓と、階級差別の思想の脱けない山国の人が、同格に新平民を見るといふ時機は遠い将来のことだらうと思ふ」（『新片町より』）と彼がいうとき、この思いは、独り〝山国の人〟だけのことではなく、彼自身のなかにも抜きがたい差別観のあることを意味し、そのことは、『破戒』そのものが証明している。

なまやさしいことで、差別撤廃の時代はこないであろうとする彼の見通しから、丑松の将来は、日本にいては決して明るいものにはなり得ないという結論に達し、ハピーエンドを、テキサスへの逃避と、お志保とのやがての結婚というところへ持っていった。――いかにも安易な結末のごとく見えるが、特に逃避という構想は、まさに藤村とその時代そのものの限界を示したものであろう。

だが、お志保とのことはいかがであろうか。田中富次郎は「部落解放について最も大事なものが、思想の方向でなくて、情念の方向で現われていることを注目したい。猪子の世界でなくて、お志保の世界で描かれていることを注目したい。観念的な説得でなくて、最も人間的な姿のなかで二人の結婚を実現していることを注目したい。(中略)『破戒』は、発想の根底にうごめいているものが情念の世界であるために、極めて自然に、ためらうことなく、部落の子丑松と士族の娘お志保との結婚の実現を訴えて作品の幕をおろすことができた。これは、藤村の大成功である」(『島崎藤村Ⅱ「破戒」その前後』)という。この指摘は貴重だ。ただ私は「これは、藤村の大成功である」という表現にいささか抵抗を感じるのである。明治三十九年、『破戒』発表当時すでに「お志保の性格を描いた氏の筆は最不完全で(中略)作者の思ふお志保は充分に表現され得なかつた」というような批判もあったほどである。もう少し文中にお志保が描かれるべきではなかったか。そうでなかったために、『破戒』の結末はテキサス行きという、ただこの一事が大きく読者の眼前にひろがるような錯覚を与えるのである。そこが惜しい。部落問題は、よくいわれるように、人間としての問題である。

改訂本は卑屈な告白の姿勢といい、テキサス逃避行といい、大筋においては、初版本と変わることはなく、藤村の差別観もまた、この両本において、あまり変化を見ることができない。はっきりいうと改訂本は改悪本である。文芸作品としてもそうだし、心中の差別観をそのままに、いかにも理解ある者のごとく「穢多」を「部落民」とし、「新平民」を「部落生れのもの」とすることで水平社の人々の目を外《そ》らせたのは、結果として狡猾《こうかつ》であったといわれても致し方あるまい。そして藤村自身は、自己欺瞞《ぎまん》を敢《あ》えて行なった。そうしてまでも『破戒』をこの世に残したかったのだ、それほどの愛着を持ちつづけていたのだという見方もあり得よう。しかし、改訂本が改悪本となることを、いちばん知っていたのは彼自身であったはずだ。

初版本の復原

さて、昭和二十八年八月二十日発行の筑摩書房版「現代日本文学全集」第八巻として、〝島崎藤村集〟（第一回配本）が発行されたが、ここに収められた『破戒』は、昭和十四年以降巷間《こうかん》に出されていた改訂本を廃して、初版本の復原が行なわれたのである。

これに対して部落解放全国委員会は、〝『破戒』初版本復原に関する声明〟を、翌年十月に発表した。これはすでに、四月の日付で書かれたものであった。この声明の内容には幾つかの問題点があるが、委員会は、改訂本に対するきびしい批判を行なっている。それはすでに引用しておいた通りである。

解放運動じたいのなかにも、昭和十年代以降さまざまな運動形態と内容の変遷があり、日中戦争開始後は一時中断という状況もあったが、第二次世界大戦後の昭和二十一年（一九四六）二月〝部落解放全国委員会〟として、水平社の革命的伝統を継承した。それが更に〝部落解放同盟〟と改称するのは昭和三十年のことだから、この声明は改称一年前ということになる。

声明にいう。

「部落解放全国委員会は、もとより『破戒』初版本の復原に対して反対するものではない」

と、まず委員会の態度を明らかにして、つづいて、

「しかし『破戒』初版本を復原する場合には周到な準備が必要であるにもかかわらず、筑摩書房がこの点を深く考えることなく『破戒』初版本を復原したということは現在なお、差別と貧乏のどん底に苦しんでいる被圧迫部落民に、どのような影響をもつか、という社会的効果に対しては、まったく考えるところがなかったといわなければならない。われわれはそのことは非常に遺憾《いかん》なことと思う」

「出版にあたって筑摩書房のとった態度は、部落問題に対してまったく理解を欠き、被圧迫部落民の存在に対して、まるで無関心であったことを示していると考えられる」

「部落問題は日本の国民にとって、解決することのできない問題では、決してない。封建的差別の問題を解決することは、日本を完全に民主化するために、欠くことのできない重要な課題である。従って、その観点に立って、部落問題の本質が理解され、その理解のもとに『破戒』初版本が正当に評価され、その意義とあやまりが正しく読みとられるならば、われわれはむしろ『破戒』の復原に対して積極的な支持を送ることをおしまない」

そのためには、次のことが重要だと指摘するのである。

「『破戒』初版本は、それがなまの形でなされる限り、差別を温存させ、挑発《ちょうはつ》しようとする日本のマス・コミュニケーションに一つの大きな援助をさしのべることになる」から、それを阻止するだけの措置を講ずべきだというわけである。筑摩書房の場合は、なんの断り書も解説もなく、なまのままでいきなり復原出版した。そこを衝《つ》いたのである。

筑摩書房は、さっそく、「現代日本文学全集」第十三巻（第十九回配本、昭和二十九年十月）に「発行に際して、この歴史的復原に関する同委員会の所信の普及徹底に欠ける所があったので」として、部落解放全国委員会の長文の声明全文を挿入《そうにゅう》した。

この声明文には、随所に重要な指摘があるが、その最低限の要求としては、昭和四年に絶版とし、生前ついに再刊を見なかった初版本を、改訂本の代わりに発行するについては、それだけの理由と所信を付加すべきであり、いまなおつづいている差別と貧乏とに目をつむって、『破戒』は「過去の物語」だと強弁することは許されないというのである。

『破戒』には、たしかに差別小説としての一面がある。しかし、適切な解説とともに出版されるのであれば、むしろすぐれた反差別小説ということができるであろう。現に、多くの読者が、『破戒』を読むことによって、社会問題に目覚め、差別の不当性に目を開かれてきているのである。

次いで新潮文庫『破戒』もまた、昭和四十六年三月の第五十九刷から、改訂本を廃して初版本に復原した。残念ながら、復原に際しての配慮は、筑摩書房同様まったくなかった。「差別文書」に関する現在の新潮文庫編集部の見解は、次の三項目をその要点としている。すなわち、

(一)「言論の自由及び個人の人権」を尊重すると同時に、「人を差別し、差別を助長する」立場には賛同しない。

(二)文学作品の表現は、本来保存さるべきである。ことに原著者がすでに他界した場合、歴

史的文献に改変を加えることはできない。したがってその差別的部分については、《解説》などで、歴史的経過と問題点を解説して収録されるのが妥当である。

㈢以上の処置については、充分に、原著者、著作権継承者、解説者など関係各方面に説明を行い、その同意を得、明快な処理を行う。

右の要項を踏まえて、『破戒』については、昭和五十六年五月三十日発行の第八十九刷以降の増刷をストップし、昭和五十七年六月二十日発行の第九十刷から、私の新解説「差別史における『破戒』の位置」を挿入したが、今回、本文の改版に伴い、私の解説もまた、昭和六十二年五月二十五日の第九十七版より、「部落問題」についての最新の学問的研究を加えて改訂した。

最後にもう一つ重要な問題を指摘するが、今日では、どの出版社の『破戒』も、初版復原本になってしまい、改訂本を手軽に見るということができなくなってしまったことである。いまや改訂本は〝幻の書〟といっていい。しかし、部落問題を史的に検討しようとする場合、改訂本は重要な資料なのだ。私が前掲のように、初版本と改訂本との校異を、煩《はん》をいとわず列記したのは、それを手懸《てがか》りとして、少なくとも差別問題に関する限りは、初版本を基にしてほぼ改訂本を復原できるようにとの意図に外ならない。『破戒』の出版史を無視することは許されないはずだ。

再びいう。――改訂本は、ほとんどあらゆる意味において改悪本である。冒頭の、「蓮華寺では下宿を兼ねた」

という簡潔にして格調高い一文が、改訂本では、「蓮華寺では広い庫裡《くり》の一部を仕切って、下宿する者を置いていた」と改めるのまで勘定に入れると、文芸品としての質の下落は、あらためていうまでもない。『破戒』は初版本に拠《よ》るべきである。作者藤村の意識の限界をも含めて、初版本は文芸としてもまた部落問題にとっても、重要な史的文献として、他に類を見ぬ価値にかがやくものであることはたしかだ。

（昭和六十一年六月十七日、国文学者）

年　譜

明治五年（一八七二年）　三月二十五日、筑摩県第八大区五小区馬籠《まごめ》村（現、長野県木曽郡山口村）に生れる。父正樹、母縫の四男三女の末子（次姉、三姉は早逝）。本名春樹。島崎家は庄屋、本陣、問屋の三役を代々務めた旧家で、父は馬籠の名主、戸長を兼ね、平田派の国学の素養が深かった。六年（一歳）　父が「山林事件」に奔走して、当局の忌諱《きき》にふれ、戸長の地位を失う。

明治十一年（一八七八年）　六歳　神坂《みさか》学校に入学。父より自筆の「勧学篇」「千字文」等を教えられ、幼年期の終り頃には「孝経」「論語」を習った。

明治十四年（一八八一年）　九歳　春、長兄秀雄に連れられて三兄友弥と共に上京。京橋鎗屋町の高瀬薫（長姉園の夫）方に寄寓して泰明小学校に通う。その後、高瀬家が帰郷したのち、十六年（十一歳）から高瀬と同郷の吉村忠道方に移る。

明治十七年（一八八四年）　十二歳　英語を学び始める。四月、父上京する。父に逢った最後となる。

明治十九年（一八八六年）　十四歳　三田英学校（現、錦城中学）に入学。九月、共立学校（現、開成中学）に転校し、木村熊二に英語を学ぶ。十一月、父正樹、郷里の座敷牢で狂死。

明治二十年（一八八七年）　十五歳　九月、明治学院普通学部本科一年に入学。

明治二十一年（一八八八年）　十六歳　六月、高輪の台町教会で、木村熊二牧師により洗礼を受ける。

明治二十三年（一八九〇年）　十八歳　同窓に馬場孤蝶《こちょう》、戸川秋骨がいて、共に語学や文学を語る。

明治二十四年（一八九一年）　十九歳　六月、明治学院を卒業。巌本善治主宰の「女学雑誌」に翻訳等を発表するようになる。十一月、継祖母大脇桂子死去。上京中の長兄に代って葬儀のため十年ぶりに帰郷。

明治二十五年（一八九二年）　二十歳　四、五月頃、台町教会より植村正久の麴町一番町教会に移籍する。九月、明治女学校高等科英文科の教師となり、牛込区赤城元町に下宿する。この年、徴兵検査を受けて乙種国民兵役に編入される。北村透谷《とうこく》、星野天知《てんち》、平田禿木《とくぼく》を知る。

一月、翻訳『人生に寄す』（女学雑誌）

明治二十六年（一八九三年）　二十一歳　一月、透谷、天知等の「文学界」創刊に参加し、詩劇、詩、随筆を毎月発表。教え子佐藤輔子を愛したことに教師としての自責を感じなどして、明治女学校をやめ、教会の籍を抜き、関西へ漂泊の旅に出る（九カ月後に帰京）。十二月、上京した母や長兄一家と同居する。

明治二十七年（一八九四年）二十二歳　四月、再び明治女学校教師となる。五月、北村透谷縊死。十月、『透谷集』を編集して文学界雑誌社より刊行。この年、上田敏、樋口一葉を知る。

明治二十八年（一八九五年）二十三歳　八月、明治女学校をやめる。九月、馬籠の大火のため生家焼失。

七月、詩編『ことしの夏』（文学界）十二月、詩論『韻文に就て』（太陽）

明治二十九年（一八九六年）二十四歳　九月、仙台の東北学院に単身赴任する。十月、母縫病没。遺骨を携えて郷里に行き埋葬する。この年、詩作盛んになる。田山花袋《かたい》、太田玉茗《ぎょくめい》、柳田国男を知る。

九月、詩編『草影虫語』（文学界）十一月、詩編『秋の夢』（同）

明治三十年（一八九七年）二十五歳　七月、東北学院を辞して帰京する。八月、処女詩集『若菜集』を春陽堂より刊行。十一月、最初の小説『うたたね』を「新小説」に発表。

二月、詩編『さわらび』（文学界）五月、詩『鷲の歌』（同）六月、詩『白磁花瓶賦』（同）

明治三十一年（一八九八年）二十六歳　一月、「文学界」終刊。七月、木曽福島の義兄高瀬薫のもとに行き、一夏を過ごし、詩集『夏草』を書く。

『一葉舟』詩文集（六月、春陽堂刊）

『夏草』詩集（十二月、春陽堂刊）

明治三十二年（一八九九年）二十七歳　四月、木村熊二の小諸義塾に赴任。函館出身の秦冬《はたふゆ》と結婚して、小諸町馬場裏に新居を構えた。

明治三十三年（一九〇〇年）二十八歳　五月、長女みどり誕生。八月、『千曲川《ちくまがわ》のスケッチ』を起稿。

四月、詩『旅情』（明星）六月、詩編『海草』（新小説）八月、エッセイ『雲』（天地人）

明治三十四年（一九〇一年）二十九歳　八月、詩文集『落梅集』を春陽堂より刊行する。以後、詩の創作発表はまれになる。

明治三十五年（一九〇二年）三十歳　三月、次女孝子誕生。十一月、『旧主人』を「新小説」に発表、姦通を描いたため、発売禁止となる。

十一月、『藁草履《わらぞうり》』（明星）

明治三十六年（一九〇三年）三十一歳

一月、『爺』（小天地）　六月、『老嬢』（太陽）

明治三十七年（一九〇四年）三十二歳　春頃より、『破戒』の執筆にかかる。一月、花袋が小諸に来訪。丸山晩霞と共に信州飯山に赴く。四月、三女縫子誕生。七月、『破戒』の自費出版を計画し、函館の義父秦慶治を訪ねて援助を求めた。

一月、『水彩画家』（新小説）　三月、『椰子《やし》の葉蔭』（明星）　十二月、『津軽海峡』（新小説）

明治三十八年（一九〇五年）三十三歳　四月、小諸義塾を辞して上京し、西大久保に住む。五月、三女縫子死去。十月、長男楠雄誕生。

合本『藤村詩集』（九月、春陽堂刊）

明治三十九年（一九〇六年）三十四歳　三月、書下ろし長編『破戒』を〈緑蔭叢書〉第一編として自費出版、好評を博した。四月、次女孝子死去。六月、長女みどり死去。十月、浅草区新片町に転居。

一月、『朝飯』（芸苑）　十月、『家畜』（中央公論）

明治四十年（一九〇七年）三十五歳　一月、第一短編集『緑葉集』を春陽堂より刊行。九月、二男鶏二誕生。

六月、『黄昏』（文章世界）　『並木』（文芸倶楽部）

明治四十一年（一九〇八年）三十六歳　四月、二葉亭四迷の推薦で『春』を「東京朝日新聞」に連載（八月完結）。十二月、三男蓊助誕生。

『春』緑蔭叢書（十月、自費出版）

明治四十二年（一九〇九年）三十七歳　十月、『家』執筆準備のため木曽福島に旅行する。

十月、『芽生』（中央公論）

『新片町より』感想集（九月、佐久良書房刊）

『藤村集』短編集（十二月、博文館刊）

明治四十三年（一九一〇年）三十八歳　八月、四女柳子分娩の後、産後の出血のために妻冬死去。

一月、『家』（読売新聞、五月完結。後に『家』上巻となる）

明治四十四年（一九一一年）三十九歳　春頃より、姪こま子（次兄広助の次女）が家事を手伝いに来た。

一月、『犠牲』（中央公論、四月分載。後に改稿加筆して『家』下巻とする）　六月、『千曲川のスケッチ』（中学世界、大正元年八月完結）

『家』上・下、緑蔭叢書（十一月、自費出版）

明治四十五年・大正元年（一九一二年）四十歳　十一月、父の遺稿歌集『松か枝』を編み自費出版した。

九月、『岩石の間』（中央公論）

『食後』短編集（四月、博文館刊）

『千曲川のスケッチ』（十二月、佐久良書房刊）

大正二年（一九一三年）四十一歳　三月、芝区二本榎西町に転居。姪こま子との関係を清算するためにフランス行きを思いたち神戸を出帆。五月、パリ着。
一月、『桜の実』（文章世界、二月中絶）八月、『仏《フ》蘭西《ランス》だより』（朝日新聞、四年八月完結）
『朝飯』短編集（一月、春陽堂刊）
『眼鏡《めがね》』書下ろし童話（二月、実業之日本社刊）
『微風』短編集、緑蔭叢書（四月、新潮社刊）
『後の新片町より』感想集（四月、新潮社刊）

大正三年（一九一四年）四十二歳　八月、第一次世界大戦のため、二ヵ月半南仏リモージュ市に避難。五月、『桜の実の熟する時』前編（文章世界、四年四月完結。後編は六年十一月～七年六月完結）

大正四年（一九一五年）四十三歳　パリ滞在。
『平和の巴里《パリ》』紀行（一月、佐久良書房刊）
『戦争と巴里』紀行（十二月、新潮社刊）

大正五年（一九一六年）四十四歳　四月、パリを発ち、七月、帰国。九月、早稲田大学講師となり「フロベエル以後」を講義。紀行『故国に帰りて』を「東京朝日新聞」に発表（十一月完結。後に『海へ』の第五章となる。以後七年四月まで『海へ』所収の諸章を、「中央公論」他に発表）。
『水彩画家』短編集（四月、新潮社刊）
『藤村文集』（八月、春陽堂刊）

大正六年（一九一七年）四十五歳　一月、早稲田、慶応両大学の講師を兼任してフランス文学を講じた。
『幼きものに』童話集（四月、実業之日本社刊）

大正七年（一九一八年）四十六歳　十月、麻布区飯倉片町に転居。
五月、『新生』第一部（朝日新聞、十月完結。第二部は八年八月～十月完結）
『海へ』紀行（七月、実業之日本社刊）

大正八年（一九一九年）四十七歳
『桜の実の熟する時』（一月、春陽堂刊）
『新生』第一巻、第二巻（一月、十二月、春陽堂刊）

大正九年（一九二〇年）四十八歳　三月、姉高瀬園、精神病のため死去。
九月、紀行『エトランゼエ』（朝日新聞、十年一月完結）
『ふるさと』童話集（十二月、実業之日本社刊）

大正十年（一九二一年）四十九歳　藤村生誕五十年を記念して、詩話会主催の祝賀会と東京朝日新聞社主催の講演会が、それぞれ二月、十一月に開かれた。
四月、『仏蘭西紀行』（新小説、十一年四月完結）

七月、『ある女の生涯』（新潮）

大正十一年（一九二二年）五十歳　四月、婦人解放のための雑誌「処女地」を創刊（翌年一月、十号で終刊）。八月、長男楠雄を帰農させるため一時帰郷。

『藤村全集』全十二巻（一月〜十二月、藤村全集刊行会刊）

『飯倉だより』感想集（九月、アルス刊）

『エトランゼエ』紀行（九月、春陽堂刊）

大正十二年（一九二三年）五十一歳　一月、軽い脳溢血で倒れて五十日ほど病臥し、二月、静養のため小田原に行く。九月、関東大震災。

大正十三年（一九二四年）五十二歳　一月、震災後の読者のために「藤村パンフレット」第一輯を新潮社より刊行（六月に第二輯、十四年六月に第三輯を刊行）。この頃、馬籠本陣跡の宅地を購入。

四月、『三人』（改造）

『をさなものがたり』童話集（一月、研究社刊）

『幸福』童話集（五月、弘文館刊）

『藤村随筆集』中村星湖編（十一月、人文会刊）

大正十四年（一九二五年）五十三歳

一月、『伸び支度』（新潮）『熱海土産』（女性）

『春を待ちつつ』感想集（三月、アルス刊）

大正十五年・昭和元年（一九二六年）五十四歳　四月、馬籠に新築なった長男楠雄の家を訪れる。

九月、『嵐』（改造）十二月、『食堂』（福岡日日新聞、二年一月完結）

『藤村読本』全六巻（二月、研究社刊）

昭和二年（一九二七年）五十五歳　七月、山陰旅行。小諸懐古園に藤村詩碑が建つ。

七月、紀行『山陰土産』（大阪朝日新聞、九月完結）

八月、『分配』（中央公論）

『嵐』短編集（一月、新潮社刊）

『藤村いろは歌留多』（一月、実業之日本社刊）

昭和三年（一九二八年）五十六歳　四月、『夜明け前』執筆準備のため、木曽路を旅行する。十一月、「処女地」の同人だった加藤静子と再婚。

昭和四年（一九二九年）五十七歳　四月、『夜明け前』を「中央公論」に連載し始める（年四回掲載して十年七月完結）。

昭和五年（一九三〇年）五十八歳

『市井にありて』感想集（十月、岩波書店刊）

昭和七年（一九三二年）六十歳

『夜明け前』第一部（一月、新潮社刊）

昭和十年（一九三五年）六十三歳　十一月、日本ペン

クラブが結成され、会長に就任する。『夜明け前』の完結を機に、全著作の整理を始め、定本版『藤村文庫』全十巻を新潮社より刊行（十四年二月完結）。

『夜明け前』第二部（十一月、新潮社刊）

昭和十一年（一九三六年）六十四歳　七月、第十四回国際ペンクラブ大会出席のため、アルゼンチンに行く。帰途フランスを経て翌年一月帰国。

『桃の雫』感想集（六月、岩波書店刊）

昭和十二年（一九三七年）六十五歳　一月、麴町区下六番町の新居（静の草屋）に移転。六月、帝国芸術院の創設に際し、会員となるよう推挙されたが辞退した。十月、萎縮腎で倒れる。

五月、『巡礼』（改造、十一月中絶、十四年四月再開、十五年一月完結）

昭和十五年（一九四〇年）六十八歳　十二月、再度推されて帝国芸術院会員になる。

『巡礼』紀行（二月、岩波書店刊）

『力餅』藤村童話叢書（十一月、研究社刊）

『玉あられ』童話集（十二月、新潮社刊）

昭和十六年（一九四一年）六十九歳　二月、時局切迫のため大磯の町屋園に小宅を借り、東京との間を往復。

昭和十七年（一九四二年）七十歳　秋、『東方の門』を起稿。

昭和十八年（一九四三年）七十一歳　八月二十一日、大磯にて『東方の門』執筆中、脳溢血で倒れ、二十二日死去。二十四日、大磯の地福寺に埋葬。二十六日、東京青山斎場で本葬。戒名、文樹院静屋藤村居士。十月、遺髪と遺爪が馬籠永昌寺に分葬された。

一月、『東方の門』（中央公論、十月中絶未完）

（本年譜は、諸種のものを参照して編集部で作成した。）

文字づかいについて

新潮文庫の日本文学の文字表記については、原文を尊重するという見地に立ち、次のように方針を定めた。

一、口語文の作品は、旧仮名づかいで書かれているものは新仮名づかいに改める。
二、文語文の作品は旧仮名づかいのままとする。
三、常用漢字表、人名用漢字別表に掲げられている漢字は、原則として新字体を使用する。
四、年少の読者をも考慮し、難読と思われる漢字や固有名詞・専門語等にはなるべく振仮名をつける。

島崎藤村著 **嵐・ある女の生涯**

人生の辛酸をなめ尽し、精神病院の片隅でひっそりと悲しい一生を閉じた女――藤村の姉をモデルに描く「ある女の生涯」など7編収録。

島崎藤村著 **春**

明治という新時代によって解放された若い魂が、様々な問題に直面しながら、新たな生き方を希求する姿を浮彫りにする最初の自伝小説。

島崎藤村著 **桜の実の熟する時**

甘ずっぱい桜の実に懐しい少年時代の幸福を象徴させて、明治の東京に学ぶ岸本捨吉を捉える青春の憂鬱を描き「春」の序曲をなす長編。

島崎藤村著 **家**（全二冊）

信州の旧家である小泉・橋本両家の二十余年の歴史を追いながら、長い因襲にあえぐ家の没落を、冷然と描写した自然主義文学の傑作。

島崎藤村著 **夜明け前**（全四冊）

明治維新の理想に燃えた若き日から失意の中に狂死する晩年まで――著者の父をモデルに木曽・馬籠の本陣当主、青山半蔵の生涯を描く。

島崎藤村著 **千曲川のスケッチ**

詩から散文へ、自らの文学の対象を変えた藤村が、めぐる一年の歳月のうちに、千曲川流域の人びとと自然を描いた「写生文」の結晶。

島崎藤村著

新生（全二冊）

妻に死なれた小説家岸本は、姪の節子と過ちを犯し妊娠させた。罪悪感と愛欲に苦しむ岸本は、第一次大戦前夜の欧州に旅立つ……。

島崎藤村著

藤村詩集

「千曲川旅情の歌」「椰子の実」など、日本近代詩の礎を築いた藤村が、青春の抒情と詠嘆を清新で香り高い調べにのせて謳った名作集。

田山花袋著

蒲団・重右衛門の最後

蒲団に残るあの人の匂いが恋しい――赤裸々な内面を大胆に告白して自然主義文学の先駆をなした「蒲団」に「重右衛門の最後」を併録。

田山花袋著

田舎教師

文学への野心に燃えながらも、田舎の教師のままで短い生涯を終えた青年の出世主義とその挫折を描いた、自然主義文学の代表的作品。

徳田秋声著

あらくれ

盲目的な好悪と利欲のままに様々な男と関係し流転を重ねる女を主人公に、純粋客観の立場で女性描写の妙を発揮した自然主義小説。

国木田独歩著

武蔵野

詩情に満ちた自然観察で、武蔵野の林間の美をあまねく知らしめた不朽の名作「武蔵野」など、抒情あふれる初期の名作17編を収録。

新潮文庫最新刊

風と炎と（上）　堺屋太一著
「近代の終わり」と「新代の始まり」を迎え激動する世界を検証。20世紀を総括し、21世紀への指針を示す。下巻は'95年1月刊行予定。

ボーダレス・ワールド　大前研一著　田口統吾訳
21世紀へ向けてどうグローバルな戦略を構築するか？「ボーダレス」を一躍世界の流行語にした、ビジネスマン必読のベストセラー。

いやでもわかる経済学　日本経済新聞社編
一個のリンゴ、一本のゲームソフト等を例に、市場経済の仕組みをルポ仕立てで追跡。こむずかしい数式無しで、生きた経済が分ります。

錦の休日　―長期休暇に挑んだ課長たち―　足立倫行著
仕事一筋の企業戦士たちに突然降って湧いた三カ月間の長期休暇。前代未聞の「時間のボーナス」がもたらす効用とは？　会社員必読。

最終人事の殺意　浅川純著
国際企業「浅田電気」に生じた「日本式経営」の歪み。会社繁栄を願う「最終人事」とは？企業中枢に働く人事の力学から会社を問う！

一局の将棋　一回の人生　河口俊彦著
羽生四冠王をはじめ若き天才棋士達のデビュー当時の素顔と、棋士の人生を変えた絶妙手・大ポカで伝える天才達の苛烈な勝負の世界。

新潮文庫最新刊

林　美一著
江戸艶本《えほん》を読む
直截な表現と性描写、エロティックな春画の挿絵等、江戸の底力漲る艶本の世界。秘蔵のコレクションより41編を第一人者が解説紹介。

沢木耕太郎著
深夜特急3
―インド・ネパール―
風に吹かれ、水に流され、偶然に身をゆだねて、やっとインドに辿り着いた。街中で日々遭遇する生と死のドラマに、〈私〉は――。

沢木耕太郎著
深夜特急4
―シルクロード―
猛スピードで突っ走るバスで、シルクロードを一路西へ。ヒッピー宿の客引きをしたり、なつかしい人と再会したり。旅は佳境へ！

小林信彦著
ハートブレイク・キッズ
運がいいのか悪いのか……。二十三歳のフリーライター・川村絵理が送るすったもんだの三カ月を描いた、ロマンティック・コメディ。

宮脇　檀著
住まいとほどよくつきあう
「いかに住まうか」は「いかに生きるか」ということ。豪邸の夢やワンルームの生活ではない、美しく住まうための建築家からの提案集。

池澤夏樹著
南鳥島特別航路
絶海の孤島、漆黒の大鍾乳洞、広大な珊瑚礁――大自然の豊かな造形を綴る東西三千キロ、南北二千五百キロに及ぶ日本列島探査の旅。

新潮文庫最新刊

K・ウォード 城山三郎訳
ビジネスマンの父より息子への30通の手紙
父親が自分と同じ道を志そうとしている息子に男の言葉で語りかけるビジネスの世界のルールと人間の機微。人生論のあるビジネス書。

A・アレッツハウザー 佐高 信監訳
ザ・ハウス・オブ・ノムラ
証券界に君臨する巨大企業・ノムラ。その内幕を徹底的に描くと同時に、証券界の驚くべき独特の体質をビビッドに解き明かす。

S・ソロミタ 小林宏明訳
マンハッタン・ダークサイド
狂気の殺人鬼を追う七分署の刑事ムードロー。ドラッグが蔓延し犯罪が横行するロワー・イーストサイドを描き切ったサスペンス。

B・T・ブラッドフォード 加藤洋子訳
ポーラの愛と野望
祖母が一代で築いたビジネスの拡張を夢見る孫娘ポーラの苦境、決断、そして愛。ロマンス小説界の超売れっ子作家B・T・B初の邦訳。

DR・リチャーズ ハウ 河合 裕訳
バトル・オブ・ブリテン
—イギリスを守った空の決戦—
「薄手のカーテン」と冷笑を浴びたイギリス空軍はいかにしてナチス空軍を退けたのか。第二次大戦の潮流を変えた激戦を綴る記録。

K・フォレット 日暮雅通訳
ペーパー・マネー
閣僚恐喝、企業買収、現金強奪——。夕刊紙編集室の動きを中心にロンドンの一日を描く、鬼才フォレット『針の眼』直前の幻の快作。

破《は》　戒《かい》

新潮文庫　し－2－6

昭和二十九年十二月二十五日　発行
昭和六十二年五月二十五日　九十七刷改版
平成六年五月十五日　百六刷

著者　島《しま》崎《ざき》藤《とう》村《そん》

発行者　佐藤亮一

発行所　株式会社　新潮社

郵便番号　一六二
東京都新宿区矢来町七一
電話　営業部(〇三)三二六六—五一一一
　　　編集部(〇三)三二六六—五四四〇
振替　東京四—八〇八番

価格はカバーに表示してあります。

乱丁・落丁本は、ご面倒ですが小社読者係宛ご送付ください。送料小社負担にてお取替えいたします。

印刷・二光印刷株式会社　製本・株式会社植木製本所
Printed in Japan

ISBN4-10-105507-6 C0193